Manu Brandt

Seelenblau
Roman

Manu Brandt

Seelenblau

Roman

www.manubrandt.de
www.facebook.com/ManuBrandtAutorin

Bibliografische Information der Deutschen Nationalbibliothek:
Die Deutsche Nationalbibliothek verzeichnet diese Publikation
in der Deutschen Nationalbibliografie; detaillierte bibliografische
Daten sind im Internet über http://dnb.dnb.de abrufbar.

© 2014 Manu Brandt
Coverbild: © shutterstock.com/g/Anna+Ismagilova
Covergestaltung: Manu Brandt
Kapitelsprüche: allgemeine indianische Weisheiten
Allgemeine indianische Weisheiten befinden
sich auch innerhalb des Romanes.

Herstellung und Verlag: BoD – Books on Demand, Norderstedt

ISBN: 978-3-73-860701-7

Für meine Eltern,
die immer für mich da sind.

Kapitel 1

*In der inneren Stille hört jede Bewegung des Denkens auf
und das Herz beginnt zu sprechen.
Die Einsamkeit festigt die Liebe,
macht sie demütig und einzigartig.*

«Mia?«
»Hm?«
»Bist du schon wach?«
»Hm.«

Langsam schaute ich unter meiner Bettdecke hervor und blinzelte Thomas an, der neben mir lag. In ein paar Minuten würde der Wecker klingeln. Wir waren meistens kurz vor seinem schrillen Weckruf bereits wach, doch letzte Nacht hatte ich erst gar kein Auge zubekommen. Wie immer, wenn mir zu viele Gedanken durch den Kopf gingen, was in letzter Zeit häufiger vorkam, als mir lieb war. Ich sehnte mich danach, eine Nacht durchzuschlafen und mich nicht von einer Seite auf die andere zu wühlen, begleitet von der Angst, Thomas damit zu wecken und ihm sagen zu müssen, was mich beschäftigte. Er wusste um meine Schlafstörungen, wenn mich etwas bedrückte und er ließ mich nicht eher in Ruhe, bis ich ihm Rede und Antwort gestanden und meinen Frust von der Seele geredet hatte. Doch dieses Mal konnte ich nicht mit ihm darüber reden.

Draußen begann es zu dämmern und die Vögel sangen mittlerweile ihr Morgenlied. Der Frühling konnte für mich gar nicht schnell genug kommen. Ich hasse den kalten Winter, auch wenn unser Skiurlaub dieses Jahr wirklich toll gewesen war. Wir hatten uns eine kleine romantische Holzhütte in der Schweiz gemietet. Dort lag richtiger Schnee und nicht solch ein Matsch wie hier in Deutschland. Wir waren über Weihnachten dort geblieben – nur Thomas und ich. Weit weg von all dem Familienstress, der zu Hause auf uns gewartet hätte.

Ich stellte den Wecker aus, bevor er klingeln konnte und mein Blick fiel auf den Ring, den ich seit Heiligabend trug.

»Willst du meine Frau werden?« Natürlich wollte ich. Ich musste nicht überlegen, denn bereits seit Monaten wünschte ich mir, dass Thomas mich das fragen würde. Ich malte mir unsere Zukunft in den buntesten Bildern aus: Wir würden uns ein Haus mit großem Garten kaufen, zwei Mal im Jahr in den Urlaub fahren und später auch Kinder bekommen. Ein perfektes Familienleben, wie es sich wohl jede Frau wünschte. Für mich war das alles so klar, dass ich es gar nicht hinterfragte. Bis jetzt.

»Soll ich uns Frühstück machen oder willst du wieder erst im Büro essen?«, fragte mich Thomas, während er aufstand und die Vorhänge öffnete.

»Büro.« Ich zog die Decke wieder über meinen Kopf und wollte noch ein paar Minuten liegen bleiben. Ich war tierisch müde und auf die Arbeit hatte ich erst recht keine Lust. Seit einiger Zeit wurden immer mehr Leute bei uns entlassen. »Sparmaßnahmen« wie es immer so schön hieß. Nur wurden die Aufträge leider nicht weniger und mussten trotz der Entlassungen abgearbeitet werden. Es fiel mir nicht gerade leicht, mir unter Stress neue Werbeslogans einfallen zu lassen. Also saß ich mit Lisa bis spät in die Nacht am Schreibtisch und wir versuchten, aus unseren ausgedörrten Hirnen noch etwas Brauchbares herauszuquälen – letzte Nacht leider erfolglos. Lisa und ich waren eigentlich ein eingespieltes Team. Wir schafften es immer wieder, uns aufzumuntern, wenn es nicht gut lief, um vielleicht noch einen winzigen Geistesblitz hervorzurufen. Meistens war es jedoch Lisa, die mich aufbauen musste, da ich oft zu schnell aufgab. Das machte sie in den Jahren, in denen wir bereits zusammen arbeiteten, zu meiner besten Freundin.

»Ich muss auch schnell los. Wir haben heute Morgen eine wichtige Besprechung. Drück mir die Daumen, dass es klappt.« Thomas zog meine Decke herunter und drückte mir einen Kuss auf die Stirn. Wenn er das machte, fühlte ich mich immer wie ein kleines Kind, dessen Vater sich von ihm verabschiedete und einen schönen Schultag wünschte.

Thomas hatte seit Jahren hart gearbeitet, um sich als stellvertretender Geschäftsführer bewerben zu können. Heute sollte nun das Gespräch stattfinden, welches ihm den Aufstieg ermöglichen sollte – oder eben nicht.

Mein Kopf brummte bereits vor dem Aufstehen. Kein Wunder, nach dieser schlaflosen Nacht mit all den Gedanken. In unserer

Beziehung drehte sich alles um die Arbeit. Entweder stand seine Arbeit und seine Beförderung im Mittelpunkt oder wir diskutierten über meine Arbeit und darüber, wie wir die Aufträge mit weniger Leuten schaffen könnten. Thomas gab mir Ratschläge, die ich meinem Chef weiterleiten sollte, was ich aber nie tat. Ich wollte mich nicht wichtig machen oder als Klugscheißer dastehen. Erst recht nicht vor meinem Chef. Wirklich Feierabend hatte deshalb keiner von uns beiden mehr. Auch wenn wir keine Arbeit mit nach Hause nahmen, in unseren Köpfen war sie ein ständiger Begleiter. Die wenigen Urlaube, die wir machten, genoss ich deswegen um so mehr. Wenn mein Kopf frei von allen Problemen war, erinnerte ich mich gerne an die Zeit zurück, in der ich Thomas kennengelernt hatte. Das war eigentlich noch gar nicht so lange her. Zwei Jahre waren seitdem erst vergangen.

Kurz vor meinem 18. Geburtstag hatte ich ihn auf einer Party getroffen. Thomas war mir sofort aufgefallen, denn er war nicht dermaßen besoffen wie die anderen Männer und ich konnte mich super mit ihm unterhalten. Seine braunen Augen waren mir von der ersten Minute an sehr vertraut, als würde ich sie schon ewig kennen. Er war durchtrainiert, hatte starke Arme, in denen ich mich sicher fühlen sollte. Seine kleinen blonden Locken ließen ihn jünger wirken, als er war – damals schon sechsundzwanzig. Mit dieser Frisur erinnerte er mich an die Engelsstatue, die in der Kirche stand, in die meine Oma mich jedes Jahr zu Weihnachten geschleppt hatte. Ich glaubte fest daran, meinen persönlichen Engel gefunden zu haben.

Nach unserem ersten Kennenlernen auf der Party ging alles ziemlich schnell. Wir trafen uns jeden Tag, unternahmen viel miteinander und verstanden uns einfach blendend. Es war so, wie ich mir eine glückliche Beziehung immer vorgestellt hatte. Nach ein paar Wochen zogen wir bereits zusammen und waren seitdem unzertrennlich. Sehr zum Unmut meiner Eltern, aber da ich mittlerweile volljährig war, war mir ihre Meinung zu meiner Beziehung egal. Ich wollte meinen eigenen Weg gehen und meine eigenen

Entscheidungen treffen. Meine eigene Familie gründen. Meine Eltern waren immer zu fürsorglich gewesen, hatten mich in einen goldenen Käfig gesperrt, damit mir ja nichts passiert und hielten mich unter ständiger Aufsicht. In der Pubertät fiel es mir deshalb sehr schwer, flügge zu werden, da mich meine Eltern ungern mit Freunden weggehen ließen. In meiner Großmutter fand ich schließlich eine Verbündete. Ich übernachtete fast jedes Wochenende bei ihr und konnte mich auf diese Weise mit meinen Freundinnen treffen, ohne dass meine Eltern etwas davon mitbekamen.

Mit meiner Oma hatte ich eine Menge Spaß. Sie ließ mir vieles durchgehen, was meine Eltern sicher zur Weißglut getrieben hätte. Sie war die lockerste alte Dame, die mir je begegnet war, und ich fragte mich oft, ob sie wirklich die Mutter meiner Mutter sein konnte.

Oma wünschte mir einfach nur alles Glück der Welt, als ich zu Thomas zog. Ich konnte mich mit meinen Eltern unterhalten, ohne dass es gleich in Streit ausartete, aber wirklich warm wurden wir nie wieder miteinander.

Zwei Jahre war das erst her. Es kam mir wie zwei Jahrzehnte vor.

Ich schlug die Decke zurück und setzte mich auf. Langsam wanderte mein Blick durch das Schlafzimmer. Nein. In zwei Jahrzehnten hätte es hier mehr von mir geben müssen. Das Schlafzimmer sah aber noch genauso aus wie an dem Tag, an dem ich eingezogen war. Keine persönliche Note von Mia. Nur Thomas. Die Wände waren in einem hellen Cappuccino-Beige gestrichen. Die Wand hinter dem Bett in einem sehr dunklen Braun. Ich mochte diese Farben überhaupt nicht. Die langen Vorhänge waren hellgrau und auch der Teppich war mit seinem Mausgrau nicht sehr farbenfroh. Überhaupt fehlten mir hier Farben. Die restliche Wohnung war zwar modern eingerichtet, aber nur in Weiß gehalten. Weiß, wohin man nur schaute: weiße Möbel, weiße Wände und kalte weiße Fliesen als Bodenbelag. Da die Wohnung im Dachgeschoss lag, sah man nur das Hellblau des Himmels durch die Fenster – oder das Grau, wenn es regnete. Nicht einmal grüne Bäume, geschweige denn bunte

Blumen, waren zu sehen. Unsere Wohnung lag zudem noch auf der zur Straße gelegenen Seite. Selbst wenn ich aus dem Fenster nach unten blickte, war alles grau. Nur die vorbeifahrenden Autos malten ab und zu Farbtupfer in die graue Suppe.

Ich versuchte mit ein paar bunten Kissen auf dem weißen Sofa etwas Farbe in die Wohnung zu bringen. Aber das fand Thomas kindisch. Es waren ihm zu viele verschiedene Farben.

In unserem gemeinsamen Haus sollte alles anders werden. Das hatte er mir versprochen. Dort würde ich alles einrichten dürfen. Bis dahin bat er mich, dass er noch seine weiße Wohnung genießen dürfe – und das braune Schlafzimmer. Braun. Ich musste mich schütteln und schlurfte ins Bad. Der Blick in den Spiegel zeigte nichts Gutes. Diese Augenringe würde ich nicht mehr mit Make-up verbergen können. Ich sprang schnell unter die Dusche, um wachzuwerden. Vergebens. Ich wickelte mich in ein Handtuch und schaute wieder in den Spiegel, in der Hoffnung der Anblick hätte sich verbessert.

»Siehst du scheiße aus. So kannst du nicht unter Leute gehen.« Ich kramte meine Tasche mit dem Make-up hervor. Ich mochte es nicht, mich zu schminken, aber man sah es in der Firma gerne, wenn die Frauen etwas zurecht gemacht herumliefen.

Dabei fand ich meine grünen Augen auch ohne Lidschatten schön. Zum Glück waren meine Wimpern sehr dicht, sodass ich getrost auf Mascara verzichten konnte. Darum beneidete mich Lisa immer.

»Das ist voll ungerecht. Ich muss mir Tonnen von Farbe ins Gesicht schmieren und du schaust auch ohne Make-up wunderschön aus.«

Wunderschön? Nein. Wunderschön war ich nicht. Ich war immer zu blass und wurde ständig gefragt, ob es mir gut ginge. Etwas zu klein geraten war ich auch, aber auf hohen Schuhen zu laufen gab ich schnell auf. Das war nun wirklich nicht meine Welt. Ich war sehr schlank und sportlich, dadurch war ich einfach nur etwas kleiner und nicht auch noch mollig. Meine Haare fand ich immer zu dunkel. Sie waren fast schwarz.

Mit der Zeit wuchsen sie mir bis über die Schulter, was ich gar nicht schlecht fand. Nur im Frisieren war ich eine absolute Niete und so blieb es entweder bei einem Pferdeschwanz oder etwas Geflochtenem. Aber selbst dafür hatte ich heute keine Zeit mehr. Ich zog mir schnell eine schwarze Stoffhose und eine weiße Bluse an und rannte die Treppen hinunter. Die Firma, in der ich arbeitete, lag nur zwei Straßenbahn-Haltestellen weiter.

»Guten Morgen Frau Stern. Haben Sie ausgeschlafen? Es ist nach acht!«

Mein Chef plusterte sich dermaßen auf, dass ich dachte, seine Hemdenknöpfe würden jeden Augenblick abplatzen. Sein Bierbauch allein spannte das Hemd bereits fast bis zum Zerreißen. Seine Glatze versuchte er mit herüber gekämmten Haaren zu verbergen, wodurch er noch schmieriger aussah, als er ohnehin war.

»Guten Morgen Herr Riedberg«, antwortete ich aufgesetzt freundlich. »Tut mir schrecklich leid. Ich muss vergessen haben den Wecker zu stellen, als ich um zwei Uhr nachts von der Arbeit kam. Soll nicht wieder vorkommen.« Ich schlüpfte schnell in Lisas und mein Büro und schlug die Tür zu, bevor er etwas erwidern konnte.

»Siehst du scheiße aus.« Lisa schaute mich über ihren Monitor hinweg an und grinste breit. Sie sah kein bisschen besser aus. Ihre Brille saß etwas schief und ihre langen roten Locken standen in alle Himmelsrichtungen ab. Die Sommersprossen kamen auch langsam wieder zum Vorschein, je mehr die Frühlingssonne schien. Lisa war wie ich eine Sonnenanbeterin. Sie trug trotz der frischen Temperatur bereits einen sommerlichen Rock mit einer dünnen geblümten Bluse und einer Strickjacke. Ihre dicken Winterstiefel verrieten, dass ihr wohl doch etwas kalt war.

Ihr Anblick hatte immer etwas Beruhigendes auf mich. Sie kümmerte sich nicht um Mode und zog das an, was ihr gefiel, auch wenn der Chef ihre Outfits für nicht allzu vorzeigbar hielt. Aber Lisa hatte keinen Kundenkontakt und so kniff Herr Riedberg ein

Auge zu, denn Lisa leistete gute Arbeit, auf die er nicht verzichten konnte. Erst recht nicht nach den vielen Kündigungen.

»Danke, gleichfalls«, erwiderte ich auch mit einem Lächeln und ließ mich in den Schreibtischstuhl fallen.

Lisa schob sich die Brille zurecht. »Du siehst aus, als hättest du gar nicht geschlafen. Habt ihr Streit zu Hause?«

Streit. Thomas und ich hatten uns noch nie gestritten. Ich glaubte mittlerweile, dass Thomas gar nicht streiten konnte. Er blieb immer sehr ruhig und brachte mich mit seinen sachlichen Argumenten zur Weißglut, was mich nur noch wütender machte. Wenn ich sauer war, dann wollte ich mich mit allem Drum und Dran streiten. Ich wollte ihn anschreien und wollte von ihm angeschrien werden, aber er wurde nie laut. Vielleicht war er als Kind in einen Topf voll mit Baldrian gefallen.

»Nein, alles ok«, log ich. Normalerweise konnte ich mit Lisa über alles reden, doch dieses Mal fiel es mir ungewohnt schwer, ihr mein Herz auszuschütten, was ich selbst nicht richtig verstand.

»Ok? Meine Liebe, du wirst heiraten. Du solltest auf Wolke Sieben schweben. Und danach siehst du nun wirklich nicht aus. Arbeit hin oder her. Dich beschäftigt doch schon seit Wochen etwas.«

Lisa kannte mich einfach zu gut. Sogar besser als Thomas. Vielleicht lag es daran, dass ich mit ihr mehr Zeit verbrachte als mit ihm, denn Thomas sah ich nur spät abends nach dem Feierabend oder am Wochenende. Lisa hingegen sah ich von Montag bis Freitag den ganzen Tag lang. Ich wusste, dass Lisa hartnäckig war. Sie würde nicht aufgeben, ehe ich ihr nicht irgendwas sagte, was ihre Besorgnis wenigstens einen Hauch minderte. Also atmete ich tief ein und versuchte mein Gefühlschaos annähernd zu beschreiben.

»Ich fühl mich ... ich habe das Gefühl ...«, ich wusste nicht, wie ich das, was in mir vorging, in Worte fassen sollte.

»Du bekommst doch nicht etwa kalte Füße? Mia, so einen Mann wie Thomas findest du nicht an jeder Straßenecke. Heute wird er zum stellvertretenden Geschäftsführer befördert, da bin ich mir sicher. Im Sommer bekommst du deine Traumhochzeit und danach kannst du dein Traumhaus nach deinen Wünschen einrichten. Ihr werdet genug Geld haben und sicher auch bald ein paar kleine Kinder. Er liest dir doch jetzt schon jeden Wunsch von den Augen ab.«

»Lisa, genau *das* ist das Problem.«

»Dass du einen gut aussehenden Mann heiraten wirst, der Geld verdient und dich liebt?« Lisa musterte mich ungläubig. Sie sah aus wie eine Lehrerin, wenn sie die Stirn runzelte. Wenn sie das tat, glaubte ich, dass sie die Antworten auf ihre Fragen bereits wusste. Sie unterstellte mir jedoch etwas anderes, nur um die Wahrheit von mir zu hören. Ich vermutete, dass sie das tat, damit ich selbst endlich glaubte, was ich dachte und fühlte, indem ich es aussprach. Irgendwie wusste Lisa, was in mir vorging, ohne dass ich etwas sagen musste.

»Dass ich all das *jetzt* schon tun werde«, murmelte ich schließlich.

»Wann willst du es denn sonst tun? Wenn du eine alte Rosine bist?«

Das liebte ich an Lisa. Sie schaffte es immer mir ein kleines Lächeln auf die Lippen zu zaubern, auch wenn es mir schlecht ging. Und gleichzeitig bohrte sie geschickt weiter, damit ich mich ja nicht aus ihrer Befragung herauswinden konnte.

»Nein. Aber ich hab doch noch gar nicht richtig gelebt. Ich arbeite nur noch und zu Hause ist es so … so langweilig geworden. Ich fühle mich mit zwanzig wie eine alte Rosine!«

Trotz meines verzweifelten Blickes lachte Lisa laut auf und beugte sich über ihren Monitor. »Du hast kalte Füße. Das wird wieder. Wenn wir erst mit der Planung der Hochzeit angefangen haben, wirst du dich freuen. Mia, stell dir nur mal das Kleid vor. Du in einem langen, weißen Kleid. Oh, das wird richtig romantisch!«

Lisa war gar nicht mehr zu bremsen. Anstatt sich auf die Arbeit zu konzentrieren, fing sie plötzlich an meine Hochzeit zu planen. Von den Blumenkindern über den Blumenschmuck bis hin zur Band, die spielen sollte. Sie wollte mich ablenken. Doch auch wenn sie es gut damit meinte, sie erreichte nur das Gegenteil. In mir wurde die Angst Thomas zu heiraten immer größer, genauso wie die Zweifel, die mich seit letzter Nacht zermürbten. Ich drehte meinen Verlobungsring hin und her. Er war mir schwer geworden.

Kapitel 2

*Ein Freund kommt wie der Frühlingswind
mit dem Duft von Blumen
und dem sanften Licht des Himmels.
Er hält sich an der Schwelle zu Deiner Seele
auf, immer freudig und wohlwollend.*

Es duftete nach leckerem Essen, als ich die Tür zu Thomas' Wohnung aufschloss. Nach meinem Lieblingsessen.

Ich hatte pünktlich Feierabend machen können, aber auch nur, weil Herr Riedberg fand, dass ich krank aussehe. Also schickte er mich nach Hause, bevor ich noch meine Kollegen anstecken könnte. Ich atmete tief ein: Nudelauflauf. Ein simples Essen, aber ich liebte es.

»Hallo Sternchen! Wie war dein Tag? Du siehst müde aus. Rate mal, was ich für dich gekocht habe.« Thomas stand mit zerwühlten Haaren in der Küche und grinste mich an. Es war immer sehr chaotisch, wenn er kochte, aber dafür war es auch lecker. In diesem Augenblick wusste ich wieder, warum ich ihn liebte. Er hatte heute seinen großen Tag wegen der Beförderung gehabt, aber er machte sich trotzdem die Mühe, für mich mein Lieblingsessen zu kochen und fragte mich auch noch als Erstes, wie mein Tag gewesen sei.

Ich legte meinen Schlüssel auf die Kommode im Flur und warf meine Jacke eher lieblos über den Haken an der Garderobe. Thomas liebte seine pingelige Ordnung in der Wohnung und wehe, ich warf meine Jacke auch nur ein einziges Mal über eine Stuhllehne oder das Sofa. Aber darüber wollte ich mich jetzt nicht ärgern. Schon gar nicht bei diesem himmlisch leckeren Geruch, der intensiver wurde, je näher ich der Küche kam. Thomas hatte gute Laune, aber das musste nicht bedeuten, dass es mit der Beförderung geklappt hatte. Er hatte immer gute Laune, oder konnte es zumindest gut überspielen, wenn er keine hatte. »Wie war denn *dein* Tag?«, fragte ich schließlich, nachdem Thomas nicht von selbst Bericht erstattete.

Sein Grinsen wurde breiter. Er ging zum Kühlschrank, holte eine Flasche Champagner heraus und schenkte uns zwei Gläser ein. Nudelauflauf mit Champagner. Ich lachte. Solche Absurditäten konnte auch nur Thomas bringen. Er war also wirklich befördert worden. Seine harte Arbeit in den letzten Jahren hatte sich bezahlt gemacht. »Ich gratuliere dir. Du hast das wirklich verdient.« Ich umarmte ihn und gab ihm einen Kuss.

»Nun stehen uns alle Türen offen, Sternchen. Ich werde dir jeden

Wunsch erfüllen und du sollst deine Traumhochzeit bekommen. Und dein Traumhaus.«

Ich schluckte und löste mich aus seiner Umarmung, in der ich mich sonst immer geborgen und beschützt gefühlt hatte. Hochzeit und Haus. Ja. Das sollte ich dann wohl bekommen.

Der Champagner schmeckte zu meiner Verwunderung wirklich gut. Ansonsten waren Sekt und Co. nichts für mich. Generell trank ich selten Alkohol und wenn, dann nur Cocktails, in denen ich den Alkohol nicht schmeckte. Auch der Nudelauflauf war ein Traum. Thomas hatte ihn mit Spaghetti gemacht, wie ich es am liebsten mochte. Ich zog die Spaghetti mit spitzen Lippen ein und nicht selten bespritzte ich den Tisch und auch uns dabei, aber das gehörte für mich dazu. Thomas fand das kindisch, wie so viele Dinge, die ich für mein Leben gern tat, doch er tolerierte es.

»Hast du dir schon ein Datum ausgesucht?«, fragte Thomas, nachdem er einen großen Schluck vom Champagner genommen hatte.

Ich wusste, worauf er hinaus wollte, aber ich wollte es noch nicht wahrhaben und stellte mich ahnungslos: »Datum?«

»Wann möchtest du heiraten?« Er drehte einige Spaghetti auf die Gabel und schob sich den Berg Nudeln in den Mund. Diese Frage überforderte mich. Letzte Nacht war ich mir nicht einmal sicher, ob ich ihn überhaupt noch heiraten möchte und nun fragte er mich nach einem Datum. Er fragte mich nach dem Tag, vor dem ich momentan am meisten Angst hatte. Jedoch hatte ich auch Angst, Thomas zu verlieren. Ich musste mir nur noch klar darüber werden, welche Angst größer war. Doch das war alles andere als einfach.

Thomas lächelt mich an. »Du wolltest doch gern im Sommer heiraten, wenn alles schön blüht und die Sonne scheint. Wie wäre es mit August?«

Mir blieb eine Nudel im Hals stecken und ich musste husten. Wir hatten jetzt Ende April. Es war kein halbes Jahr mehr bis August.

Hastig trank ich meinen Champagner aus und schaute Thomas flehend an. »So schnell?«

»Schnell?«, fragte Thomas verwundert. »Vor unserem Urlaub konnte es dir doch nicht schnell genug gehen. Du hast dir unsere Hochzeit immer wieder richtig schön ausgemalt. Das hatte mir Mut gemacht, dich überhaupt zu fragen. Welche Frau sagt schon nein, wenn sie bereits von ihrer Hochzeit träumt?«

Hatte ich das wirklich? Hatte ich vor seinem Antrag von unserer Hochzeit geträumt und darüber geredet? Das lag alles weit in der Vergangenheit und ich konnte mich weder an meine Gedanken, noch an meine Gefühle erinnern, die ich damals gehabt hatte. Ich rührte in meinen Nudeln und versuchte mich zu erinnern. War ich bereits so alt, dass ich mich nicht mehr an das letzte Jahr erinnern konnte? Verlor man mit zwanzig Jahren den Verstand? Sein Gedächtnis? Ich konnte Thomas nicht vor den Kopf stoßen. Wusste ich nicht tief in meinem Inneren, dass es mein Wunsch war, mit ihm zusammen zu sein? Ich hatte den Antrag schließlich angenommen.

»Bist du dir nicht mehr sicher, Sternchen?« Thomas schaute mich traurig an. Dieser Blick tat mir im Herzen weh. Auch wenn ich noch dermaßen viele Fragen im Kopf hatte, ich wollte ihn nicht verletzen. Er machte mich glücklich und gab mir das Gefühl, jemand besonderes zu sein. Es war ein tolles Gefühl, geliebt zu werden, jemanden an meiner Seite zu haben, der immer für mich da sein würde, wenn es mir schlecht ging. Und das war Thomas. Dafür liebte ich ihn.

»Nein, nein. August klingt toll.« Ich musste mich zusammenreißen. Wahrscheinlich hatte Lisa recht und es waren nur die kalten Füße und der Stress auf der Arbeit in letzter Zeit. Ich hatte gar keine Gelegenheit mehr, mich auf die Hochzeit zu freuen.

Ich lächelte Thomas an. »Mia Lehmann. Das klingt doch gut, oder?«

»Für mich wirst du immer mein Sternchen sein«, antwortete Thomas erleichtert.

»Na, Lehmännchen hätte ich dir auch übel genommen!« Ich musste lachen. Es tat gut und es fühlte sich an, als ob eine Last von mir gefallen wäre. Ich tadelte mich selbst, dass ich Zweifel an uns hatte – und an mir. Thomas tat mir gut und das sollte er auch für den Rest meines Lebens tun.

»Lass nur, ich räum' das auf.« Er nahm mir den Teller ab, als ich ihn in die Spüle stellen wollte. »Warum lässt du dir nicht ein Bad ein und entspannst dich ein wenig?«

Um einen Mann wie Thomas würden mich sicher viele Frauen beneiden. Er kochte nicht nur hervorragend, er machte auch noch den Abwasch und tat alles mögliche, damit es mir gut ging. Ich sollte endlich wieder anfangen, das Gute an ihm zu sehen und mich nicht mehr an das Schlechte klammern. Es sollte wieder wie früher werden, als wir glücklich waren und viel miteinander unternommen hatten.

»Willst du deine Beförderung nicht noch ein wenig feiern?« Vielleicht hatte er ja Lust, in einen Club oder eine Bar zu gehen.

»Das haben wir doch gerade. Ich kann mir keine schönere Feier vorstellen als gleich mit dir zusammen den Abend zu genießen.«

Meine gute Laune bekam einen kleinen Dämpfer. So sah eine Feier mit seinen achtundzwanzig Jahren also aus: man saß zusammen auf dem Sofa und sah fern. Doch ich wollte jetzt keine Diskussion mit ihm anfangen und gab mich geschlagen. Nach einem Bad hätte ich bestimmt auch keine Lust mehr auszugehen.

Ich ging ins Badezimmer und ließ Wasser in die Wanne laufen, während ich mich auszog. Schnell beschlug der Wasserdampf den Spiegel. Ich wischte ihn mit einem Handtuch ab und schaute mir mein Spiegelbild an. Es sah nicht wesentlich besser aus als am Morgen, aber mein Gesicht war nicht mehr völlig zerknautscht. Vorsichtig stieg ich in das warme Wasser. Ich bekam eine Gänsehaut und musste mich kurz schütteln, dann glitt ich langsam hinab und kuschelte mich in die Schaumwolken. Genauso müssen sich die Bettdecken im Himmel anfühlen. Allmählich begann ich mich zu entspannen. Jeder Wirbel meines Rückens knackte. Nach den kurzen Stichen fühlte sich alles weicher an. Ich schloss die Augen. So wohl hatte ich mich lange nicht mehr gefühlt. Thomas hatte wirklich eine gute Idee gehabt. Wie so oft. Er hatte einen Sinn dafür zu wissen, was mir gut tat, und dieses Bad tat mir verdammt gut.

Ich versuchte, an etwas Erfreuliches zu denken und stellte mir mein Hochzeitskleid vor: Weiß natürlich, mit kleinen roten Rosenblüten bestickt. Ein reinweißes Kleid erinnerte mich zu sehr an Thomas' Wohnung. Es sollte eine Korsage haben, die hinten mit roten Bändern zusammengeschnürt wurde und eine kleine Schleppe. Beides wieder mit roten Rosen bestickt. Einen großen Reifrock wollte ich nicht. Mein Kleid sollte schmal geschnitten sein. Die Schuhe durften einen kleinen Absatz haben, aber nicht zu hoch, damit ich darin auch laufen konnte.

Plötzlich stand ich auf einer grünen Wiese. Überall blühten die wunderschönsten Blumen und der Duft der Fliederbäume, die am Rand der Wiese wuchsen, erfüllte die Luft. Es war ein herrlicher Sommertag. Vor mir stand Thomas. Er trug einen schicken schwarzen Anzug mit einer roten Krawatte, passend zu meinen roten Rosen auf dem Hochzeitskleid, das ich trug. Der Anzug betonte hervorragend seine breite Schultern, an die ich mich so gerne lehnte. Wir lächelten uns an, als Thomas meine Hand nahm. Ich drückte seine fest zurück, als wollte ich ihn nie wieder loslassen. Seine blonden Locken erstrahlten in der Sonne wie ein Heiligenschein. Mein Engel. Ich fühlte, wie die Wärme sich in meinem Körper ausbreitete. Ich war in Sicherheit. Ich war zu Hause – und glücklich. Thomas beugte sich zu mir herunter und gab mir einen zärtlichen Kuss. Keinen Vater-Tochter-Kuss, wie er es sonst tat. Seine Lippen fühlten sich weich und vertraut an. Ich schloss meine Augen, stellte mich auf die Zehenspitzen und legte meine Arme um seinen Hals. Thomas zog mich an sich und hielt mich fest.

Mein Herz begann schneller zu schlagen. Aber es war nicht wegen ihm. Etwas war anders. Ich öffnete die Augen und sah eine schwarze Gestalt zwischen den Fliederbäumen stehen. Ich erstarrte. Thomas schaute mich verwundert an. Er folgte meinem Blick und wich erschrocken einen Schritt zurück, als er die schwarze Gestalt ebenfalls sah. Langsam kam sie auf uns zu. Ihre intensiv blauen Augen fixierten mich. Ich konnte mich keinen Millimeter bewegen und wagte es auch nicht zu atmen. Es war kein Mensch, der auf uns zukam. Ein tiefes Grollen ertönte in seiner Kehle. Die Augen ließen von mir ab und starrten Thomas an. Die Gestalt fletschte die Zähne. Das Knurren wurde lauter.

Es war ein Wolf. Es war ein großer schwarzer Wolf mit strahlend blauen Augen. Sie hatten die Farbe des Himmels an einem sonnigen, wolkenlosen Tag. Er war doppelt so groß wie die Wölfe, die ich aus dem Zoo kannte und hundertmal furchteinflößender.

Der Wolf schritt ganz langsam auf Thomas zu. Sein Fell sträubte sich und er senkte den Kopf immer weiter hinab. Unterwarf er sich? Nein. Er setzte zum Sprung an.

Ich schrie auf. Als ich nach Luft schnappte, wurde mir klar, dass ich tatsächlich schrie, aber ich befand mich nicht auf einer Wiese. Neben mir stand auch niemand und es war kein Wolf zu sehen. Ich war nicht mehr in der Badewanne. Stattdessen lag ich im Bett. Draußen ging bereits die Sonne auf.

Thomas riss die Tür auf. »Was ist passiert? Alles ok? Wieder eine Spinne?«

Ein paar Sekunden lang schaute ich ihn an. Es ging ihm gut. Er war von keinem Wolf angegriffen und zerfleischt worden. Er stand völlig unverletzt vor mir und ich lag im Bett, welches im braunen Schlafzimmer stand. Keine Wiese, kein Wolf, betete ich herunter. Keine Wiese, kein Wolf.

»Ich ... ich muss geträumt haben.« Langsam sammelte ich mich. »Aber wie bin ich ...«

»Du bist in der Badewanne eingeschlafen. Es muss ein schöner Traum gewesen sein. Du hast gelächelt, als ich dich ins Bett getragen habe.«

»Das war er am Anfang auch.« Ich strampelte mich aus der Decke frei und setzte mich auf die Bettkante.

Thomas hockte sich vor mich und nahm meine Hände in seine. »Was hast du denn geträumt?«

Da war er wieder: Thomas der Psychologe. Sage mir, was du geträumt hast und ich sage dir, was dich bedrückt. Er hörte mir zu und gab mir dann Ratschläge, wie ich etwas besser machen könnte. Wie bei der Arbeit.

»Ich habe mein Hochzeitskleid gesehen. Du warst auch da.«

»Das ist doch ein wunderbarer Traum, Sternchen. Warum schreist du dann? Hatte ich zwei verschiedene Socken an? Nein, ich habe sicher die Ringe vergessen, oder?« Er versuchte mich mit einem Lächeln aufzumuntern.

»Ich weiß es nicht mehr. Aber das mit den Ringen würde ich dir zutrauen. Ich werde sie lieber an mich nehmen.«

Mein Herz sagte mir, dass es besser wäre, ihm nichts von dem Wolf zu erzählen. Sicher hielt er es wieder für kindisch. Sternchen und der böse Wolf oder so etwas. Außerdem war es auch nur ein Traum.

»Alles, was die Braut sich wünscht.« Thomas stand auf und gab mir einen Kuss auf die Stirn. Ich grummelte, aber er bemerkte es nicht. »Du frühstückst sicher wieder im Büro, oder? Bei mir kann es heute etwas später werden. Ich muss so viel erledigen, dass ich gar nicht weiß, wo ich anfangen soll. Der Nachteil bei einer höheren Position. Aber ich muss zum Glück nicht am Wochenende arbeiten. Da haben wir alle Zeit der Welt für uns und die machen wir uns richtig schön. Vielleicht machen wir eine Hafenrundfahrt. Was hältst du davon? Das haben wir schon lange nicht mehr gemacht. Oder zum Fischmarkt?«

»Hafenrundfahrt klingt gut.« Ich sah uns zwischen den Rentnern und Asiaten mit ihren Fotoapparaten durch den Hamburger Hafen schippern, aber das war tausend Mal besser, als in der Wohnung zu sitzen. »Wir könnten auch mal wieder an der Alster joggen gehen«, warf ich hinterher, doch Thomas hatte die Wohnungstür bereits hinter sich geschlossen. Wenn ich weiter zur Couch-Potato mutierte, müsste mein Hochzeitskleid bald drei Nummern größer sein.

Nach dem ausgiebigen Bad gestern Abend ersparte ich mir die

Dusche, schminkte mich leicht und stiefelte zur Straßenbahn. Ob ich von unserem Haus aus ebenfalls schnell zur Arbeit kommen würde? Oder würde ich dann mit dem Auto fahren müssen? Direkt in der Stadt wird es schwer werden, ein Haus mit Garten zu finden.

Diese Gedanken kamen mir plötzlich ganz vertraut vor. Ich war mir sicher, dass ich sie letztes Jahr schon einmal gehabt hatte. Noch vor dem Antrag. Langsam kamen sie mir wieder ins Gedächtnis zurück. Ich träumte mir oft meine Zukunft zusammen, vielleicht um keine Angst davor haben zu müssen. Ich hatte mir vorgestellt, wie die nächsten Jahre aussehen könnten, hatte mir auf dem Stadtplan bereits die neuen Wohngebiete eingekreist, damit ich später leichter eine Entscheidung treffen könnte. Letztes Jahr waren meine Pläne bis auf einen Punkt fast vollständig gewesen.

»Gott, ich habe noch gar keinen Trauzeugen!«

Die Leute in der Bahn um mich herum starrten mich an. Ich hatte das wohl laut gesagt.

»Glückwunsch, wann ist es so weit?«, fragte die alte Dame neben mir.

»Diesen Sommer im August.« Nun flüsterte ich, damit ich nicht noch mehr Aufmerksamkeit auf mich zog.

»Wie schön. Das ist eine herrliche Jahreszeit. Mein Walter und ich haben im Winter heiraten müssen. Da war es kalt. Geschneit hat es, es war ein richtiger Schneesturm. Aber das ist alles nicht wichtig an diesem Tag. Wir mussten schließlich den Winter nehmen, weil er im Frühjahr an die Front sollte und man wusste ja nie …«

»Tut mir leid, aber ich muss hier aussteigen«, warf ich dazwischen. »Grüßen Sie ihren Walter.«

Ich war froh, dass meine Haltestelle gekommen war, denn ich hatte keine Lust auf Kriegsgeschichten. Dennoch ließ mich die alte Dame und ihre Erzählungen nicht mehr los. Vielleicht war ihr Walter nicht aus dem Krieg zurückgekommen. Dieser Gedanke begleitete mich bis in mein Büro. Das muss schrecklich sein, wenn man kurz nach der Hochzeit seinen geliebten Mann verlor.

»Hey, du schaust heute Morgen viel ausgeschlafener aus.« Lisas

Augen blitzten mich wie immer hinter ihrem Monitor an.

»Willst du meine Trauzeugin sein?« Wen sonst außer Lisa sollte ich fragen? Ich hatte in Hamburg keine weiteren Freunde und sie war mir wichtig. Sie sollte an meinem großen Tag dabei sein.

Lisa rutschte die Brille ein Stück herunter und ihre Stirn legte sich wieder in Falten. Die Frau Lehrerin. Kurz kamen mir Zweifel, ob ich gerade das Richtige gefragt hatte, aber da rannte Lisa schon um den Schreibtisch herum und umarmte mich. Sie erdrückte mich fast. Weinte sie?

»Oh Mia ... dass du mich fragst. Ich freue mich riesig. Natürlich will ich. Natürlich will ich meine Freundin an ihrem Hochzeitstag begleiten! Was für eine Frage!« Sie weinte tatsächlich. Zum Glück vor Freude. Als ob ihr jemand einen Heiratsantrag gemacht hätte.

»Ich kann mir keine bessere Trauzeugin vorstellen als dich.« Diese Worte kamen aus meinem tiefsten Herzen. Ich hatte Lisa lieb gewonnen und auch sie wollte ich für den Rest meines Lebens nicht mehr hergeben.

Lisa trat einen Schritt zurück und beäugte mich nachdenklich. Ihr Lachen war plötzlich verschwunden. Sie dachte über etwas nach, das konnte ich ihr an der Nasenspitze ansehen. Was war auf einmal mit ihr los? Eben freute sie sich wie ein kleines Kind und jetzt? Jetzt starrte sie mich an, als ob sie versuchte, meine Gedanken zu lesen.

Langsam fand Lisa ihr Lächeln wieder. »Mia, Liebes, ich habe eine Überraschung für dich. Eigentlich sollte es als Ablenkung dienen oder als Erholung, was auch immer. Aber nun kann es auch als Junggesellinnenabschied genommen werden.«

Ich ahnte Schlimmes. Grausame Kostüme, ein Bauchladen gefüllt mit Schnaps und Sexspielzeug, das ich auf der Reeperbahn verkaufen musste.

»Tadaaa!«, Lisa wedelte mit einem Briefumschlag vor meiner Nase herum. Gott sei Dank. Kein Kostüm, keine Vibratoren.

Vorsichtig öffnete ich den Umschlag. »Flugtickets? Nach Calgary? Hast du im Lotto gewonnen?« Das musste ein Scherz sein. Lisa hätte sich solche Tickets nie im Leben leisten können. Auch wenn sie viel reiste, sie bekam das Geld gerade so zusammen, dass es für sie alleine reichte.

»Nee, hab' nichts gewonnen. Ich habe dir doch von Jan erzählt, meinem Bruder, der in Kanada wohnt.« Ich nickte. Sie flog sehr oft nach Kanada, um ihn zu besuchen. Anfangs war er in die USA ausgewandert und lebte nun irgendwo im Westen Kanadas. Mehr wusste ich aber auch nicht. »Ihm gehört eine dieser Mall-Ketten«, erzählte Lisa weiter. »Du weißt schon: diese großen Einkaufspassagen, die es in den USA überall gibt. Er verdient also nicht gerade wenig. Jan hat mich gefragt, wann ich ihn wieder besuchen kommen möchte. Er wollte mir einen Flug schenken, aber ich habe gesagt, dass ich nur mit meiner Freundin komme. Also hat er uns zwei Tickets geschenkt. Ist das nicht super? Ich dachte, da du den Kopf gerade voll hast mit der Hochzeit, Thomas und der Arbeit, würde dir ein wenig Abstand gut tun. Freust du dich gar nicht? Wenn du willst, dann nimm es als Hochzeitsgeschenk. Wobei, ich hab es ja selbst geschenkt bekommen. Dann nimm es einfach als kleine Geste deiner Trauzeugin an.«

Ich wusste gar nicht, was ich sagen sollte. Sollte ich mich freuen oder eher Panik bekommen? Jetzt, vor der Hochzeit noch nach Kanada fliegen? Es mussten so viele Vorbereitungen getroffen werden.

»Wie lange würden wir bleiben?« Neugierig war ich dennoch.

»Solange du möchtest. Allerdings müssen wir von Calgary noch ein Stück mit dem Auto fahren. Wir treffen uns in seiner Ferienhütte in den Bergen mit ihm. In den Rocky Mountains. Mia! Die Rocky Mountains!« Lisa verfiel in einen Freudentanz, der mich langsam aber sicher positiver stimmte.

Kanada, Rocky Mountains. Ja, das klang wirklich super. Aber der Zeitpunkt passte nicht.

»Thomas habe ich schon eingeweiht. Er weiß Bescheid und hat nichts dagegen. Er fand die Idee gut, dass du dich vor den Hochzeitsplanungen noch einmal entspannen kannst.«

»Du hast es Thomas vor mir gesagt? Soll das eine Verschwörung gegen mich werden?« So viel zu meinen Plänen für die Zukunft, damit mich nichts überraschen konnte. Sicher hatten die beiden miteinander telefoniert, als ich in der Badewanne lag. Oder Thomas wusste es schon länger und hat es mir die ganze Zeit verschwiegen.

Lisa stoppte ihren Freudentanz. »Mia, Liebes. Es war nicht böse gemeint. Es sollte eine Überraschung sein. Außerdem: Einem geschenkten Gaul – du weißt schon.«

»Schöner Gaul«, ich setzte mich auf meinen Schreibtischstuhl, verschränkte die Arme und schmollte. »Wann soll es denn los gehen?«

Lisa schaute auf ihre Füße. Wie ein kleines Schulmädchen, das etwas ausgefressen hatte, beichtete sie flüsternd: »Übermorgen.«

»Übermorgen?« Ich sprang auf und stemmte meine Fäuste in die Seiten. Pah! Von wegen Hafenrundfahrt! Thomas hatte sich das also nur ausgedacht, um mich an der Nase herumzuführen.

Mir fielen viele Argumente ein, nicht zu fliegen, die ich Lisa allesamt an den Kopf warf, aber sie zerschmetterte jedes Argument mit einem Gegenargument. Sogar unsere Projekte hatte sie bereits an andere Kollegen verteilt. Der Urlaub war auch schon vom Chef genehmigt, wobei sie mir den genauen Zeitraum, der genehmigt wurde, nicht verraten wollte. Vielleicht stand Herr Riedberg auf Lisa. Ansonsten hätte er das niemals abgesegnet. Nicht, wenn dermaßen viel Arbeit vorlag. Vielleicht war es ihre unkonventionelle Art, die er mochte, auch wenn er es immer abstritt. Auf jeden Fall musste sie das schon länger geplant haben. In dieser Firma bekam man nicht von einem Tag auf den anderen einfach frei. Mir kam das alles komisch vor. Angefangen mit Lisas Idee, bis hin zu ihrer Planung hinter meinem Rücken. Was hatte sie nur vor mit mir?

Erschöpft sank ich zurück auf meinen Stuhl. Das hatte ich nicht geplant. Ich konnte jetzt nicht weg. Ich musste heiraten! Die Hochzeit musste geplant werden. Kanada kam in meinen Plänen nicht vor.

Mir schwirrten wieder unzählige Gedanken im Kopf herum.

Dabei wollte ich doch nur eines: Endlich einmal nichts denken müssen.

Ich seufzte.

»Gibst du auf?« In Lisas Stimme klang etwas Triumphales mit. »Gibst du auf und kommst mit mir nach Kanada?«

Ich hob den Kopf und massierte meine Schläfen. »Na schön. Ihr habt gewonnen. Eine Woche. Keinen Tag länger.«

Lisa stürmte auf mich zu und drückte mich gegen ihren Bauch. Wäre sie molliger gewesen, wäre ich erstickt. »Das wird toll! Ich freue mich. Wir haben schon lange nichts mehr miteinander unternommen und jetzt fliegen wir nach Kanada! Es wird dir gefallen!«

Lisa war von nun an gar nicht mehr zu stoppen. Sie redete wie ein Wasserfall von der Natur dort, von den Bäumen, den Bergen, den Tieren.

»Ich hasse Überraschungen.« Mehr hatte ich dazu nicht zu sagen.

•••

»Was fällt dir ein, über meinen Kopf hinweg solch eine Entscheidung zu treffen?« Ich war richtig wütend und knallte die Wohnungstür hinter mir zu, aber Thomas war nicht da. Ich erinnerte mich, dass er gesagt hatte, es könne später werden. Nun gut. Also musste ich meiner Wut auf einem anderen Weg Luft machen.

Ich zog meine Joggingklamotten an und rannte in den Park gegenüber unseres Häuserblocks. Ja, ich rannte. Die Luft war zum Glück nicht mehr so kalt, dass sie beim Atmen schmerzte, aber da ich schon lange nicht mehr gelaufen war, bekam ich schnell Seitenstiche. Ich ignorierte sie und rannte Runde um Runde im Park.

Auf dem kleinen Teich schnatterten die Enten, in der Hoffnung, jemand würde sie mit Brot füttern. Das taten die meisten Spaziergänger auch, trotz des Schildes »Enten füttern verboten«.

Ein junges Mädchen ging mit ihrem Hund Gassi. Bei genauerem Hinsehen fiel mir auf, dass wohl eher der Hund mit ihr spazieren ging. Sie musste ihr gesamtes Gewicht gegen die Leine stemmen, damit der Hund nicht davon raste. Der Hund tat mir leid. Er wollte gerne laufen, aber das Mädchen riss ihn jedes Mal an der Leine zurück. Er musste sich wie ein Gefangener fühlen. Seinen eigenen Instinkten nicht folgen zu können – nicht folgen zu *dürfen*.

»Wovor laufen Sie denn weg, Fräulein?«

Ich drehte mich um. »Meinen Sie mich?«

Ein älterer Mann in zerrissenen Klamotten saß auf einer Parkbank und hielt eine Flasche Bier in der Hand. Er nickte. Na toll, jetzt würde mich der Penner auch noch volllabern.

»Sie sind nun fünf Runden gelaufen. Sind Sie Ihrem Ziel schon näher gekommen?«

»Wer sagt denn, dass ich ein Ziel habe? Ich jogge! Da ist der Weg das Ziel.« Wenn der Mann schon philosophisch daher redete, wollte ich genauso antworten. Ich setzte erneut zum Laufen an.

»Also rennen Sie doch vor etwas davon.«

Der Mann hatte anscheinend ein starkes Mitteilungsbedürfnis.

»Ich jogge!« blaffte ich ihn an und ohne mich noch einmal umzudrehen, rannte ich zurück zur Wohnung. Nun hatte der Penner mich wirklich vom Joggen abgebracht. Wenigstens war ich nicht mehr allzu wütend auf Thomas.

Ich schleuderte meine Klamotten im Wohnzimmer in alle möglichen Ecken und ging duschen. Thomas hätte wieder geflucht und mich belehrt, wofür ein Wäschekorb da sei, aber vorläufig würde er nicht nach Hause kommen, also konnte es mir egal sein. Immerhin schien er mich auch nicht hier haben zu wollen – zumindest für den Zeitraum des Urlaubs.

Beim Abtrocknen betrachtete ich mich von oben bis unten im Spiegel. Nein. Einen Bauchansatz hatte ich zum Glück noch nicht bekommen. Ich war immer noch schlank. Das Hochzeitskleid würde ich also in meiner Kleidergröße kaufen können, vorausgesetzt ich würde durch das Essen in Kanada nicht auseinandergehen wie ein Hefekloß.

Kanada. Wieder spürte ich die Wut in meinem Bauch. Wut auf Thomas, dass er da mitmachte und mich vor unserer Hochzeit gehen ließ. Aber war es nicht gerade Thomas, der immer wusste, was ich brauchte? Vielleicht brauchte ich genau das: Eine kleine Auszeit, um meinen Kopf etwas klarer zu bekommen, um mich nur auf unsere Hochzeit konzentrieren zu können.

Warum hatte er mich nicht einfach gefragt, ob ich wegfahren möchte? Warum beschlossen Lisa und er das hinter meinem Rücken? Warum ausgerechnet Kanada? Die Nordsee hätte es auch getan. Wenn sie wollten, dass ich den Kopf frei bekam, dann hätten sie mich auch nach Helgoland schicken können. Dort gab es nichts, worüber ich hätte nachdenken können. Ich hätte mich auf eine Bank gesetzt und eine Riesenpackung Toblerone aus dem Duty-Free-Shop gegessen, bis mir schlecht gewesen wäre. Das hatte ich bei unserem letzten Ausflug nach Helgoland gemacht. Als es mit der Fähre zurück nach Hamburg ging, musste ich mich in die Nordsee übergeben. Thomas hatte es darauf geschoben, dass ich seekrank wäre. Mir tat es um die Toblerone leid.

Ich zog bereits meinen Lieblingsschlafanzug an, obwohl es noch früh am Abend war. Ein hellblauer kuscheliger Schlafanzug, von dessen Oberteil mich Snoopy anlachte. Ich liebte diesen Schlafanzug. Er war nicht nur superweich und bequem, es war auch das einzige Kleidungsstück, bei dem Thomas es aufgegeben hatte, mir einzubläuen, dass ich zu alt dafür wäre.

Ich machte mir schnell ein Toastbrot mit Erdbeermarmelade und eine heiße Milch mit Honig, danach warf ich mich auf die Couch vor den Fernseher. Marmelade am Abend. Auch ein Ding der Unmöglichkeit für Thomas.

Im Fernsehen lief wie immer nichts Interessantes, also legte ich meinen Tablet-PC auf den Schoß und gab bei Google »Kanada« ein. Wow, das Wasser wirkte blauer und die Berge bergiger als in Deutschland. Auf den meisten Bildern bot sich das gleiche Bild von Kanada: Ein blauer See in der Mitte, dahinter riesige graue Berge mit schneebedeckten Spitzen. Rechts und links am Bildrand standen hohe Bäume, die im saftigsten Grün erstrahlten. Die Landschaft spiegelte sich auf der glatten Oberfläche des Sees.

Sah ja ganz nett aus. Je länger ich mir die Bilder anschaute, desto mehr freute ich mich, dorthin zu fliegen. Unser Flug ging am übernächsten Tag um ein Uhr nachts. Ich hatte nur noch einen Tag Zeit, um meine Sachen zu packen und auf der Arbeit alles Nötige zu erledigen, falls Lisa das nicht auch schon getan hatte.

Plötzlich klingelte mein Handy. Ich rollte mich umständlich vom Sofa und ging zum Küchentisch, wo ich das Handy liegen gelassen hatte, als ich mir das Toastbrot machte. Auf dem Display erkannte ich das Bild von Thomas. Ich hatte es in unserem Skiurlaub aufgenommen. Man sah hinter der großen Skibrille kaum sein Gesicht, aber er musste ja eine Grimasse ziehen. Ich fand das Bild lustig und so stellte ich es gleich als sein Anruferbild ein.

»Hey du!«, meine Stimme klang müde. »Wann kommst du endlich nach Hause?« Ich war dermaßen erschöpft, dass ich sogar vergaß, dass ich eigentlich sauer auf ihn war.

»Sternchen, es tut mir leid. Ich wollte dich schon früher anrufen, aber wir hatten einfach zu viel zu tun. Hast du deine Überraschung von Lisa bekommen?« Er klang ziemlich gestresst.

»Ja, habe ich. Tolle Überraschung. Wie seid ihr nur auf diese Schnapsidee gekommen? Kanada, ausgerechnet *Kanada*. Weißt du, wie lange man dahin fliegt? Lange. Und ich muss noch so viel planen.«

»Du musst dich vor allem mal entspannen, Sternchen!«, fiel er mir ins Wort. »Du hast viel zu viel um die Ohren seit unserem letzten Urlaub. So gestresst hab' ich dich noch nie gesehen. Du reagierst bei allem ziemlich genervt und ich möchte eine entspannte Braut heiraten. Also sei mir bitte nicht böse, dass ich der Reise mit Lisa zugestimmt habe. Es wird dir gut tun, da bin ich mir sicher. Lass es auf dich zukommen und genieße deine Auszeit.«

»Wann bist du zu Hause?« Ich hatte keine Lust am Telefon weiter darüber zu diskutieren, was ich bräuchte und was mir gut täte. Als ob ich das nicht selbst entscheiden könnte. Ich musste an den Hund im Park denken, der auch nicht drauf loslaufen konnte, wie er wollte und wohin er wollte. Das Mädchen wollte sicher auch nur das Beste für ihn. Immerhin hätte er vor ein Auto laufen können.

»Sternchen, ich bin auf dem Weg nach Stuttgart. Ich war heute Nachmittag kurz zu Hause und habe meine Sachen geholt. Es tut mir leid, aber ich muss zum Hauptsitz für die Jahresbesprechung. Es war eigentlich alles anders geplant, aber nun muss ich einspringen.«

»Ich sehe dich gar nicht mehr, bevor ich fliege?«

»Nein, ich werde erst nächste Woche wiederkommen.«

Meine Knie wurden weich und ich musste mich auf einen Küchenstuhl setzen. Noch eine Überraschung. Bestürzt starrte ich den Kühlschrank an. Erst schickte er mich weg und dann konnte er sich nicht einmal persönlich verabschieden.

»Sternchen? Ist alles ok? Du bist mir böse, oder?«

»Alles ok. Ich bin dir nicht böse.« Ich wusste selbst nicht, ob das eine Lüge oder die Wahrheit war. Wahrscheinlich war ich am ehesten enttäuscht. Enttäuscht darüber, dass alles hinter meinem Rücken geplant wurde und darüber, dass er nicht hier war.

»Freust du dich wenigstens ein bisschen auf die Reise?«

»Ja, schon, aber ich werde nicht lange bleiben. Eine Woche höchstens.«

Eine Woche kam mir plötzlich endlos lange vor, wenn ich daran dachte, dass ich Thomas in dieser Zeit nicht sehen würde.

»Nimm dir die Zeit, die du brauchst. Aber lass mich im August bitte nicht vor dem Standesamt stehen. Bis dahin hätte ich meine Frau gerne wieder.«

»Ich denke mein Chef will mich schon viel früher zurückhaben.«

Am anderen Ende konnte ich ein leises Lachen hören. »Ich liebe dich, Sternchen. Das darfst du niemals vergessen. Ich freue mich, wenn du wieder zurückkommst. Ich hole dich dann vom Flughafen ab, wenn ich dich schon nicht hinbringen kann. Ich liebe dich! Hörst du? Vergiss das nicht!« Die Verbindung wurde schlechter und es fing an zu knistern. Er fuhr wohl gerade durch ein Funkloch.

»Sternchen?« Er war kaum noch zu verstehen. »Sternchen, bist du noch da?«

»Ja, ich bin da. Ich liebe dich auch. Viel Glück in Stuttgart.«
»Viel Spaß in Kanada!«
Die Verbindung brach endgültig zusammen und es war nur noch ein Rauschen zu hören. Was für ein Abschied.

Ich legte das Handy auf den Küchentisch zurück und starrte noch einige Minuten hinterher. Tausend Fragen hämmerten von innen gegen meine Schädeldecke. Wollte Thomas wirklich nur, dass ich mich erhole? Wollte er mich vielleicht loswerden, weil ich ihn nervte? Ich würde bei allem genervt reagieren. Das hätte er mir doch eher sagen können, wenn es ihn störte. Mein Herz schlug schneller und langsam kroch Panik meinen Hals hinauf. Das war das erste Mal seit zwei Jahren, dass ich länger als einen Tag von Thomas getrennt sein würde. Ich fühlte mich hilflos, überfordert und einsam. Meine Finger trommelten auf den Küchentisch. Warum war ich bloß so nervös? Ich würde morgen zur Arbeit gehen, meine Koffer packen, nach Kanada fliegen, mich eine Woche lang in der Hütte langweilen, zurück fliegen und wieder mit Thomas zusammen sein. Das konnte mir gar nicht schnell genug gehen. Ich vermisste ihn jetzt schon. Selbst den Kuss auf meine Stirn sehnte ich mir nun herbei.

Nein, ich würde jetzt nicht anfangen zu heulen. Ich wischte mir schnell die Träne von der Wange. Das wäre jetzt wirklich kindisch gewesen: mit zwanzig Jahren am Küchentisch sitzen und heulen, weil man eine Reise geschenkt bekommen hatte, aber der Freund sich nicht verabschieden konnte.

Ich stand auf und zupfte meinen Schlafanzug zurecht. Da ich nicht länger auf Thomas warten musste, ging ich ins Bett, damit ich einigermaßen fit für den letzten Arbeitstag war. Ich schloss die Vorhänge und kletterte ins Bett unter die Decke, die ich mir wie immer bis über die Ohren zog. Vom Gesicht war nur so viel frei, dass ich noch atmen konnte. Warum konnte ich nicht einfach hier Urlaub machen? Unter meiner Bettdecke im Snoopy-Schlafanzug. Man könnte mir mein Essen ans Bett bringen und als Cocktail würde ich eine heiße Milch mit Honig nehmen.

Langsam wurden meine Augenlider immer schwerer und die Welt um mich herum begann zu verschwimmen. Die leuchtend roten Zahlen auf meinem Wecker konnte ich nicht mehr erkennen. Das dumpfe rote Licht wechselte allmählich in ein helles Blau. Ich kniff die Augen zusammen, weil es mich blendete. Ich roch wieder den Flieder und spürte die warme Sonne auf meiner Haut. Ich blinzelte vorsichtig. Um mich herum blühte es in allen Regenbogenfarben. Was machte ich hier? Ich war schon einmal hier gewesen. Mit Thomas. Im Hochzeitskleid. Aber als ich an mir herunterschaute, hatte ich immer noch den Schlafanzug an. Plötzlich zuckte ich zusammen. Kalte Schweißperlen bildeten sich in meinem Nacken. Letztes Mal waren wir nicht allein gewesen.

Der Wolf!

Ich drehte mich um, blickte in alle Himmelsrichtungen, aber ich konnte niemanden sehen. Weder Mensch, noch Wolf. Erleichtert ließ ich mich zurück auf den Rasen fallen. Er war federweich. Ich sank ein wenig ein, wie in Berge aus weichen Kissen. Meine Hände glitten über das Gras und meine Finger spielten mit den Blüten der Blumen. Alles war so wunderbar weich. Die Vögel zwitscherten von den Bäumen herab und sangen ein fröhliches Lied. Niemals würden sie etwas anderes singen, denn sie sangen nur für mich.

Ich atmete tief ein und schmeckte fast den Flieder auf meiner Zunge. Die Sonne lud meine leeren Akkus wieder auf, ich fühlte mich mit jeder Sekunde erholter und zufriedener. Stundenlang hätte ich hier liegen und mit den Blumen spielen können.

Als ich meinen Kopf zur Seite drehte, sah ich sie. Am Rand der Wiese zwischen zwei Bäumen saß die schwarze Gestalt. Die himmelblauen Augen fixierten mich. Wie lange hatte der Wolf schon dort gesessen und mich beobachtet? Langsam richtete ich mich auf, in der Erwartung, er würde mich gleich angreifen, wie er es auch bei Thomas getan hatte, doch der Wolf blieb ohne jegliche Regung sitzen. Kein Zähnefletschen. Kein Knurren.

Ich setzte mich in den Schneidersitz und wartete ab. Den Wolf behielt ich jede Sekunde im Auge. So saßen wir da und schauten uns an. Ich hatte Zeit, ihn etwas genauer zu betrachten. Sein Fell war ganz glatt und glänzte in der Sonne. Es sträubte sich nicht wie bei unserer letzten Begegnung. Bei dieser Wärme hätte er eigentlich hecheln müssen, aber das tat er nicht, als würde er die Sonne nicht spüren. Sein Blick ruhte ganz friedlich auf mir. Die himmelblauen Augen waren wirklich wunderschön. Sie hatten etwas Sanftmütiges, etwas Vertrautes in sich. Ich hätte in ihnen versinken können.

Eine gefühlte Ewigkeit tauchte ich in seinem Blick ab und merkte plötzlich, dass ich lächelte. In diesem Augenblick war jegliche Angst verflogen. Meine Unsicherheit war verschwunden und ich fühlte so etwas wie Frieden. Lag es an ihm? Oder lag es an der Sonne und dem Rasen, nach denen ich mich nach dem langen Winter gesehnt hatte?

Der Wolf legte seinen Kopf schief. Das kannte ich von Hunden, wenn sie etwas zu fressen haben wollten, aber die Bewegung des Wolfs sah wesentlich anmutiger aus, fast schon elegant.

Als er sich vollständig erhob und nun in voller Größe vor mir stand, wich ich ein Stück zurück. Er war so riesig. Gleich würde er mich anspringen. Aber er tat es nicht. Er drehte sich um und verschwand zwischen den Bäumen. Ich überlegte kurz, ob ich ihm folgen sollte, doch er blickte nicht zurück, um mich dazu aufzufordern, also blieb ich sitzen, bis ich ihn nicht mehr sehen konnte.

Ich schaute zum Himmel und beobachtete die wenigen Schleierwolken, die über mir hinwegzogen. Nach einiger Zeit schloss ich die Augen, um die warme Sonne auf meinem Gesicht besser genießen zu können. Langsam wurde es dunkler und das grelle Blau des Himmels färbte sich rot. Ein dunkles Rot, das immer heller wurde.

7:45 Uhr.

Oh nein! Ich hatte verschlafen!

Kapitel 3

*Ich bin frei geboren, frei wie der Adler,
der über den großen blauen Himmel schwebt;
ein leichter Wind streift sein Gesicht.
Ich werde frei sein.*

»Zum Flughafen, bitte!«

Ich saß bereits im Taxi, als Lisa neben mir Platz nahm und dem Fahrer mit dem breiten Grinsen, das sie schon den ganzen Tag über hatte, unser Ziel nannte.

Sie hatte sogar in der Mittagspause eine Liste zusammengestellt, was ich alles mitnehmen müsste. Etwas für kalte Tage, etwas für warme Tage, etwas für regnerische Tage. Nicht zu vergessen Wanderstiefel und einen Rucksack für den Proviant. Ich nickte immer nur bereitwillig und ließ ihre Urlaubsvorbereitung über mich ergehen.

Meine Bitte, den Laptop noch auf die Liste zu setzen, verwarf Lisa mit einem lauten Lachen. »Was willst du damit? Wir wohnen praktisch in der Wildnis. Internet gibt es dort nicht. Wir haben gerade mal ein Satellitentelefon.«

Das klang ja hervorragend. Nicht einmal Internet gab es, um vielleicht eine E-Mail schreiben oder sich von der Einöde ablenken zu können.

»Aber Strom und heißes Wasser haben wir?« Die Frage war für mich gar nicht so abwegig.

»Natürlich, was denkst du denn?«, Lisa verdrehte die Augen. »Nur weil wir abgelegen von größeren Städten und Dörfern wohnen, landen wir nicht gleich im letzten Jahrtausend.«

Für mich schien alles möglich zu sein. Kein elektrischer Herd oder Ofen sondern eine kleine Feuerstelle, bei der wir Nachtwache halten müssten, damit das Feuer nicht ausging. Als Toilette würde es draußen ein altes Plumpsklo geben und waschen müsste man sich in einem kleinen, eiskalten Bach, der neben der Hütte floss. All das belachte Lisa nur und tadelte mich, ich hätte eine zu lebhafte Fantasie.

Nachdem ich meine Koffer gepackt hatte, versuchte ich noch ein Mal Thomas zu erreichen, aber es ging nur die Mailbox dran. Der Arme war anscheinend wirklich sehr beschäftigt. Ich schrieb ihm eine SMS, dass ich reisefertig sei und mich auf den Urlaub freute und dass ich ihn liebte und vermisste. Auch wenn es gelogen war, dass ich mich freute, aber so konnte ich ihn wenigstens beruhigen, dass es mir gut ging.

Es lohnte sich nicht mehr, mich vor der Abfahrt hinzulegen. Ich hätte sowieso kein Auge zubekommen. Der Wolf schwirrte mir immer noch im Kopf herum. Das Gefühl, das ich bei ihm hatte, wollte nicht verschwinden. Es hielt den ganzen Tag an – zum Glück, wie sich herausstellte. Ich hatte weder Panik noch Angst oder irgendwelche Befürchtungen, was den Urlaub betraf. Es fühlte sich sogar richtig an, auch wenn ich diesbezüglich keine Freudensprünge machte.

Nun saßen wir im Taxi und waren auf dem Weg zum Flughafen. In zwei Stunden startete unser Flieger. Die Zeit verging verdammt schnell.

Nachdem wir unsere Koffer abgegeben und eingecheckt hatten, drückte ich meine Nase an der Fensterscheibe zum Rollfeld platt. »Das ist aber ein kleines Flugzeug.«

»Das Flugzeug bringt uns nur nach Frankfurt«, erklärte Lisa. »Dort müssen wir umsteigen und dann wird das Flugzeug sicherlich größer sein.«

Ich fühlte mich weltfremd. Lisa war gerade mal zwei Jahre älter als ich, hatte aber viel mehr von der Welt gesehen. Sie war oft nach Kanada zu ihrem Bruder gereist, kannte Paris wie ihre Westentasche und in Rom war sie auch gewesen. Sie schwärmte mir von der Spanischen Treppe vor. Dort trafen sich Touristen und Einheimische, um den Abend zu genießen und natürlich um zu flirten. Ob Lisa in Rom etwas mit einem Italiener gehabt hatte? Vielleicht mit einem, der seine eigene Eisdiele oder Pizzeria hatte. Wie man sich Italiener halt vorstellte. Von Australien und Thailand erzählte sie nicht viel. Wahrscheinlich waren ihr Italiener lieber.

Ich fragte mich, ob sie vielleicht genauso reich war wie ihr Bruder oder ob ihre vermögenden Eltern das Alles für sie bezahlten, denn mit dem Gehalt, das sie bei uns in der Firma verdiente, konnte sie nicht die Welt bereist haben. Bei mir reichte es für die Nord- und Ostsee sowie Mallorca im Sommer und die Schweiz zum Skifahren im Winter. Ich war zufrieden damit. Bis Lisa mir ihre

Geschichten erzählte. Ein leichtes Fernweh pochte dann schon in meinem Herzen. Nun würde ich meine größte Reise in meinem bisherigen Leben antreten. Ich würde so lange fliegen, wie ich noch nie geflogen war und ich würde so weit weg von zu Hause sein, wie noch nie. Langsam wurde sogar ich ein wenig euphorisch. Mia entdeckt die Welt. Kapitel eins: Ein Mal umsteigen, bitte.

Der Flug nach Frankfurt dauerte nicht lange. Ich hatte meinen MP3-Player ausgepackt und Musik gehört. Soundtracks von allen großen Kinofilmen der letzten Jahre sollten mich auf dieser Reise begleiten. Draußen war es dunkel, also schloss ich die Augen und lauschte der Musik. Kaum hatte ich mich entspannt, mussten wir nach einer Stunde wieder aussteigen.

Lisa grinste, als ich mit offenem Mund hinaus auf die Maschine starrte, die uns nach Calgary bringen sollte. »Na, groß genug?«

Ich nickte. Das war das größte Flugzeug, das ich je gesehen hatte. Überhaupt nicht mit der kleinen Dose zu vergleichen, mit der wir nach Frankfurt geflogen waren.

Wir hatten eine Stunde Aufenthalt, die wir uns damit vertrieben, dass ich Lisa meine Soundtracks vorspielte und sie versuchte, den dazugehörigen Film zu erraten.

Im Flugzeug konnte ich meine Beine fast ausstrecken. Die Beinfreiheit war enorm. Da ich sowieso nicht die größte Person war, konnte ich es mir richtig bequem machen. Lisa hatte es da schwerer. Sie war zwar nur einen halben Kopf größer als ich, hatte aber viel längere Beine. Ich beneidete sie darum. Dafür fand sie es unfair, dass meine Füße nicht so groß waren wie ihre. »Kauf dir mal schicke Damenschuhe in Größe 42. Du wirst verzweifeln. Hosen haben bei mir immer Hochwasser. Ab dem Bauchnabel abwärts bin ich völlig Mode-inkompatibel.«

Vielleicht trug Lisa deswegen meistens lange Röcke, da fiel es nicht so schnell auf, wenn sie etwas zu kurz waren, wie bei einer Hose.

Als Boardfilme sollten »PS. I love you« und »21« gezeigt werden. Ich entschloss mich dazu, weiterhin meine Musik zu hören und steckte mir die Kopfhörer in die Ohren. Nebenbei beobachtete ich den ersten Film auf dem kleinen Monitor im Sitz vor mir. »PS. I love you« kannte ich bereits, aber ich fand ihn immer wieder mitreißend und romantisch. Ob Thomas mir auch Briefe schreiben würde, wenn er wüsste, dass er sterben müsste? Thomas. Ich vermisste ihn plötzlich sehr, was durch die fehlende Verabschiedung nur verstärkt wurde. Doch zum Glück fielen mir nach kurzer Zeit die Augen zu. Der Tag war lang gewesen und nun holte mein Körper sich die Erholung, die er brauchte.

Ich wachte erst wieder auf, als wir bereits über Kanada waren. Das Frühstück hatte ich wohl verschlafen. Ich nahm es Lisa nicht übel, dass sie mich nicht geweckt hatte. Hunger hatte ich sowieso keinen.

Von der Landschaft konnte ich leider nichts erkennen, da die Wolken wie ein weißes Meer aus Zuckerwatte unter uns lagen und das Land unter sich versteckten. Aber ich genoss es, den blauen Himmel und die Sonne sehen zu können.

Je näher wir dem Zielflughafen kamen, desto wärmer wurde mir. Ein längst vergessenes Gefühl breitete sich in mir aus: Ein Gefühl, dass mir irgendetwas fehlte. Mein Herz begann schneller zu schlagen. So sehr ich Thomas liebte, mein Herz jedoch war nicht vollkommen. Es war immer noch Platz darin, der ausgefüllt werden wollte. In den letzten Monaten redete ich mir ein, dass dieses Gefühl verschwinden würde, wenn wir verheiratet wären und endlich in unserem Haus lebten. Mit der Zeit wurde dieses Verlangen, mein Herz auszufüllen, immer weniger und ich vergaß, dass es je existiert hatte. Vielleicht wurde mein Herz auch einfach kleiner.

Doch jetzt fing es an, wie wild zu schlagen. Kein Schlagen, welches das Blut kräftig in meine Adern pumpte. Es war ein vergebliches Pochen, als ob es für die Masse meines Blutes zu groß war und Luft in meine Venen pumpte.

Ich atmete tief ein und presste die Hand gegen meine Brust, als ob ich mein Herz wieder zusammendrücken könnte, zurück auf die kleine Größe, die es in der vergangenen Zeit angenommen hatte.

Solch ein Herzklopfen wie jetzt hatte ich aber noch nie erlebt. Nicht einmal, als ich Thomas kennenlernte.

Im Laufe einer Beziehung gewöhnte man sich ja auch aneinander. Die wilden Schmetterlinge, die am Anfang in meinem Bauch herum geschwirrt waren, wurden weniger. Dafür machte sich ein Gefühl der Vertrautheit breit. Thomas passte schließlich auf mich auf. Was will eine Frau mehr, als einen Mann, der nur das Beste für sie will? Der sich um sie kümmerte, bis sie zusammen alt geworden waren und auf einer Parkbank saßen und Tauben fütterten.

Ich erinnerte mich an den alten Mann im Park. »Wovor laufen Sie denn weg, Fräulein? Sind Sie Ihrem Ziel schon näher gekommen?«

Lief ich wirklich weg? Was war mein Ziel? Eine kleine Holzhütte in der kanadischen Pampa?

Lisa legte ihre Hand auf meine Schulter. »Geht es dir gut?« Sie klang sehr besorgt.

»Mir geht es gut.« Wenn ich davon absah, dass ich wieder diese verdammte Leere in meinem Herzen spürte und es höllisch wehtat. Aber warum gerade jetzt? Vielleicht vertrug ich das Fliegen nicht.

»Du hättest vorhin doch etwas essen sollen. Aber du wolltest ja nicht.«

»Ich habe geschlafen. Vom Frühstück habe ich überhaupt nichts mitbekommen.«

»Mia, ich habe dich geweckt und du hast zu mir gesagt, dass du keinen Hunger hast. Die Stewardess wollte dein Tablett erst noch stehen lassen, falls du später etwas essen willst, aber du hast abgelehnt.«

»Daran erinnere ich mich gar nicht.« Nun war es so weit. Ich verlor meinen Verstand. Kein Wunder bei all den Dingen, die in letzter Zeit passiert waren. Erst der Heiratsantrag, dann die viele Arbeit, die Zweifel an Thomas, Zweifel an uns und zuletzt noch diese Schnapsidee mit der Reise nach Kanada. Mein Herz spielte schon verrückt. Nun tat es auch der Kopf. Ich lehnte mich mit der Stirn gegen den Vordersitz.

»Miss, ist alles in Ordnung? Wenn Sie sich übergeben müssen, haben wir hier unsere Sickness Bags.« Die Stewardess reichte mir eine Kotztüte.

»Danke, aber mir geht es gut. Ist wohl nur die Aufregung vor der Landung.«

Lisas Blick verriet mir, dass sie mir nicht glaubte, aber die Stewardess war mit meiner Antwort zufrieden. Sie nickte lächelnd und ging weiter nach vorne.

Als ich aus dem Fenster schaute, flogen wir gerade durch die Wolken. Ich sah nichts außer Nebel. Eine nette Stimme in den Lautsprechern bat uns, auf unseren Plätzen sitzen zu bleiben und unsere Gurte festzuschnallen, da wir uns im Landeanflug befanden. Ich hatte meinen Gurt den gesamten Flug über erst gar nicht gelockert und ausgerechnet jetzt fiel mir auf, dass ich auf die Toilette musste. Bis zum Flughafen würde ich es nicht mehr aushalten. Ich schnallte meinen Gurt ab und bat Lisa, mich vorbei zu lassen.

»Du hast schon verstanden, was gerade gesagt wurde?« Lisa legte ihre Stirn wieder in Falten.

»Ja, habe ich. So viel Englisch verstehe ich schon. Aber ich muss echt verdammt dringend.«

»Du hast den ganzen Flug über Zeit gehabt.«

»Da musste ich vielleicht noch nicht? Mann Lisa, lass mich durch oder ich mach' mir in die Hose!« Letzteres sagte ich so laut, dass die Passagiere um uns herum lachen mussten. Eine Stewardess streckte den Kopf in unsere Richtung und winkte mich nickend aus meiner Sitzreihe.

»Siehst du, ich darf noch mal schnell.«

Lisa ließ mich endlich raus und ich quetschte mich in Richtung Toilette. Der Spiegel verriet mir, dass ich ziemlich blass war. Ich spritzte mir eine Ladung kaltes Wasser ins Gesicht und hörte in mich hinein. Mein Herz hatte sich beruhigt, aber das Gefühl, es sei zu groß, blieb. Es pumpte immer noch Luft in meine Adern. Wahrscheinlich war ich deshalb so blass. Meine Haut bekam einfach nicht mehr genug Blut. Als ich mich abtrocknen wollte, fiel mein Blick auf meine Augen. Hatten sie eine andere Farbe bekommen?

Sie waren immer noch grün, aber etwas heller als sonst. Sie waren nicht mehr moosgrün, sondern strahlten wie grünes Gras. Dabei hätten sie eher dunkler wirken müssen, wenn meine Haut blass war.

»Miss, ich muss Sie leider bitten, sich wieder zu Ihrem Platz zu begeben.« Die Stewardess klopfte gegen die Tür.

Es lag sicher an dem Licht auf der Toilette. Anders konnte ich mir das nicht erklären. Schnell rubbelte ich mein Gesicht trocken, atmete noch einmal tief ein und schloss die Tür auf.

»Ich komme schon.«

Wieder auf meinem Platz angekommen, starrte ich Lisa an. »Sehe ich anders aus?«, fragte ich und öffnete weit die Augen.

»Du siehst aus, als ob du auf dem Klo eine Überdosis Koffein zu dir genommen hättest. Warum?«

»Fällt dir an mir nichts auf?« Ich blinzelte.

»Hast du was im Auge?«

»Ach, vergiss es.« Ich winkte ab und beobachtete die Wiesen, Seen und Städte, die unter uns dahin glitten.

Lisa schaute mich noch eine Weile von der Seite an, seufzte und blickte auf ihre Hände. Hatte ich etwas Falsches gesagt? Ihr Blick wirkte besorgt, fast traurig, doch auf ihren Lippen lag ein winziges Lächeln. Ich kannte Lisa gut, aber heute wurde ich aus ihr nicht schlau. Was sie wohl gerade dachte?

Das Flugzeug setzte mit einem ruckartigen Stolpern auf der Landebahn auf und schon begannen die Reifen zu quietschen. Ein wenig bedauerte ich, dass der Flug vorbei war. Der Flug war für mich immer etwas Besonderes am Urlaub gewesen, auch wenn er nach Mallorca nur etwas über zwei Stunden dauerte. Und diesen Flug hatte ich größtenteils verschlafen.

Wie auf Knopfdruck sprangen alle Passagiere aus ihren Sitzen, nachdem die Maschine zum Stehen gekommen war. Sie quetschten und drängelten sich durch die schmalen Gänge. Wir warteten, bis sich der erste Andrang aufgelöst hatte und konnten in Ruhe aus dem Flieger steigen. Die Kofferbänder waren völlig überfüllt, als wir ankamen. Jeder wollte als Erster seinen Koffer finden.

»Na, das kann ja spaßig werden«, stöhnte ich und ließ mich auf unseren Gepäckwagen sinken. Ich stützte meine Ellenbogen auf die Knie und legte mein Kinn in die Hände.

»Ach, das geht ziemlich schnell, du wirst schon sehen. Unsere Koffer kann man ja nicht übersehen.« Lisa zwinkerte mir zu und boxte sich in die erste Reihe am Laufband.

Das stimmte. Unsere Koffer konnte wirklich niemand übersehen, denn Lisa hatte sie mit einem pinken Klebeband umwickelt.

»Du wirst mir noch dankbar dafür sein«, hatte sie am Hamburger Flughafen zu mir gesagt und dabei mit der Klebebandrolle gewedelt.

Warum kaufte sie sich nicht einfach einen pinken Koffer?

Nach einer gefühlten Ewigkeit kam Lisa schnaufend, aber grinsend mit unseren Koffern zurück. »Siehst du! Ich habe sie gleich erkannt, als sie durch die Luke kamen. Das hat doch super funktioniert.«

»Schneller ging es dadurch auch nicht«, maulte ich Lisa an und half ihr, die Koffer auf den Wagen zu heben. Sie streckte mir die Zunge raus und wickelte das Klebeband von unseren Koffern ab. »Sei doch nicht immer so mürrisch! Sieh das Positive daran. Wir konnten unsere Koffer auf keinen Fall mit anderen verwechseln.«

Ich gab mich geschlagen und machte mich mit dem Gepäckwagen auf in Richtung Ausgang.

»Wir müssen noch unser Auto abholen.« Lisa wirkte nervös. Sie kramte in ihrer Handtasche und holte die Papiere für den Mietwagen heraus, den sie bereits in Deutschland gebucht hatte.

»Ich dachte dein Bruder holt uns mit einer Limousine ab«, spaßte ich, aber Lisa fand es nicht lustig.

»Meinem Bruder sind materielle Dinge nicht wichtig. Es gibt Wichtigeres im Leben als ein prolliges Auto und ein großes Haus.«

Hoppla, da war ich ihr wohl auf den Schlips getreten. So bissig war sie sonst nicht. Aber sonst befanden wir uns auch nicht in Kanada.

»Lisa Kirschfurt. Ich habe einen Wagen gemietet.«

Der junge Mann am Empfang nahm die Papiere entgegen, die Lisa ihm hinhielt, und blätterte sie mehrmals mit einem skeptischen Blick durch.

Super, jetzt gab es sicher ein Problem mit dem Auto.

Dann musterte er uns von oben bis unten und verschwand mit einem »Moment, bitte« in einer Tür hinter der Theke.

Es dauerte nicht lange, da kam der Autovermieter zurück und legte die Papiere mit einem Schlüssel auf den Tresen. »Bitte, Miss Kirschfurt. Ihr Wagen steht auf Parkplatz B8 für Sie bereit. Er ist bereits vollgetankt. Bitte unterschreiben Sie noch hier und hier.«

Ich musste kichern, denn er sprach den Nachnamen mit einem starken Akzent aus: Körschfört.

Lisa nahm den Stift entgegen und unterschrieb den Mietvertrag an den beiden Stellen, auf die der Mann zeigte.

»Ich wünsche Ihnen einen angenehmen Aufenthalt in Kanada und eine gute Fahrt.«

Sie lächelte kurz und nahm den Schlüssel entgegen.

Der Parkplatz war riesig und Lisa ungewöhnlich ruhig, als wir durch die Reihen der parkenden Autos gingen. Da ich sie nicht schon wieder verärgern wollte, folgte ich ihr schweigend. Sie wusste offenbar, wo wir hin mussten.

In Kanada war es nicht so kalt, wie ich es erwartet hatte, aber auch nicht so warm, wie erhofft. Die Sonne schien und am Himmel zeigten sich nur kleine Schäfchenwolken. Ein Greifvogel zog seine Kreise über uns. Am Horizont konnte ich schneebedeckte Berge erkennen. Das mussten die Rocky Mountains sein. Da mussten wir also noch hinfahren. Das war verdammt weit weg.

Der Vogel am Himmel schrie auf. Lisa blieb abrupt stehen und schaute nach oben. Fast wäre ich in sie hineingelaufen. Ich folgte ihrem Blick. »Ein Bussard«, sagte ich.

Lisa lachte. »Mia, das ist ein Falke.«

Eine Weile schauten wir uns den Falken an, wie er hoch oben seine eleganten Bahnen flog.

»Lass uns gehen. Du wirst hier noch einige Falken zu Gesicht bekommen.« Lisa zog mich am Ärmel weiter. »So, da haben wir unseren Wegbegleiter.«

Eigentlich hatte ich mit einem Kleinwagen gerechnet, da Lisa Angst vor großen Autos hatte. »Klein und praktisch müssen sie sein. In jede Parklücke müssen sie passen. Größere Autos sind mir zu umständlich«, hatte sie immer gesagt, weshalb sie einen kleinen Smart fuhr.

Jetzt standen wir vor einem großen, dunkelgrünen Geländewagen. Es war ein Jeep. Nicht der Neueste, was mich wunderte, denn Autovermietungen boten für gewöhnlich nur gepflegte und neuere Modelle an. Dieser Jeep hatte bereits ein paar Beulen und Kratzer. Er war zwar sauber, aber ich befürchtete, dass er uns auf halber Strecke auseinander fallen würde.

»*Das* ist unser Wagen?« Dieses Mal runzelte ich die Stirn. »Gibt es in den Rockies keine normalen Straßen? Schafft der das überhaupt noch?«

Lisa war schon dabei, die Koffer zu verladen. »Ja, das ist unser Auto. Mit einem Kleinwagen würden wir nicht weit genug kommen. Zu der Hütte führt nur ein Feldweg.«

Es würde also ein Abenteuerurlaub werden. Falls wir überhaupt an der Hütte ankämen. Ich schickte ein Stoßgebet zum Himmel und kletterte auf den Beifahrersitz. Diese Geländewagen waren einfach zu groß für mich – oder ich zu klein für sie.

Lisa schwang sich mit Leichtigkeit hinter das Lenkrad und steckte den Schlüssel in das Zündschloss. Sie atmete noch einmal ganz tief ein und sah mich an. Sie wirkte immer noch besorgt. Traute sie dem Wagen doch nicht? »Bereit für eine Reise, die dein Leben verändern wird?«

Ich ignorierte den ernsten Unterton. »So was von bereit. Auf, auf ins Abenteuer!« Ich setzte mich kerzengerade hin und legte meine Hand zum Salut an die Stirn, mit der anderen Hand zeigte ich geradeaus.

Lisa stöhnte und drehte den Schlüssel um. Mit einem lauten

Dröhnen und Schütteln sprang der Motor sofort an. Immerhin hatte er keine Startschwierigkeiten.

»Brauchst du keine Karte oder ein Navi?«, fragte ich Lisa, als wir vom Parkplatz aus auf die Straße bogen.

»Ich finde den Weg auch im Schlaf«, antwortete Lisa.

»Wie lange fahren wir?«

»Es wird dunkel sein, wenn wir ankommen.«

»Bist du gar nicht müde? Wollen wir nicht lieber einen Zwischenstopp einlegen, damit du dich ausruhen und schlafen kannst?« Ich war besorgt, weil Lisa den gesamten Weg alleine fahren wollte. Nach dem langen Flug war sie bestimmt auch erschöpft.

»Nein. Je eher wir da sind, desto besser.« Lisa starrte auf die Straße. Ich vermisste meine lustige und plappernde Freundin. Sie war anscheinend in Deutschland geblieben. Neben mir saß eine schweigende Frau, die zwar aussah wie Lisa, aber mir dennoch fremd war.

Wir fuhren eine breite Straße entlang. Noch war das Land ziemlich flach und von Feldern bedeckt, aber schon bald wurde es hügeliger und wir durchfuhren die ersten Wälder, deren hohe Bäume mich faszinierten. Ich kurbelte das Fenster herunter und lehnte mich hinaus. Die Luft war sauberer als in Calgary und auch frischer. Alles duftete nach Wald. Ich schloss die Augen, atmete tief ein und genoss diesen Duft. Nasses Laub, Erde, Tannenzapfen, Nadelbäume. Hier roch alles viel intensiver als zu Hause. Oder nahm ich es nur intensiver wahr, weil alles neu war?

Als es mich fröstelte, kurbelte ich das Fenster wieder hoch. Die schneebedeckten Berge kamen immer näher und wir fuhren durch ihre Täler. An einer winzig kleinen Hütte bog Lisa von der Straße ab und parkte das Auto neben dem Haus. Es war ein kleiner Supermarkt in der Größe eines Tante-Emma-Ladens. Neben der Hütte befand sich eine alte Tanksäule.

Ich wunderte mich, warum wir hier Halt machten. »Ist der Wagen nicht vollgetankt gewesen?«

»Ja, das war er. Aber ich brauche einen Kaffee und du brauchst etwas zu essen. Das hier ist für uns die letzte Möglichkeit zu tanken, deshalb werde ich noch mal volltanken müssen und die beiden Kanister von hinten auffüllen. Man weiß ja nie.«

Kaffee und Essen. Das waren für mich zwei gute Argumente für einen kleinen Stopp. Es war fast Abend und mein Magen knurrte mittlerweile recht stark. Ich kletterte aus dem Wagen und dehnte mich. Meine Knochen knackten, aber es tat gut, mich zu bewegen.

Als ich den Kopf in den Nacken legte, fiel mir wieder ein Falke auf, der über uns flog. Anscheinend gab es sehr viele Falken in Kanada.

Mir wurde kalt, da die untergehende Sonne durch die hohen Bäume verdeckt wurde. Ich zog meine dicke Jacke an und stiefelte in Richtung Hütte, während Lisa sich den Zapfhahn schnappte und den Wagen betankte.

Unter dem kleinen Vordach lag eine schmale Veranda, auf der ein runder hölzerner Tisch und zwei Stühle neben dem Eingang standen.

Ein Mann lehnte an der Hauswand und rauchte seine Pfeife. Sein Holzfällerhemd mit roten Karos war genauso verwaschen wie die braune Jacke aus Schaffell, die er trug. Seine Jeans hatte mindestens genau so viele Jahre auf dem Buckel. Durch seinen weißen Vollbart konnte ich sein Alter schlecht einschätzen, da ich nicht viel vom Gesicht erkennen konnte, aber die Falten an seinen Augen und seine grauen schulterlangen Haare zeigten, dass er nicht mehr der Jüngste war.

Als ich eintrat, begrüßte er mich mit einem Lächeln. Es war eine urige kleine Hütte, in der winzige Holzregale mit Nahrungsmitteln standen. Hinter einer kleinen Theke, natürlich auch aus Holz, stand eine kleine Kühlung mit Getränkeflaschen und belegten Bagels sowie auch eine Kaffeemaschine.

Ich schlich langsam durch die Regalreihen. Lisa folgte mir, nachdem der Tank und die Kanister gefüllt waren, und schüttelte entweder den Kopf, oder nickte zustimmend, wenn ich nach etwas in den Regalen greifen wollte. Bei den Chips schnappte ich nach einer Tüte Lay's. Die wollte ich schon immer einmal probieren. Das heftige Nicken von Lisa zeigte, dass sie damit einverstanden war. Sie nahm gleich noch eine weitere Tüte mit.

Der Mann kam ohne seine Pfeife in den Laden und beobachtete unser Treiben. Nachdem wir den kleinen Einkaufskorb gefüllt hatten, gingen wir zur Kasse, um zu bezahlen. Lisa bestellte noch vier belegte Bagel, zwei Flaschen Coke und zwei Kaffee mit Milch und Zucker.

Der Mann antwortete auf Englisch mit einem kanadischen Akzent. Daran musste ich mich erst gewöhnen, aber ich verstand es zu meiner Überraschung sehr gut.

Er goss den Kaffee in Plastikbecher und zeigte auf einen kleinen Tisch, auf dem Zucker und Milchtüten standen. Während wir unseren Kaffee fertig machten, packte er unsere Einkäufe in braune Papiertüten und wünschte uns eine gute Weiterfahrt. Danach ging er nach draußen, um seine Pfeife weiter zu rauchen. Diese Ruhe, die der Mann ausstrahlte, faszinierte mich. Dass hier überhaupt so viele Leute vorbei kamen, dass sich der Laden rentierte. Wir waren seit Stunden unterwegs und das hier war das erste Haus, das wir zu Gesicht bekamen.

Wir setzten uns in den Jeep und ich nippte an meinem Kaffee. Er war sehr stark, aber er tat gut. Lisa reichte mir einen Bagel mit Lachs. Als ich hinein biss erlebten meine Geschmacksnerven eine völlig neue Erfahrung. Das war das Leckerste, das ich seit Langem gegessen hatte.

»Frischer kanadischer Lachs. Schmeckt besser als der Fisch, den du aus der Tiefkühlung kennst, oder?« Lisa trank in großen Schlucken ihren Kaffee aus. So etwas Heißes hätte ich nicht dermaßen schnell trinken können.

»Tausend Mal besser«, murmelte ich kauend und schlemmte weiter meinen Bagel. Ich konnte mich nicht zurückhalten und futterte gleich meinen Zweiten hinterher.

Als es dunkler wurde, wurden auch die Wälder immer unheimlicher. Ich sah nur noch die erste Baumreihe im Lichtkegel unserer

Scheinwerfer. Der Rest des Waldes lag in tiefem Schwarz und die Dunkelheit brachte meine Müdigkeit zurück. Lisa schaute immer noch wie gebannt auf die Straße. Ab und zu blickte sie nach rechts und links an den Straßenrand, als habe sie etwas zwischen den Bäumen gesehen. Bestimmt gab es hier auch Wild, das sich auf den Straßen tummelte. Auf einen Wildunfall hatte ich jedoch keine Lust.

Ich rollte meine Jacke zusammen und stopfte sie hinter meinen Kopf. Meine Augenlider wurden immer schwerer. Obwohl ich dagegen ankämpfte, gewann schließlich die Müdigkeit und ich schlief ein.

Es wurde wärmer und die Sonne blendete mich. Ich hörte den Motor nicht mehr brummen, auch die Musik aus dem Radio war verklungen. Stattdessen hörte ich Vögel, die für mich ihr fröhliches Lied sangen. Unter mir fühlte ich wieder das weiche Gras. Es war so bequem, dass ich mich lang ausstreckte.

Ich hielt meine Hand vor die Augen als ich sie öffnete, damit ich mich an die Helligkeit gewöhnen konnte. Mein Herz fing an zu klopfen, aber es war nicht das hohle Klopfen aus dem Flugzeug, das selbst nach dem leckeren Bagel und dem Kaffee nicht verschwunden war. Es war ein angenehmes, volles Schlagen. Ich spürte, wie meine Wangen rot wurden und das Blut in jeden Winkel meines Körpers strömte. Ich drehte meinen Kopf nach links, um zu den Bäumen zu blicken, die am Rand der Wiese standen, aber bis dahin reichte mein Blick erst gar nicht. Direkt vor meinem Gesicht tauchten die wunderschönen himmelblauen Augen auf, keine Armlänge von mir entfernt, und beobachteten mich neugierig. Sie zeigten keinerlei Wut oder Angriffslust. Der Wolf hatte seinen Kopf auf die Vorderpfoten gelegt und lag schräg neben mir. Mir fehlte die Kraft, um mich hinzusetzen oder gar weg zu rennen. Aber wollte ich das überhaupt?

Ich schaute in die Tiefen seiner Augen. Ich sah die kleinen Äderchen der Iris, die auf mich wirkten, als würden sie leuchten. Wie ein blauer strahlender Stern. Blau wie der Himmel. Im Schwarz der

Pupille konnte ich mich selbst sehen. Ich sah mich, wie ich in seine Augen blickte. Ich lächelte dabei.

Das rabenschwarze Fell schimmerte wie Samt in der Sonne. Es musste sich fantastisch anfühlen. Mein Herz schlug schneller, als ich ganz langsam meine Hand hob. Der Wolf schaute kurz zu ihr herüber, blickte mir dann aber wieder in die Augen. Sein Atem veränderte sich. Er atmete schneller. Sein Blick und seine Körperhaltung blieben jedoch unverändert. Der Wolf lag ganz entspannt neben mir. Ich schob meine Hand weiter in Richtung Fell, ich musste es unbedingt spüren. Es war bestimmt ganz warm von der Sonne – und tatsächlich: meine Hand war noch Zentimeter von ihm entfernt und ich spürte bereits seine Wärme. Ganz leicht berührten meine Fingerkuppen die Spitzen seines Fells.

Der Wolf schloss entspannt die Augen. Bevor ich weiter nach ihm greifen konnte, schüttelte es mich durch. Mein Kopf knallte gegen die Scheibe und ich musste mich festhalten, um nicht vom Sitz zu rutschen.

»Sorry, aber ab hier gibt es keine befestigte Straße mehr«, entschuldigte sich Lisa schulterzuckend.

Ich versuchte mich zu sammeln und richtig hinzusetzen. Ein Teil von mir lag immer noch neben dem Wolf. Meine Finger fühlten sich warm an, als würden sie weiterhin das Fell berühren. »Dann sind wir also bald da?«

»Nein. Wir fahren noch etwa eine Stunde.«

»Eine Stunde? Wir werden jetzt eine Stunde lang durchgerüttelt? Warum liegt die Hütte so weit im Wald?«

Plötzlich machte Lisa eine Vollbremsung. Ich wurde nach vorn geschleudert, aber der Gurt hielt mich zurück, bevor ich mit dem Armaturenbrett zusammenknallen konnte. Verstört schaute ich nach vorn.

Vor uns stand ein riesiger Hirsch mit einem mächtigen Geweih. Langsam näherte er sich unserem Wagen und blieb etwa einen Meter vor uns stehen. Schaute er etwa zu Lisa? Diese beobachtete ihn ganz ruhig. Sie war nicht erschrocken, wie ich. Der Hirsch wandte sich nach einiger Zeit ab und ging gemächlichen Schrittes in den Wald hinein. Sein Geweih trug er stolz wie eine Krone.

»Ein bisschen langsamer jetzt, ok?«, flehte ich Lisa an.

»Die Straße ist nur am Anfang so holprig. Es wird gleich besser«, sagte sie und ignorierte meine Bitte.

Sie hatte recht. Nach einer Viertelstunde war die Straße besser befestigt. Es war zwar immer noch ein Waldweg, aber er war wesentlich fester und ließ sich ruhiger befahren.

»Wärst du ein fremder Mann, würde ich jetzt Panik bekommen, wo du mit mir hinfährst. Kilometerweit in den Wald hinein und das ganz allein«, versuchte ich ein Gespräch anzufangen. Wir schwiegen uns schon viel zu lange an.

»Wer sagt denn, dass du vor mir keine Angst haben musst?« Lisa blickte mich fies über den Rand ihrer Brille hinweg an.

Ich musste lachen, weil das wirklich dämlich aussah. Lisa konnte einfach nicht böse gucken. Mir fiel ein Stein vom Herzen, als auch sie anfing zu kichern. Ich hatte befürchtet sie sei wegen der Bemerkung über ihren Bruder sauer auf mich gewesen.

»Keine Angst, ich werde dich nicht ermorden, zerstückeln und wilden Tieren zum Fraß vorwerfen. Vielleicht foltere ich dich ein wenig, indem ich dich fessle und dir Schlagerlieder vorspiele oder selbst geschriebene Gedichte vorlese.«

»Oder mich durch die Pampa jagst und jeden Tag mit mir wandern gehst.«

»Natürlich! Was glaubst du denn, warum du hier bist? Um deinen Seelenfrieden zu finden?« Lisa zwinkerte mir zu.

»Seelenfrieden ist doch nichts Schlechtes«, antwortete ich, auch wenn ich mich wunderte, wie Lisa auf dieses Thema kam.

»Nein«, sagte sie ernst. »Es ist neben der Liebe das größte Glück, das einem Menschen passieren kann.« Sie schaute mich an und lächelte. »Der Friede stellt sich niemals überraschend ein. Er fällt nicht vom Himmel wie der Regen. Er kommt zu denen, die ihn vorbereiten.«

»Woher hast du denn bitte den Spruch?« So poetisch kannte ich sie gar nicht.

»Von einem sehr weisen Mann.«

»Ah ja. Und wie soll man seinen Frieden vorbereiten?«

»Frieden wird in die Herzen der Menschen kommen, wenn sie ihre Einheit mit dem Universum erkennen.«

Ich verdrehte die Augen. Das klang überhaupt nicht nach Lisa. Das klang, als würde sie etwas zitieren, das sie in irgendeiner Esoterik-Zeitschrift gelesen hatte. Egal was Lisa mit mir hier draußen vorhatte, aus diesen Sprüchen wurde ich nicht schlau. Einheit mit dem Universum. Das klang für mich eher wie ein Spruch aus der Bibel – oder viel schlimmer: wie von einer Sekte. War Lisa ein Mitglied einer Sekte? Brachte sie mich deshalb nach Kanada in die Einöde? War sie vielleicht jemand, der neue Mitglieder anschleppte? Im Fernsehen hatte ich Berichte über solche Sekten gesehen. Sie bewohnten ganze Dörfer, blieben unter sich und waren davon überzeugt, dass allein ihr Glaube der richtige Weg war. Die Mädchen wurden jung verheiratet und niemand konnte aus dem Dorf fliehen und wenn es doch jemandem gelang, wurde er gewaltsam zurück geholt.

Aber passte das alles zu der Lisa, die ich kannte? Ich konnte es mir nur schwer vorstellen. Dennoch wollte ich versuchen, irgendetwas von ihr zu erfahren. »War der weise Mann vielleicht Priester oder so was?«

Lisa lachte. »So etwas Ähnliches. Du wirst ihn kennenlernen. Vielleicht verstehst du es ja dann.«

Nun verstand ich gar nichts mehr.

Kapitel 4

Verändere deinen Blick auf die Dinge.
Das zunehmende Licht erhellt nicht nur die Landschaft.
Es steigt auch in dir selbst auf, aus den Tiefen deines Geistes.
Werde dir der Macht bewusst, die dir gegeben ist,
früh am Morgen, im Angesicht der aufgehenden Sonne.

»Wir sind gleich da.« Lisa stoppte den Wagen. Ich hatte aus dem Seitenfenster geschaut und blickte nach vorn. Im Scheinwerferlicht konnte ich einen hohen Zaun erkennen. Kein einfacher Maschendraht sondern viel stabiler. Er ragte gefühlte drei Meter vor uns in die Höhe. Am oberen Ende war Stacheldraht aufgerollt. Es wirkte wie ein Hochsicherheitstrakt im Gefängnis.

Auf der Straße befand sich ein schweres, eisernes Tor. Lisa stieg aus dem Wagen und öffnete es. Es war gar nicht verschlossen. Der Anblick des Zaunes und des schweren Tores machte mir Angst. Der Gedanke an eine Sekte wurde immer größer, aber ich wollte mir meine Angst nicht anmerken lassen. Weglaufen hätte eh keinen Sinn gehabt. Von hier aus würde ich nie wieder den Weg zurück finden. Ich räusperte mich. »Dein Bruder hat wohl nicht gern Besuch, was?«

Lisa zuckte stumm mit den Schultern und fuhr durch das Tor. Dann hielt sie erneut an, stieg aus und schloss das Tor hinter unserem Wagen. Als sie wieder hinter dem Steuer saß, fragte ich sie, warum das Tor nicht abgeschlossen sei, wenn ihr Bruder schon einen hohen Zaun um sein Grundstück baute.

»Damit man rein und raus kommt, natürlich«, erklärte Lisa.

»Natürlich.«

Ich wartete darauf, dass Lisa weiterfuhr, aber sie tat es nicht. Stattdessen schaute sie in ihren Außenspiegel.

»Lisa?« Ich stupste sie mit einem Finger an der Schulter an. »Schläfst du?« Doch sie reagierte nicht. Ich rutschte zurück auf meine Seite und drehte meinen Spiegel etwas nach innen, damit ich sehen konnte, was Lisa entdeckt hatte. Ich sah nichts. Außer dem eisernen Tor konnte ich nichts erkennen. Lisa beobachtete immer noch ihren Außenspiegel.

Nun kurbelte ich das Fenster hinunter und lehnte mich hinaus, um mehr sehen zu können. Hinter dem Tor bewegte sich etwas. Es lief Richtung Zaun. Es musste ein Tier sein, da es auf vier Beinen lief. Es war ein großes Tier. Es stapfte schwermütig am Zaun entlang und blieb stehen. Nun drehte es den Kopf in unsere Richtung.

»Oh Gott, Lisa! Da ist ein Bär! Ein riesiger Bär!«, schrie ich, als ich ihn erkannte, und kurbelte das Fenster schnell wieder hoch. »Nun fahr doch los! Wenn der das Tor aufmacht, frisst er uns! Er hätte dich angreifen können, als du ausgestiegen bist! Lisa, jetzt fahr endlich!« Ich fuchtelte mit den Armen, um sie zum Fahren zu bewegen.

Lisa stöhnte auf. »Wie soll er bitte das Tor aufmachen? Er müsste die Riegel öffnen. Das schafft er mit seinen Pranken doch gar nicht. Genauso müsste er unsere Wagentüren aufbekommen. Mal ehrlich: sieht der Bär so aus, als ob er uns fressen will?«

Der Bär naschte an einem Beerenstrauch, der am Zaun wuchs. Solange er sich für Futter nicht anstrengen musste, würde er sich bestimmt nicht auf uns stürzen.

»Ganz ruhig, Mia. Wir sind hier in den Wäldern. Hier leben nun mal wilde Tiere. Hinter dem Zaun bist du sicher.«

»Ich verbringe also eine Woche in Fort Knox, umgeben von wilden Tieren, die mich zerfleischen könnten, wenn ich auch nur einen Schritt nach draußen wage. Das ist ja super.« Oder ich würde irgendwelche Gebete auswendig lernen und stundenlang aufsagen müssen. Oder würde an einen alten Mann verheiratet und bei einem Fluchtversuch erschossen werden. Vielleicht käme Thomas, um mich zu retten. Nur, wenn ich keinen Kontakt zur Außenwelt hätte, wie sollte ich ihm dann sagen, dass ich gekidnappt wurde?

Lisa lachte. »So schlimm wird es mit Sicherheit nicht werden. Hier gibt es zwar ein paar Sicherheitsvorkehrungen, aber das bedeutet nicht, dass wir nicht rausgehen können.«

Sicherheitsvorkehrungen? Das klang gar nicht gut. »Und wenn wir angegriffen werden, wenn wir raus gehen?« Sei es nun von einem Tier oder einem Sektenmitglied.

»Mia! Wir werden nicht angegriffen! Die Tiere haben mehr Angst vor dir als du vor ihnen!«

Sie ahnte zum Glück nicht, welche irrsinnigen Gedanken ich an eine Sekte hatte.

»Warum dann der Zaun?« Ich ließ nicht locker. Irgendetwas

stimmte hier nicht und ich fühlte mich, als würde man mich einsperren wollen.

»Weil hin und wieder ein paar Tiere zum Dorf gelangt waren und wir die Kinder schützen wollen. Die haben noch nicht die Erfahrung und könnten etwas machen, was die Tiere falsch verstehen.«

»Dorf? Kinder? Lisa! Wo bringst du mich hin? Ich dachte wir fahren zu einer einsamen Hütte im Wald! Auf einmal redest du von Kindern, die von Tieren attackiert werden könnten!«

Lisa legte ihre Stirn auf das Lenkrad und schloss die Augen.

Mein Herz schlug mir bis zum Hals. Da es wieder mehr Luft als Blut pumpte, musste ich husten. Nun wurde mir auch langsam übel. Ich umklammerte meinen Bauch und schnappte nach Luft.

Lisa drehte sich zu mir und rutschte näher. Sie legte ihre Arme fest um mich. »Mia, Liebes. Ich kann dir jetzt noch nicht alles erzählen. Bitte lass es auf dich zukommen. Es wird dir nichts passieren. Das schwöre ich. Bitte vertrau mir. Hab ein wenig Geduld.« Sie lockerte ihren Griff und nahm mein Gesicht zwischen ihre Hände. »Ich habe dir versprochen, dass es ein wunderbarer Urlaub sein wird. Und dieses Versprechen werde ich halten. Mensch Mia! Du bist in den Rocky Mountains. Genieß es doch endlich! Die Natur hier ist einfach atemberaubend.«

Sie hatte recht. Ich befand mich in einer neuen Welt und hatte nichts Besseres zu tun, als nur das Schlechte darin zu sehen. Jeder andere Mensch hätte sich gefreut, einem Bären oder einem Hirsch zu begegnen und hätte ein paar Erinnerungsfotos geschossen. Ich hingehen bekam Panik. Ich löste die Arme von meinem Bauch, damit sich mein Atem beruhigen konnte.

»Alles ok?«, fragte Lisa.

Ich nickte. »Zu Hause war einfach zu viel Chaos in letzter Zeit. Dann der lange Flug, der Hirsch, den du fast überfahren hättest und der Bär. So was kenne ich nur aus dem Zoo.«

Lisa wuschelte mir durch die Haare und lachte. »Na, dann wird es Zeit, dass du die Tiere mal in der freien Natur kennenlernst. Wer weiß, vielleicht verliebst du dich ja in sie.«

»In die Bären?«

»In die Natur.«

Ich lachte. Die Anspannung ließ nach und ich hatte beinahe meine alte Lisa zurück. »Ein Bär wäre eh nicht mein Typ. So pummelig und so ...«

»Kuschelig wie ein Teddybär?« Lisa kicherte. »Welches Tier wäre denn dein Typ?« Neugierig linste sie zu mir herüber und gab endlich wieder Gas. Wir schaukelten weiter über die Straße, an hohen Bäumen entlang und entfernten uns vom Zaun.

»Ich weiß nicht. Bei jedem Tier mit Fell hätte ich immer Haare im Mund beim Knutschen.«

Lisa bekam einen Lachanfall, der ihr die Tränen in die Augen trieb. Angesteckt von ihr musste ich mitlachen. Wir machten unsere Späße, indem wir uns Tiere in der Menschenwelt vorstellen. Wir steckten einen Gorilla in Herrn Riedbergs Hemd und seine Sekretärin verglichen wir mit einer Ziege, die mit Minirock und High Heels herumstolzierte. Manche Prominente tauschten wir gegen Pferde und Papageien aus und so verging die Zeit recht schnell, bis ich zwischen den Bäumen Lichter erkennen konnte.

Sie blitzten wie goldene Glühwürmchen auf und verschwanden wieder. Je näher wir kamen, desto mehr Glühwürmchen tauchten auf. Gespannt spähte ich in die Dunkelheit vor uns, um etwas erkennen zu können. Wir fuhren einen kleinen Hügel hinauf und blickten von oben herab auf ein winziges Dörfchen. Es bestand aus wenigen Holzhütten, die u-förmig angeordnet waren. An jeder Seite standen acht Hütten. An der Stirnseite befanden sich die größten von ihnen. Vor jeder Hütte brannte eine kleine Laterne. Das gelbe Licht war nicht sehr hell, aber alle Laternen zusammen konnten den Platz in der Mitte ein wenig ausleuchten. Es gab also Strom.

An der offenen Seite des Dorfes parkten ein paar Jeeps. Genau wie unser Mietwagen sahen sie nicht gerade neu aus. Auch diese Jeeps waren zerbeult und der Lack splitterte an einigen Stellen ab.

Ganz außen fiel mir jedoch ein anderer Geländewagen auf. Er

besaß eine offene Ladefläche und sah nagelneu aus. Er war riesig im Gegensatz zu den Jeeps.

»Das gehört nicht alles deinem Bruder, oder?«, fragte ich Lisa. In meinem Kopf hämmerte der Sektengedanke wieder an meine Schädeldecke.

»Nein. Mein Bruder ist ein Teil davon.«

Ich konnte mich nicht mehr zurück halten. Diese Ungewissheit, was mit mir passieren würde, trieb mich sonst in den Wahnsinn.

»Du bringst mich doch nicht etwa in eine Sekte?«

»Quatsch. Du nun wieder mit deinen Hirngespinsten!« Lisa schnaubte. »Sieht das nicht total romantisch aus?«

Mir fielen zentnerschwere Steine vom Herzen. Ich ärgerte mich, dass ich überhaupt auf diesen unmöglichen Gedanken gekommen war. Lisa war meine Freundin. Wäre sie in seiner Sekte gewesen, hätte ich das doch gemerkt oder sie hätte es in den Jahren, in denen wir uns kannten, wenigstens mal erwähnt.

Ja, es sah sehr romantisch aus. Die kleinen Hütten strahlten etwas Uriges und Gemütliches aus. Zum Glück konnte ich nirgends Plumpsklos entdecken.

»Ich fühle mich hier immer zu Hause. Du wirst es lieben.« Lisa hielt in einer Lücke zwischen den parkenden Autos an – direkt neben dem riesigen Geländewagen. Unser Jeep war wirklich winzig dagegen.

Ich öffnete die Tür und rutschte vom Sitz. Endlich stehen. Wieder streckte ich mich, während ich das schwarze Monster neben mir betrachtete. Der Lack glänzte. Die Lichter der Hütten spiegelten sich darin wie kleine Sterne. Ich musste mich auf die Zehenspitzen stellen, um in das Fenster gucken zu können. Im Inneren des Jeeps sah alles neu aus. Im Fußraum des Beifahrers lag eine kleine Decke. Die Ladefläche war vollkommen leer. Ich schlich um den Wagen herum, bis ich vor ihm stand. Er hatte eine bullige Front und die Scheinwerfer schauten mich böse an. Ich stemmte die Hände in die Seiten und ließ den Anblick auf mich wirken. Nun hatte ich also nach dem größten Flugzeug auch das größte Auto meines bisherigen Lebens gesehen.

»Was für ein Schiff«, murmelte ich und schüttelte den Kopf.

Lisa stellte sich neben mich. »Oh Mann.«

»Riesig, was?«

»Schwanzverlängerung«, erwiderte Lisa trocken.

»Dann scheinst du den Besitzer ja genau zu kennen.« Ich zwinkerte Lisa zu und boxte ihr leicht in die Seite, um sie zu necken.

»Er war letztes Jahr kurz hier, als ich Jan besucht habe. Im Sommer ist er meistens in Clearwater.«

Es wunderte mich, dass Lisa bei diesem Thema so sachlich blieb. Normalerweise biss sie gleich an, wenn ich anfing, über so etwas Späße zu machen. »Und? Muss da was verlängert werden?«

»Keine Ahnung. Ich habe selten mit ihm gesprochen, geschweige denn das Verhältnis zu ihm vertieft. Aber warum sonst sollte *Mann* sich hier solch ein Auto kaufen?«

»Du hast selten mit ihm gesprochen? So viele Menschen scheint es hier nicht zu geben, dass man sich aus dem Weg gehen könnte.«

»Er geht nicht viel unter Menschen. Wir haben hier ein Gemeinschaftshaus. Dort habe ich ihn noch nie gesehen. Er schlich jeden Tag um die Hütten herum, verschwand im Wald und kam abends wieder. Ein komischer Kerl. Aber jetzt komm! Ich habe Hunger und will endlich ins Bett.«

Ich ließ es gut sein, obwohl ich doch ein wenig neugierig war, was für ein Typ der Fahrer dieses Monstrums war. Wir holten unsere Koffer aus dem Jeep und gingen zu einer der letzten Hütten vor der Stirnseite. Als wir den Platz überquerten, fiel mir der große Stamm auf, der in der Mitte aufgestellt war. Es waren Figuren hineingeschnitzt. Ich konnte leider nicht viel erkennen, da das Licht sehr schummrig war. Nur den Vogel, der ganz oben auf dem Stamm thronte, konnte ich erahnen.

»Der Marterpfahl?«, fragte ich und griff mir als Scherz an den Hals, als ob ich mich erwürgen würde.

»Der Pfahl des glücklichen Mannes«, antwortete Lisa streng.

Ich grinste. »Also ein Phallussymbol?«

Lisa drehte sich zu mir um. »Ein Symbol für den Mann, der glücklich ist!« Ihre Stimme klang hart, fast verärgert.

Mir lag schon ein weiterer Spruch auf der Zunge, aber bevor ich ihn los werden konnte, kam jemand mit ausgebreiteten Armen auf uns zugelaufen.

»Lisa! Endlich seid ihr da. Wir haben uns Sorgen gemacht. Es ist schon spät. Warum hat das so lange gedauert? Hatte der Flieger Verspätung?«

Der Mann rannte Lisa fast um, als er sie in seine Arme nahm. Er hatte die gleiche Haarfarbe und auch die Locken ähnelten sich. Seine Haare waren nicht so lang wie Lisas, aber lang genug, dass er sie zu einem kleinen Zopf zusammenbinden konnte. Er trug ein blaues Hemd und eine khakifarbene Hose. Die Klamotten waren etwas zu weit, aber von der Länge her passten sie. Er hatte wohl die gleichen Probleme wie Lisa, etwas Passendes zu finden mit seiner schlanken, sehr hochgewachsenen Figur. Er überragte sie sogar noch um einen Kopf. Das war wohl Jan. Dafür, dass er fünfunddreißig Jahre alt sein sollte, sah er noch verdammt jung aus. Er machte mit seinem Auftreten eher den Eindruck, als sei er der Hippiezeit entsprungen, als dass ihm eine Mall-Kette gehörte. Ich hatte jemanden im Anzug erwartet.

»Du musst Mia sein!« Der Mann löste sich von seiner Schwester und umarmte mich nicht weniger stürmisch. »Herzlich Willkommen. Ich freu mich so sehr, dass du endlich da bist.«

»Du bist Jan?«, keuchte ich. Er drückte mich so fest an seine Brust, dass ich kaum Luft bekam.

»Ja, das bin ich. Der große Bruder. Als solch einen darfst du mich auch gerne sehen: Als deinen großen Bruder.«

»Peace, Bruder«, hechelte ich ins Hemd.

Jan lachte und ließ mich endlich los. »Ich hoffe das wirst du hier finden. Den Frieden.«

Was redeten bloß alle von Frieden? Erst Lisa auf der Fahrt hier her und jetzt auch noch Jan.

»Ich habe für euch Bohneneintopf warmgehalten, den ich heute

Mittag gekocht habe. Ihr habt sicher Hunger.« Jan griff nach unseren Koffern und trug sie in die kleine Hütte.

Das Haus war von innen viel größer, als es von außen wirkte. Es war ein großer Raum, der in unterschiedliche Bereiche aufgeteilt war. Gegenüber des Eingangs befand sich die Küche – zumindest etwas, was man als Küche bezeichnen musste. Es gab einen kleinen Herd, der mit Gas betrieben wurde. Daneben standen eine kleine Spüle und ein riesiger Kühlschrank, der gar nicht in das Bild passte. Hängeschränke gab es nicht, denn die Küchenzeile stand unter einem Fenster. Vor den Geräten stand ein kleiner runder Holztisch mit vier Stühlen. Rechts neben der Küche führte eine Wendeltreppe in den ersten Stock. Vor der Treppe befand sich eine Tür, wahrscheinlich das Bad. Neben der Tür gab es in der Zimmerecke einen riesigen Kamin, in dem Feuer brannte. Es knisterte und machte den Raum noch gemütlicher.

Den größten Teil nahmen drei alte Sofas ein, die um einen kleinen Couchtisch gestellt waren. Sie waren aus robustem grünen Stoff, über den viele verschiedene Decken gelegt waren. Zu meiner Verwunderung hing an der Wand ein großer Fernseher. Damit hatte ich nicht gerechnet.

Jan fiel mein Blick auf. »Wir leben hier nicht wie die Hinterwäldler. Außerdem sind wir alle verrückt nach Eishockey. Da muss man die Spiele einfach gucken.«

Ich schaute zu Lisa hinüber. »Schon klar. Kein Internet, aber dafür ein Riesen-Fernseher.«

Sie zuckte entschuldigend mit den Schultern.

»Für Internet gibt es hier keine Leitungen. Über Satellit wäre es zu teuer. Darüber können wir wenigstens fernsehen und telefonieren. Strom bekommen wir über vier große Stromgeneratoren, die mit Benzin betrieben werden«, erklärte Jan.

Ich hing meine Jacke an die Garderobe und wollte mich auf eine Couch fallen lassen.

»Moment, wir gehen in die Küche. Der Bohneneintopf wird euch schmecken. Ich habe mich mal wieder selbst übertroffen«, lobte Jan sich selbst und rührte in einem großen Topf, nachdem er unsere Koffer vor die Wendeltreppe gestellt hatte.

Richtig, der Bohneneintopf. Der Geruch erfüllte die gesamte Hütte und mein Magen knurrte. Auch etwas anderes meldete sich bei mir. »Gibt es hier eine Toilette?«

»Durch die Tür dort. Das Bad ist nicht groß, aber es reicht.« Jan zeigte auf die Tür, die ich schon im Verdacht hatte.

Als ich in das Bad trat, musste ich grinsen. Es war wirklich nicht groß: ein kleines Waschbecken an der linken Wand, gegenüber stand das Klo und an der Stirnseite befand sich eine kleine Dusche. Man hätte alle drei Dinge auf einmal erledigen können. Über der Toilette gab es ein winziges Fenster. Ich hätte auf den Klodeckel klettern müssen, um es zu öffnen.

Bevor ich wieder hinausging, warf ich noch einen prüfenden Blick in den Spiegel. Du liebe Güte! Es hatte doch nicht am Licht im Flugzeug gelegen. Meine Augen leuchteten mich in einem satten Grasgrün an. In dem schwachen Licht, das die kleine Lampe an der Decke ausstrahlte, waren sie immer noch so grell wie im Neonlicht des Flugzeuges. Vielleicht wurde ich krank? Oder ich war einfach übermüdet.

Ich ging zurück in die Küche und setzte mich an den Tisch. Jan schob mir einen großen Teller Suppe vor die Nase und stellte mir eine Dose Coke hin.

Der Eintopf schmeckte wirklich gut. Er erinnerte mich an die Suppen, die meine Oma für mich gemacht hatte. Sie schmeckten viel besser als Dosensuppen oder die, die meine Mutter kochte. Das hier war eine deftige Mahlzeit und genau das brauchte ich jetzt, auch wenn ich vor meinem geistigen Auge sah, wie sich die Knöpfe meines Brautkleides spannten.

Während des Essens schwiegen wir. Es war ab und zu ein »Mh« oder »lecker« zu hören, wobei sich Jan weiterhin selbst lobte.

Nachdem wir fertig gegessen hatten, wollte ich meinen Teller abspülen.

»Nein, nein, lass das! Stell ihn einfach in die Spüle! Ich mache das morgen früh! Bitte, heute Abend nicht mehr«, sagte Jan und nahm mir den Teller aus der Hand, um ihn in das Waschbecken zu stellen.

»Wie macht ihr das mit dem Abwasser? Wenn ihr nicht mal am Stromnetz angeschlossen seid, dann habt ihr sicher auch keine Kanalisation«, fragte ich.

»Schlaues Kind«, witzelte Jan. »Wir haben unterirdische Tanks, die jede Woche abgepumpt werden. Es kommen zwei Geländewagen mit je einem Tank. Einer für das Wasser aus den Duschen und den Waschbecken, der andere für den Rest.«

»Wäre es nicht einfacher, näher an einer Stadt zu wohnen, wo man euch an das Versorgungssystem anschließen könnte?« Dieses Thema ließ mir keine Ruhe. Warum machten sie es sich so umständlich? So weit weg von der Zivilisation. Kein Internet, Strom nur von Generatoren und das Abwasser wurde abgepumpt.

»Wir könnten auch alle in den Wald machen und uns im Bach baden, aber so ist es doch angenehmer.« Jan nahm mir meine Fragen zum Glück nicht übel.

»Wie kauft ihr denn ein? Wo ist der nächste Supermarkt? Oder ein Arzt? Was ist, wenn jemand krank wird?«

Jan setzte sich zurück an den Tisch und öffnete sich eine zweite Coke, die er mit ein paar großen Zügen leerte. »Bist kaum angekommen und willst schon alles wissen. Das gefällt mir. Einiges bauen wir selbst an. Wir haben einen Gemüsegarten, Obstbäume und auch Ziegen, Schweine, Hühner und ein paar Kühe. Alles andere kaufen wir auf Vorrat ein. Der nächste größere Ort ist Clearwater. Bis dahin fahren wir knapp drei Stunden. Wir fahren mit mehreren Wagen los und kaufen für alle hier im Dorf ein. Deshalb haben wir auch große Tiefkühlschränke«, Jan zeigte auf den großen silbernen Kasten in der Küche. »Das, was wir einkaufen, muss ein paar Wochen reichen. Wenn jemand krank wird, holen wir uns Hilfe in der Natur. Und für den allergrößten Notfall haben wir einen Hubschrauber.«

Ich schluckte. »Ihr habt einen Hubschrauber?«

Jan nickte, als sei es das Normalste auf der Welt, wenn im Garten ein Helikopter stand. »Hinter dem Dorf gibt es eine Lichtung, die wir als Landeplatz benutzen.«

»Wer bezahlt das alles? Wie verdient ihr euer Geld? Oder übernimmst du alle Kosten?«

»Ich unterstütze das Dorf wo ich kann und übernehme die größeren Anschaffungen. Nicht jeder lebt für immer hier. Manche sind für ein paar Monate da, andere nur für ein paar Wochen. In der Zwischenzeit gehen sie einer Arbeit nach.«

»Das muss aber eine sehr gut bezahlte Arbeit sein, um hier monatelang Urlaub machen zu können.«

Langsam kam mein Gefühl zurück, dass hier etwas schief lief, dass all das nicht das war, für das es von Lisa und Jan verkauft wurde.

Ich traute mich nicht, weiter nachzufragen, aus Angst, etwas zu erfahren, das ich nicht wissen wollte. Vielleicht waren es ja doch Sektenmitglieder, die auf diese Weise neue Mitglieder warben: Einfach das Flugticket verschenken und hier festhalten und die, die angeblich wieder in die Stadt gingen, wurden als Opfer dargebracht.

Mir fröstelte es bei dem Gedanken und ich bekam eine Gänsehaut. Ich wünschte, ich wäre zu Hause bei Thomas. »Ich muss zu Hause anrufen, dass ich gut angekommen bin«, sagte ich und suchte in meiner Tasche nach meinem Handy.

»Warte.« Jan stand auf und holte aus dem Sideboard, das unter dem Fernseher stand, ein riesiges Mobiltelefon. »Du wirst hier keinen Empfang haben. Schon vergessen? Satellitentelefon.« Er zwinkerte mir zu und reichte mir das Telefon.

Ich wählte die Handynummer von Thomas, die ich auswendig konnte, und ging hinaus. Teils, weil ich ungestört mit ihm reden wollte, teils, weil ich dachte, ich hätte draußen besseren Empfang.

Nach einiger Zeit ging nur die Mailbox ran. Ich hasste es, da drauf sprechen zu müssen, aber da es in Deutschland Mittagszeit sein musste, war er sicher beschäftigt und konnte nicht ans Telefon gehen.

»Sie sind verbunden mit dem Anschluss von Thomas Lehmann. Bitte hinterlassen Sie eine Nachricht nach dem Piepton.«

»Hey mein Schatz, ich bin's. Wollte dir nur kurz sagen, dass ich gut angekommen bin. Hier ist alles anders als erwartet und ich wünschte, ich wäre wieder bei dir. Internet gibt es nicht, auch keinen Handyempfang. Du kannst mich also nicht erreichen. Ich melde mich morgen noch mal bei dir. Ich liebe dich!«

Ich legte auf und blieb noch einen Moment draußen stehen. Es war bitterkalt, aber die frische Luft tat mir gut. Das Dorf lag wie ausgestorben vor mir. Keine Menschenseele lief draußen herum und auch in den Hütten brannte kaum Licht.

Zwischen den Häusern auf der gegenüberliegenden Seite führten mehrere Wege in den Wald. Zwischen den Bäumen konnte ich in der Ferne ein Licht erkennen. Stand dort noch ein Haus? Ich kniff die Augen zusammen, um besser sehen zu können. Nein. Das Licht flackerte. Plötzlich hörte ich Stimmen. Musik drang ebenfalls durch die Bäume zu mir. Sie kam nicht aus Lautsprechern. Es waren Trommeln, wie ich sie aus dem Fernsehen von alten Stämmen in Afrika kannte. Eine Gitarre konnte ich ebenfalls hören. Zu diesem exotischen Rhythmus wurde gesungen.

Da es mir vor dem Haus langsam zu kalt und zu unheimlich wurde, ging ich wieder hinein. »Da draußen steigt eine Party«, sagte ich und gab Jan das Telefon zurück. »Sind etwa alle aus dem Dorf dort?«

Jan nickte.

»Warum bist du nicht da?«

»Weil ich auf euch gewartet habe«, er lachte. »Ich muss doch meine Gäste willkommen heißen.«

»Und deine Schwester ins Bett bringen«, gähnte Lisa.

»Das ist eine gute Idee.« Ich musste mitgähnen. »Ich komme mit.«

»Dann werde ich die Damen in ihr Schlafgemach begleiten.« Jan stand auf und zeigte mit einer einladenden Handbewegung in Richtung Wendeltreppe.

»Die Koffer bringe ich euch hoch. Mia bekommt das linke

Zimmer. Lisa schläft in meinem Bett, ich penne so lange unten auf der Couch.«

Die Wendeltreppe war ziemlich eng und ich musste mich konzentrieren, nicht neben die Stufen zu treten. Die Zimmer waren sehr niedrig und die Schrägen des Daches flachten sie an den Außenwänden noch mehr ab.

Ich öffnete die linke Tür. Es war ein sehr kleiner Raum. Das Fenster zeigte nach vorn auf den großen Platz. In der Ferne konnte ich das Flackern des Feuers erkennen. An der rechten Wand, die am höchsten war, stand ein kleiner Kleiderschrank, daneben ein winziger Schreibtisch und ein Stuhl. Alles war aus Holz gefertigt. Auch das Bett, das links unter der Schrägen stand.

»Ich hoffe, das reicht dir«, sagte Jan und stellte meinen Koffer ab. »Es ist nicht groß, aber zum Schlafen wird es hoffentlich genügen.«

»Reicht vollkommen.« Schließlich wollte ich nicht lange hier bleiben.

»Wenn du etwas brauchst: ich bin unten. Sag einfach Bescheid.«

»Mach' ich. Gute Nacht und vielen Dank, dass wir hier sein dürfen.«

Mit einem Nicken schloss Jan die Tür hinter sich.

Es war still. Nur das leise Trommeln in der Ferne war zu hören. Ich war hundemüde und beschloss, das Zähneputzen für heute ausfallen zu lassen. Ich zog schnell meine Klamotten aus, warf sie über den Stuhl und kramte meinen Snoopy-Schlafanzug aus dem Koffer. Der musste natürlich dabei sein.

Ich fiel schwer auf das Bett und kuschelte mich in die Decke. Es war eine dicke, weiche Daunendecke, die wie ein Berg auf mir lag, aber sie war wunderbar warm.

Das Trommeln wurde immer leiser, bis es schließlich verstummte.

Kapitel 5

*Wirf dein Herz über den Fluss
und spring hinterher.*

Es dämmerte, als ich die Augen aufschlug. Die Sonne war noch nicht ganz aufgegangen, aber die Vögel begrüßten bereits den neuen Tag. Ich musste tief und fest geschlafen haben, denn ich war so munter, wie ich es schon lange nicht mehr gewesen war. Außerdem konnte ich mich nicht daran erinnern, etwas geträumt zu haben. Ich streckte mich im Liegen und setzte mich auf. Fast wäre ich mit dem Kopf gegen die Schräge geknallt, aber zum Glück passte ich genau darunter.

Es war hell genug, dass ich mir das Zimmer etwas genauer anschauen konnte. Am vorigen Abend war ich einfach zu müde dafür gewesen. An der Wand über dem Schreibtisch hingen zwei Bilder. Auf einem war ein Indianer mit Federschmuck auf dem Kopf zu sehen. Ein junger Krieger, der auf seinem weißen Pferd saß. Beide waren mit Kriegsbemalung verziert. Er schaute über die Prärie, als hielte er Ausschau nach seinem Feind.

Auf dem anderen Bild war derselbe Indianer gezeichnet. Ein Porträt von vorn. Er trug wieder seinen Kopfschmuck, aber sein Gesicht war auf diesem Bild nicht bemalt. Er schaute mich ohne jeglichen Gesichtsausdruck an. Seine braune Haut hatte kaum Falten, weshalb er noch sehr jung aussah. Vielleicht Ende zwanzig. Seine Augen waren tiefschwarz, aber freundlich.

Über meinem Bett hing ein Traumfänger – ein aus Ästen geflochtener Kreis mit weiteren Verzierungen aus kleinen Zweigen in der Mitte. Unter dem Kreis baumelten drei Federn. Als ich früher an den Wochenenden bei meiner Oma übernachtet hatte, hatte sie solch einen Traumfänger auf dem Flohmarkt gekauft und mir geschenkt. »Damit die bösen Träume fern bleiben.« Ob ich deswegen nichts geträumt hatte?

Ich konnte nicht mehr im Bett bleiben. Ein Blick auf die Uhr verriet mir, dass es gerade sechs Uhr war. Für meine Verhältnisse verdammt früh, dennoch schnappte ich mir meinen Kulturbeutel sowie neue Sachen zum Anziehen und schlich die Treppe hinunter. Ich schaute immer wieder auf Jan, der auf einem der Sofas lag, eingewickelt in zwei Decken, die gestern noch auf dem anderen Sofa gelegen hatten. Er schnarchte leise. Ich war froh, dass Thomas kein Schnarcher war, sonst hätte ich nie ein Auge zubekommen. Jan schlief tief und fest und bemerkte mich nicht, als ich an ihm vorbei ins Bad huschte.

Der erste Blick ging in den Spiegel zu meinen Augen: Unverändert. Warum sagte Lisa nichts dazu? Das musste ihr doch auch aufgefallen sein. Ich nahm mir vor, sie noch einmal direkt darauf anzusprechen.

Meinen Schlafanzug schmiss ich in die Ecke und stellte mich unter die Dusche. Es tat gut, das Wasser auf meiner Haut zu spüren. All die Erlebnisse und das Chaos der letzten Tage schwammen davon. Der Dampf des warmen Wassers hüllte das gesamte Bad ein. Ich kletterte nach dem Duschen auf die Toilette, um das kleine Fenster zu kippen. Sofort strömte kalte Luft herein. Ich fröstelte. Es musste eisig draußen sein.

Ich putzte meine Zähne übertrieben gründlich, schließlich hatte ich es am Abend zuvor ausfallen lassen, und schlüpfte in meine sauberen Sachen. Einen dicken roten Rollkragenpullover und eine Jeans. Um meinen Kopf wickelte ich ein Handtuch, damit meine Haare nicht tropften.

Langsam öffnete ich die Badezimmertür und schaute zu Jan. Er schnarchte immer noch vor sich hin, also schlich ich wieder nach oben in mein Zimmer und packte meinen Schlafanzug unter die Bettdecke. Nachdem ich das Handtuch von meinem Kopf gewickelt hatte, wollte ich es auf die Heizung legen, doch es gab keine. Ich erinnerte mich an den Kamin im Wohnraum, der anscheinend das gesamte Haus erwärmte. Also schmiss ich das Handtuch zum Trocknen über die Stuhllehne. Meine Haare führten den alltäglichen Kampf mit mir, indem sie sich nicht bändigen lassen wollten. Stück für Stück kämmte ich sie durch und band sie schließlich zu einem Zopf zusammen. Wenn sie so trockneten, fielen sie mir wenigstens nicht aus dem Zopf heraus.

Nun saß ich da. Hellwach und fertig angezogen. Unten konnte ich nicht viel machen, da Jan noch schlief. Ich schaute aus dem kleinen Fenster. Unter mir lag der Dorfplatz mit seinem riesigen Pfahl. Ich war neugierig und beschloss, mir das Dorf etwas genauer anzusehen. Wieder ging ich auf Zehenspitzen die Treppe hinunter, vorbei an dem schnarchenden Jan, zur Garderobe. Ich schnappte mir meine Stiefel und schlurfte nach draußen.

Die Luft war klar und kalt, sodass ich meinen Atem sehen konnte. Für Anfang Mai fand ich es hier ziemlich eisig. Aus manchen Schornsteinen stieg dichter Rauch auf. Die Menschen im Dorf erwachten ebenfalls.

Ich ging zum Pfahl, um ihn mir genauer anzusehen. Offenbar war er aus einem einzigen großen Baum geschnitzt worden. Oben sah ich den Vogel auf der Spitze des Pfahls hocken. Unter ihm stand ein großer Bär aufrecht auf seinen Hinterpfoten, das Maul weit aufgerissen. Unter dem Bären befand sich ein Hirsch. Sein Geweih umrahmte die Beine des Bären. Der Pfahl sah sehr alt aus. Die Tiere mussten einmal prachtvoll bemalt gewesen sein, doch die Witterung hatte die Farbe größtenteils abgeblättert. »Was hat das jetzt mit einem glücklichen Mann zu tun?«, fragte ich mich.

Als ich keine Antwort darauf fand, drehte ich mich im Kreis, um mir die Häuser anzuschauen. Sie waren alle gleich: Kleine Blockhütten aus dunklem Holz. Einige standen anscheinend leer, in anderen wurden die Bewohner wach. An der Stirnseite standen zwei große Holzhütten und eine etwas kleinere, die aber dennoch größer war, als die restlichen Häuser. In einer dieser Hütten befand sich bestimmt der Gemeinschaftsraum.

Die Jeeps standen wie am Abend zuvor an ihrem Platz. Der große schwarze Wagen entpuppte sich bei Tageslicht als GMC. Bis jetzt kannte ich solche Fahrzeuge nur aus dem Fernsehen. In Natura wirkte er viel größer.

Jenseits der linken Häuserreihe, wo auch unsere Hütte stand, hörte ich Geschnatter, Gemecker und das Grunzen von Schweinen. Ich folgte einem der Wege, die zwischen den Häusern in die Wälder führten. Nach einigen Baumreihen entdeckte ich tatsächlich kleine Ställe mit Tieren. Hinter den Stallungen lag eine Weide, auf der

Kühe grasten. Links neben dem Holzzaun befanden sich Felder, auf denen wahrscheinlich das Gemüse angepflanzt wurde.

Die Tür des Schweinestalles öffnete sich und ein kleiner Junge kam heraus, nicht älter als vierzehn Jahre. Seine Haut war leicht gebräunt, die Haare pechschwarz und zu einem langen Zopf zusammengebunden. Sein bunt gestreifter Strickpullover und die Hose waren mit Flecken und Erde übersät.

Als er mich bemerkte, blieb er stehen. Wir standen einen Augenblick da und beobachteten uns gegenseitig. Ich fasste mir ein Herz und lächelte ihn an. Normalerweise war ich nie diejenige, die den ersten Schritt bei fremden Personen machte, und sei es nur ein kleiner Junge. Aber hier im Dorf gab es nicht viele Menschen und früher oder später würde er mir wieder über den Weg laufen. Da sollte er keinen schlechten Eindruck von mir haben. Der Junge zögerte kurz und lächelte zurück. War doch gar nicht so schlimm. Auf eine Unterhaltung hatte ich jedoch keine Lust, also winkte ich ihm zum Abschied zu und ging zurück zum Dorf, um es mir weiter anzuschauen. Der Junge schnappte sich einen Eimer und verschwand wieder im Stall.

Ich wollte mir den Platz anschauen, auf dem das Fest stattgefunden hatte und schlenderte den Weg zurück, den ich gekommen war, überquerte den Innenhof und nahm einen Weg auf der anderen Seite hinein in den Wald. Es dauerte nicht lange, da öffnete sich eine kreisrunde Lichtung vor mir. In der Mitte lag eine große Feuerstelle. Das musste das Licht gewesen sein, das ich gesehen hatte. Rund um die Feuerstelle lagen einige Baumstämme, die als Bänke dienten. Am Rand der Lichtung waren im Halbkreis Zelte aufgebaut. Es waren keine normalen Zelte. Sie sahen aus wie Tipis – Zelte der Indianer. Um ein kegelförmiges Gestell aus Holzstangen war ein weißer Stoff mit farbigen Mustern gelegt. An der Vorderseite gab es einen kleinen Eingang, über dem eine Decke als Schutz vor der Kälte hing. War das hier ein Feriencamp mit Indianer-Spielen?

An der Feuerstelle, die mit großen Steinen umrandet war, konnte ich noch ganz leicht die Wärme des Feuers spüren. Da ich allein war, beschloss ich einen kurzen Blick in eines der Zelte zu werfen. Vorsichtig ging ich auf das mittlere Zelt zu. Bevor ich die Decke anhob, blickte ich mich noch ein Mal um, ob mich auch wirklich niemand beobachtete. In der Mitte des Zeltes gab es eine kleine Feuerstelle. Der restliche Fußboden war mit Decken und Fellen bedeckt. An einigen Stangen des Gestells hingen kleine Waffen, Beile und auch einen Bogen mit Pfeilen konnte ich erkennen.

Nach ein paar Minuten fühlte ich mich wie ein Einbrecher und schlich aus dem Zelt. Behutsam schob ich die Decke wieder vor den Eingang und ging ein paar Schritte an den Zelten vorbei, weiter in den Wald hinein.

Das Dorf, der Pfahl, die Feuerstelle, die Zelte, all das machte einfach keinen Sinn. Sollte das vielleicht ein Abenteuerurlaub werden? Würden wir uns als Indianer verkleiden und am Feuer den Regentanz tanzen? Und das Gerede von Frieden. Jan hatte offensichtlich zu viel von der Friedenspfeife geraucht. War er womöglich gar kein Inhaber von Shoppingcentern? Womöglich waren die Eltern und er gar nicht so vermögend, wie Lisa immer behauptete. Im Dorf konnte er zumindest nicht reich werden. Vielleicht arbeitete er ja zeitweise in der Stadt.

Während mir immer mehr Fragen durch den Kopf schwirrten, gelangte ich an einen kleinen Bach. Er war nicht tief und das Wasser war so klar, dass ich bis auf den Grund sehen konnte. Ich dachte an die Lachse, die in Flüssen stromaufwärts schwammen, aber für Lachse war dieser Bach zu klein. Ich hockte mich an das Ufer und lauschte, wie das Gewässer in kleinen Wellen an mir vorbei rauschte.

In unserem Urlaub auf Mallorca waren Thomas und ich jeden Tag spätabends ans Meer gegangen. Wir hatten uns in den Sand gesetzt und den Wellen zugehört. Dabei hatte ich vor Thomas gesessen und mich gegen seine Brust gelehnt. Ich konnte sein Herz am Rücken fühlen, als hätte es nur für mich geschlagen. In diesen Momenten war ich mir sicher, dass wir allem gewachsen waren.

Egal, was auf uns zukäme.

Was würde hier auf mich zukommen? Hier war ich auf mich allein gestellt. Lisa war zwar da, aber sie war anders als zu Hause und Thomas konnte mir hier auch nicht helfen.

Es schnürte mir den Hals zu, mich dermaßen einsam zu fühlen. In den letzten Jahren war ich nie allein gewesen. Thomas war immer da.

»Warum bist du jetzt nicht bei mir?«, rief ich und warf einen Stein in den Bach.

Plötzlich hörte ich hinter mir in den Büschen ein Geräusch. Ein Rascheln, das näher kam. Ich drehte mich um, blieb aber in der Hocke. Zwischen den Zweigen konnte ich etwas Helles erkennen, etwas Weißes. Es rannte direkt auf mich zu und als ich erkannte, was es war, stockte mir der Atem. Mein Herz pumpte erneut wahnsinnig viel Luft und überschlug sich fast dabei.

»Oh mein Gott …«, flüsterte ich, als der weiße Wolf mich ansprang. Nun würde er mich ebenfalls zerfleischen, wie es der schwarze Wolf mit Thomas in meinem Traum getan hatte. Ich schaffte es nicht mehr aufzustehen. Ich kippte mitsamt dem Wolf rücklings in den eiskalten Bach und wurde unter die Wasseroberfläche gedrückt. Das Wasser war so kalt, dass sich tausend kleine Nadeln in meinen Kopf bohrten. Wenn ich nicht aufgefressen werden würde, würde ich wohl ertrinken. Ich strampelte mit allen Vieren um mein Leben. Als ich wieder auftauchte, versuchte ich zu atmen, aber das eisige Wasser zog mir die Lunge zusammen. Ich begann kleine kurze Luftzüge zu nehmen und blickte mich um. Der Wolf stand am Ufer und schüttelte sich das Wasser aus dem Fell. Mein Körper bibberte, als stünde er unter Strom. Die Temperatur des Baches lag sicher nur knapp über dem Gefrierpunkt. Ich saß im bitterkalten Wasser, erstarrt vor Angst und Kälte, und beobachtete, wie der Wolf sich ans Ufer setzte und mich ansah.

Wollte er mich nicht mehr fressen?

Während ich ihn anschaute, beruhigte ich mich, auch wenn ich weiter zitterte. Er war anders. Er hatte eine andere Körperhaltung

als der schwarze Wolf. Auch die Kopfform war nicht die gleiche.
Aus dem Wald erklang ein schriller Pfiff. Der Wolf drehte sich auf der Stelle um und rannte zurück in die Büsche.
»Was zum Teufel?« Ich war völlig aufgelöst und versuchte meine wirren Gedanken zu ordnen. »Bin ich dir nicht gut genug als Frühstück?!«, rief ich dem Wolf hinterher und quälte mich auf die Beine. Sie zitterten so stark, dass ich Mühe hatte, mein Gleichgewicht zu halten.
»Er steht nicht auf Tiefkühlware!«
Erschrocken schaute ich in die Richtung, aus der die Stimme kam. An einem Baum lehnte ein junger Mann mit verschränkten Armen und amüsierte sich breit grinsend darüber, wie ich versuchte, in diesem Bach stehen zu bleiben. Der weiße Wolf saß direkt neben ihm und beobachtete ebenfalls mein Schauspiel.
Als ich endlich einen sicheren Stand gefunden hatte, beäugte ich die Person etwas genauer. Er war etwa in meinem Alter, vielleicht ein paar Jahre älter. In seiner schwarzen Kleidung sah er sehr sportlich und durchtrainiert aus. Unter seinem engen Pullover zeichnete sich jeder einzelne Muskel ab, angefangen bei seinen breiten Schultern, seinen starken Armen bis hin zum Waschbrettbauch. Anscheinend hatte ich ihn beim Sport gestört, denn seine Haare klebten verschwitzt an seiner Stirn. Sie fielen in kleinen Strähnen bis zu seinen Ohren herab und waren noch schwärzer als sein Pullover. Seine Haut wirkte durch die dunkle Kleidung und die schwarzen Haare noch viel heller, als sie ohnehin schon war.
Am längsten ruhte mein Blick auf seinem Gesicht. Es war ... perfekt. Ich fand nichts, das ich hätte bemängeln können. Seine Gesichtszüge wirkten männlich, aber dennoch sanft. Die Augen waren eher schmal und, wie ich es schon fast erwartet hatte, schwarz, aber das machte sie umso interessanter. Ich konnte keinen Unterschied zwischen Pupille und Iris erkennen. Ein schwarzes Loch, in das ich gerne hineingezogen werden wollte. Seine Nase war makellos, ohne jede Wölbung, ganz gerade. Der Mund war ebenfalls genau richtig geformt: nicht zu schmal und nicht zu voll

und ein bezauberndes Lächeln lag auf seinen Lippen. Eine kleine Falte bildete sich dabei in seinem Mundwinkel.

Ich erwartete, dass mein Herz bei solch einem Anblick rasen würde und wieder leere Luftströme durch meine Adern jagte, aber das tat es nicht. Es klopfte schnell und kräftig, doch es schlug nicht ins Leere. Ich merkte, wie meine Wangen warm wurden und hielt meine kalten Hände dagegen, um sie abzukühlen.

»Mia«, sagte ich zu mir selbst, »du wirst doch jetzt nicht rot werden. Du bist verlobt. Das ist nur irgendein Kerl, der sich über dich lustig macht.«

Ich nahm all meinen Mut zusammen und stiefelte aus dem Bach. Natürlich rutschte ich am Ufer noch aus und wäre beinahe hingefallen, aber ich konnte mich mehr oder weniger geschickt auffangen. Als ich wieder fest auf trockenem Untergrund stand, blickte ich erneut zu meinem Beobachter. Er stand unverändert am Baum, allerdings grinste er nicht mehr.

»Du solltest dir etwas Trockenes anziehen«, sagte er ohne jegliche Gefühlsregung mit seiner warmen und tiefen Stimme. Er sprach zu meiner Überraschung deutsch, hatte aber einen leichten Akzent. Noch bevor ich antworten konnte, drehte er sich um und lief davon.

Der Wolf stand auf und starrte mich mit schief gelegtem Kopf an. Wedelte er etwa mit dem Schwanz?

»Yaris!«, ertönte es aus dem Wald und der Wolf rannte los, um der Stimme zu folgen.

Da stand ich nun. Zitternd, nass bis auf die Haut und völlig durcheinander. Ich schlang die Arme um mich, in dem Versuch, mich etwas zu wärmen und stapfte zurück zum Dorf. Auf dem Platz und hinter den Häusern tummelten sich mehr Menschen als am frühen Morgen. Manche hackten Holz, andere kamen mit Eiern von den Hühnerställen und ein paar Bewohner gingen plaudernd umher. Kinder spielten am Pfahl und das ganze Dorf wirkte lebendiger.

Es war eine bunte Mischung aus verschiedenen Nationalitäten.

Ich hatte eigentlich erwartet, dass hier nur Menschen lebten, die wie Indianer aussahen, aber es war jede mögliche Hautfarbe vertreten. Die Kleidung war genauso vielfältig. Je nachdem, woher die Person stammte, fielen die Klamotten leicht und locker, oder warm und winterlich aus. Für einen Afrikaner musste es hier im Dorf kälter sein als für jemanden aus Alaska.

Nur ich lief triefend nass umher, was nicht so unauffällig war, wie ich gehofft hatte. Die Menschen hielten inne und schauten mich verwundert an. Sicher fragten sie sich, wer diese Fremde war, die mit ihrer gesamten Kleidung bei dem Wetter ein Bad im Fluss genommen hatte. Schnellen Schrittes hetzte ich quer über den Platz zu unserem Haus, ohne jemanden direkt anzusehen.

»Da bist du ja! Ich habe Pancakes gemacht. Mit Heidelbeeren und … Ahorn … Sirup … wie siehst du denn aus?« Jan stand in der Küche und hantierte mit der Pfanne und einem Kochlöffel. Er musterte mich kritisch, als ich die Tür aufriss und meine Schuhe auszog.

»Du bist ja klatschnass! Es regnet doch gar nicht. Was ist passiert?« Besorgt kam er einige Schritte auf mich zu, aber ich hob meine Hand und wies ihn zurück.

»Ich gehe duschen. Noch mal«, raunte ich und verschwand im Bad. Ich versuchte mich aus meiner Jeans zu schälen, die fest an mir klebte. Als ich mich endlich von allen Sachen befreit hatte, stellte ich mich unter die Dusche und ließ das warme Wasser über mich laufen. Das Zittern wurde weniger und ich begann aufzutauen. Nach einer Viertelstunde befand sich meine Körpertemperatur wieder in einem normalen Zustand und ich wickelte mich in ein Handtuch.

»Mia?«, es klopfte an der Tür. »Ich habe dir trockene Sachen gebracht. Ich hoffe, die sind ok.« Lisa öffnete die Tür einen Spalt weit und schob mir einen dicken Fleece-Pulli und die dazugehörige Hose rein. Ich trug das zu Hause immer, wenn wir uns einen faulen Tag vor dem Fernseher machten. »Unterwäsche ist auch mit dabei. Und Kuschelsocken.«

Super. Jetzt hatte sie meine Snoopy-Unterwäsche gesehen. Aber bei Lisa störte es mich nicht. Wer weiß, wie ihre Unterwäsche aussah. Sicher genauso gemustert und geblümt wie ihre Röcke und Blusen. Ich schlüpfte in meinen Hausanzug und föhnte mir dieses Mal die Haare trocken.

In der Küche roch es himmlisch. Jan stellte mir einen Berg Pancakes auf den Tisch und übergoss sie mit Ahorn-Sirup. In meinen Gedanken platzte der erste Knopf meines Brautkleides.

»Das ist viel zu viel«, beschwerte ich mich.

»Frühstück ist die wichtigste Mahlzeit am Tag. Also bitte tu mir einen Gefallen und hau rein.« Jan schob den Teller näher und drückte mir die Gabel in die Hand.

»Deine nassen Klamotten hänge ich gleich vor den Kamin, damit sie trocknen können. Und jetzt raus mit der Sprache: Was hast du draußen gemacht? Warum warst du klitschnass?«

Lisa und Jan saßen mir gegenüber und schauten mir beim Essen zu. Die Pancakes waren süß und durch die Heidelbeeren schön fruchtig. Mein Magen freute sich über diese leckere Mahlzeit und schrie nach mehr.

»Hab' mir das Dorf angeschaut«, murmelte ich mit vollem Mund. »War hinten beim Platz mit der Feuerstelle und den Zelten.«

Lisa und Jan tauschten besorgte Blicke aus. Diese Blicke konnten sich nur Geschwister austauschen. Ohne Worte wusste jeder, was der andere dachte und ich glaubte, dass sie auf diese Art und Weise komplette Konversationen halten konnten.

Ich schluckte ein großes Stück Pfannkuchen hinunter. »Was ist? Hätte ich da nicht hingehen dürfen?«

»Hat dich jemand gesehen?«, fragte Lisa.

Ich fühlte mich wie ein kleines Kind, das etwas Verbotenes getan hatte. »Nein, da war niemand«, ich schüttelte den Kopf und widmete mich wieder meinem Frühstück.

»Das erklärt aber nicht die nasse Kleidung«, mit einem Nicken wies Jan auf meine Sachen, die zerstreut im Bad lagen.

Wütend donnerte ich die Gabel auf den Tisch. »Da war so ein

Idiot mit einem Wolf, der mich angegriffen hat. Ich wäre fast im Bach ertrunken und dann rennt der Penner mit dem Wolf weg und lässt mich im Wasser stehen.«

Beide schauten mich ungläubig an und Jan runzelte seine Stirn. Diese Angewohnheit lag wohl in der Familie. »Dich hat ein Wolf angegriffen?«

»Ja.«

»Deshalb wärst du fast im Bach ertrunken?«

Ich seufzte. Mir war klar, dass sich die Geschichte völlig irrsinnig anhörte. Es gab einen großen Zaun, der das Dorf beschützte. Es konnte hier also gar keine Wölfe geben. Aber ich hatte ihn gesehen und vor allem auch gespürt, als er auf mich drauf gesprungen war. Und den Mann hätte ich mir auch nicht zusammenspinnen können. Dafür sah er zu gut aus. Meine Fantasie wäre gar nicht in der Lage gewesen, sich einen so attraktiven Mann auszudenken, ohne irgendwelche Anzeichen von Thomas einzubauen. Also musste ich versuchen, Jan und Lisa den Vorfall glaubhaft zu verkaufen.

»Ich stehe am Bach. Plötzlich kommt der Wolf auf mich zugerannt, springt mich an, ich verliere das Gleichgewicht und wir kippen beide in den Bach.«

Erneut kommunizierten die Beiden telepathisch über ihre Blicke miteinander. »Und der Wolf gehörte einem Mann?«, fragte Jan mit einem leichten Grinsen. Er glaubte mir anscheinend immer noch nicht. »Groß, dunkle Haare? Ziemlich sportliche Figur?«

»Du kennst den?« Mit offenem Mund saß ich am Küchentisch und verstand die Welt nicht mehr.

Jans Grinsen wurde immer breiter, bis er schließlich lauthals lachte. Auch Lisa musste schmunzeln. Ich sah ihr an, dass sie sich zurückhielt. Sie hätte gerne mitgelacht.

»Ich weiß nicht, was daran so lustig sein soll, wenn hier jemand mit einem Wolf herum rennt, der Leute angreift.« Mit einem Ruck schob ich meinen Stuhl zurück und wollte gehen. Ich war wütend. Erst wurde ich angegriffen, dann glaubten sie mir nicht und machten sich über mich lustig. Das war eine verkehrte Welt, aus der ich unverzüglich raus wollte. Lisa veränderte sich immer mehr und ich fragte mich, ob es an Jan lag, an dem Dorf, an Kanada oder an mir selbst.

»Mia warte. Setz dich wieder«, Jan hielt mich am Arm fest. »Das war kein Wolf. Das war Yaris.«

»Ach, den Köter kennst du also auch?« Ich war immer noch wütend und konnte mich nicht beruhigen.

»Yaris ist ein weißer Schäferhund. Jace brachte ihn vor zwei Jahren aus Clearwater mit. Die Mutter wollte ihn nicht annehmen und er zog ihn mit der Hand groß. Die Beiden sind unzertrennlich und gehen keinen Schritt ohne den Anderen.«

»Jace?« Ich setzte mich zurück auf meinen Stuhl. Jetzt war ich neugierig. Der unverschämt gut aussehende Typ hatte also einen Namen.

»Jace Heywood. Der Kerl, den du vorhin gesehen hast.«

»Ihm gehört die Schwanzverlängerung«, flüsterte Lisa mir zu.

Jan warf ihr einen fragenden Blick zu, aber Lisa schüttelte schmunzelnd den Kopf. »Ist ein Frauending.«

Jan zuckte mit der Schulter. »Ich bin mir sicher, dass Yaris dich nicht fressen wollte. Wenn er jemanden mag, ist er bei seinen Begrüßungen etwas stürmisch.«

»Er kennt mich doch gar nicht«, warf ich ein. »Wie soll er mich dann mögen?«

»Er merkt schnell, ob du gut oder schlecht für ihn bist.«

»Warum merkt er nicht, dass *er* schlecht für *mich* ist?«

Lisa schlug mir gegen den Arm. »Mensch Mia. Du hast es überlebt. Was habe ich dir gesagt? Sei nicht immer so pessimistisch. Sei offen für Neues. Er ist nur ein Hund.«

Lisa hatte recht. Mal wieder. Ich rieb mir den Arm an der Stelle, wo Lisa mich getroffen hatte. Das wurde sicher ein blauer Fleck. »Ich habe mich halt erschrocken«, entschuldigte ich mich. »Man rechnet ja nicht damit, dass man gleich am ersten Tag angegriffen wird und im Wasser landet.«

»Dafür bist du jetzt erfrischt und auch hoffentlich satt. Siehst du, ich habe doch gesagt, Frühstück ist wichtig.«

Ein wenig erschrocken starrte ich auf meinen leeren Teller. Ich hatte wirklich den gesamten Berg Pancakes aufgegessen.

»Und jetzt? Wie geht es jetzt weiter? Was habt ihr mit mir vor?« Ich wollte endlich den Grund wissen, warum ich in diesem Dorf war. Den wahren Grund. Keine Ausreden mehr, es sei ein Hochzeitsgeschenk oder irgendwelche poetischen Sprüche als Erklärung, mit denen ich nichts anfangen konnte. Ich wollte Klartext reden.

Wieder tauschten die Geschwister ihre Blicke aus.

»Zieh dir trockene Schuhe an«, forderte Lisa mich auf. »Wir gehen zu Papewas.«

»Pappe – wer?«

»Pa-pe-was«, antwortete Jan in lang gezogenen Silben. »Er ist der Älteste hier. Er ist der glückliche Mann.«

Kapitel 6

*Wind und der Regen,
Steine, Bäume, Tiere,
sogar kleine Insekten wie
Ameisen und Grashüpfer.
Wir versuchen sie zu verstehen,
nicht mit dem Kopf,
sondern mit dem Herzen,
und ein winziger Hinweis genügt uns,
ihre Botschaft zu erfassen.*

Wir gingen zu der kleineren Hütte an der Stirnseite des Dorfes. »Wartet hier«, sagte Jan und ging hinein, nachdem er kurz angeklopft hatte. Ohne die Bitte, herein zu kommen, abzuwarten.

Ich wurde ein bisschen nervös. Gleich würde ich einem fremden Mann gegenübertreten, der mir endlich Klarheit in das ganze Wirrwarr bringen sollte. Warum konnte Lisa das nicht tun?

Jan öffnete die Tür. »Er möchte mit Mia allein sprechen.« Er hielt mir die Tür auf und lächelte mir zu. Jetzt bekam ich doch Angst. Ich atmete tief ein und trat ein. Hinter mir fiel die Tür ins Schloss.

Die Hütte war etwas größer als unsere, aber ansonsten war die Aufteilung von Küche und Wohnbereich gleich. Allerdings gab es keine Wendeltreppe, die in einen zweiten Stock führte. An dieser Stelle stand ein großes Bett. Durch eine Wand wurde der Schlafbereich von der Küche getrennt.

An den Wänden hingen viele Bilder von Tieren und Indianern. Auch Felle und indianischer Schmuck, Masken und Waffen verzierten das Haus. Aber einen Fernseher konnte ich hier nicht finden. Dafür große Schränke aus Holz mit wunderschönen Verzierungen. Anstelle des dritten Sofas stand ein riesiger Sessel vor dem Kamin.

In ihm saß ein alter Mann. Sein ausgewaschenes grünes Holzfällerhemd und die beige Baumwollhose mit leichten Abschürfungen an den Knien hatten ebenfalls die besten Jahre hinter sich. Um den Hals trug er eine indianische Kette, die aus Knochenröhrchen und Leder gebunden war.

Sein Gesicht war faltig und braun gebrannt, wirkte aber freundlich. Die dunkelgrauen Haare rundeten das Bild von einem weisen alten Mann perfekt ab.

»Setz dich, Mia.« Er klang wie ein Bär. Seine Stimme war sehr tief und ich musste mich konzentrieren, ihn zu verstehen. Ich setzte mich auf das Sofa ihm gegenüber. Eine Weile starrten wir uns gegenseitig an, ohne auch nur ein Wort zu wechseln. Ich traute mich einfach nicht, etwas zu sagen, obwohl ich so viele Fragen hatte.

»Warum hast du Angst?«, fragte mich der alte Mann schließlich.

»Ich habe keine Angst!« Hoffentlich merkte er nicht, dass ich log. Das wäre kein guter Einstieg zum Kennenlernen.

»Warum bist du hier?«

Das hatte ich mir anders vorgestellt. Eigentlich wollte ich die Fragen stellen und darauf Antworten bekommen. »Ich dachte, das könnten Sie mir sagen!«

»Was sagt dein Herz dir, warum du hier bist?«

Super. Anstatt den erhofften Antworten bekam ich nur Gegenfragen, aus denen ich nicht schlau wurde. »Ich habe keine Ahnung, was mein Herz sagt«, erwiderte ich trotzig. »Was seid ihr hier? Eine Sekte? Verschleppt ihr Menschen und haltet sie hier gefangen? Oder seid ihr ein Feriencamp, in dem sich alle als Indianer verkleiden?«

Papewas lachte. »Dieses Dorf stammt noch aus den Zeiten unserer Ureinwohner. Damals lebten die Menschen in Tipis, doch die Winter hier sind hart. Es wurden Holzhütten gebaut und in den letzten Jahrzehnten nach und nach erneuert. Heutzutage steht das Dorf jedem Menschen dieser Welt offen, der auf der Suche ist.«

»Auf der Suche wonach?«, fragte ich weiter.

»Auf der Suche nach sich selbst, nach seinem Platz in diesem Universum, nach seinem Seelenpartner. In der Welt der Indianer spielen die Natur und die Naturgewalten eine sehr wichtige Rolle. Wir wollen mit der Erde in Freundschaft leben, denn alle Lebewesen – angefangen beim kleinsten Grashalm – haben den gleichen Wert. Auch andere Völker dieser Erde leben mit diesem Bewusstsein. Aber es gerät immer mehr in Vergessenheit.«

Papewas machte eine kurze Pause und schaute aus dem Fenster. »Mia, wir alle sind Teil eines großen Ganzen. Deine Seele weiß das. Die meisten Menschen trachten nach Ruhm und Reichtum. Sie denken Glück definiere sich durch ein Haus, ein Auto und viel Geld. Sie arbeiten ihr Leben lang, um glücklich zu sein und vergessen dabei, ihre Seele zu fragen, was sie *wirklich* glücklich machen kann.«

Ich musste an Thomas denken. Für ihn war es wichtig, erfolgreich zu sein, damit wir genug Geld hatten. Aber machte Geld nicht auch glücklich? Fühlte man sich in einem schönen Haus nicht viel wohler als in einer kleinen Zweizimmerwohnung? Jemand, der gut verdiente, hatte doch auch weniger Sorgen und musste sich keine Gedanken machen, wie er die Rechnungen bezahlen sollte.

»Und hier findet man das, was die Seele glücklich macht?« Ich konnte mir nicht vorstellen, was diesen abgelegenen Ort so besonders machen sollte, dass alles, wonach ich bisher gelebt hatte, auf einmal unwichtig sein sollte.

Der alte Mann lächelte immer noch. Anscheinend machte es ihm Spaß einer Unwissenden wie mir die Welt zu erklären. »Es gibt nicht nur unser Dorf. Auf der gesamten Welt gibt es Orte wie diesen. Sie werden geheim gehalten, um nicht von der restlichen Welt verschluckt zu werden. Wer findet schon seinen Frieden, wenn eine sechsspurige Autobahn durch den Ort führt?«

Das verstand ich. Ich konnte mich auch nur entspannen, wenn es um mich herum ruhig war. Deshalb fuhr ich ungern in Großstädte, um mich zu erholen. Ich kam gestresster nach Hause zurück, als ich vor dem Urlaub gewesen war.

Von Esoterik hatte ich dennoch keine Ahnung. Ich hatte mich auch noch nie mit dem Thema beschäftigt, weil ich an diese Dinge nicht glaubte. Meine Neugierde war dennoch geweckt. »Wie soll ich denn in diesem Dorf meinen Frieden finden?«

»Du musst die Dinge mit dem Auge in deinem Herzen ansehen, nicht mit dem Auge in deinem Kopf. Dein Herz soll im Einklang mit dem Herzen der Erde schlagen. Du sollst fühlen, dass du ein Teil des Ganzen bist, das dich umgibt.«

»Und das bedeutet?« Ich mochte solche Rätsel nicht. Eine klare Anweisung wäre mir lieber gewesen.

»Höre auf dein Herz. Denke nicht mit deinem Kopf nach, sondern verlass dich auf deine Gefühle. Du hast in deinem bisherigen Leben zu viel auf deine Gedanken gehört. Du hast nachgedacht, erörtert, dein Kopf ist voll mit wirren Gedanken und Wünschen, die sich dein Verstand, aber nicht deine Seele wünscht.«

Ich fühlte mich ertappt. Natürlich machte ich mir viele Gedanken. Aber machte das heutzutage nicht jeder? Ich dachte lieber viel und gründlich über etwas nach, bevor ich eine voreilige Entscheidung traf, die vielleicht doch die falsche war. Auf diese Weise lief ich nicht Gefahr, verletzt zu werden. Mein Herz hatte da schon lange kein Mitspracherecht mehr. Ich hatte mir eine Hochzeit gewünscht, weil es logisch war, jemanden zu heiraten, der mir gut tat. Das klang für mich richtig. Und jetzt sollte das anscheinend falsch für mich sein.

»Woher wollen Sie wissen, was ich mir wünsche?«

»Ich fühle es. Genau wie Lisa gefühlt hat, dass du bereit bist, deinen Seelenpartner zu finden.«

»Sie fühlen es? Und Lisa auch? Was hat sie mit meinen Gefühlen zu tun? Ich weiß ganz genau, was ich will. Wen ich will. Ich will meinen Freund und ich will ihn im Sommer heiraten.«

Ich war dabei aufzustehen und zu gehen. Der Mann hatte offensichtlich nicht mehr alle Tassen im Schrank, wenn er glaubte, dass ich auf diesen Voodoo-Kram reinfiel. Und Lisa steckte da auch noch mitten drin. Seelenpartner. So ein Blödsinn. Ich hatte einen Partner und das war Thomas. Ich brauchte und wollte keinen anderen.

Papewas versuchte, mir gut zuzureden. »Bitte beruhige dich. Mir ist klar, dass das für dich verrückt klingt.«

»Allerdings«, entgegnete ich.

»Gib mir Zeit dir alles zu erklären. Bitte.«

Ich seufzte. Was sollte das bringen, wenn ich mir seine Storys noch weiter anhörte?

Papewas saß in seinem Sessel und schaute mich an. Er wirkte friedlich, fast schon beruhigend, und kein bisschen verrückt. Ich beschloss, ihm eine Chance zu geben und setzte mich wieder hin. Später konnte ich mir immer noch Gedanken darüber machen, ob ich ihm glauben sollte, oder ob ich den nächsten Flieger nach Hause nehmen würde.

»Mein Stamm war früher sehr verbunden mit der Natur. Vor

allem mit den Tieren in den Wäldern. Eine alte Weisheit besagt: Sei dankbar den Tieren, denn sie sind der Ursprung deiner Kraft. Deshalb suchen die Seelen der Menschen ihre Partner hauptsächlich bei den Tieren, aber auch in der Pflanzenwelt und sogar bei den Elementen. Der eine fühlt sich mit den Bären verbunden, ein anderer mit den Nadelbäumen und noch andere mit dem Wasser, dem Wind oder dem Feuer. Genauso sind die kleinen Wesen wichtig, und so finden die Menschen auch in Ameisen oder Käfern ihren Seelenfrieden. In einer Zeremonie mit dem ältesten Stammesmitglied, dem Oberhaupt, erscheint dir das Tier, die Pflanze oder das Element, welches sich deine Seele ausgesucht hat. Ein altes Sprichwort bei uns lautet: Kein Mensch beginnt zu sein, bevor er seine Vision empfangen hat. Wir sind auf Lebzeiten miteinander verbunden. Wir geben uns gegenseitig Kraft, Mut und Lebensenergie. Stirbt eine Seele und überschreitet die Grenze zum Jenseits, so wird sie von ihrem Partner verabschiedet und ein kleiner Teil von ihm begleitet sie sogar hinüber.«

»Wasser oder Feuer haben doch aber keine Seele«, erwiderte ich.

»Seele ist ein Wort, das die Energie in dir beschreibt. Auch die Elemente besitzen eine Energie, die sie mit uns teilen können.«

Ich erinnerte mich an meine Besuche bei einer Naturheilpraktikerin. Vom ewigen Sitzen am Schreibtisch hatte ich höllische Nackenschmerzen bekommen. Mein Arzt hatte mir Schmerzmittel und Massagen verschrieben, was aber nur bedingt half. Lisa gab mir den Rat, zu einer Naturheilpraktikerin zu gehen, die mir letztendlich wirklich helfen konnte. Auch sie redete ständig vom Fluss meiner Energie. Ich ließ sie reden, hörte ihr gar nicht richtig zu, Hauptsache meine Schmerzen waren weg und ich konnte mich wieder richtig bewegen.

Auch wenn ich Papewas die Geschichte mit der Energie glaubte, eine Sache war mir dennoch unklar: »Wenn ein Teil der Seele mitgeht, wenn der Seelenpartner stirbt ... warum fällt dann niemand tot um, wenn ein Tier getötet wird?«

»Unsere Seele ist meistens nicht auf ein einziges Tier fixiert.

Jemand, dessen Seele stark wie ein Bär ist, sucht sich die Bären als Seelenpartner aus. Wenn ein Bär stirbt, wird woanders ein neuer Bär geboren. Das ist der Kreislauf des Lebens. Stirbt der Mensch, gelangt seine Seele in eine andere Welt und wird von den Bären dorthin verabschiedet.«

»Sie sagten, wir sind *meistens* nicht auf ein Tier fixiert.«

»Es gab bereits Menschen, deren Seelen sich ein einzelnes Tier ausgesucht haben. Sie waren auch durch den Tod miteinander verbunden. Aber das geschieht nicht sehr oft. Ich persönlich kannte noch keinen Menschen, dem das passiert war.«

Ich versuchte den Kloß in meinem Hals herunter zu schlucken. »Das heißt, der Mensch stirbt, wenn das Tier stirbt und anders herum ebenfalls?« Wirklich glauben konnte ich seine Erzählungen noch nicht, aber bei diesem Gedanken lief es mir kalt den Rücken herunter.

Papewas nickte stumm.

»Aber was passiert, wenn das Tier nur eine Lebenserwartung von ein paar Jahren hat? Ein Hamster zum Beispiel.«

»In diesem Fall geben sich die Seelen gegenseitig Lebenskraft und gehen ins Jenseits, wenn beide dazu bereit sind. Ein Mann, der mit einer Schildkröte verbunden ist, kann auf diese Weise über hundert Jahre alt werden. Oder ein Hase kann so alt werden wie der Mensch.«

Ich schüttelte den Kopf. Ich konnte mir nicht vorstellen, dass so etwas möglich war. Das war doch gegen die Naturgesetze, wenn ein Hase unnatürlich alt wurde. »Was passiert, wenn der Hase aber nicht so lange leben will wie der Mensch alt wird?«

Papewas lehnte sich nach vorn und legte die Ellenbogen auf seine Knie. »Warum sollte er nicht? Er hat seinen Seelenfrieden gefunden, genau wie der Mann. Beide sind glücklich.«

Darauf wusste ich keine Antwort. Kurz nach dem Heiratsantrag war ich dermaßen glücklich gewesen, dass ich zu Thomas sagte, dass ich für immer und ewig mit ihm zusammen sein wollte. Vielleicht fühlte es sich genauso an, wenn man seinen Seelenpartner und seinen Seelenfrieden gefunden hatte. Dann spielte Zeit keine Rolle mehr, sondern nur das Zusammensein.

»Mit welchem Tier sind Sie verbunden?« Ich war mir nicht ganz sicher, ob ich diese Frage wirklich stellen sollte, oder ob es vielleicht zu privat war, aber Papewas wirkte auf mich, als sei er ein offener Mensch. Außerdem war ich ziemlich neugierig.

Er nahm mir die Frage zum Glück nicht übel und lehnte sich lächelnd zurück in den Sessel. »Ich bin mit den Hirschen, den Bären und den Adlern verbunden.«

Plötzlich fiel mir der Pfahl in der Platzmitte ein. Das erklärte alles. Das waren die Seelenpartner des Ältesten, des glücklichen Mannes. Die Seelenpartner von Papewas. Ich fragte ihn, warum seine Seele sich drei Tierarten ausgesucht hatte und er erklärte mir, dass alle paar Jahrzehnte ein Mensch geboren wurde, der eine besonders große Seele hätte. Dieser Mensch wäre der nächste »glückliche Mann« oder die nächste »glückliche Frau« und löse den Ältesten in seiner Funktion als Oberhaupt ab. Die drei Tiere verliehen ihm besonders viel Mut, Kraft, Willensstärke, Ausdauer und Weisheit, die er in den Jahren als Oberhaupt bräuchte. Jedes Oberhaupt hätte andere Seelenpartner, aber immer drei. Zusammen würden sie ihm ein langes Leben voller Glückseligkeit verleihen.

»Ich fühle mich geehrt, dass die Natur mich mit einer dieser großen Seelen beschenkt hat und ich nun die Möglichkeit habe, diese wunderbare Welt so lange wie möglich zu genießen und ich anderen Menschen helfen kann, ihr Herz für sie zu öffnen.«

»Wie alt bist du?« Ich fand es mittlerweile unnötig ihn zu siezen. Ich hatte das Gefühl, als würden wir uns schon Ewigkeiten kennen, obwohl ich noch nicht lange hier bei ihm saß. Aber er strahlte diese Freundlichkeit und Ruhe aus, die ich bei vielen Menschen in unserer Großstadt vermisste.

»Ich bin 116 Jahre alt«, antwortete Papewas.

Mit offenem Mund saß ich staunend auf dem Sofa. Danach sah er überhaupt nicht aus. Ich hätte ihn auf fünfundsiebzig, allerhöchstens achtzig Jahre geschätzt. In Gedanken erweiterte ich meine

Liste: nach dem größten Flugzeug und dem größten Auto hatte ich jetzt noch den ältesten Menschen getroffen. »Wie konntest du so alt werden? Keines der drei Tiere kann dieses Alter erreichen.«

»Ich warte auf meinen Nachfolger.« Papewas sah mittlerweile müde aus. Auch wenn er die Welt schön fand und glücklich war, ich hatte das Gefühl, dass er bereit war zu gehen.

Ich wollte diese Unterhaltung langsam beenden. Nicht nur, weil ich über alles noch einmal nachdenken wollte, sondern auch, um Papewas Ruhe zu gönnen. »Ich brauche kein Tier, um glücklich zu sein. Ich liebe Thomas und er liebt mich«, sagte ich und stand auf.

Der alte Mann schüttelte den Kopf. »Dass man von der Existenz der Liebe weiß, bedeutet nicht zu lieben.«

Mein Kopf fühlte sich an, als wollte er zerbersten. Ich presste meine Hände gegen die Schläfen, weil ich befürchtete, er würde wirklich platzen. Ich ließ mich zurück aufs Sofa fallen. So leicht würde ich hier wohl nicht raus kommen. »Das macht doch alles keinen Sinn. Seelen, die sich Tiere, Pflanzen oder Elemente als Partner aussuchen. Warum suchen sie sich keine andere menschliche Seele?«

»Das kommt sehr, sehr selten vor. Voraussetzung dafür ist die wahre, bedingungslose Liebe. Ein Mensch erwartet immer etwas als Gegenleistung von einem anderen. Er hat verlernt, bedingungslos zu lieben.«

Als ich fragte, ob man noch einen menschlichen Partner haben könnte, wenn man mit einem Tier verbunden ist, musste Papewas herzhaft lachen. »Natürlich kann ein Mensch einen Partner haben. Der Mensch hat so viel Liebe zu vergeben. Eine Verbundenheit mit der Natur, mit den Tieren, bedeutet nicht, dass im Herzen kein Platz mehr für einen Menschen ist. Sonst wäre ja jeder Mensch, der sich ein Haustier hält, alleinstehend. Wobei diese Leute meistens nicht einmal wissen, warum sie sich das Tier halten. Ihre Seele sehnt sich danach. Leider geben die Menschen diesem Verlangen nicht die Wichtigkeit, die es benötigt.«

Ich atmete tief durch. Das Hämmern in meinem Kopf wollte

immer noch nicht nachlassen. Das waren zu viele Informationen für mich, zu viele verrückt klingende Informationen, die nicht in mein Weltbild passten. Ich dachte, ich sollte mich in diesem Urlaub entspannen? Dabei fühlte ich mich völlig überfordert und winzig klein. Selbst mein Rettungsanker, meine beste Freundin, konnte mir nicht helfen. Ihr hatte ich ja alles zu verdanken. »Wie konnte Lisa spüren, das mit meiner Seele irgendwas ist?«

»Wenn man in sich ruht, ist man offener und feinfühliger für die Menschen, die einem am Herzen liegen.«

Ich legte meinen Kopf in den Nacken und starrte an die Decke. War an seiner Geschichte wirklich etwas Wahres dran? Oder war es nur der Aberglaube eines alten Mannes? Ich versuchte, mich zu konzentrieren. »Ich fasse mal zusammen: Jeder Mensch braucht einen Seelenpartner, um wirklich glücklich zu sein. Diesen Seelenpartner sucht sich seine Seele in der Natur aus. Ein Fischer nimmt z.B. das Meer, ein Pilot die Vögel, ein Sportler die Pferde und ein Gärtner den Rasen.« Ich machte eine Pause, um die nächsten Gedanken ordnen zu können. Papewas saß geduldig in seinem Sessel und wartete. »Da Lisa bereits einen Seelenpartner besitzt, konnte sie spüren, dass meine Seele noch keinen hat, und brachte mich unter einem Vorwand hier her, damit diese einen finden kann.« Papewas nickte. »Aber was passiert, wenn ich ihn gefunden habe? Muss ich dann hier leben? Wie unterhaltet ihr euer Leben hier? Womit verdient ihr euer Geld?« Meine Gedanken schlugen Purzelbäume. Ich kam mit vielen Fragen in dieses Haus und hatte anstelle von Antworten nur noch mehr Fragen gefunden, die ich am liebsten alle gleichzeitig stellen wollte.

»Du denkst wieder mit deinem Kopf«, tadelte Papewas mich. »Geld ist nicht das Wichtigste im Leben. Aber leider können auch wir nicht ganz darauf verzichten. Einige von uns stellen Handwerkskunst her: Schmuck, Masken, Kleidung, Möbel oder Ähnliches. Diese verkaufen wir an Souvenirläden. Es ist nicht viel, aber das Geld reicht, um uns Dinge zu kaufen, wie Kleidung oder Nahrung, die wir nicht selbst anbauen können. Jan unterstützt uns größtenteils mit Lebensmitteln aus seinem Supermarkt in Clearwater. Er war es auch, der die Stromgeneratoren gestiftet hat, und die Abwassertanks. Es leben nicht viele Menschen dauerhaft hier. Die meisten kommen, um sich zu erholen und verlassen uns nach einiger Zeit. Aber wer einmal hier war und hier seinen Seelenfrieden gefunden hat, der kommt regelmäßig zurück. Wir müssen von Zeit zu Zeit eine Rast einlegen und warten, bis uns unsere Seelen wieder eingeholt haben.«

Papewas stand auf und kam zu mir herüber. Er war kleiner, als ich vermutet hatte und für sein Alter noch ziemlich fit. Er ging ganz aufrecht ohne jegliche Gehhilfe. Als er sich neben mich setzte, nahm er meine Hände in seine.

»Ich möchte, dass du ehrlich in dich hinein hörst. Nimm dir die Zeit, die du brauchst, um meine Fragen zu beantworten. Denk nicht nach. Schalte deinen Kopf aus und folge deinem Gefühl. Schließ die Augen.«

Auch wenn ich sehr nervös war und nicht wusste, was er mit mir vor hatte, folgte ich seinen Anweisungen. Ich atmete tief ein, versuchte mich zu entspannen und schloss die Augen.

»Gab es in letzter Zeit Zweifel in deinem Leben?«, begann Papewas mit seinen Fragen.

Ich nickte.

»Hast du zu jedem Zeitpunkt das Gefühl gehabt, das Richtige zu tun?«

Ich verneinte.

»Denke an deinen Verlobten. Du fühlst dich geborgen bei ihm, aber hast du auch das Gefühl, dass er dich vervollständigt?«

Ich schluckte und mein Herz begann zu pochen. Die Leere darin breitete sich schlagartig noch weiter aus und mir wurde schwindelig. So fühlte es sich also an, wenn man in sich hinein hörte. Mir liefen die Tränen über die Wangen, denn mir tat diese Antwort weh, auch wenn ich wusste, dass es die richtige war. »Nein.«

Papewas drückte meine Hände, als wolle er mich trösten. »Hast du eine Veränderung bei dir festgestellt?«

Ich öffnete die Augen. Papewas konnte ich nur schemenhaft hinter dem Tränenschleier erkennen. »Mein Herz ist leer. Das hatte ich früher schon ein Mal, bevor ich Thomas kennenlernte, aber mit ihm wurde es besser. Doch jetzt ist es wieder da.«

Papewas hielt meine Hand immer noch fest in seiner. Ihn direkt neben mir zu haben, war ein beruhigendes und aufwühlendes Gefühl zugleich. Dieser Mann wollte etwas Gutes für mich. Nur vor dem Weg dahin hatte ich Angst, weil ich nicht wusste, was mich erwartete.

»Dein Herz sehnt sich nach seinem Partner, wie es deine Seele tut. Auch das Herz sucht sich jemanden, der es ausfüllt.« Er sprach ganz ruhig und leise, als wolle er mich beruhigen.

»Ich denke, ein Seelenpartner reicht aus, um glücklich zu sein?«

»Wenn deine Seele ihren Partner gefunden hat, dann ruht sie in sich. Wie bei Lisa zum Beispiel: Sie ist glücklich, aber dennoch hat sie den Platz in ihrem Herzen noch zu vergeben. Anders ist es, wenn das Herz seinen Partner gefunden hat, aber die Seele noch nicht. Du scheinst glücklich zu sein, aber ein Teil von dir wird sich immer nach irgendetwas sehnen. Finden dein Herz und deine Seele ihre Partner, spürst du das wahre Glück. Mia, du ahnst ja nicht, wie viel Liebe wir Menschen in uns tragen. Wenn dein Herz aber anfängt, kleiner zu werden, dann stirbt auch deine Liebe.«

Ich löste meine Hand aus seinem Griff und fasste mir ans Herz. Konnte Papewas in mich hinein schauen? Hatte er spüren können, wie mein Herz kleiner geworden war, so wie ich es gefühlt hatte?

Er nahm meine Hand zurück in seine. »Was hast du in letzter Zeit noch für Veränderungen bemerkt?«

Ich überlegte. Irgendwie kam es mir vor, als hätte sich alles verändert. Als hätte jemand mein Leben um 180° gedreht und noch einmal durchgeschüttelt. Eine Veränderung fiel mir ein: »Meine Augen. Sie sind heller geworden.«

Papewas lächelte. »Die Augen sind das Fenster zu deiner Seele. Dass sie sich verändern bedeutet, dass es auch deine Seele tut.« Er legte seine Stirn gegen meine und murmelte ein paar unverständliche Worte. Hoffentlich verfluchte er mich nicht. Er summte leise eine Melodie vor sich hin und ich merkte, dass ich anfing, mich zu entspannen. Ich schloss meine Augen und lauschte seiner tiefen Stimme, die sich wie eine Umarmung um meinen Körper legte und mich wärmte.

Als Papewas verstummte und mich anschaute, wurde mir wieder kälter, als hätte mir jemand die Decke weggezogen. »Ich spüre, dass ein Tier dein möglicher Seelenpartner ist. Lerne mit einem Tier so zu kommunizieren, wie du es mit den Menschen tust. Beobachte es, sieh zu, wie es lebt, versuche, hinter seine Träume zu kommen. Stimme dich ruhigen Geistes auf das Tier ein und achte auf all seine Emotionen. Dann wird seine Seele sanft auf dich zugleiten. Es wird dir seine Liebe, aber auch seine Kraft schenken.«

Ich musste an den schwarzen Wolf aus meinen Träumen denken. Auch wenn ich anfangs Angst vor ihm hatte, fühlte ich mich mittlerweile fast wohl in seiner Nähe. »Bedeutet das, dass ich auch von dem Tier träumen könnte?«

»Gewiss.« Papewas drückte meine Hände. »Ich denke du hast heute sehr viel gelernt. Ruh dich aus. Schau, was dein Herz sagt. Du bist hier so lange willkommen, wie du bleiben möchtest.«

Er begleitete mich noch bis zu Tür und verabschiedete mich mit einer herzlichen Umarmung.

Ich stand noch einige Zeit vor seiner Tür und wollte nicht zurück zu Lisa und Jan. Mir war schwummrig und ich beschloss, mich wieder an den Bach zu setzen und dem Rauschen des Wassers zu lauschen.

Dieses Mal setzte ich mich mit ausreichendem Sicherheitsabstand zum Bach auf einen kleinen Baumstamm, der nach dem Fällen hier liegen gelassen worden war. Ich spähte zwischen die Bäume, ob ich nicht vielleicht einen weißen Hund sehen würde, aber ich war allein.

Ich hob eine Handvoll Steine auf und warf sie in das Wasser. Bei jedem Platschen blitzten die Worte auf, die Papewas mir soeben erklärt hatte.

Seelenfrieden, Teil von etwas Großem, verbunden mit der Natur, Seele sucht sich ihren Partner, ohne ihn ist man nicht vollkommen.

Das klang für mich alles nach Science-Fiction und ich fragte mich, ob es überhaupt einen Sinn machte, wenn ich hier bliebe. Papewas' Geschichte hatte mich ziemlich aufgewühlt und wieder machte sich diese Leere in mir breit. Diese gottverdammte Leere. Warum spürte ich sie immer dann, wenn ich mir unsicher war? Warum konnte nicht alles so sein wie früher? Mit meinem kleinen Herzen war ich vollkommen zufrieden gewesen. Und jetzt saß ich in einem winzigen Dorf voller verrückter Menschen und wusste nicht, was ich machen sollte. Sollte ich bleiben? Oder sollte ich meine Sachen packen und wieder zu Thomas zurück gehen? »Hör auf dein Herz«, hatte Papewas gesagt. Vielleicht sollte ich das versuchen, denn das Hämmern in meinem Kopf wurde unerträglich. Nicht nachdenken. Fühlen. Ich schloss die Augen.

Alle Bilder vor meinem geistigen Auge schob ich beiseite. Ich konzentrierte mich auf alles, was um mich herum war. Die Bäume rauschten im leichten Wind. Es war nicht mehr so kalt wie am Morgen und die Luftzüge streiften lauwarm meine Haut, fast wie Seide. Der Bach plätscherte vor sich hin, in den Baumwipfeln saßen zwitschernde Vögel, in der Ferne schrie ein Greifvogel und in den Büschen raschelten kleine Tiere. Es mussten Kaninchen sein, denn ich konnte ihr Hoppeln hören.

Meine Hände strichen über den Baumstamm. Er war noch etwas feucht vom Morgentau und seine Rinde fühlte sich rau an. Ein leichter Flaum Moos wuchs darauf, bedeckte ihn wie ein leichter weicher Stoff. Meine Finger glitten an den Unebenheiten des Holzes entlang, bis sie sich schließlich daran festhielten.

Ich vergrub meine Füße im Kiesbett vor mir. Jeden einzelnen Stein nahm ich wahr. Sie hielten meine Füße fest umklammert, als ließen sie mich nie wieder los.

Ich atmete tief ein. Die Luft war dermaßen rein, wie ich es noch nie erlebt hatte. Sie duftete nach Bäumen und Tannenzapfen. Ich konnte das feuchte Gras, die modrige Erde und das Wasser, riechen, schmeckte sogar die Knospen der Sträucher und Blumen, die sich nach der Sonne sehnten.

Ich war mittendrin.

All das umhüllte mich wie eine schützende Decke und ich hatte das Gefühl, als zöge es mich zu sich. Ich wollte für immer hier sitzen bleiben, nie wieder aufstehen, mich von der Luft und den Düften ernähren.

»Hör auf dein Herz«, hörte ich Papewas noch einmal sagen. Mein Herz schlug in einem ruhigen gleichmäßigen Rhythmus, nicht zu schnell. Dennoch spürte ich, dass es mehr wollte. Die leeren Stöße meines Herzens waren immer noch da. Die Natur um mich herum konnte mein Herz nicht erfüllen, aber sie konnte es beruhigen. Das leere Schlagen tat nicht mehr so weh. Ich fühlte mich hier wohl und mein Gefühl sagte mir: Hier bist du richtig.

Ich hörte auf jedes einzelne Pulsieren meines Herzens, auf das Rauschen des Windes und des Wassers, bis mir schwindelig wurde. Mein Körper begann sich zu drehen – oder war es die Welt um mich herum?

Noch bevor ich die Augen öffnen konnte, verlor ich das Gleichgewicht und kippte nach hinten. Nun lag ich da, wie ein Käfer auf dem Rücken im nassen Gras und meine Beine streckten sich am Baumstamm entlang zum Himmel.

Ich blieb liegen und beobachtete die Wolken, die über mir vorbei zogen. Wie früher stellte ich mir vor, welche Form sie hatten. Über mir schwebten Nessie von Loch Ness, Micky Maus, ein Schwein mit Flügeln und ein galoppierendes Pferd. Ich stöhnte, da mir der Rücken vom Sturz schmerzte, und versuchte mich aufzurichten.

»Ich dachte schon, du lebst nicht mehr.«

Ruckartig drehte ich mich um. Da stand er schon wieder. Erneut mit einem breiten Grinsen und abermals beobachtete er mich, wie ich versuchte aufzustehen. Er trug keine Sportkleidung mehr wie am Morgen. Seine Turnschuhe hatte er gegen Trekking-Boots getauscht, und die Jogginghose gegen eine schwarze Wanderhose mit Taschen an den Seiten. Die dünne Jacke schmiegte sich wie sein Pullover an den Oberkörper an. Neben ihm saß Yaris. Auch er sah aus, als würde er mich belächeln.

»Gleichgewicht ist nicht so dein Freund, was?«, setzte er noch hinterher.

»Und Freundlichkeit nicht deiner«, erwiderte ich mit bissigem Ton, während ich aufstand und die Erde von meiner Kleidung klopfte.

»Ich wäre so nett gewesen und hätte Hilfe geholt, wärst du nicht mehr aufgestanden.«

»Zu freundlich«, keifte ich zurück und zeigte auf Yaris. »Hätte dein Köter mich heute Morgen nicht angesprungen, wäre ich erst gar nicht im Bach gelandet!« Meine Entspannung hatte sich in Luft aufgelöst. In mir tobte die Wut. Was fiel diesem Kerl ein? Mich zwei Mal an einem Vormittag zu beobachten und sich jedes Mal über mich lustig zu machen – mir nicht einmal zu helfen!

»Köter ist ein fieses Wort«, entgegnete Jace und streichelte Yaris' Kopf. Sein Grinsen verschwand und er machte den Eindruck, als hätte ich ihn zutiefst verletzt. Er schaute fast traurig aus. Damit nahm er mir den Wind aus den Segeln. *Ihn* zu beschimpfen schien mir richtig, aber was konnte der Hund dafür, dass ich gleich umkippte bei seiner Begrüßung?

Ich ging auf Yaris zu. Er war wirklich ein schöner Hund. Sein Fell war schneeweiß, wodurch seine Nase noch schwärzer wirkte. Die mandelförmigen Augen blickten mich mit ihrem Schokobraun neugierig an. Ich hockte mich hin und streckte ihm meine Hand entgegen. Er schnupperte kurz daran und wedelte sofort kräftig mit dem Schwanz, als ich ihn an der Schulter kraulte.

»Entschuldige«, sagte ich zu ihm und stand wieder auf.

Jace schaute mich zufrieden an. Seine schwarzen Augen blickten direkt in meine und ich spürte, wie meine Knie weicher wurden und mein Herz wieder stotterte. Ich durfte jetzt keine Schwäche zeigen. Er durfte nicht wissen, was für eine Wirkung sein Erscheinungsbild auf mich hatte. »Und wo bleibt deine Entschuldigung?«

Jace verschränkte die Arme und hob eine Augenbraue. »Wofür

soll ich mich denn bitte entschuldigen?«

Ich schnaufte. »Du hast mich im Bach stehen lassen. Du hättest mir raus helfen können.«

»Wie ich sehe, hast du das auch alleine geschafft.«

»Es wäre aber eine nette Geste gewesen, wenn ich schon wegen deines Hundes da drin lande.« Ich stemmte meine Fäuste in die Seiten und starrte ihn wütend an.

Jace hielt mir eine Hand hin. »Machen wir es wie bei Yaris: Wenn du daran schnupperst, entschuldige ich mich.«

Das konnte doch nicht wahr sein. Anstatt sich zu entschuldigen, machte er sich weiter über mich lustig. Ich schlug die Hand mit aller Kraft weg und stampfte stinksauer an ihm vorbei in Richtung Dorf.

»Du bist so ein …«, rief ich zurück und suchte nach einem passenden Schimpfwort, aber keines, das mir einfiel, war fies genug.

»Umwerfender Mann!«, vervollständigte Jace meinen Satz.

Ich biss mir auf die Lippen und versuchte meine Wut runter zu schlucken.

Dieser Typ konnte wirklich die schönsten Momente zunichtemachen.

Dennoch blieb ich bei meiner Entscheidung: Ich würde noch ein Weilchen hier im Dorf bleiben und abwarten, was passierte. Vielleicht veränderte sich irgendetwas in mir, vielleicht würde ich sogar meinen Seelenpartner finden, wenn an all dem etwas Wahres dran war. Und wenn nicht, hätte ich wenigstens einen schönen Urlaub gehabt.

•••

Lisa und Jan warteten ungeduldig in der Hütte, als ich zurück kam.

»Mia! Na endlich. Wir haben uns Sorgen gemacht. Es ist Nachmittag! Wo warst du denn so lange?« Lisa sprang vom Sofa auf und stürmte in meine Richtung.

»Nachmittag?« Ich war ganz erstaunt. Wie lange hatte ich am Bach gesessen? Hunger hatte ich auch noch nicht, was sicher an den vielen Pancakes vom Frühstück lag. Ich schaute auf die Uhr, die über der Garderobe hing. »Viertel nach drei schon? Du liebe Güte.« Ich ging in die Küche und nahm mir eine Orangensaftpackung aus dem Kühlschrank. In langen Zügen trank ich gleich aus der Tüte. Lisa und Jan starrten mich ungläubig an. »Oh sorry«, japste ich, nach Luft schnappend, »Ich nehme mir gleich ein Glas.«

»Was hat Papewas dir denn alles erzählt?«, fragte mich Lisa, nachdem ich mich zu den beiden auf das Sofa gesetzt hatte.

»Du meinst den Kram mit den Seelen, den Tieren und der Natur?« Ich winkelte meine Beine an und umklammerte die Knie. »Das ist wirklich eine unglaubliche Geschichte. Ich weiß noch nicht, ob ich sie glauben kann, aber ich werde es versuchen. Mein Leben ist momentan das reinste Chaos. Vielleicht finde ich hier einen Weg, damit fertig zu werden. Einiges, was Papewas mir erzählt hat, trifft erstaunlicherweise auf mich zu, was mich nicht gerade beruhigt. Wer hört schon gerne, dass er kein kompletter Mensch ist?«

Lisa rutschte zu mir herüber und legte den Arm um mich. »Mia, das alles tut mir wahnsinnig leid. Diese ganze Geheimnistuerei, dass ich dir das nicht alles schon früher erzählt habe, aber ich dachte, du glaubst mir nicht. Ich dachte, wenn du erstmal hier bist und all das gesehen hast, dann glaubst du es eher und hältst mich nicht für völlig bescheuert. Bitte sei mir nicht böse!«

»Ich bin dir nicht böse. Aber sag mal, wann hast du gemerkt, dass ... also dass meine Seele irgendwie ...« Ich wusste nicht, wie ich es ausdrücken sollte.

»Nachdem du aus der Schweiz zurückgekommen bist. Ich merkte, dass du nicht gerade in die falsche Richtung gehst, aber in eine Richtung, die nicht ganz richtig ist«, erklärte Lisa.

»Ah ja.« Ich verstand nur Bahnhof.

»Also ich fühlte, dass weder deine Seele, noch dein Herz für immer damit glücklich sein könnten. Da beschloss ich, dich an den Ort zu bringen, an dem ich zu mir gefunden habe.«

»Welchen Seelenpartner hast du?«

»Ich bin mit den Vögeln verbunden. Ich liebe es zu reisen, mit dem Flugzeug in andere Welten zu gelangen. Frei zu sein.«

Ja, das klang nach Lisa. Das passte zu ihr. Immer unterwegs und manchmal bunt wie ein Paradiesvogel gekleidet.

»Aber dein Herz ... du bist ja noch allein. Spürst du nicht auch diese Leere darin?«

»Momentan nicht. Das Reisen und mein Seelenfrieden machen mich glücklich. Sollte es irgendwann jemanden geben, in den ich mich verliebe, mit dem meine Seele und mein Herz im Einklang sind, dann ist noch genug Platz in meinem Herzen, um ihn hineinzulassen.«

»Gott, ist das kitschig«, Jan verdrehte die Augen.

»Aber es ist doch wahr! Nur weil ihr Männer nicht über so etwas reden könnt, muss es nicht gleich kitschig sein. Bei dir ist es doch das Gleiche!«

Lisa versuchte Jan zu treten, aber dieser wich gekonnt aus.

»Vergiss nicht, wer dir deine Freiheit finanziert, Schwesterherz!« Jan hob ermahnend den Finger mit einem Zwinkern im Auge.

»Also bist du doch reich?«, fragte ich.

»Unsere Familie ist es. Mein Vater hat die Möglichkeiten für seine Geschäfte in den USA erkannt und ist vor zwanzig Jahren ausgewandert. Unsere Mutter wollte von dieser Idee nichts wissen und blieb mit uns in Deutschland. Ich bin meinem Vater nachgereist, sobald ich volljährig war und wollte mit in seine Geschäfte einsteigen. Die liefen in den USA schon recht gut und da beschlossen wir, sie nach Kanada auszuweiten. Dort traf ich dann Victoria. Sie hatte einige Zeit hier im Dorf gelebt und es machte mich neugierig. Also ging ich mit ihr hier her und schneller als erwartet fand ich meinen Seelenpartner.«

Lisa schmunzelte und flüsterte mir ins Ohr: »Und *das* ist jetzt überhaupt nicht kitschig!« Ihre Ironie war nicht zu überhören. »Na los Jan. Sag ihr, welches Tier du dir ausgesucht hast!«

Jan warf ihr einen bösen Blick zu. »Ich bin mit den Schmetterlingen verbunden.«

»Schmetterlinge?« Ich musste mir das Lachen verkneifen. »Bist du …« »Nein! Ich bin nicht schwul! Warum denkt jeder, dem ich das erzähle, ich sei schwul?« Jan warf seine roten Locken in den Nacken. Diese Geste konnte mich noch nicht vom Gegenteil überzeugen.

»Schmetterlinge sind bunt und verbreiten gute Laune. Ich bin genauso. Ich hasse es, wenn es überall grau ist und Menschen unfreundlich sind, wie in der Stadt. Deshalb bin ich auch hier geblieben und habe geholfen, das Dorf weiter auszubauen und etwas komfortabler zu machen.«

»Wie bekommt man eigentlich seinen Partner?« Ich wollte dem Thema über Jans sexuelle Neigung lieber aus dem Weg gehen.

»In der Vereinigung«, antwortete Lisa. »Es gibt dann immer ein tolles Fest mit leckerem Essen und Musik, zu der alle tanzen. Drüben auf dem Feuerplatz wird ein Feuer entzündet, das die ganze Nacht lang brennt. Alle aus dem Dorf nehmen daran teil und jeder bringt etwas zu Essen mit. Aus allen Ländern, die hier vertreten sind, gibt es eine Spezialität. Ich hoffe, wir sind noch bis zum nächsten Mal hier. Es sind nämlich wieder Mexikaner im Dorf. Und ich liebe deren Chili con Carne.«

Da war sie wieder. Die Lisa, die ich kannte und mochte. Sie konnte sich immer um Kopf und Kragen reden.

»Ja, und weiter?«, fragte ich.

»Ach so. Also man geht mit dem Ältesten, also Papewas, in das Zeremonienzelt. Papewas trägt seinen Federschmuck dazu. Wie ein Indianerhäuptling sieht er dann aus. Er spricht die alten Gebete, beräuchert dich mit Kräutern und du musst nichts weiter tun, als dich in das Zelt zu setzen und dich zu entspannen. Du schließt die Augen und lässt alles durch dich hindurch strömen. Papewas und du seid während der Zeremonie verbunden. Er ist ganz nah bei dir. Wenn dir im Geiste dein Seelenpartner erscheint, bekommst du deinen Namen.«

»Ich habe doch einen Namen.«

»Deinen geistigen Namen. Jeder bekommt ihn. Er bezeichnet das Tier, die Pflanze oder das Element, mit dem sich deine Seele verbunden hat. Es sind Namen aus aller Welt. Papewas verteilt natürlich gerne indianische Namen. Ich heiße Chimalis, das bedeutet ›blauer Vogel‹. Und Jan heißt Kimama. Das steht für ›Schmetterling‹.«

»Ein sehr schöner Name, wie ich finde«, warf Jan ein.

»Welchen Namen hat Jace?« Ich wusste nicht, wie ich jetzt an ihn denken konnte. Aber ich hoffte, dass es ein Name war, bei dem es sich lohnte, sich darüber lustig zu machen.

Lisa blickte mich verwundert an. Sicher fragte sie sich auch, warum ich gerade auf ihn zu sprechen kam. Und ihr schiefes Grinsen dabei gefiel mir gar nicht. »Jace hat keinen Namen. Er hat seinen Seelenpartner noch nicht gefunden.«

Jan schnalzte mit der Zunge. »Und das mit fünfundzwanzig Jahren. Dabei ist er schon verdammt lange hier.«

»Hm«, ich legte mein Gesicht in die Hände, damit die beiden nicht merkten, wenn ich rot werden würde. Bei den Gedanken an Jace, hatte ich immer das Gefühl, rot wie eine Tomate zu werden. »Ich dachte, er sei mit seinem Hund verbunden, oder mit Hunden im Allgemeinen, weil er und Yaris alles zusammen machen.«

»Nein. Jace weigert sich seit er hier ist, eine Vereinigung durchzuführen. Yaris hängt an ihm, weil Jace ihn großgezogen hat und er hängt an Yaris, weil es wohl sein einziger Freund ist.«

»Kein Wunder, so arschig, wie der ist.«

Damit hatte ich Lisas Aufmerksamkeit geweckt. »Habt ihr miteinander gesprochen?« Wahrscheinlich hoffte sie, eine unterhaltsame Geschichte zu hören.

»Ein kleiner Wortwechsel, der mir völlig genügt hat, um mir sicher zu sein, dass ich nichts mit dem zu tun haben möchte«, antwortete ich so gefühlskalt, wie ich konnte.

»Mädels, ich möchte euch ja nicht bei euren Frauengesprächen stören, aber heute Abend ist Tapas-Abend im Gemeinschaftshaus. Tapas! Und ich habe langsam Hunger, also lasst uns rüber gehen.«

Jan schwang sich auf die Beine und reichte uns seine Hände, um uns aufzuhelfen. Wir griffen nach ihnen und ließen uns hochziehen. Auch mein Magen verkündete langsam, dass er Hunger hatte.

Das Gemeinschaftshaus lag direkt neben unserer Hütte, also gingen wir schnell ohne Jacke hinüber, auch wenn es ziemlich frisch war.

Es war das größte Haus im Dorf. Es hatte einen großen Raum, in dem mehrere Tische mit Stühlen standen. In der hinteren linken Ecke befand sich eine große Bar mit Hockern. An der Wand dahinter standen unzählige Glasflaschen mit Alkohol auf Regalen. Auch hier war alles aus Holz gearbeitet, was den Raum gemütlich machte. Durch eine Schwingtür gelangte man in die Küche, in der ich Töpfe und Teller klappern hörte.

An der rechten Wand war eine lange Tafel aufgebaut, auf der schon die Tapasschalen mit den kalten Speisen standen. Anders als in unserer Hütte stand hier in der Mitte des Raumes ein offener Kamin. Durch ihn roch die Hütte ein wenig wie eine Räucherkammer.

»Jan! Kommt hierher! Wir haben noch Platz!« Der Junge, den ich heute Morgen bei den Ställen gesehen hatte, winkte uns an seinen Tisch. Bei ihm saßen noch ein Mann und eine Frau – seine Eltern, wie ich vermutete.

Beide waren braun gebrannt wie der Junge. Ich schätzte sie auf fünfundvierzig Jahre, wobei der Mann auch älter hätte sein können. Seine kurz geschnittenen Haare waren grau und auch in seinem Vollbart schimmerten vereinzelt weiße Haare. Ohne ihn sähe er bestimmt viel jünger aus. Jan und Lisa umarmten die Drei zur Begrüßung.

»Lisa! Schön, dass du wieder bei uns bist. Und du bist?« Die Frau hielt mir ihre Hand hin, um mich ebenfalls zu sich zu ziehen und mich zu umarmen. Ihre braunen, schulterlangen Haare dufteten nach Apfelshampoo. Sie hatte ein freundliches Gesicht und strahlte mich richtig an.

»Ich bin Mia. Eine Freundin von Lisa.«

Nachdem sich die Frau als Molly vorgestellt hatte, umarmte mich auch der Mann – John, ganz herzlich. Diese Freundlichkeit war mir fremd. In Hamburg umarmte man sich nicht gleich beim ersten Kennenlernen. Aber es gefiel mir und ich fühlte mich auf Anhieb wohl zwischen diesen Menschen.

»Hey, ich bin Lucas! Aber wir haben uns ja schon getroffen.« Der Junge ging um den Tisch herum und drückte mich. »Seit gestern kannst du mich auch Ahmik nennen«, fügte er stolz hinzu.

»Dann war das wohl gestern dein Fest?«, fragte ich.

»Genau! Ich hatte meine Vereinigung. War echt krass. Wenn Papewas in einem rumlungert und dann das Gefühl, wenn du deinen Partner siehst.«

»Wer ist denn dein Partner?«

»Na, der Biber!« Lucas schob seine Nase ein paar Zentimeter in die Höhe.

Jan fragte, was wir trinken wollten. Ich bestellte eine Coke.

»Bist du nicht etwas jung für eine Vereinigung«, fragte ich Lucas. Ich wusste nicht, wo das Durchschnittsalter bei so etwas lag, aber ich konnte mir schon vorstellen, dass die Person bereits ein wenig Lebenserfahrung haben müsste.

»Na und? Es gibt viele, die früh bereit sind. Und da wir direkte Nachkommen der Ureinwohner sind, ist die Wahrscheinlichkeit gar nicht so gering. Und mit vierzehn bin ich ja auch kein kleiner Junge mehr!«

»Nein«, Molly seufzte und fuhr mit der Hand über seine Haare, »das bist du nicht. Trink deinen Kakao, bevor er kalt wird.« Sie lächelte.

»Mensch, Mama!« Es war Lucas peinlich, aber er gehorchte und setzte seine Tasse an.

»Momentchen, junger Mann! Erst wird angestoßen!«, Jan stellte unsere Gläser auf den Tisch. »Auf unsere neue Freundin Mia. Möge sie hier finden, wonach ihre Seele sucht.«

Wir erhoben unsere Gläser – und die Tasse – und stießen darauf an.

In diesem Augenblick stellten sich mir die Nackenhaare auf. Ein kalter Windzug streifte mich und ich bekam Gänsehaut. Jemand hatte die Tür geöffnet und ließ nun den eisigen Wind in die Hütte strömen.

»Was will der denn hier?«, fragte Molly und zeigte mit einem Nicken in Richtung Eingang. »Der kommt doch sonst nicht hier rein.«

Ich drehte mich zum Eingang. Sein Körper füllte fast den gesamten Türrahmen aus. Er schaute sich im Raum um und als sich unsere Blicke trafen, stahl sich ein kleines Lächeln auf seine Lippen. Ich erwiderte es nicht, aber als er zur Bar ging, konnte ich meine Augen nicht von ihm abwenden. Geschickt ging er durch die Tischreihen hindurch, um sich dann auf einen Barhocker zu setzen, Yaris immer an seiner Seite. Er drehte den Kopf noch einmal in meine Richtung. Erschrocken wandte ich mich ab. Er sollte nicht denken, dass ich ihm hinterher glotzte.

»Er kommt schon seit einiger Zeit abends hierher, trinkt ein Bier und geht wieder. Aber er unterhält sich mit niemandem, außer mit Papewas«, erzählte Jan.

Ich nippte an meiner Coke und verschluckte mich fast dabei.

Lucas wischte sich den Kakao-Bart von den Lippen. »Er ist eigentlich supernett.«

»Sehen wir da gerade den gleichen Typen?«, fragte ich und zeigte auf Jace. Schnell nahm ich meine Hand wieder runter. Auffälliger ging es nun wirklich nicht.

»Er kommt öfter an den Ställen vorbei, wenn ich da bin. Dann unterhalten wir uns oder ich spiele mit Yaris Bällchen. Ich find' ihn nett.«

Ich schüttelte den Kopf. Nett anzusehen – ja, aber den Rest konnte man gegen die Wand fahren.

Lucas lehnte sich zu mir über den Tisch. »Außerdem ist er der geheimnisvollste Bewohner des Dorfes. Das ist doch spannend.«

»Inwiefern geheimnisvoll?« Nun war meine Neugierde geweckt

und er hatte meine vollste Aufmerksamkeit.

»Kennst du die Geschichte nicht? Na gut, du bist ja erst seit gestern hier. Seitdem Jace im Dorf ist, hat sich die Anzahl der Wölfe hier im Umkreis fast versechsfacht. Immer mehr Rudel sind in unsere Nähe gekommen. Wenn er für einige Zeit zurück in die Stadt gegangen ist, sind es wieder weniger geworden. Er ist ein Wolfsmagnet.« Lucas flüsterte, damit niemand von den anderen Tischen mitbekam, worüber wir redeten. »Aber nicht nur Rudel wurden hier gesichtet. Es gibt einen weißen Wolf, der so weiß ist, dass sein Fell dich blendet. Er ist ein Einzelgänger, aber er sucht immer die Nähe zu den anderen Rudeln. Und zwar nicht nur zu einem. Er geht von einem Rudel zum anderen. Man sagt, er ist der Beschützer aller Rudel und wacht über sie. Aber dann gibt es auch noch einen schwarzen Wolf. So schwarz, dass du ihn in der Nacht nicht sehen kannst. Er meidet alle anderen Wölfe, geht nie in ihre Nähe und ist immer allein. Er ist das gefährlichste Tier im Wald und hat sogar andere Wölfe angegriffen und getötet. Diese beiden Wölfe sind auch erst hier, seitdem Jace in unserem Dorf ist. Und sie bleiben auch, wenn er nach Clearwater geht.«

»So junger Mann, genug Schauergeschichten für heute. Wir wollen Mia doch nicht an ihrem ersten Tag vergraulen. Die Tapas sind da.« Molly stand auf und zog ihren Sohn zu der gedeckten Tafel, um sich ein paar Tapasschalen zu holen.

Ich blieb sitzen und starrte auf mein Glas. Nun machte ich mir schon wieder zu viele Gedanken über etwas, an das ich gar nicht erst denken wollte. Ja, Jace war der attraktivste Mann, den ich je gesehen hatte. So leid mir das für Thomas tat, aber das musste ich mir eingestehen. Ja, Jace war auch das größte Arschloch, das ich je kennengelernt hatte, was seine Attraktivität zeitweise in den Schatten stellte. Das gute Aussehen nützt ihm gar nichts, wenn seine inneren Werte hässlich sind. Aber ein Wolfsmagnet? Das klang für mich doch eher nach einem Märchen. »Wie kann er eine Verbindung zu Wölfen haben, wenn er sie gar nicht als Seelenpartner hat?«, fragte ich leise.

»Vielleicht werden sie es nach seiner Vereinigung sein. Komm schon Mia. Vergiss den Kerl.« Lisa zog mich am Arm hoch und schob mich ebenfalls zu den Tapas.

Aber ich musste mich noch ein Mal zur Bar umdrehen.

Doch Jace saß nicht mehr dort. Er war gegangen, ohne dass ich es mitbekommen hatte.

Kapitel 7

*Dein Herz soll im Einklang mit
den Herzen der Erde schlagen.
Du sollst fühlen,
dass du ein Teil des Ganzen bist,
das dich umgibt.*

Weil ich viel zu viel gegessen hatte, ging ich nach dem Tapasessen gleich ins Bett. Jede noch so kleine Bewegung wäre zu viel für mich gewesen. Ich vergaß sogar, Thomas anzurufen. Trotz des schlechten Gewissens, war ich schnell eingeschlafen und schlief die ganze Nacht tief und fest.

Am nächsten Morgen war ich wieder früh wach. Lisa und Jan schliefen noch und ich machte mich erneut vor allen anderen fertig und ging hinaus.

Ich schlenderte über den Platz, am Pfahl vorbei und über die Wege zwischen den Häusern zu den Ställen.

Lucas war schon dabei, die Eier von den Hühnern einzusammeln.

»Guten Morgen!«, rief ich von Weitem.

Lucas winkte mir entgegen. »Hey!«

Ich lehnte mich gegen den Zaun und beobachtete ihn, wie er vorsichtig die Eier aus ihren Strohbetten nahm. »Bist du immer so früh wach?«

»Na klar. Du bist es doch auch.«

Wir unterhielten uns während er seiner Arbeit nachging. Beim Schweine füttern half ich ihm. Ich kam mir sonst unnütz und überflüssig vor, wenn ich einen kleinen Jungen alles alleine machen ließ. Lucas erzählte mir, dass er dauerhaft mit seinen Eltern im Dorf lebte. Zur Schule ging er nicht, weshalb ihn seine Eltern unterrichteten. Freunde hatte er kaum in seinem Alter, da die meisten Kinder nur zur Ferienzeit vorbei kamen. Aber das störte ihn nicht. Er kam mit jedem klar, auch mit den Erwachsenen. Auf mich wirkte er auch wesentlich reifer als ein Vierzehnjähriger. Lucas erzählte mir von den Dorfbewohnern, wo sie herkamen, wer schon eine Vereinigung hinter sich hatte und welche geistigen Namen sie trugen. Ich fragte ihn, warum Papewas nur einen Namen hatte, obwohl er drei Seelenpartner besaß. Lucas erklärte mir, dass die allerersten Stammesältesten beschlossen hatten, dass jeder neue Älteste einen Namen bekommt, der ihn beschreibt. Papewas war der glückliche Mann. Hätte er die indianischen Namen seiner Seelenpartner bekommen, so würde er heute »Chayto Matoskah Honovi« heißen.

Chayto war der Falke, Matoskah bedeutete »Weißer Bär« und Honovi »Starker Hirsch«.

»Falke, Hirsch, Bär«, murmelte ich. Irgendwie kam mir das bekannt vor. »Als wir am Flughafen ankamen, begegnete uns ein Falke. Auf dem Waldweg haben wir fast einen Hirsch umgefahren und am Tor lief uns noch ein Bär über den Weg.«

Lucas lachte. »Papewas hat euch erwartet.«

»Kann er mit seinem Geist in andere Tiere fahren oder so?« Mich gruselte es bei dem Gedanken. Die Seelenpartner-Sache kam mir schon wie ein Gruselfilm vor. Wenn die Menschen auch noch von den Tieren Besitz ergreifen konnten, war es ein ausgewachsener Horrorstreifen.

»So direkt glaube ich nicht«, Lucas zuckte mit den Schultern, »aber wir sind mit unseren Tieren auf eine gewisse Art und Weise verbunden. Ich merke zum Beispiel, dass bei den Bibern momentan alles in Ordnung ist. Sie fangen einen neuen kleinen Damm unten am Fluss an.«

Ich staunte. »Das ist ... krass.«

»Schon, aber auch verdammt cool.« Lucas grinste wieder über das gesamte Gesicht. Er kam sich wahrscheinlich wie ein kleiner Superheld mit magischen Kräften vor. Diese Gabe hatte schließlich nicht jeder.

Ich fragte mich, wie es sich wohl anfühlte, mit einer Tierart verbunden zu sein. Ob Lucas den Herzschlag spürte oder dass sie Hunger hatten? Bekam er es mit, wenn einer krank war? »Habt ihr keine Schmerzen, wenn ein Tier stirbt oder sogar umgebracht wird? Wenn ihr mit denen verbunden seid, dann müsst ihr doch was merken.«

»Wir spüren die Tiere nur in einem gewissen Umkreis. Ich merke jetzt nicht jeden Biber auf der ganzen Welt. Aber wenn ein Biber, den ich spüre, stirbt, dann merke ich das. Ist es ein natürlicher Tod, ist es ok. Wir alle überschreiten einmal die Schwelle zur anderen Welt. Wird der Biber umgebracht, ohne dass der Mörder sich dessen wahrhaftig bewusst ist, was er da tut, spüre ich schon einen gewissen Schmerz. Glaube ich jedenfalls. Bis jetzt wurde noch keiner meiner Biber umgebracht.«

Ich bekam eine Gänsehaut. Dieser kleine Junge vor mir verstand all das, was hier vorging und er akzeptierte es. Er setzte sich bereits in seinem Alter mit dem Tod auseinander und lebte im Einklang mit der Natur. Er war völlig anders als die Jugendlichen in Hamburg. Und das gefiel mir.

»Warte ab, bis du deine erste Jagd hinter dir hast. Dann weißt du, wie man es richtig macht.« Lucas hängte den Korb mit den Eiern an einen kleinen Haken am Zaun. Dort konnte sich jeder Dorfbewohner seine Frühstückseier abholen.

Ich schüttelte den Kopf. »Ich werde nie auf eine Jagd gehen.« Auch wenn ich gerne Fleisch aß, ein Tier töten kam für mich nicht infrage. Ich würde auch nie ein Tier essen können, wenn ich es zu seinen Lebzeiten kannte. Das Stück Fleisch im Supermarkt hatte für mich keine Persönlichkeit, es sah nicht mehr niedlich aus und ich hatte es nie gestreichelt. Es war einfach ein Stück Fleisch. Das konnte ich essen.

»Doch. Das wirst du.« Lucas' Augen fingen an zu glänzen und sein Grinsen verriet, dass er etwas plante. »Das ist überhaupt die Idee! Komm mit! Du gehst heute noch auf die Jagd!«

Ich war völlig überrumpelt. Noch bevor ich mich wehren konnte, schnappte er meine Hand und zog mich durch die Waldwege zwischen den Häusern zum Dorfplatz.

»Ich will nicht auf die Jagd gehen. Ich kann gar kein Blut sehen!«, protestierte ich und stemmte mich mit meinem gesamten Gewicht gegen ihn, doch ich hatte keine Chance. Bei einem Bürojob baute man anscheinend nicht so viele Muskeln auf, wie bei einem Leben im Wald.

»Weiber!« Lucas zerrte mich hinüber zu den parkenden Autos. »Er will schon losfahren. Zum Glück erwischen wir ihn noch.«

Mir wurde ganz flau im Magen, denn ich ahnte Schlimmes. Plötzlich war die Jagd für mich nicht mehr das Grauenvollste an seinem Plan. Ich versuchte meine Hand aus seinem Griff zu drehen, damit ich zurück in den Wald flüchten konnte, aber ich schaffte es nicht.

»Warte mal! Kannst du Mia mitnehmen? Sie will unbedingt bei einer Jagd dabei sein.« Lucas klopfte Jace auf den Rücken. Dieser drehte sich langsam um und schaute mich eher entsetzt als nur verwundert an.

»Will ich gar nicht!« Ich klang wie ein trotziges Kind. Zum Glück ließ Lucas mich endlich los. Ich rieb mein Handgelenk, das durch meine Befreiungsversuche ganz rot geworden war.

»Ach komm, das ist interessant. Im Hochsitz kann man viele Tiere beobachten.« Lucas quengelte und schob mich zur Beifahrertür. Ich stemmte mich dagegen und grub meine Hacken in die Erde, um mich besser abstützen zu können. Jace' Blick verriet mir, dass er von dieser Idee genauso wenig begeistert war wie ich. Lucas blieb hartnäckig, bis ich letztendlich doch vor der Beifahrertür stand. Im Fußraum saß Yaris auf seiner Decke und strahlte mich an. Wenigstens einer, der sich freute, mich zu sehen.

»Für mich ist gar kein Platz mehr«, stelle ich erleichtert fest und wollte mich umdrehen, um endlich die Flucht ergreifen zu können.

»Stell dich nicht so an. So dick bist du auch wieder nicht. Kannst ja auch nach hinten gehen.« An Lucas war kein Vorbeikommen, er schob mich immer weiter in den Wagen hinein.

»Vielen Dank auch«, zischte ich ihn an. Ich schaute zu Jace, in der Hoffnung, dass er etwas dagegen sagte und mich wegschickte.

Doch dieser zuckte nur mit den Schultern. »Wenn es unbedingt sein muss. Das wird ein langer Tag.« Mühelos schwang er sich auf den Fahrersitz und zog Yaris mit seiner Decke weiter zu sich, damit ich Platz hatte.

Wenn es sein muss. Er hatte offensichtlich auch keine Lust drauf, dass ich mitkam. »Ich kann sehr gerne wieder gehen!« Hoffentlich biss er an und schickte mich weg. Er machte den Anschein, dass er lieber allein auf die Jagd gehen wollte. Ich wäre ihm doch eh nur im Weg. Nun hatte er die Chance dazu, ich bot es ihm ja quasi an, nicht mitzukommen.

»Jetzt schieb deinen Hintern hier rein oder soll ich dir eine Leiter bringen?« Er war ja noch nie wirklich nett zu mir gewesen, aber das war wirklich dreist. Die Genugtuung, dass ich hier bliebe, wollte ich ihm jetzt auch nicht mehr geben.

Ich zog mich eher umständlich auf den Sitz. Yaris legte sofort seinen Kopf auf meinen Schoß. Von diesem Hund konnte Jace noch einiges über Freundlichkeit lernen. Ich kraulte Yaris hinter den Ohren, was er hörbar mit einem zufriedenen Grollen genoss. Als wir rückwärts ausparkten, winkte uns Lucas freudestrahlend zum Abschied. Ich vergaß für einen Moment meine gute Erziehung und zeigte ihm den Mittelfinger.

Nun saß ich hier mit ihm. Allein im Auto. Obwohl ich meine dicke Wanderjacke anhatte, bekam ich eine Gänsehaut. Jace trug dieselben Klamotten wie gestern. Wie konnte man in Trekking-Sachen nur so heiß aussehen? Während wir den Waldweg entlangfuhren, schwiegen wir. Ich traute mich nicht, auch nur ein einziges Wort zu sagen. Am Tor angekommen, stieg Jace mit einer Leichtigkeit aus dem Wagen, als wäre es ein Kleinwagen. Dermaßen leichtfüßig würde ich hier nicht raus kommen, aber Jace überragte mich auch um anderthalb Köpfe. Ich ging ihm gerade mal knapp bis zu den Schultern. Bei der Größe war das Ein- und Aussteigen natürlich ein Kinderspiel. Mühelos öffnete er auch das Tor und stieg wieder ein. Dann dasselbe Spiel beim Verschließen des Tores. Ich blickte nach draußen, ob ich irgendwelche Tiere entdecken konnte, aber zu meiner Erleichterung war nichts zu erkennen. Vielleicht würden wir heute kein Tier erschießen. Das wäre mir am liebsten gewesen.

Nach einer gefühlten Ewigkeit stoppte Jace den Wagen. Er griff hinter seinen Sitz und zog einen kleinen Rucksack und ein Gewehr hervor. »Showtime!« Er zwinkerte mir zu und sprang aus dem Wagen.

Ich rührte mich keinen Millimeter. Nur zu gerne wäre ich sitzen geblieben, aber Yaris jaulte und wollte zu seinem Herrchen, also blieb mir nichts anderes übrig, als die Tür zu öffnen. Mit einem riesigen Sprung war der Hund verschwunden. Langsam rutschte ich an den Rand des Sitzes, um mich vorsichtig hinunter gleiten zu lassen.

»Wird das heute noch was?« Jace wartete ungeduldig an einem kleinen Trampelpfad. Das Gewehr hatte er locker über die Schulter gehängt.

»Wird das heute noch was?«, äffte ich ihn nach und kletterte aus dem Wagen. Wütend schlug ich die Tür zu.

»Wenn es geht: Ab jetzt etwas leiser. Sonst können wir die ganze Sache vergessen, weil Madame die Tiere verjagt.«

»Von mir aus«, blaffte ich ihn an, »dann muss heute wenigstens niemand sterben.«

Jace stemmte die Hände in die Seiten und sah mich streng an. »Dann erklärst du den Dorfbewohnern, warum sie nichts zu essen haben. Jetzt komm schon!«

Wie ich diese Unterhaltungen mit ihm hasste. Wenn man es überhaupt Unterhaltung nennen konnte. Bis jetzt schmiss er mir nur Gemeinheiten an den Kopf. Wahrscheinlich konnte er gar nicht nett sein.

Leichten Fußes schritt Jace schnell den Waldweg entlang. Er kannte den Weg und seine Tücken. Ich hingegen strauchelte über jede Stolperfalle und kam deshalb nur langsam voran. Wenigstens wartete Yaris auf mich, der zwischen mir und Jace vor- und zurücklief.

Völlig außer Atem kam ich am Hochsitz an. Es war kein offener Hochsitz, wie ich es erwartet hatte. Eine winzige Hütte mit einem kleinen Spalt an der Front stand auf einem hohen Gestell. Über eine schmale Leiter gelangte man nach oben. Jace schnappte sich Yaris und kletterte hinauf. Er trug den Hund unter den Arm geklemmt, als wöge er nur ein paar Kilo. Er öffnete die kleine Tür, hob Yaris in die Hütte und stieg hinein.

Mein Gefühl sagte mir, dass das alles andere als eine gute Idee war. Vermutlich würde die Konstruktion unser Gewicht gar nicht halten und wir würden in die Tiefe stürzen. Wahrscheinlich suchte ich aber nur Ausreden, um nicht mit Jace in diesem kleinen Raum sitzen zu müssen.

»Braucht Madame eine Einladung?«, flüsterte es aus dem Hochsitz hinunter.

»Madame glaubt nicht, dass sie da rein will«, keifte ich zurück. Mein Magen drehte sich um, wenn ich nur daran dachte, auf diese wackelige Leiter zu steigen.

»Es ist mir scheißegal, was Madame will.« Jace wurde lauter. Er klang genervt und verärgert. »Hier und jetzt wird das gemacht, was ich sage und ich sage: Du kommst jetzt hier hoch!«

»Bei so einem Ton schon mal gar nicht!« Was glaubte er eigentlich, wie er mit mir reden konnte?

Jace schaute aus der Tür heraus und streckte mir seine Hand entgegen.

»Bitte komm hier hoch«, sagte er mit einer solch sanften Stimme, wie ich es ihm niemals zugetraut hätte. Er hatte sogar *Bitte* gesagt.

»Na schön.« Ich gab meinen Widerstand auf und stieg die Leiter hoch. Seine Hand ignorierte ich und setzte mich neben ihn. Es war dermaßen eng, dass ich mich reinquetschen musste.

Jace lehnte sich an mir vorbei und schloss die Tür. »Damit du sie nicht wieder zuknallst.«

War ja klar, dass noch irgendein Spruch von ihm kommen musste. Ich antwortete besser nicht darauf, sonst hätte ich mich nur wieder über ihn geärgert und das tat ich schon oft genug.

Die Hütte war wirklich nicht für zwei Personen gebaut. Schon gar nicht für zwei Menschen und einen großen Hund. Zwischen uns hätte kein Blatt Papier mehr gepasst. Ich spürte seine Wärme und merkte, wie sich sein Brustkorb beim Atmen bewegte. Durch seine Körperwärme wurde mir schnell warm und ich zog meine Jacke aus, was in dieser Enge nicht einfach war. Yaris machte es sich zwischen meinen Beinen gemütlich und legte seinen Kopf wieder auf eines meiner Knie.

Jace legte das Gewehr mit dem Lauf auf das kleine Fenster und hielt es fest. Mit einem Fernglas schaute er ab und zu hinaus und suchte sein Opfer. Irgendwann hielt ich diese Stille nicht mehr aus.

Es machte mich wahnsinnig so nah bei ihm zu sein, ohne dass jemand etwas sagte.

Obwohl wir uns bis jetzt nichts Freundliches gesagt hatten, nahm ich all meinen Mut zusammen, um dieses unbehagliche Gefühl los zu werden und sprach ihn an. »Du hast mich noch nicht nach meinem Namen gefragt.«

»Psst. Nicht so laut. Du verscheuchst alles«, keifte Jace mich im Flüsterton an.

Na toll, jetzt musste ich hier stundenlang mit diesem Kotzbrocken sitzen und durfte nicht einmal etwas sagen. Ich legte meine Hände auf den Schoß und ließ mein Gesicht hineinfallen. Vielleicht schlief ich ja ein und die Zeit ging ganz schnell rum. Warum um alles in der Welt tat Lucas mir das an? Stundenlang stumm im Kasten sitzen, dann wird ein Tier ermordet und das war's dann. Großes Kino.

»Du hast auch nicht nach meinem gefragt.« Jace war ganz nah. Ich spürte seinen Atem an meinem Ohr. Durch den Lufthauch stellten sich die feinen Härchen auf. Er flüsterte so leise, dass ich ihn kaum verstand.

Ich blickte auf und sah ihm direkt in seine tiefschwarzen Augen. Auch jetzt konnte ich keinen Unterschied zwischen Iris und Pupille erkennen, obwohl ich nur ein paar Zentimeter von ihm entfernt war. Und wieder wollte ich in diese Tiefe seiner Augen eintauchen und niemals zurück an die Oberfläche kommen.

Ich schluckte und sprach so leise, wie ich konnte. »Jace Heywood.«

Seinen Namen ihm gegenüber auszusprechen schnürte mir den Atem ab. Mein Herz raste wie ein galoppierendes Pferd auf der Rennbahn. Hoffentlich merkte er es nicht. Es war mir schon peinlich genug, dass ich rot wurde.

»Mia Stern«, flüsterte Jace zurück und fixierte mich immer noch mit seinem Blick. In diesem Moment hätte ich gerne seine Wange berührt. Ich wollte wissen, wie er sich anfühlte, ob seine Haut genauso hart und kalt war, wie er es mir gegenüber war. Für einen Augenblick hatte ich das Gefühl, wir atmen im selben

Rhythmus. Dabei muss mein Herz um einiges schneller geschlagen haben als seines.

Ich weiß nicht, wie lange wir so dasaßen und uns anschauten. Die Welt um mich herum hatte ich völlig vergessen. Doch plötzlich wandte Jace seinen Blick von mir ab und schaute aus dem Fenster. Er winkte mich heran und deutete mir, hinaus zu gucken. Ebenso legte er einen Finger auf die Lippen. Ich sollte leise sein.

Vor uns lag eine große Lichtung, die von hohen Tannen umwachsen war. Zwischen den Bäumen konnte ich sehen, wie sich etwas bewegte.

Ein Rudel Wölfe kam auf die Lichtung. Sie sahen aus wie die Wölfe, die ich aus dem Zoo kannte. Ihr Fell war cremefarben bis rötlich-braun und dunkle Haare zierten Rücken und Schwanz. Die Beine und die Schnauze waren heller gefärbt. Sie waren kleiner als der schwarze Wolf aus meinen Träumen und wirkten auch nicht gefährlich. Sie erinnerten mich fast an normale Hunde. Sechs Tiere zählte ich. Sie hielten sich nicht lange auf und zogen nach kurzer Zeit weiter.

Ich musste an den Tapas-Abend und die Geschichte von Lucas denken. »Hast du sie angelockt?«, fragte ich, nachdem von den Wölfen nichts mehr zu sehen war.

Jace schaute mich verwundert an.

»Lucas hat mir erzählt, dass es hier viel mehr Wölfe gibt, seitdem du im Dorf bist. Er meinte, dass du sie anlockst.«

Jace lachte und zeigte irgendwo in die Wildnis »Ein paar hundert Meter weiter in diese Richtung gibt es eine kleine Höhle. Dort schlafen sie. Ist also nichts außergewöhnliches, hier in der Nähe Wölfe zu sehen.«

Ich ärgerte mich, dass ich ihn danach gefragt hatte. Früher oder später würde er mich noch für verrückt halten. Yaris gähnte und legte seinen Kopf zurück auf meine Knie. Ihm war langweilig.

Langsam bekam ich Hunger, da ich noch nichts gefrühstückt hatte. »Wie lange müssen wir hier sitzen?«

»So lange, bis ich etwas schießen kann.«

Das war nicht die Antwort, die ich mir gewünscht hatte. Es wäre mir lieber gewesen, wenn er gesagt hätte, dass wir nach ein oder zwei Stunden wieder gefahren wären, wenn kein Tier vorbeikam. Ich gähnte ebenfalls und legte meinen Kopf auf den von Yaris. Mein Magen begann immer lauter zu knurren. So laut, dass der Hund darauf reagierte und zurückknurrte.

»Ich will dir fressen«, ahmte ich den kleinen Drachen Poldi aus »Hallo Spencer« nach und biss vorsichtig in Yaris' Fell.

Jace kramte in seinem Rucksack herum, tippte mir auf die Schulter und hielt mir einen Apfel vor die Nase. »Bevor du meinen Hund anfällst, iss lieber den hier.«

»Hast du keinen Hunger?«, fragte ich und biss in den Apfel.

»Ich frühstücke, bevor ich aus dem Haus gehe.«

Schon verstanden. Frühstück ist die wichtigste Mahlzeit am Tag.

Der Apfel konnte meinen knurrenden Magen etwas besänftigen, auch wenn ich mich nach einem Berg Pancakes sehnte. Darin hatte ich ein weiteres Lieblingsessen gefunden und würde sie mir auch zu Hause öfters zubereiten. Vorausgesetzt, Thomas fand sie auch lecker. Ich mochte es nicht, für mich allein zu kochen. Da bestellte ich mir lieber etwas beim Italiener.

Die Zeit verging im Schneckentempo. Normalerweise nutzte ich die Zeit, um nachzudenken, aber hier fiel mir das Nachdenken erstaunlicherweise schwer. Zu Hause hatte ich keine Probleme damit, über mehrere Dinge gleichzeitig nachzudenken, aber seitdem ich in Kanada war, musste ich ein Thema nach dem anderen abarbeiten. Es gab so viele Dinge, über die ich nachdenken wollte, aber nicht konnte.

Eine Frage brannte mir aber schon seit einiger Zeit auf der Zunge. Ich fragte Jace, warum er noch keine Vereinigung gehabt hatte.

Er atmete tief ein und aus. »Ich bin noch nicht bereit.«

Jetzt war ich neugierig. »Du bist doch schon so lange hier. Ich meine, wenn du dich den Wölfen verbunden fühlst, dann …«

»Mia!« Jace sah mich wütend an. Es gefiel mir weniger, wenn er meinen Namen im Zorn aussprach. Ich merkte, wie sein Körper sich anspannte. Die Frage schien ihm unangenehm gewesen zu sein. »Wenn du jetzt nicht gleich still bist, dann sitzen wir heute Abend noch hier. Willst du das?« Seine Stimme klang hart. Er presste die Lippen zusammen und seine Augen wurden schmaler. Anscheinend war er ziemlich sauer.

Ich schüttelte den Kopf.

»Dann halt ab jetzt deine Klappe«, ermahnte er mich und schaute mit dem Fernglas auf die Lichtung.

Klasse Mia. Das hattest du ja toll hinbekommen.

Meine abendfüllenden Gespräche mit Thomas waren nie so kompliziert und anstrengend gewesen wie ein kurzer Wortwechsel mit Jace.

Ich fühlte mich hier unerwünscht und völlig fehl am Platz. Erneut wurde ich wütend, aber ich wusste nicht, ob ich es auf mich selbst war oder auf Jace, dem jegliches Feingefühl gegenüber seinen Mitmenschen zu fehlen schien. Schließlich kuschelte ich mich wieder in Yaris' weiches Fell. Für einen Hund roch er wirklich gut. Ich zog ihn weiter an mich heran und hielt ihn wie einen Teddybären fest. Yaris gefiel es offensichtlich, er hob seinen Kopf und legte ihn neben meinen Hals auf die Schulter. Ich vergrub mein Gesicht immer weiter in das Fell und schloss die Augen. Ich spürte, dass Jace mich beobachtete. Auch wenn ich nichts sehen konnte, merkte ich genau, wo er hinsah. Zu gern hätte ich sein Gesicht dabei gesehen.

Nachdem ich mich entspannt hatte und schon dabei war einzudösen, spannte Jace sich an. Ich fühlte, wie sich neben mir jeder Muskel von ihm zu Stein verhärtete. Ich hob meinen Kopf und sah, wie er durch das Visier seiner Waffe spähte und den Finger an den Abzug legte. Er war ganz ruhig, wie zu einer Salzsäule erstarrt. Sein Finger drückte den Abzug ganz langsam weiter nach hinten.

Ich legte mich zurück zu Yaris und hielt ihm die Ohren zu. Als der Schuss ertönte, zuckten wir zusammen. Yaris schüttelte sich kurz, gähnte und schaute zu Jace. Dieser grinste zufrieden und sicherte das Gewehr.

»Und? Was steht auf unserer Speisekarte?«, fragte ich. Wie konnte er nur dermaßen grinsen, nachdem er ein Tier erschossen hatte?
»Wapiti.«
»Was ist das?«
»Ein Hirsch«, erklärte er genervt. »Ein weiblicher Hirsch.«
Ich wollte mich dafür entschuldigen, dass ich gefragt hatte, verbiss mir aber die Bemerkung und stand auf, um wieder hinunterzuklettern. Schließlich waren wir hier fertig. Das Tier war tot, wir konnten zurück ins Dorf fahren.
Jace hielt mich jedoch am Ärmel fest. »Noch nicht.«
»Warum nicht? Es ist tot. Wir können gehen.« Ich wollte keine Sekunde länger mit ihm hier sitzen bleiben.
Jace zog mich hinunter, sodass ich mich wieder hinsetzen musste. »Sie müssen sich erst noch verabschieden.« Er zeigte nach draußen. »Die Herde verabschiedet sich noch.«
Ich versuchte mich zusammen zu reißen und blickte auf die Lichtung. Dort lag die Hirschkuh. Die anderen Tiere der Herde kamen zurück und gingen langsam auf sie zu. Sie versammelten sich bei ihrem toten Herdenmitglied. Einige von ihnen stupsten sie an, andere hielten etwas mehr Abstand. Sie verabschiedeten sich tatsächlich. Wir warteten noch, bis die Herde weiter gezogen war, und ließen ihnen ihre Zeit des Abschiedes.
Nachdem wir die Leiter hinunter geklettert waren, merkte ich, dass mir jeder einzelne Knochen wehtat. Dieses beengte Sitzen hatte mich lahm gemacht. Jace ging sofort zur Hirschkuh. Ich zögerte erst, aber alleine beim Hochsitz stehen bleiben wollte ich auch nicht. Immerhin gab es Wölfe in der Nähe.
Jace kniete vor dem Reh und betrachtete den Einschuss. Die Kugel hatte das Herz getroffen. Er legte seine Hand auf die Stirn des Tieres und murmelte etwas vor sich hin. Ich verstand es nicht, da er es in einer anderen Sprache flüsterte. Indianisch? War zumindest am logischsten.
»Du wartest hier, ich hole den Wagen«, sagte Jace und stand auf.
»Ich warte *hier*? *Alleine*?« Das musste ein Scherz sein. Er konnte

mich doch nicht alleine auf der Lichtung stehen lassen.

Jace stöhnte genervt. »Ja, *hier*. Ich bin schneller ohne dich.«

»Und wie willst du dein Monstrum hier her bekommen? Willst du vorher noch die Bäume fällen?«

Er packte mich an den Schultern und drehte mich um. »Siehst du das da? Das ist eine Straße, die auf die Lichtung führt. Breit genug für mein *Monstrum*. Oder möchtest du den Wapiti bis zum Wagen tragen?«

Ich wand mich aus seinem Griff und stellte mich mit verschränkten Armen vor ihn. »Du weißt schon, dass hier Wölfe rum rennen? Wenn die das Blut riechen, dann kommen die doch und wollen fressen.«

»Deshalb bleibst du ja hier.«

»Ach so! Klar ... lassen wir sie lieber die dumme Mia auffressen, dann haben wir wenigstens noch das Waikiki!«, schrie ich ihn an und zeigte auf den leblosen Körper neben mir.

Jace fasste sich an die Stirn und schüttelte den Kopf. »Es gibt fast sieben Milliarden Menschen auf dieser Erde und ausgerechnet dir musste ich begegnen.«

Das hatte gesessen. Ich ballte meine Hände zu Fäusten. Mit Freude hätte ich ihm ein blaues Auge verpasst. »Weißt du, ich kann mir auch was Besseres vorstellen, als hier in der Pampa mit einem ungehobelten Hinterwäldler wie dir rum zu sitzen. Ich habe mir den ganzen Kram nicht ausgesucht und wenn es nach mir ginge, dann würde ich auf der Stelle zurück nach Hamburg zu meinem Verlobten fliegen.«

Verlobten. So hatte ich Thomas noch nie genannt. Aber Jace sollte ruhig merken, dass es da noch einen Menschen gab, dem etwas an mir lag. Der es nicht bereute, mir begegnet zu sein. Ich merkte, wie mir die Tränen in die Augen stiegen. Nein. Ich durfte nicht anfangen zu heulen.

Jace starrte auf den Boden. Womöglich überlegte er, was er mir als Nächstes an den Kopf knallen könnte.

»Ich lasse dir Yaris hier«, sagte er erstaunlich ruhig. »Ich hole den Wagen und dann fahren wir zurück. Von mir aus kannst du morgen zu deinem Verlobten fliegen. Dann habe ich hier in der Pampa wenigstens wieder meine Ruhe.«

Jace ging an mir vorbei, ohne mich noch einmal anzublicken. Als ich ihn nicht mehr sehen konnte, ließ ich mich auf die Knie fallen und weinte. Ich schlug die Hände vor mein Gesicht und schluchzte. Yaris kam zu mir, setzte sich vor mich und legte seinen Kopf schief. Er sah verdammt süß aus, wenn er das machte. Schnell wischte ich mir meine Tränen ab. Jace sollte nicht sehen, dass ich geweint hatte. Diesen Triumph wollte ich ihm nicht gönnen.

Es dauerte nicht lange, da hörte ich auch schon das Grollen eines Motors und der riesige schwarze Wagen fuhr auf die Lichtung. Jace stieg aus, während ich mich sofort auf den Beifahrersitz hievte. Yaris sprang auf seine Decke im Fußraum. Ich kontrollierte mein Gesicht noch schnell im Spiegel der Sonnenblende. Meine Augen waren etwas gerötet, aber ansonsten sah man mir nicht an, dass ich geweint hatte.

Jace nahm das Ende einer Seilwinde, die auf der Ladefläche befestigt war, und wickelte es um die Vorderläufe des Wapiti. Mit einem Ruck setzte sich der Motor der Seilwinde in Bewegung und zog das Wild auf die Ladefläche.

Als Jace einstieg, schaute er mich kurz an. »Wie ich sehe, wurdest du nicht zerfleischt.«

Ich reagierte nicht darauf. Ich wollte nicht wieder wütend werden und weinen. Nicht vor ihm.

Im Dorf angekommen sprang ich so schnell ich konnte aus dem Wagen und rannte zu unserer Hütte ohne mich umzudrehen. Ich riss die Tür auf und donnerte meine Jacke mit den Schuhen auf die Garderobe.

Lisa saß am Küchentisch. »Mia! Lucas hat uns erzählt, dass du mit Jace bei der Jagd warst. Wie war es denn? Was habt ihr … Mia?«

Ich hörte Lisa gar nicht zu. Ich rannte an ihr vorbei, die Wendeltreppe hoch in mein Zimmer, wo ich mich auf mein Bett schmiss und mein Gesicht in das Kissen presste. Warum konnte Thomas nicht hier sein? Warum konnte er mich nicht trösten? Warum hatte ich mich nur auf die Jagd eingelassen? Auch noch mit Jace! Ich hätte deutlicher sagen müssen, dass ich nicht mitfahren wollte, stattdessen ließ ich mich von einem kleinen Jungen dazu nötigen. Ich ärgerte mich über mich selbst, dass ich nicht einfach Nein gesagt hatte.

Ein leises Klopfen störte meine Gedanken und Lisa kam herein. Sie hatte Sandwiches mit Käse dabei und Kaffee. »Mia, ich dachte, wenn du vielleicht Hunger bekommst…« Sie stellte das Tablett auf den Schreibtisch, setzte sich auf die Bettkante und legte ihre Hand auf meinen Rücken. »War es so schlimm?«

»Es war schlimmer.«

»Ich war auch etwas durch den Wind nach meiner ersten Jagd, aber wir schlachten das Tier ja nicht einfach aus Spaß und Habgier ab. Wir gehören dem Kreislauf der Natur an. Wir nehmen uns nur so viel, wie wir benötigen. Herdentieren geben wir die Zeit des Abschiedes. Wir respektieren das und die Tiere respektieren unser Bedürfnis im Gegenzug.«

Ich war froh, dass Lisa mich nicht nach Jace fragte. Aber warum sollte sie das auch tun? Ich war mit Thomas zusammen und ein Streit mit einem anderen Mann konnte mir eigentlich egal sein. Zumal Lisa auch nicht ahnen konnte, dass der Streit mit Jace mich mehr mitnahm als die Jagd – oder dass ich ständig an ihn denken musste.

»Was habt ihr denn geschossen?«, fragte sie.

»So 'nen Hirsch«, nuschelte ich in das Kissen. »Und dann hat er irgendwas gefaselt, was ich nicht verstanden habe.«

»Das war ein indianisches Gebet«, erklärte Lisa mir und übersetzte es:

»Ich war bedürftig,
Ich habe dir Schönheit, Anmut und Leben genommen.
Ich habe deine Seele von ihrem weltlichen Leib gesondert.
Nie mehr wirst du in Freiheit laufen,

weil ich bedürftig war.

Ich war bedürftig.
Im Leben hast du deinesgleichen in Güte gedient.
Mit deinem Leben will ich meinen Brüdern dienen.
Ohne dich muss ich hungern und werde schwach.
Ohne dich bin ich hilflos, nichts.

Ich war bedürftig.
Gib mir Kraft durch dein Fleisch.
Gib mir deine Hülle als Schutz.
Gib mir deine Knochen für meine Arbeit,
und es wird mir an nichts fehlen.«
Ich fand das Gebet wunderschön. So viel Tiefgang hatte ich Jace gar nicht zugetraut. Für mich war er immer noch ein oberflächlicher Großkotz, der mich herumkommandierte. Ich fragte mich, ob unter dieser harten Schale nicht doch ein weicher Kern saß. Nein. Nicht bei Jace. Ich musste ihn endlich aus meinem Kopf verbannen.

Lisa nahm mich noch kurz in den Arm, bevor sie mich allein ließ. Ich aß das Sandwich und trank den Kaffee, bevor ich mich wieder ins Bett legte. Am frühen Abend wachte ich durch laute Gespräche vor unserer Hütte auf. Heute wollte ich den Anruf bei Thomas nicht vergessen. Ich ging hinunter und nahm das Satellitentelefon aus dem Schrank. Lisa und Jan waren vermutlich im Gemeinschaftshaus, denn die Hütte war menschenleer. Ich lehnte mich draußen gegen die Hauswand und wählte. Es klingelte lange und als ich schon wieder auflegen wollte, nahm jemand ab.

»Lehmann?«

Mein Herz machte einen kleinen Freudensprung. Seine Stimme klang so vertraut und beruhigte mich bereits mit nur einem einzigen Wort.

»Thomas! Ich bin es!«, schrie ich in den Hörer, weil ich mir einbildete, er könne mich schlecht verstehen.

»Sternchen! Endlich. Ich habe mir Sorgen gemacht. Wie geht es dir? Gefällt es dir? Wie ist das Wetter?«

»Ich ... ich weiß nicht«, stammelte ich.

»Du weißt nicht? Was ist denn los? Bedrückt dich etwas?« Sein Sensor für mein Wohlbefinden funktionierte also noch.

»Das ist alles komisch hier. Die Menschen sind komisch. Auf der einen Seite möchte ich noch ein bisschen bleiben, auf der anderen Seite habe ich das Gefühl, man will mich nicht hier haben.«

»Wer will dich nicht da haben? Lisa?« Thomas klang fast empört. »Sie war doch so wild darauf, dass du mit ihr dahinfliegst.«

Ich atmete schwer ein und massierte mit der freien Hand meine Stirn. »Nein, nicht Lisa.«

»Sternchen, was ist los? Du klingst so traurig.«

»Ich wünschte, du wärst hier. Du fehlst mir. Es fehlt mir, dass du mich in den Arm nimmst, es fehlt mir, dass du mich festhältst und mir sagst, dass alles wieder gut wird. Mit dir wäre alles einfacher.«

Mir wurde klar, wie sehr ich Thomas wirklich vermisste. Auch wenn er mich nicht vervollständigte, ohne ihn fehlte ein Teil von mir. Diesen Teil wollte ich wieder an meiner Seite haben. Ich wollte mein gewohntes Leben zurück haben. Seelenpartner hin oder her. Wenn ich mich unwohl fühlte, würde ich den sowieso nicht finden.

Thomas versuchte, mich zu beruhigen. »Den nächsten Urlaub machen wir wieder zusammen. Das werden unsere Flitterwochen sein. Erhol dich jetzt gut. Du hast mich ja bald zurück.«

Mir stiegen Tränen in die Augen. Mein Aufenthalt konnte gar nicht schnell genug vorüber sein.

»Ich liebe dich.« In letzter Zeit hatten diese Worte angefangen, für mich an Bedeutung zu verlieren. Ich sagte es, weil man es sich eben sagte, wenn man zusammen war. Thomas war mir wichtig, aber dieser Satz war nicht mehr so bedeutungsvoll wie am Anfang unserer Beziehung. Doch jetzt hatte er seine volle Aussagekraft zurück erlangt. Ich liebte Thomas.

»Ich liebe dich auch, mein Sternchen. Ich muss jetzt wieder los. Hier türmt sich die Arbeit.«

Gerne hätte ich noch stundenlang mit ihm telefoniert, aber ich konnte ihn nicht von der Arbeit abhalten. Nachher hätte er deswegen noch Schwierigkeiten bekommen. »Mach es gut.« Meine Stimme wurde brüchig. Viel hätte ich eh nicht mehr sagen könnte, ohne in Tränen auszubrechen.

»Bis bald.« Thomas legte als Erster auf.

Langsam ließ ich das Telefon hinunter gleiten und starrte auf den Boden. Seelenfrieden. Von nichts war ich im Moment weiter entfernt als von meinem Seelenfrieden.

Ich spürte, dass mich jemand beobachtete. Als ich hoch schaute, sah ich Jace, der am Gemeinschaftshaus lehnte. Seine Arme hielt er verschränkt vor seiner Brust. Das Gesicht konnte ich nicht erkennen, da es im Schatten lag. Er stand keine fünfzig Meter von mir entfernt. Wenn er schon länger dort stand, hatte er mein Telefonat mitgehört. Aber das war mir egal. Er war mir egal. Sollte er über mich denken, was er wollte. Bald war ich wieder in Hamburg bei Thomas und hatte mein altes Leben zurück. Keinen einzigen Gedanken würde ich dann noch an Mr. Wichtig verschwenden.

Ich ging ohne ein Wort zu sagen in die Hütte und schmiss die Tür ins Schloss. Was fing ich mit diesem Abend an? Ins Gemeinschaftshaus wollte ich nicht gehen. Mir war nicht nach Gesellschaft. Außerdem wäre er sicher auch dort. Also machte ich das, was ich zu Hause auch immer tat, wenn ich allein war. Ich zog meinen Schlafanzug an, machte mir eine heiße Milch mit Honig und ein Marmeladenbrot und setzte mich vor den Fernseher.

So hatte dieser verkorkste Tag wenigstens einen schönen Abend.

Kapitel 8

*Urteile nicht darüber,
ob etwas gut oder schlecht ist,
ohne dein Herz befragt zu haben.*

Mittlerweile gewöhnte ich mich daran, die Erste zu sein, die aufstand. Ich war schon zu Bett gegangen, bevor Lisa und Jan aus dem Gemeinschaftshaus zurückkamen.

Ich schlurfte wie jeden Morgen die Treppe hinunter, ganz leise, damit Jan nicht aufwachte, und ging ins Bad.

Ich war gerade mit Zähneputzen fertig und wollte meinen Snoopy-Schlafanzug ausziehen, um zu duschen, als es an der Haustür klopfte. Ich öffnete die Badezimmertür einen Spalt weit, um zu gucken, ob Jan wach war und die Tür aufmachte. Erneut klopfte es.

Wer kam bitte so früh zu uns? Mir fiel Lucas ein. Vielleicht wollte er mich abholen, um mit mir zu den Ställen zu gehen. Ich huschte auf Zehenspitzen am schnarchenden Jan vorbei und öffnete die Haustür.

»Großer Gott!«, schrie ich und schlug sie gleich wieder zu.

»Jace reicht völlig«, hörte ich ihn hinter der geschlossenen Tür sagen. »Sexy Schlafanzug.«

Ich wollte im Erdboden versinken. Ich hielt mir die Augen zu. Wenn ich die Hände wegnahm, lag ich bestimmt wieder in meinem Bett und es war nur ein schlimmer Alptraum. Warum hatte ich die Tür überhaupt aufgemacht? Hätte Lucas dort gestanden, wäre mir der Schlafanzug nicht peinlich gewesen. Mit Jace konnte ich ja schließlich nicht rechnen. Dabei wollte ich ihm doch aus dem Weg gehen, bis ich zurück flog.

Völlig verschlafen und mit zerzausten Haaren schaute Jan mich über die Sofalehne hinweg an. »Was ist los?«

»Jace steht vor der Tür«, murmelte ich.

»Jace? Was will der denn?« Jan setzte sich auf und warf einen Blick auf seine Armbanduhr. »Oh Scheiße. Ich habe verschlafen. Wir wollen heute nach Clearwater, um Vorräte zu holen.« Er drückte seine Locken platt und versuchte sich einen Zopf zu machen. »Mia, warum machst du die Tür nicht auf?«

»Das hatte ich bereits, sonst wüsste ich ja nicht, wer davor steht.«

»Na dann lass ihn doch rein. Machst du Kaffee? Ich geh mich

schnell fertig machen.« Jan sprang vom Sofa auf und eilte ins Bad.

Wieder klopfte es an der Tür. Dieses Mal ganz vorsichtig. »Komm schon Snoopy, lass mich rein.«

Ich riss die Tür mit einem Ruck auf und versuchte, mich so groß wie möglich zu machen. »Nenn mich nie, *nie* wieder Snoopy«, zischte ich mit drohendem Finger.

Jace hob die Hände, als bedrohte ich ihn mit einer Waffe. »Ich werde es nie wieder wagen. Darf ich jetzt rein kommen?«

»Bitte sehr, der Herr.« Ich trat einen Schritt zur Seite und ging in die Küche.

Zusammen mit Yaris kam Jace herein. Er schaute sich um, als sei er noch nie hier gewesen und setzte sich auf einen Küchenstuhl. »Bekomme ich auch einen?«

»Einen Snoopy-Schlafanzug? Der würde dir nicht stehen.« Normalerweise war ich alles andere als schlagfertig, aber anders wusste ich mir bei ihm auch nicht mehr zu helfen. Ich angelte die Kaffeedose aus einem der Schränke. Zu Hause hatten wir einen Kaffeevollautomaten, hoffentlich bekam ich mit einer normalen Kaffeemaschine etwas Trinkbares hin.

»Ich hätte gerne einen Kaffee«, antwortete Jace. »Ein schwarzes, koffeinhaltiges Heißgetränk. Wird aus gemahlenen Kaffeebohnen hergestellt und …«

»Ich weiß, was Kaffee ist!«, keifte ich ihn an. Er wusste ständig, wie er noch einen draufsetzen konnte. Mürrisch machte ich die Kaffeemaschine fertig. Aus Trotz kochte ich ihn extra stark.

»Ich gehe mich umziehen, solange der durchläuft«, sagte ich und ging die Treppe hinauf. Auf gar keinen Fall wollte ich bei ihm sitzen bleiben. Schon gar nicht im Schlafanzug.

In meinem Zimmer sprang ich erst einmal wild im Kreis herum, um mich abzureagieren. Warum musste immer *mir* so etwas passieren? Und warum *immer* so etwas Peinliches? Ich beschloss, mir einen neuen Schlafanzug zu kaufen. Oder ein einfaches T-Shirt und eine Jogginghose. Nur für die Zeit, die ich noch hier war.

Heute war es vermutlich nicht so kalt, wie an den letzten Tagen.

Jace trug nur eine schwarzes Shirt, also entschied ich mich für einen dünnen violetten Pullover. Er hatte Daumenlöcher in den Ärmeln, was ich ganz praktisch fand, wenn ich kalte Hände bekam. Er lag eng an und betonte meine Figur. Ich liebte diesen Pullover. Zum Glück hatte ich von dem Essen im Dorf noch keinen Bauch bekommen. Meine Haare band ich zu einem Pferdeschwanz zusammen.

Als ich nach unten ging, war der Kaffee bereits fertig. Die gesamte Hütte roch köstlich danach und ich konnte am Duft erahnen, dass mir der Kaffee recht stark gelungen war.

Jace spielte mit Yaris. Er ließ sich abwechselnd die rechte und die linke Pfote geben. Yaris machte es Spaß, auch wenn Jace ihn ärgerte, indem er ab und zu zwei Mal hintereinander die gleiche Pfote verlangte.

Ich goss den Kaffee in drei große Becher und stellte sie auf den Tisch.

Jace griff nach einer der Tassen. »Habt ihr Zucker?«

»Zucker?« Ich war überrascht. Zu Jace würde eher ein schwarzer Kaffee passen. Schwarz wie seine Klamotten, schwarz wie sein Humor und wahrscheinlich auch schwarz wie seine Seele. Ein Wunder, dass Yaris weiß war.

»Zucker ist ein weißer Stoff, der dem Kaffee einen scheußlichen Geschmack gibt, wenn man vergisst, ihn rein zu tun.«

Ich atmete tief ein und wieder aus – ganz ruhig bleiben Mia. Ich griff in den Schrank, um die Zuckerdose heraus zu holen und fragte trocken: »Möchtest du auch eine weiße, undurchsichtige Flüssigkeit, die in den Milchdrüsen von Säugetieren gebildet wird?«

Jace schaute mich verblüfft an. Und dann passierte etwas, womit ich nie im Leben gerechnet hatte: Er lachte. Er lachte richtig. Kein fieses oder schadenfreudiges Grinsen, wie ich es sonst von ihm kannte. »Der war echt gut. Danke, aber Zucker reicht mir.«

Oh, ein Kompliment zu meinem Spruch. Darauf konnte ich mir jetzt etwas einbilden. Dennoch konnte ich mir ein kleines Lächeln nicht verkneifen. Ich stellte die Zuckerdose auf den Tisch und goss

Milch in meinen Kaffee. Ich zögerte kurz, entschied mich aber dazu, an der Küchenzeile stehen zu bleiben. Ich wollte mich nicht zu Jace an den Tisch setzen. Das wäre mir zu nah gewesen. Die Nähe im Hochsitz hatte mir erstmal gereicht. Löffel um Löffel schüttete Jace den Zucker in den Kaffee. Mit jeder neuen Ladung wurden meine Augen immer größer. Wie viel Zucker wollte er noch in seinen Kaffee schütten?

Jace bemerkte meinen Blick. »Wenn der Löffel stehen bleibt, reicht es«, erklärte er mit dem gewohnten Grinsen im Gesicht.

Ich schüttelte mich. Das musste widerlich süß schmecken. Vorsichtig nippte ich an meinem Kaffee. Er war nicht nur verdammt heiß, sondern auch verdammt stark.

Jace rührte Runde um Runde in seinem Kaffee. Ich beobachtete die Kreise, die der Löffel zog und wagte einen zweiten Schluck von meinem Kaffee. »Mia, ich möchte mich bei dir entschuldigen.«

Ich starrte ihn über den Rand meiner Tasse hinweg an. Hatte ich das gerade richtig verstanden? Jace Heywood entschuldigte sich?

»Ich hätte nicht so hart zu dir sein dürfen. Es war schließlich deine erste Jagd und ich glaube nicht, dass du schon mal in Wäldern wie diesen unterwegs warst.«

Er entschuldigte sich wirklich. In diesem Moment kam Jan aus dem Bad. Er griff nach der dritten Tasse und trank sie auf ex aus. »Junge, der hat aber Bumms«, keuchte er als er den Becher absetzte. »Frühstück nehme ich mit. Dafür haben wir jetzt keine Zeit mehr. War wohl doch etwas zu lange gestern. Lisa lassen wir lieber ausschlafen. Sie hat gestern ihre Vorliebe für den selbstgebrannten Obstlikör von Papewas entdeckt.«

Jace lachte. »Oh ja, der ist gut, *sehr* gut. Und die Kopfschmerzen am nächsten Tag auch.«

»Wem sagst du das.« Jan klopfte ihm auf die Schulter, als seien sie die besten Freunde und stellte seine leer getrunkene Tasse in die Spüle. Er holte sich noch eine Packung Weißbrot und eine harte Mettwurst aus dem Kühlschrank.

»Die anderen sind schon vorgefahren. Dieses Mal sind es vier

Jeeps und mein Wagen«, sagte Jace und stellte auch seine Tasse in das Waschbecken. Dabei stand er ganz dicht neben mir. Sein Arm berührte meine Schulter, aber ich hatte nicht vor, ihm Platz zu machen.

Er lehnte seinen Kopf weiter zu mir hinunter. Ich konzentrierte mich darauf, wie wild in meinem Kaffee zu rühren, damit er nicht merkte, wie nervös mich seine Nähe machte. Ich spürte seinen Atem auf meinem Hals. Die Gänsehaut wanderte von meinem Nacken bis hin zu meinen Armen. Nur zu gerne hätte ich mich geschüttelt.

»Willst du mich begleiten?«, flüsterte er mir ins Ohr.

Beinahe hätte ich die Tasse fallen lassen. Seine Stimme so nah bei mir zu hören, seinen Atem zu spüren, das reichte schon aus, um mich weich wie einen Pudding werden zu lassen.

»Bist du dir sicher, dass du *mich* dabei haben willst und niemand anderen unserer Weltbevölkerung?«, fragte ich schnippisch.

Jace nahm mir die Tasse aus der Hand und stellte sie weg. »Ich bin mir sicher.«

Jan stand schon in der Tür und wartete. »Was ist? Können wir? Mia willst du mitkommen?«

»Mia fährt bei mir mit«, antwortete Jace und schob mich aus der Hütte. Ich konnte gerade noch eine Packung Cornflakes, mein Portemonnaie und meine Jeansjacke schnappen. Wenn ich mitfuhr, hatte ich wenigstens die Möglichkeit, mir andere Klamotten zum Schlafen zu kaufen.

Das Wetter war wirklich herrlich. Die Sonne schien am strahlend blauen Himmel und es war angenehm warm. Meine Jacke zog ich bald aus und kurbelte das Fenster hinunter. Drei Stunden sollte ich also mit Jace im Auto sitzen. Es war nicht viel anders als gestern bei der Jagd, außer dass wir mehr Platz hatten und uns fortbewegten. Mein Plan, ihm aus dem Weg zu gehen war also bereits am nächsten Tag zunichtegemacht worden. Ich traute mich nicht, ein Gespräch anzufangen, nachher traf ich erneut eines der Fettnäpfchen, über die Jace nicht reden wollte. Also beschloss ich, das Radio anzuschalten. Sobald ich den Knopf herunter gedrückt hatte, dröhnte dermaßen laute Musik aus den Lautsprechern, dass ich dachte, mein Trommelfell könnte jeden Moment platzen. Yaris riss den Kopf nach oben und sprang vor Schreck auf die Sitzbank. Bestürzt machte ich das Radio wieder aus und schaute zu Jace, der mal wieder nur grinste. Ohne etwas zu sagen, machte er das Radio erneut an, drehte aber die Lautstärke schnell runter.

»Besser?«, fragte er.

Ich nickte und Yaris machte es sich auf der Decke gemütlich.

Es lief eine CD von Linkin Park: »Lost in the Echo«. Ich mochte Linkin Park. Ich hörte sie gerne beim Joggen.

Jace schaute ständig zu mir herüber, doch ich versuchte das zu ignorieren und konzentrierte mich auf den Waldweg.

»Ab und zu fahre ich in den Wald und lasse Yaris zu Hause. Dann kann ich aufdrehen.«

Fing Jace gerade eine Unterhaltung an? Was war bloß los mit ihm? Erst entschuldigte er sich bei mir und auf einmal möchte er sich mit mir unterhalten? Ich schwieg. Mir war das nicht geheuer.

Doch Jace redete einfach weiter: »Wenn ich im Dorf zu laut Musik höre, steht die alte Rufina von nebenan vor der Tür und meckert. Da geht das nur über Kopfhörer aber die Anlage im Auto hat einfach den besseren Sound.«

Ich schmunzelte. Das klang nach einem ganz normalen Menschen. Nichts Mystisches, nichts Unnahbares. Er fing eine ganz normale Unterhaltung an. Kein Ankeifen, keine blöden Sprüche. Als ob Jace ein völlig normaler Typ wäre.

Ich nahm die Cornflakespackung und griff hinein. Was hatte ich mir nur dabei gedacht, Cornflakes mitzunehmen? Ich beneidete Jan um seine Weißbrote und die Wurst. Yaris schaute mich mit flehendem Hundeblick an und ich gab ihm einen Flake. Er knusperte ein Mal darauf herum und weg war er.

»Mehr gibt's nicht. Das ist was für Menschen.« Ich umklammerte die Packung als würde Yaris sie mir gleich aus den Armen reißen.

»Wie kannst du dir eigentlich solch ein Auto leisten?«, fragte ich Jace und kaute auf den trockenen Cornflakes herum.

»Das habe ich gewonnen.«

»Gewonnen? Bei welchem Glücksspiel?« Ich konnte mir gut vorstellen, dass sich Jace in einem dunklen, verrauchten Hinterzimmer einer Bar die Nächte mit Pokern um die Ohren schlug. Nach einem Automatenspieler sah er nicht aus. Und nach Pferderennen auch nicht.

»Taekwondo-Meisterschaften. Von dem Preisgeld habe ich mir den Wagen gekauft.«

Ich staunte. Eine Kampfsportart hätte ich ihm nicht zugetraut, obwohl er sehr sportlich und durchtrainiert war. »Welchen Platz hast du gemacht?«, fragte ich.

Jace legte wieder sein breites Grinsen auf. »Den ersten Platz natürlich.«

»Aber musst du nicht einem Verein angehören, um dort mitmachen zu können?«

»Ich bin Mitglied in einem Verein in Clearwater und zahle meinen Beitrag wie jeder andere auch, nur dass ich nicht zu den Trainingseinheiten gehen kann, wenn ich im Dorf bin. Dann muss ich im Wald und ohne Gegner trainieren. Wenn die Wettkämpfe stattfinden, bin ich in der Stadt oder fliege für einen Wettkampf innerhalb Kanadas dahin. Mein Trainer meldet mich an, wenn ich ihm Bescheid gebe, dass ich teilnehmen möchte.«

»Verdienst du bei einem Wettkampf wirklich so viel Kohle?« Ich konnte mir nicht vorstellen, dass man seinen Lebensunterhalt mit Sport verdienen konnte, wenn man kein Profi-Sportler war.

»Es gibt auch ... ich nenne sie mal *inoffizielle* Kämpfe. Da ist der Gewinn je nach Wetteinlage gar nicht mal so gering.«

»Inoffizielle Kämpfe?« Mir lief es kalt den Rücken hinunter. Ich musste an den Film »Fight Club« mit Brad Pitt denken, in dem sich Männer in versifften Kellern trafen, um sich gegenseitig zu verprügeln.

Jace bemerkte meinen entsetzten Gesichtsausdruck. »Keine Kämpfe in irgendwelchen Seitenstraßen mit Kriminellen«, versuchte er mich zu beruhigen. »Das habe ich hinter mir. Reiche

Menschen, die nicht wissen, was sie mit ihrem Geld anfangen sollen, fangen manchmal an zu spielen, gehen ins Casino, zu Pferderennen oder wetten eben bei einem Taekwondo-Kampf. Und da ich das gut kann …« Jace verstummte und sein Blick verdüsterte sich. Dachte er an diese Kämpfe? Ich konnte ihn mir bei einem Straßenkampf nicht vorstellen. Dieser Gedanke machte mir Angst. Angst um ihn und mir wurde klar, wie wenig ich ihn doch kannte. Eigentlich wusste ich gar nichts über ihn außer seinem Namen und dass er ein großes Ego hatte. Ich schwieg und musste all das erst verdauen. Mein Magen grummelte schon und ich verfluchte mich, dass ich den Kaffee so stark gekocht hatte.

»Außerdem führe ich die Touris im Clearwater Valley Resort durch die Wälder und mache Ausflüge mit denen. Kajak fahren, wandern oder River Rafting. Aber das ist weniger sexy.« Jace versuchte anscheinend, mich aufzuheitern. Ein löblicher Versuch, doch meine Bedenken konnte er nicht aus dem Weg räumen. »Ich weiß wirklich nicht, was daran sexy sein soll, sich gegenseitig was aufs Maul zu geben.« Mir war einfach nicht wohl bei dem Gedanken.

»Wir prügeln ja nicht wie wild aufeinander ein. Es gibt Regeln, an die sich jeder halten muss. Hast du das noch nie im Fernsehen gesehen? Keinen Karatekampf oder so was?«

Ich schüttelte den Kopf. Ich war kein Freund von Gewalt, weshalb ich mir auch ungern derartige Filme oder Sportarten anschaute. Deshalb hatte Thomas es auch aufgegeben, mit mir ins Kino zu gehen. Ich wollte mir keine sinnlosen Schießereien ansehen und ihm waren Komödien, die ich bevorzugte, zu langweilig. Er schenkte mir ein Mal zum Geburtstag einen Kinogutschein und wir gingen in »Men in Black«. Ich amüsierte mich prächtig, Thomas zog eine Miene, als wäre es die reinste Folter für ihn, aber er versuchte, es sich nicht anmerken zu lassen. Meine Laune war bei seinem Gesichtsausdruck allerdings auch im Keller gewesen.

Damit mir das jetzt nicht auch passierte, versuchte ich das Thema zu wechseln: »Jace … das ist ein ungewöhnlicher Name. Was bedeutet er? Ist das eine Abkürzung?«

Sein Blick verfinsterte sich. Ich betete, dass ich nicht schon wieder in einen Fettnapf getreten war. Aus dem Wagen konnte ich nicht flüchten und einen wütenden Jace wollte ich nicht neben mir sitzen haben.

»Keine Abkürzung«, antwortete er knapp und atmete schwer ein, als würde es ihm schwer fallen, über seinen eigenen Namen zu reden. »Der Name kommt aus dem Indianischen und bedeutet ›Mond‹. Er stammt von Jonathan ab, das bedeutet ›Gottesgeschenk‹. Such dir eine Bedeutung aus.«

Ich fand beide schön, wobei ich mich fragte, was an Jace ein Gottesgeschenk sein sollte. Für mich war er die meiste Zeit eher die Ausgeburt der Hölle. Oder wenigstens ein kleiner böser Dämon, der mir das Leben schwer machte. »Lebten deine Eltern auch im Dorf?«

Jace krallte sich dermaßen heftig in das Lenkrad, dass seine Adern an den Händen hervor traten. »Hör zu, Mia. Frag mich nach meinem Auto, meinen Hobbies oder nach meinem gottverdammten Namen. Aber frag mich nie wieder nach meinen Eltern. Hast du mich verstanden? *Nie* wieder!«

Autsch. Da war ich wohl in ein ganzes Becken voller Fett getrampelt. Lisa hatte mir erzählt, dass er meistens allein war. Anscheinend hatte er auch keinen Kontakt mehr zu seinen Eltern. Ob sie sich gestritten hatten? Vielleicht waren sie auch nicht mit diesem Karate-Judo-Irgendwas einverstanden gewesen und es gab Streit. Vermutlich sollte ich nie erfahren, was vorgefallen war, auch wenn es mich brennend interessierte.

Zum Glück entspannte Jace sich schnell. Den Rest der Fahrt verbrachten wir mit belanglosen Gesprächen. Er erzählte mir von der Natur hier in den Bergen und ich erzählte ihm von der Nordsee. Er hatte noch nie das Meer gesehen und lauschte gespannt meinen Beschreibungen der Dünen, des Strandes, der See und der Quallen, die manchmal an den Strand gespült wurden. Das Wattenmeer fand er am interessantesten.

Ich genoss die Zeit. So unkompliziert konnten wir bis jetzt nicht miteinander umgehen. Mir war auch nicht bewusst gewesen, dass Jace so viele Worte sagen könnte, dass es für eine Unterhaltung reichte. Vertieft in meine Erläuterungen über das Wattenmeer, bekam ich nicht viel von Clearwater mit. Wir folgten einer sehr breiten Hauptstraße. So breite Straßen wären bei uns in Deutschland innerhalb einer Stadt gar nicht möglich gewesen, aber Clearwater schien auch keine große Stadt zu sein. Alles wirkte sehr ländlich und einsam. Nach kurzer Zeit bogen wir auf einen größeren Parkplatz ab. Jan fuhr mit seinem Jeep voran und schwenkte in die Lieferantenzufahrt ein.

»Dürfen wir da rein?«, fragte ich verdutzt.

»Klar dürfen wir. Das ist einer der Läden von Jan. Unsere Sachen liegen im Lager. Wir laden das nur noch auf.«

»*Das* gehört Jan?« Ich hatte mir eine große Mall vorgestellt, wie ich sie aus dem Fernsehen kannte. Das hier war nur eine Reihe kleinerer Läden und Restaurants. Der Supermarkt war das größte Gebäude zwischen ihnen. »Ich dachte, das wäre größer.«

»Hier in Clearwater lohnt sich etwas Größeres nicht. In den USA gehören ihm richtig große Einkaufszentren.«

Meine Vorstellung war also doch nicht so falsch gewesen. Wir waren nur am falschen Ort dafür. Ich mochte mir gar nicht vorstellen, *wie* reich Jan war. Jan, der so normal geblieben war und in einem Dorf wohnte, anstatt seine Millionen für schnelle Autos, Champagner und Reisen auszugeben.

Jace parkte rückwärts vor einem offenen Rolltor. Die anderen Dorfbewohner, die schon vorgefahren waren, hatten ihre Jeeps bereits mit Thermoboxen voll mit Lebensmittel beladen.

Ich öffnete die Tür und Yaris sprang heraus, um zum nächsten Baum zu rennen. Das war wohl dringend.

»Willst du dich drinnen umsehen? Hier kannst du eh nicht helfen.« Jan reichte mir eine kleine Scheckkarte. »Damit kannst du bezahlen, wenn du dir was kaufst.«

Ich schätzte zwar die Geste, aber es war mir unangenehm die Karte entgegen zu nehmen und lehnte dankend ab.

»Sei nicht albern, Mia. Oder willst du mir jetzt jedes Mal Geld hinlegen, wenn du dir etwas aus meinem Kühlschrank nimmst? Der Laden ist nichts weiter als ein weiterer, großer Vorratsschrank.«

Widerwillig nahm ich die Karte entgegen, entschlossen, sie auf gar keinen Fall zu benutzen, und ging zum Eingang. Ich schlenderte durch eine Reihe von kleineren Läden und Restaurants, bis ich zum eigentlichen Supermarkt gelangte. Hier war alles eine Nummer größer als in Deutschland. Die Getränke wurden in kleinen Kanistern verkauft, Käse und Wurst gleich in Kilopackungen. Für eine Familie oder uns ganz praktisch, aber wenn jemand alleine lebte, würden die Lebensmittel sicher verderben, bevor man sie aufessen konnte. Ich schlich durch die Gänge und schaute mir alles neugierig an. Aus dem Supermarkt konnte ich nichts gebrauchen, also ging ich hinaus zu dem Klamottenladen. Schließlich wollte ich mir etwas anderes zum Schlafen kaufen und durchwühlte gerade die T-Shirts, als plötzlich jemand hinter mir stand. »Typisch. Wo sonst sollte man eine Frau finden, wenn nicht bei den Klamotten.« Diese Stimme erkannte ich sofort.

»Ich will mir etwas anderes für die Nacht holen«, verteidigte ich mich.

»Was spricht denn gegen Snoopy?«, fragte Jace und hielt mir ein Nachthemd vor, wie es Großmütter tragen würden.

Ich riss ihm das Teil aus der Hand und hängte es zurück. »Aus dem Alter mit Snoopy bin ich ja wohl raus.«

»Warum musst du überhaupt etwas anziehen beim Schlafen?«

Langsam drehte ich mich um und warf Jace einen schneidenden Blick zu. »Der Herr schläft wohl nackt?«

»Nicht ganz. Meine Boxershorts lasse ich schon noch an. Vielleicht sollten wir dir Unterwäsche kaufen.«

Das konnte nicht sein Ernst sein! Mich interessierten weder seine Schlafgewohnheiten, noch wollte ich Unterwäsche mit ihm kaufen, aber Jace war schon auf dem Weg zu der Abteilung mit den Dessous. Nicht einmal mit Thomas ging ich Unterwäsche kaufen. Das war für mich reine Frauensache. Solche Einkäufe erledigte ich alleine. Für den Alltag waren es eh langweilige BHs ohne Spitze oder sonstigen Schnickschnack.

Einen Gang weiter fielen mir zwei Mädchen auf, die kichernd und tuschelnd ständig zu Jace schauten und auf ihn zeigten. Sie waren vielleicht sechzehn oder siebzehn Jahre alt. Ich schnaufte genervt und ging zu ihm, während er sich etwas verloren in der Damenunterwäsche-Abteilung umschaute. Die Mädchen ließen uns nicht aus den Augen und gackerten wie zwei Hühner.

»Lass uns gehen«, flüsterte ich Jace zu. Mir konnte es nicht schnell genug gehen, aus diesem Laden zu verschwinden. Es war mir unangenehm mit ihm zwischen den Dessous zu stehen und dabei von diesen Hühnern beobachtet zu werden. Nachher dachten die noch, er sei mein Freund, der mir Unterwäsche kaufte.

»Warum? Es fängt doch gerade erst an Spaß zu machen.« Jace griff nach einem schwarzen Spitzen-BH, der fast durchsichtig war, und hielt ihn vor meine Brust. »Zu groß«, murmelte er und hängte ihn zurück.

»Die beiden Mädchen da drüben glotzen schon die ganze Zeit zu uns rüber«, zischte ich.

Jace drehte sich um und schaute zu den Teenagern. Diese fingen an zu kichern und steckten ihre Köpfe zusammen.

»Natürlich tun sie das. So einen verführerischen Anblick wie mich haben die nicht alle Tage. Vielleicht sollte ich mir ein neues Shirt kaufen, wenn ich schon mal hier bin.«

Langsam wurde die Situation für mich unerträglich, aber Jace musste noch einen draufsetzen. Er ging in die Sportabteilung, verfolgt von seinen Verehrerinnen. Ein Teil von mir wollte nach draußen rennen, aber der andere Teil wollte ihn mit den beiden Weibern nicht alleine lassen. Leider gewann der zweite und größere Teil von mir. Ich verabschiedete mich von meinem Plan mir etwas zum Anziehen zu kaufen und schlurfte bedröppelt hinterher.

»Wie gefällt dir das?« Jace hob ein schwarzes Shirt von Adidas hoch, um es mir zu zeigen. Eine andere Farbe kam für ihn offenbar nicht infrage. Aber warum auch? Sie passte zu ihm.

»Zu groß«, sagte ich in der Hoffnung, er würde es wieder zurück hängen.

»Meinst du? Ich probier' es mal an.« Plötzlich griff er nach seinem eigenen Shirt und zog es sich über den Kopf. Nun stand er mit nacktem Oberkörper mitten im Laden. Und was tat ich? Ich starrte ihn an. Ich *musste* ihn anstarren. Nicht nur sein Gesicht war perfekt geformt, sein Körper war es ebenfalls. Seine blasse Haut umhüllte seinen Oberkörper wie ein seidiges Tuch, das samtig und sogleich hart wie ein Panzer wirkte. Meine Augen glitten an seinen Armen entlang über seine Brust bis hinunter zu seinen Bauchmuskeln. Er hatte kein Gramm Fett an sich. Dieser Mann bestand nur aus Muskeln. Er war kein Bodybuilder, sondern stark und athletisch. Genau richtig, um jede einzelne Wölbung seines Oberkörpers spüren zu wollen.

Hinter mir hörte ich die beiden Hühner glucksen und kreischen. Sie holten mich zum Glück aus meinen Gedanken zurück. »Zieh dich wieder an!«, fauchte ich Jace an. »Musst du immer im Mittelpunkt stehen?«

Diese Frage war eigentlich absurd, da er im Dorf eher der Außenseiter war, aber hier benahm er sich anders. Jace grinste mich an und schaute zu den beiden Mädchen. »Ich muss nicht im Mittelpunkt stehen.« Er zog sich sein Shirt über und kam auf mich zu. »Aber ich glaube, ich stand gerade in deinem Mittelpunkt, so rot wie du bist.«

Für diesen Spruch boxte ich ihm in den Bauch, aber das war keine gute Idee. Es fühlte sich an, als hätte ich gegen eine Wand geschlagen.

Ich wollte mir weder den Schmerz anmerken lassen, noch dass er recht hatte, und drehte mich um, während ich jeden einzelnen Finger langsam bewegte. Gott sei Dank, es war nichts gebrochen.

Jace lehnte sich von hinten zu mir herab und flüsterte mir ins Ohr: »Merk' dir den Anblick. Du wirst heute Nacht von ihm träumen.«

Ohne ein Wort zu sagen, ging ich hinaus. Ich verstand die Welt nicht mehr. Mal war Jace richtig nett, wie heute morgen im Auto, und dann war er wieder ein richtiges Arschloch und total selbstverliebt. Als ob jemand zwei Zwillingsbrüder gegeneinander austauschte.

Nicht nur meine Wut meldete sich in meinem Bauch, auch Hunger ließ meinen Magen knurren. An einem Schnellimbiss bestellte ich mir eine Portion Pommes und aß sie an einem kleinen Stehtisch, während ich Jace beobachtete, wie er mit den beiden Mädchen redete. Er flirtete richtig. Berührte sie – natürlich rein zufällig – und die Mädchen gackerten um die Wette. Sie waren nicht sein Niveau.

Eine Frau mittleren Alters ging auf Jace zu und tippte ihm auf die Schulter. Sie trug einen goldenen Minirock und goldene Pumps. Ihre schwarze Bluse glitzerte kitschig. Auch der Blazer war goldfarben. Die Haare hatte sie blond gefärbt, aber ihr brauner Ansatz war schon zu sehen. Sie trug kiloweise Make-up im Gesicht. Ihre Lippen waren knallrot geschminkt. Als Jace sich umdrehte, wich sein Lächeln aus seinem Gesicht. Er verabschiedete sich von den Mädchen und ging mit der Frau in die Ecke zwischen einem Geldautomaten und einer Fotokabine. Er lehnte sich mit dem Rücken gegen die Wand und verschränkte die Arme. Die Frau ließ ihre Hand über seinen Bauch gleiten und hielt ihn fest. Mit der anderen Hand strich sie erst über seinen Oberarm und legte sie dann in seinen Nacken, um ihn zu sich hinunter zu ziehen.

Was zur Hölle machte die da mit ihm? Sie würde ihn doch wohl nicht küssen wollen. Nein, das würde sie nicht. Jace war viel zu gut für eine Tussi wie sie. Ich zerquetschte meine Pommes, die ich zwischen den Fingern hielt.

Die Frau legte ihre Lippen an sein Ohr und flüsterte ihm etwas zu. Nannte sie ihm gerade ihren Preis für die Nacht? Denn so sah sie aus: wie eine billige Nutte.

Jace hatte einen ernsten Gesichtsausdruck und nickte nur ab und zu. Anscheinend war er mit dem Preis einverstanden. Als die Frau sich von ihm löste, drückte sie ihm noch einen Kuss auf den Hals und wischte ihren Lippenstiftabdruck weg.

Das war mir zu viel. Ich donnerte die Pommes in den Müll und ging. Wie konnte diese Nutte es wagen, Jace zu küssen? Auch wenn sie ihn nicht auf den Mund geküsst hatte, wer wusste, was sie schon alles mit diesen schmierigen Lippen gemacht hatte. Mir wurde übel bei dem Gedanken, dass sie diese auf seinen Hals gepresst hatte. Ich wollte mir gar nicht erst vorstellen, was die beiden alles miteinander machten, wenn sie sich wieder sahen.

Auf dem Parkplatz hatte Jace mich eingeholt. »Was ist los? Gehen wir keine Unterwäsche mehr kaufen?«

»Geh doch deine Freundin in Gold fragen, ob sie mit dir Unterwäsche kaufen geht. Sie zieht sich sicher auch gerne nackt vor dir aus.«

»Du bist ja eifersüchtig«, lachte Jace.

Ich drehte mich um und stemmte meine Hände in die Seiten. »Eifersüchtig? Auf diese Schlampe? Von mir aus kannst du dich durch ganz Clearwater vögeln.« Zum Glück verstanden die Leute um uns herum nicht, was ich Jace gerade lauthals an den Kopf knallte.

»Na da bin ich ja froh, dass ich deine Erlaubnis habe. Ich dachte schon, ich müsste an meinem Leben etwas ändern, weil du jetzt hier bist.« Jace kniff die Augen zu einem schmalen Schlitz zusammen. Sein wütender Blick traf mich bis auf die Knochen. Zwischen seinen Augen bildete sich eine Falte, die mir bis jetzt noch nicht aufgefallen war. Aber so wütend hatte er auch noch nicht vor mir gestanden.

»Mir doch egal, was du mit deinem Leben anfängst. Ich habe mein eigenes!«, brüllte ich ihn an.

»Ach ja, mit deinem *tollen* Thomas. Komisch nur, dass du kaum von ihm redest.«

»Thomas geht dich einen feuchten Dreck an. Ich kann zusammen sein, mit wem ich will und soviel über ihn reden wie ich will.«

»Mit wie vielen Männern warst du eigentlich zusammen? Mh? Lass mich raten: Thomas ist der Erste und er wird wahrscheinlich auch der Letzte sein. Woher willst du wissen, dass er der Richtige ist, wenn du nie etwas anderes kennengelernt hast? Mein Gott, du bist zwanzig Jahre alt und trägst schon einen Verlobungsring!«

Jace hatte recht. Thomas war mein erster richtiger Freund gewesen und ich hatte nie einen anderen vor ihm gehabt. Aber er nahm sich zu viel heraus. Woher wollte er wissen, dass Thomas nicht der Richtige für mich war? Den Angriff gegen Thomas konnte ich nicht auf mir sitzen lassen.

»Es kann ja nicht jeder so viel Erfahrung haben wie du. Ich möchte nicht wissen, mit wie vielen Frauen du schon zusammen warst. Vielleicht hattest du auch gar keine Beziehungen und es waren nur Bettgeschichten mit irgendwelchen dahergelaufenen Weibern. Du bist wahrscheinlich gar nicht beziehungsfähig – so selbstverliebt, wie du bist!«

Ich lief weiter zur Warenannahme. Die anderen hatten unseren Streit bereits mitbekommen. Wir unterhielten wohl den gesamten Parkplatz. Jan schaute mich besorgt an.

»Ich habe wenigstens gemerkt, wenn es falsch war!«, rief mir Jace hinterher, als ich die Wagentür seines Geländewagens öffnete, um meine Jacke und die Cornflakes raus zu holen. Yaris lag auf seiner Decke und blickte kurz auf, bevor er weiter schlief. Seine Ruhe hätte ich jetzt gern gehabt.

»Und nachdem du das gemerkt hast, bist du gleich zur Nächsten. Dir rennen ja schließlich genug hinterher! Weißt du was? Du kannst mich mal!« Ich knallte Jace die Cornflakes in die Arme. »Hier hast du 'ne Packung ›Leck mich am Arsch‹! Bedien dich!«

Ich ging zu Jans Jeep, setzte mich auf den Beifahrersitz und schlug schwungvoll die Wagentür zu. Jace schmiss die Packung Cornflakes vor Yaris' Füße, der sich gleich darauf stürzte. Mit quietschenden Reifen fuhr der GMC über den Parkplatz.

Jan stieg in seinen Wagen und startete den Motor. »Alles ok? Ich habe Jace noch nie wütend erlebt.«

Ich gab ihm die Scheckkarte zurück, ohne zu antworten.

»Nichts gefunden?«

Kopfschüttelnd schaute ich aus dem Fenster. Dieses Mal war

ich zu wütend, um zu weinen. So fühlte sich also ein Streit an – ein richtiger Streit. Bei Thomas hatte ich ihn mir immer herbeigesehnt, um mal Luft ablassen zu können, aber mit Jace zu streiten tat alles andere als gut. Es tat weh. Es tat höllisch weh.

Den Rest des Tages schlug ich mich tapfer. Lisa und Jan erzählte ich nichts von den Vorkommnissen. Sie hätten mein Verhalten sicher kindisch gefunden. Ich war verlobt, war aber eifersüchtig, wenn ein anderer Mann einen Kuss bekam.

Kapitel 9

Verzweifle niemals.
Die Tage vergehen wie das im Wind fliegende Herbstlaub
und die Tage kehren wieder mit dem reinen Himmel
und der Pracht der Wälder.
Aufs Neue wird jedes Samenkorn erweckt,
genauso verläuft das Leben.

In dieser Nacht sollte ich kein Auge zubekommen. Ich wälzte mich in meinem Bett hin und her. Meine Gedanken kreisten um das, was Jace über mich gesagt hatte, um Thomas und gingen immer wieder zurück zu Jace. Ich wollte mich dagegen wehren, an den Bildern von Thomas festhalten, aber er tauchte ständig in meinem Kopf auf.

Auf der einen Seite wollte ich sofort zurück nach Deutschland fliegen, auf der anderen stimmte ich Jace zu, wenn auch schweren Herzens, und wollte hier bleiben. Dieser Kampf in mir wühlte mich auf und hielt mich die ganze Nacht wach.

Zurück nach Deutschland – nach Hause, in meine gewohnte Umgebung. In die weiße Wohnung, in der nicht ein Funken von mir steckte. Zu Thomas, der mir Sicherheit gab, aber nicht das Gefühl, er würde mich als selbstständige Frau sehen. Zu meiner Arbeit, die mir zwar Spaß machte, aber mein gesamtes Leben bestimmte. Und dann war da noch die Hochzeit. Die Hochzeit, die mich schon mit zwanzig Jahren für den Rest meines Lebens an einen Mann binden würde. Nein, nicht nur an den Mann, sondern an das Leben, das ich bisher geführt hatte. Wollte ich das?

Hier bleiben – in einer mir völlig fremden Welt, die mich aber neugierig machte, fesselte und immer weiter in ihren Bann zog. Mein Bauchgefühl sagte mir, dass ich hier richtig war. Mein Verstand sagte, dass ich hier völlig falsch war. Aber sollte ich nicht auf mein Herz hören? Taten das nicht alle? Mein Herz, das jedes Mal wie ein Hammer in meiner Brust schlug, wenn ich in seiner Nähe war. Jedes Mal, wenn er mir so nah kam, dass ich seinen Atem spüren konnte, wenn ich seine Stimme hörte oder er in mir diese rasende Wut entfachte. Mit ihm war es ein Wechselbad der Gefühle, zusätzlich zu dem Gefühlschaos, das sowieso in mir herrschte.

Trotzdem sehnte ich mich selbst in diesem Moment nach ihm – nach Jace.

Mein Spiegelbild am Morgen sah schlimmer aus, als erwartet. Dennoch machte ich mich fertig. Ich duschte lange, zog im Schneckentempo Jeans und Pullover an und machte mich auf meinen gewohnten Weg zum Bach. Meine Füße ließ ich dabei über den Boden gleiten und hinterließ lange Schleifspuren. Die Wanderstiefel waren nach einiger Zeit völlig verstaubt. Ich ging in Richtung des gefällten Baumes, um mich dort hinzusetzen, aber so weit kam ich erst gar nicht.

Als ich aus dem Wald auf das Kiesbett treten wollte, sah ich, dass schon jemand auf meinem Baumstamm saß. Ich trat zurück zwischen die Bäume, sodass er mich nicht sehen konnte. Sollte ich besser nach Hause gehen?

Ich schlich entlang der Bäume, zwischen Büschen und Sträuchern, bis ich im Wald hinter ihm stand. Sein breiter Rücken zeichnete sich durch den schwarzen Pullover ab. Zu gerne hätte ich meine Hand darauf gelegt. Er hatte die Arme auf die Knie gestützt und vergrub sein Gesicht in den Händen. Ging es ihm nicht gut?

Yaris saß neben ihm und hatte den Kopf auf sein rechtes Bein gelegt. Er merkte vermutlich auch, dass mit Jace etwas nicht stimmte. Dieser strich mit einer Hand über Yaris' Kopf. Ich beobachtete, wie liebevoll er Yaris streichelte, über seinen Rücken glitt und mit seinem Fell zwischen den Fingern spielte. Seine Hand wirkte stark und dennoch konnte sie so sanft sein.

Yaris schnaufte zufrieden, als Jace ihn an seiner Lieblingsstelle hinter den Ohren kraulte. Ich fragte mich immer noch, wie Jace so kalt und hartherzig, aber auch so gefühlvoll und liebenswert sein konnte.

»Setzt du dich endlich zu mir, oder willst du mich noch weiter von da hinten beobachten?«

Ich zuckte zusammen und fühlte mich ertappt. Es war mir mehr als peinlich. Genauso gut hätte ich hier im Snoopy-Schlafanzug stehen können. Ohne ein Wort zu sagen, kämpfte ich mir den Weg zwischen den Büschen frei und setzte mich neben Jace auf den Baumstamm.

Er sah müde aus. Er hatte offensichtlich genauso wenig geschlafen wie ich. Unter seinen Augen befanden sich dunkle Ränder. Ich konnte sogar den Ansatz eines Bartes erkennen, aber das stand ihm gut. Er sollte sich einen Dreitagebart wachsen lassen, dachte ich.

Wir schwiegen eine Zeit lang und Yaris genoss seine morgendliche Streicheleinheit.

»Meine Mutter lernte meinen Vater auf einer Kanadarundreise in Vancouver kennen«, begann Jace unerwartet zu erzählen. »Sie kam aus Deutschland, wie du. Beide waren sehr ineinander verliebt und meine Mutter beschloss, in Kanada zu bleiben. Kurze Zeit später kam ich zur Welt. Wir waren eine normale Familie, glücklich, bis mein Vater anfing zu trinken. Er schlug meine Mutter. Damals war ich sechs. Ich hörte sie weinen, während er schrie und auf sie einschlug. Als ich zehn war, konnte ich ihm nichts mehr recht machen. Egal, was ich tat, es war falsch. Also packte er auch mich eines Abends, zog seinen Gürtel aus der Hose und schlug mich.«

Jace machte eine Pause und schaute auf den Bach, während ich versuchte, zu atmen. Mein Hals schnürte sich mit jedem seiner Worte weiter zu. Deshalb hatte er gestern so extrem reagiert, als ich nach seinen Eltern fragte. Doch jetzt fehlten mir die Worte. Ich hätte auch nicht gewusst, welche die richtigen gewesen wären, also starrte ich weiter auf meine verstaubten Schuhe.

»Als ich vierzehn war, rastete er völlig aus. Ich hatte heimlich mit Zeitungsaustragen mein Taschengeld verdient und er kam dahinter. Er war wütend, dass ich ihm nichts von dem Geld abgegeben hatte, damit er sich mehr Alkohol hätte kaufen können. Er warf mich auf den Küchenfußboden und verprügelte mich … trat auf mich ein und als er zum Baseballschläger griff, der an der Hintertür lehnte, ging meine Mutter dazwischen.«

Meine Hände verkrampften sich. Ich krallte mich im Baumstamm fest und biss mir auf die Unterlippe, um nicht zu weinen. Ich wollte kein weiteres Wort mehr hören, aber Jace fuhr fort.

»Mein Vater ließ mich in Ruhe und … meine Mutter versuchte noch dem Baseballschläger auszuweichen. Ich schrie meinen Vater an, er solle sie in Ruhe lassen … aber er schlug wie besessen auf sie ein. Irgendwann hat sie sich nicht mehr bewegt. Sie lag einfach da.

Ich war überfordert und so verdammt wütend. Ich nahm mir ein Küchenmesser. Mein Vater drehte sich zu mir um ... ich erwischte ihn im Gesicht. Ich zog ihm das Messer einmal quer rüber. Ich rannte aus dem Haus und da kamen schon Nachbarn auf mich zu, die wegen der Schreie die Polizei gerufen hatten. Meine Mutter kam ins Krankenhaus. Mein Vater hatte ihr die Wirbelsäule mehrfach zertrümmert. Sie war ab dem Hals abwärts vollständig gelähmt.« Seine Stimme brach. Er war angespannt, musste mit sich kämpfen, um weiter reden zu können und klammerte sich an Yaris fest.

Dieser Anblick zerriss mir das Herz. Alle Gemeinheiten, die er zu mir gesagt hatte – unser Streit, das kam mir verdammt winzig und unwichtig vor im Gegensatz zu seiner Vergangenheit. Er hatte eine dickere und höhere Mauer um sich gebaut, als ich je vermutet hätte. Und in diesem Augenblick gewährte er mir einen Blick darüber. Er schenkte mir einen Blick auf den wahren Jace.

Er räusperte sich, nachdem er ein paar Minuten durchgeatmet und Kraft gesammelt hatte. »Ich kam in ein Heim, mein Vater ging für zwölf Jahre in den Knast und meine Großeltern holten meine Mutter zurück nach Deutschland, damit sie sich um sie kümmern konnten. Mit fünfzehn bin ich aus dem Heim abgehauen. Ich landete bei einer Straßengang. Von da an war ich derjenige, der andere verprügelte. Auf der Straße herrscht Krieg, wer schwach ist, überlebt ihn nicht. Ich wurde älter und stärker und war derjenige, vor dem die anderen Respekt hatten. Ich überlebte diesen Krieg. Schon damals wurde mir klar, dass die Mädchen mich ziemlich interessant fanden, was ich zu der Zeit auch ausnutzte.« Jace versuchte sich an einem Lächeln, doch so recht sollte es ihm nicht gelingen. Aber ich hatte das Gefühl, dass es ihm nun leichter fiel, zu reden.

»Dann traf ich Dan. Er sagte, in mir stecke viel mehr als nur diese gedankenlosen Prügeleien. Und so kam ich zum Taekwondo. Ich schlief in einem kleinen Zimmer hinter dem Trainingsraum und Dan lehrte mich alles, was ich wissen musste. Als er nach Clearwater zog, ging ich mit ihm und er verschaffte mir einen Aushilfsjob im Clearwater Valley Resort. Mit achtzehn merkte ich, dass mir etwas fehlte. Ich zog mich immer weiter zurück und stellte fest, dass ich viel lieber in den Wäldern unterwegs war, als unter Menschen. Also packte ich meinen Rucksack und ging. Ich ging einfach dahin, wohin mein Gefühl mich führte und so stand ich eines Tages im Dorf vor Papewas. Ich war irgendwie angekommen. Dan wollte seinen besten Schüler natürlich nicht gehen lassen. Außerdem war ich wohl etwas wie ein Ersatzsohn für ihn und er ein Ersatzvater für mich. Mein Alter hatte sich nicht einmal nach seiner Entlassung bei mir gemeldet. Ich hatte Dan so viel zu verdanken und war ihm etwas schuldig. Deshalb bin ich heute noch in seinem Team und kämpfe für ihn bei den Wettkämpfen. Das Preisgeld jedoch überlässt er größtenteils mir.«

Langsam entspannte sich sein Körper und Jace lockerte den Griff im Fell seines Freundes. Auch mir fiel das Atmen etwas leichter. Ich hoffte auf ein Happy End in seiner Geschichte und hörte weiter gespannt zu.

»Das Resort ist froh, dass ich weiterhin ab und zu dort arbeite. Sie schätzen meine Verbundenheit mit der Natur und das kommt gut bei den Gästen an. Vor vier Jahren lernte ich Sophie dort kennen. Sie studierte Naturwissenschaften in Vancouver und kam in den Semesterferien zu ihren Eltern nach Clearwater. Im Resort verdiente sie sich Geld für das Studium dazu. Sie war anders als die Mädchen, die ich von der Straße kannte. Sie war meine erste richtige Beziehung und ich war verdammt glücklich. Das erste Mal in meinem Leben. Wenn sie zurück nach Vancouver ging, ging ich zurück ins Dorf. In den Ferien trafen wir uns immer im Resort. Ansonsten schrieben wir uns E-Mails, was ziemlich mühselig war. Ich konnte ja nur antworten, wenn wir in die Stadt fuhren, um Vorräte zu holen. Auf dem Rückweg hielt ich in einem Internetcafé, um ihr zu schreiben. In unserem zweiten Sommer merkte ich, dass etwas anders war. Mein Gefühl sagte mir, dass ich in die falsche Richtung ging. Ich wollte mit ihr zusammen sein, weiter glücklich sein aber irgendwas war da … es fühlte sich einfach nicht mehr richtig an. Ich trennte mich von ihr und es stellte sich heraus, dass sie von Anfang an noch einen Freund auf der Uni hatte.«

»Oh Jace.« Ich hatte meine Stimme wiedergefunden, auch wenn ich nur flüstern konnte. Jace mochte ab und zu ein Fiesling sein, aber dermaßen verarscht zu werden, hatte niemand verdient.

»Ich habe viele Fehler gemacht, Mia, aber ich bin sicher nicht einer, der sich durch ganz Clearwater vögelt.« Jace drehte sich zu mir und schaute mich mit seinen schwarzen Augen an.

Ich hatte ein schlechtes Gewissen, ihm die Dinge vorgeworfen zu haben. Mein Magen zog sich zusammen und ich hätte mich selbst ohrfeigen können. »Jace, es tut mir leid. Ich hatte ja keine Ahnung ...«

»Konntest du auch nicht. Ich hatte nur Papewas von all dem erzählt. Bis jetzt.«

Wie gerne hätte ich seine Hand gehalten, ihn in den Arm genommen, ihn einfach nur getröstet, aber irgendetwas hielt mich zurück. Es kam mir komisch vor, die Starke zu sein, während Jace auf einmal Schwäche zeigte. Neben mir saß eine komplett andere Person. Ich lernte Jace gerade richtig kennen und betrachtete ihn aus einem neuen Blickwinkel. Spielte er nur den Macho, aus Angst, wieder verletzt zu werden? Ließ er deswegen niemanden an sich heran? Warum erzählte er ausgerechnet mir von seiner Vergangenheit? Wieder war mein Kopf voller Gedanken und Fragen, dabei wollte ich das doch loswerden. Aber zum ersten Mal seit langer Zeit waren es keine Fragen, die sich um mein Leben drehten, sondern um das Leben eines anderen. Meine Person und mein Leben waren plötzlich aus dem Fokus meiner Gedanken verschwunden. Es fühlte sich fremd an, aber gut.

»Wie bist du eigentlich zu Yaris gekommen?«, wollte ich wissen. Von ihm hatte er noch nicht erzählt und Jace war ein Themenwechsel vermutlich recht.

»Ein Kollege vom Resort hatte eine Vorliebe für weiße Deutsche Schäferhunde. Er wollte sie züchten und verkaufen, weil er dachte, hier in Kanada wäre das ein super Geschäft. Er ließ seine Hündin decken, sie nahm aber die Welpen nicht an. Ich denke, sie war zu jung. Ich kam gerade zur Arbeit, als ich sah, wie dieser Idiot dabei war, die Welpen im See zu ertränken. Yaris war der Einzige, den ich noch retten konnte. Ich zog ihn mit der Flasche auf und seitdem ist er an meiner Seite. Deshalb auch der Name. Yaris ist afrikanisch und bedeutet »Freund«. Und das war er mir von Anfang an.«

Ich schmunzelte. »Eine deutsche Hunderasse mit afrikanischem Namen in einem indianischen Dorf in Kanada. Das nenne ich Völkervereinigung.«

Jace musste ebenfalls lächeln. Ich war erleichtert, ihn so zu sehen. In seinem Blick blitzte wieder der alte, hochnäsige Jace kurz auf. Auch wenn mir der neue Jace wesentlich sympathischer war, es war die Mischung von Gut und Böse, die ihn interessant machte.

»Da Madame ja nicht viel vom Frühstücken hält«, sagte Jace schließlich mit einem schiefen Grinsen und griff neben sich, »habe ich mir erlaubt, ihr etwas mitzubringen.«

Jace hielt mir einen Apfel hin. Der war mir vorhin gar nicht aufgefallen, als ich ihn und Yaris beobachtet hatte.

»Madame bedankt sich«, antwortete ich und biss in den Apfel, »aber du wusstest doch gar nicht, dass ich hier herkomme.«

»Ich hatte es gehofft.«

Damit meldete sich der Hammer in meiner Brust zurück, der sich mit seinen Schlägen von Innen nach Außen arbeiten wollte. Meinen Herzschlag konnte man sicher durch den Pullover sehen. Ich hörte das Blut in meinen Ohren rauschen, als säße ich gerade am Meer. Blutrote Wellen strömten durch meine Venen und vertrieben die Luft, die sich darin angesammelt hatte.

»Ich möchte dir etwas zeigen«, sagte Jace und stand auf. Er schickte Yaris nach Hause, der bereitwillig den Weg zurück zum Dorf nahm. Zu meinem verrückt spielenden Herz gesellte sich jetzt noch ein flaues Gefühl im Magen. Jace ging nie ohne Yaris irgendwo hin. »Du willst dich nicht schon wieder ausziehen, oder?«

»Eigentlich nicht, aber wenn du das möchtest, musst du es nur sagen.« Jace war wieder ganz der alte. Breitgrinsend stand er vor mir, legte seine Hand unter seinen Pullover und schob ihn langsam hoch.

Ich schüttelte den Kopf. Bevor er seinen Pulli über den Bauchnabel schieben konnte und ich wieder mit offenem Mund vor ihm stehen würde, ging ich zum Wasser. Jace folgte mir und wir gingen schweigend eine Weile am Bach entlang, bis wir zu einer Stelle kamen, an der große Steine als Übergang in das Wasser gelegt worden waren. Mit wenigen Sprüngen gelangte Jace ans andere Ufer. Ich hingegen wackelte von einem Stein zum nächsten, rutschte zum Glück aber nicht aus und kam trockenen Fußes auf die andere Seite. Nachdem wir noch ein ganzes Stück durch den Wald gelaufen waren, stießen wir auf den hohen Zaun, der das Dorf einzäunte.

»Und jetzt?«, fragte ich und zeigte auf das massive Metall.

»Jetzt schmeiß' ich dich über den Zaun.« Jace griff nach mir, aber mit einem Sprung nach hinten konnte ich mich aus seiner Reichweite retten.

»Das ist nicht dein Ernst!«

Jace lachte kopfschüttelnd und machte sich am Zaun zu schaffen. Er löste ein paar Drähte und klappte nach kurzer Zeit ein Stück Zaun zurück. Da hatte tatsächlich jemand ein Loch hinein geschnitten.

»Darf ich bitten?« Jace machte eine einladende Handbewegung und wies auf das Loch, während er weiter den Zaun zurückbog.

»Du willst auf die andere Seite?« Mir war bei dem Gedanken nicht ganz wohl. Schließlich war es gefährlich. Überall konnten wilde Tiere lauern und wir hatten nicht einmal eine Waffe dabei.

»Ich verspreche dir, dass dich niemand zerfleischen wird«, versuchte Jace mich zu beruhigen.

»Wenn wir durch dieses Loch raus kommen, dann kann doch auch etwas hinein kommen.« Ich wurde immer ängstlicher. Je mehr ich darüber nachdachte, desto klarer wurde mir, dass das Dorf durch diesen Zaun gar nicht so sicher war, wie ich es angenommen hatte. Womöglich gab es überall solche Schlupflöcher und der Zaun glich eher einem Schweizer Käse, als einem Schutz.

»Das Loch gibt es schon seit fünf Jahren. Bis jetzt ist nichts auf unsere Seite gekommen«, sagte Jace schulterzuckend. Er war also derjenige, der den Zaun zerschnitten hatte. Ich hätte es mir denken können. »Jetzt komm schon! Dir wird nichts passieren. Weder hier, noch da draußen. Wenn es sein muss, schmeiße ich mich zwischen dich und den Angreifer.«

Ich gab mich geschlagen. Eine Diskussion mit Jace konnte ich nicht gewinnen und der Streit gestern reichte mir für die nächsten Wochen, also quetschte ich mich durch das Loch. Nachdem auch Jace hindurch geschlüpft war, verschloss er den Zaun mit den Drähten.

Wir gingen einige hundert Meter quer durch den Wald. Wege gab es hier nicht, höchstens schmale Trampelpfade, die durch die Tiere entstanden waren. Dieses Mal nahm Jace Rücksicht auf mich und rannte nicht davon wie bei unserem Jagdausflug. Er wartete, wenn ich wieder über jede einzelne Wurzel stolperte oder auf dem feuchten Boden ins Rutschen kam.

Mit der Zeit wurde auch Jace langsamer. Er duckte sich und schlich an einen kleinen Felsen heran. Ganz ruhig, ohne auch nur das kleinste Geräusch zu machen, legte er sich auf den grauen Stein und schaute darüber. Dann drehte er sich zu mir um, legte einen Finger auf seine Lippen und winkte mich zu sich. So leise wie möglich legte ich mich neben ihn. Vorsichtig zog ich mich hinauf, um ebenfalls einen Blick über den Felsen zu werfen.

Einige Meter vor uns lag ein großer felsiger Hügel, der mit Erde und Moos bedeckt war. Zwischen den Felsvorsprüngen lagen kleine dunkle Höhlen. Ich wollte gar nicht erst wissen, welche Kreaturen da drin lebten. Für Bären waren sie zu klein, für Kaninchen zu groß.

Wir lagen lange auf dem Felsen. Mein Bauch wurde schon kalt und ich befürchtete, mir eine Blasenentzündung zu holen. Niemand sagte in dieser Zeit auch nur ein Wort. Jace starrte auf die Höhlen und ich tat es ihm gleich, in der Hoffnung, dass niemand Zuhause war.

Nach einer gefühlten Ewigkeit erkannte ich etwas in einer der Höhlen. Es bewegte sich. Als der Wolf hinaus ins Licht trat, wurde ich von blanker Panik ergriffen. Ich stieß mich vom Felsen ab, rutschte dabei aus und landete auf meinem Allerwertesten. Zum Glück war die Erde durch das Moos relativ weich. Sitzend rutschte ich noch einige Meter rückwärts. Ich musste hier weg. Sofort. Hinter den nächsten Baum, hinter den Zaun, egal wohin, Hauptsache weg von dem Wolf. Ihn in meinen Träumen zu treffen war eine Sache, ihm real gegenüber zu stehen eine andere.

Jace kam zu mir herunter. »Mia«, flüsterte er, »dir passiert nichts.«
Ich sah ihn panisch an. »Weiß *er* das auch?« Ich zeigte in Richtung des Wolfes. Meine Angst überwältigte mich und mir stiegen die Tränen in die Augen. Warum brachte er mich nur hier her?

Jace fasste mir unter die Arme und stellte mich zurück auf meine Füße.

Kaum stand ich wieder, drehte ich mich um und wollte wegrennen, doch Jace griff nach meiner Hand und hielt mich fest. Schlagartig blieb ich stehen. Doch nicht, weil er mich zurück hielt. Wie ein Stromschlag durchfuhr eine Hitzewelle meinen Körper. Zum ersten Mal berührten wir uns richtig. Ich spürte seine Haut auf meiner. Mein Herz meldete sich mit seinen pulsierenden Schlägen zurück und pumpte die Hitze in jeden Millimeter meines Körpers. Ein überwältigendes Gefühl, das mir jegliche Bewegung unmöglich machte. Die Luft in meinen Adern löste sich auf, während sich die Wärme weiter in mir ausbreitete. Mir wurde schwindelig. Was passierte mit mir? Was fühlte ich plötzlich? Es war nicht nur die Angst und die Wärme, die ich spürte. Da war noch etwas anderes.

Zögernd drehte ich mich um. Ich sah Jace an – und ich sah mich. Es war nicht mein Spiegelbild in seinen schwarzen Augen. Ich konnte mich sehen, wie Jace es tat: meine glänzenden schwarzen Haare, die mir ins Gesicht fielen, meine grünen Augen, die funkelten, meine blasse Haut, meine roten Lippen, die zitterten. Ich war wunderschön.

Jace schaute mir tief in die Augen. Er wirkte ebenfalls sehr überrascht. Ob er es auch fühlte – diese pulsierende Wärme? Konnte er sich etwa auch so sehen, wie ich es tat? Wenn ja, hätte es mir eigentlich peinlich sein müssen, denn ich wollte nicht, dass er wusste, wie viel er mir mittlerweile bedeutete und dass ich ständig an ihn denken musste. Aber in diesem Moment machte es mir nichts aus.

Wir standen noch eine Weile da und schauten uns einfach nur an. Jace war der Erste, der sich aus seiner Schockstarre befreien konnte. Er ging mit mir zurück zum Felsen. Unfähig, ihn loszulassen, musste ich ihm folgen. Dieses neue Gefühl in mir verschlang sogar meine Angst vor dem Wolf. Wir legten uns zurück auf den kalten Stein, meine Hand weiterhin fest in seiner.

Der Wolf war immer noch da. Er lag vor der Höhle und döste friedlich. Es war einer der Wölfe, die wir auf der Lichtung gesehen hatten. Ich sah nichts Bedrohliches mehr an ihm, stattdessen fühlte ich mich auf eine Art und Weise mit ihm verbunden, die ich mir nicht erklären konnte. Ich spürte, wie er es genoss, in der Sonne zu liegen. Er war ein prachtvolles Tier.

Kurz darauf kamen auch die anderen Wölfe heraus und rekelten sich in den Sonnenstrahlen, die durch die Bäume fielen. Es war ein tolles Schauspiel. Ich hätte noch stundenlang zuschauen können, wie sie ihr Sonnenbad nahmen, aber Jace zog mich irgendwann vom Felsen herunter und ging mit mir zurück zum Zaun. Er sagte kein Wort, aber hielt nach wie vor meine Hand fest.

Den gesamten Weg über erfüllte diese seltsame Wärme meinem Körper und ich konnte spüren, was Jace fühlte. Ich merkte, wie sein Herz schneller schlug, wenn wir einen Hügel hinauf gingen, ich spürte die Sonnenstrahlen auf seiner Haut und die Gänsehaut, die er im Schatten bekam. Es machte mir keine Angst, auch wenn das alles völlig bizarr und neu war.

Erst als Jace den Zaun aufbiegen wollte, ließ er meine Hand los. So plötzlich wie die Wärme in mich gefahren war, als sich unsere Haut berührte, so schnell verschwand sie. Als hätte jemand das Licht ausgeknipst. Ich fühlte mich, als stünde ich in einem schwarzen, kalten Loch und nur mit Jace würde die Wärme und das Licht wieder zurück kommen. Mir lief es eiskalt den Rücken hinunter und ich musste mich schütteln.

Wir gingen denselben Weg zurück, den wir gekommen waren. Jedoch wagte keiner von uns noch mal, den anderen zu berühren. An unserem Baumstamm blieb ich stehen und setzte mich. Ich musste erst einmal durchatmen. Jace nahm neben mir Platz. Schweigend schauten wir dem Bach zu, wie er zwischen den Steinen und kleinen Felsbrocken seinen Weg nahm.

Ich holte tief Luft. »Was …«

»Keine Ahnung«, fiel Jace mir ins Wort. Anscheinend stellte er sich die selbe Frage, die ich mir seit unserem Rückweg stellte: Was zur Hölle war das? Was war mit uns passiert?

»Du bist wirklich der merkwürdigste Typ, dem ich je begegnet bin.«

Jace sah mich voller Ernst an. »Was ist denn an deinem Thomas so besonders?«

»Ich rede doch nicht mit dir über meinen Freund.« Mir war das Thema in seiner Gegenwart mehr als unangenehm. Außerdem hatte ich in der letzten Stunde überhaupt nicht mehr an ihn gedacht, weshalb ich ein schlechtes Gewissen bekam. Wie konnte ich Thomas nur vergessen?

»Verlobter. Er ist dein Verlobter. Und wenn man bedenkt, dass ich dir vorhin mein gesamtes Leben offengelegt habe, kannst du mir doch wenigstens von einem Teil deines Lebens erzählen.«

»Kann es nicht ein anderer Teil sein? Meine Schulzeit wäre da weitaus amüsanter.« Ich versuchte, um dieses Gespräch herum zu kommen, aber Jace hielt daran fest.

»Mia, ich frage dich doch nur, was du an dem Mann toll findest, den du bald heiraten wirst.«

Meine Kehle schnürte sich zu. Die Frage war weitaus komplizierter, als er ahnen konnte. Oder hatte er es fühlen können, dass ich an dieser Hochzeit zweifelte? Dann wäre die Frage überflüssig gewesen. Ich versuchte mich an die positiven Gefühle zu erinnern.

»Er ist immer da, wenn ich ihn brauche. Ich fühle mich sicher bei ihm. Neulich wurde er befördert und anstatt seinen Erfolg zu feiern, hat er mir mein Lieblingsessen gekocht.«

Jace sah mich weiterhin fragend an. »Und weiter?«

»Wie, weiter?«

»Du willst diesen Mann heiraten, weil er dir dein Lieblingsessen kocht?!«

»Er hat mir versprochen, dass ich unser Haus alleine einrichten darf«, verteidigte ich Thomas. Ich fühlte mich, als säße ich auf einer Anklagebank. Dass ich gerade vor Jace meine Beziehung rechtfertigen musste, machte es nicht leichter.

»Auf diese Art beweist er dir seine Liebe?«

»Natürlich sagt er mir auch, dass er mich liebt!«

Jace schüttelte den Kopf. »Das ist schnell gesagt. Die Frage ist nur, ob man es auch fühlt.«

»Willst du damit sagen, dass er mich nicht liebt?« Ich war schon wieder dabei, wütend zu werden. Was mischte er sich überhaupt in meine Beziehung ein?

Ich rechnete schon mit unserem nächsten Streit, doch Jace blieb ungewohnt ruhig. »Ich frage mich eher, ob *du* ihn liebst. Du sagst, dass du dich sicher fühlst bei ihm. Ich denke, es ist die Gewohnheit und das Vertraute, das dich sicher sein lässt. Ein Haus, ein geplantes Leben, das sind nicht die Dinge, weshalb man heiraten sollte. Dass man von der Existenz der Liebe weiß, bedeutet nicht, zu lieben.«

»Kommt mir bekannt vor«, flüsterte ich. Diese Worte hatte Papewas zu mir gesagt. Er war wohl auch Jace ein guter Lehrer gewesen, nur dass dieser solche Weisheiten glaubte und anscheinend auch danach lebte, hätte ich nicht gedacht. Mit meinem Fuß schob ich kleine Kieselsteinchen hin und her. Nun bekam ich schon von Jace Heywood Ratschläge für mein Leben.

»Ich denke, wenn deine Seele und das hier«, Jace zeigte auf mein Herz und schaute mir dabei tief in die Augen, »sich sicher wären, dass du mit ihm auf dem richtigen Weg bist, würdest du mich nicht so sehen, wie du es tust.«

Ich wich seinem Blick aus und starrte wieder auf den Boden. Er hatte es also doch fühlen können und mein Gefühlschaos bemerkt. Ich fühlte mich richtig nackt in seiner Gegenwart. Ungewollt bis auf das Innerste ausgezogen.

»Und dein Schweigen zeigt mir, dass ich recht habe. Sonst würdest du mich schon anbrüllen.« Jace stupste mich mit der Schulter an. Eine Geste, die mich wohl aufmuntern sollte, ihm recht zu geben, aber den Gefallen wollte und konnte ich ihm nicht tun. Sobald ich das tat, würde ich mir auch die Gefühle, die ich für ihn hatte, eingestehen. Er zog mich auf eine Art und Weise an, die mir neu war. Sich diesem Sog zu entziehen schien mir mit der Zeit immer weniger möglich zu sein. Ich vermisste ihn, auch wenn ich wütend auf ihn war, ich wollte ihn ständig berühren und ich dachte wegen ihm immer weniger an Thomas.

»Du scheinst mich aber auch nicht wie jede x-beliebige Frau zu sehen. Wie zum Beispiel die Frau aus dem Einkaufszentrum.« Ich wollte von mir und meinen Gefühlen ablenken und endlich genauer wissen, was Jace über mich dachte. Dieser lachte. »Die lässt dir keine Ruhe, was? Das ist Cherry. Sie ist die Frau des Mannes, der die inoffiziellen Kämpfe und die Wetten organisiert. Er ist einer der reichsten Männer in der Gegend, aber so schwer wie sein Konto ist auch die Wampe, die er vor sich herschiebt. Ja, Cherry steht auf mich und das ist auch gut so, dadurch bekomme ich nämlich die meisten Kämpfe. Sie sagte mir gestern, dass in den nächsten Wochen ein Kampf in Vancouver stattfinden wird und ich dabei sein soll.«

Ich schämte mich zutiefst. Nicht nur wegen meiner Eifersucht, sondern auch, weil ich Jace zugetraut hatte, mit einer alten und schmierigen Frau wie Cherry ein Verhältnis zu haben. Ich vergrub mein Gesicht in den Händen, in der Hoffnung, mich verstecken zu können. Für heute hatte ich genug erfahren. Dinge, die ich nicht erwartet hatte und Gefühle, die mir neu waren. Ich fühlte mich total überfordert.

Jace stand auf. Mit den Händen in den Hosentaschen drehte er sich zum Baumstamm und stelle einen Fuß darauf. »Du bist wirklich die komplizierteste Frau, der ich je begegnet bin.«

»Frauen sind *immer* kompliziert«, nuschelte ich in meine Hände.

»Um so komplizierter bist du.« Jace nahm den Fuß vom Baumstamm und lehnte sich zu mir herunter. »Aber keine Frau, die ich bis jetzt getroffen habe, kann dir das Wasser reichen.«

Das musste ich erstmal sacken lassen. Als ich die Hände von meinem Gesicht nahm, um ihn anzusehen, ging er schon zurück in den Wald. Ich schaute ihm nach, bis ich ihn nicht mehr sehen konnte.

Meine Güte, mit wem hatte ich heute den Vormittag verbracht? Hatte ich endlich den wahren Jace kennengelernt? Den Jace hinter den Sprüchen, mit denen er anscheinend versuchte, die Menschen auf Abstand zu halten? Ich saß noch lange am Bach, um über den Vormittag nachzudenken, doch ich konnte mich nicht konzentrieren. Es gelang mir nicht, meine Gedanken zu ordnen oder zu analysieren, ganz zu schweigen von meinen Gefühlen. Das Chaos in mir hatte in Kanada einen fruchtbaren Nährboden gefunden und aß sich daran groß und fett. Dabei wollte ich es doch los werden. Mein Magen meldete sich pünktlich zur Mittagszeit und ich ging zurück nach Hause.

Nachdem Jan uns leckere Steaks mit Country Potatoes gemacht hatte, ging ich zu den Ställen und verbrachte meinen Nachmittag mit Lucas. Er zeigte mir, wie man die Tiere versorgte und versuchte mir das Melken beizubringen. Es war eine gute Ablenkung und für ein paar kleine Augenblicke dachte ich weder an Jace, noch an Thomas. Fast hätte ich geglaubt, ich sei im Urlaub und könnte mich wirklich entspannen. Aber nur fast.

Jace sah ich an diesem Tag nicht mehr. Er kam auch nicht in das Gemeinschaftshaus, um ein Bier zu trinken. Mehrmals griff ich zum Telefon, um Thomas anzurufen, legte es aber jedes Mal zurück in den Schrank.

Schlussendlich wusste ich nichts mehr mit mir anzufangen und ging früh ins Bett. In meinem Zimmer war es ziemlich finster. Der Mond war nur noch als dünner Bogen am Himmel zu erkennen. Am folgenden Tag würde sicher Neumond sein. Ich fragte mich, ob Jace wegen seines Namens eine Verbindung zum Mond hatte. Vielleicht war für ihn morgen auch eine Art Neustart, wie beim Mondzyklus.

Nachdem ich meine Augen geschlossen hatte, merkte ich, dass es heller wurde. Ich lag endlich wieder auf meiner Wiese. Die vertraute Wärme der Sonne hüllte mich ein und das weiche Gras, das ich so vermisst hatte, schmiegte sich sanft an mich. Die Vögel sangen auch dieses Mal nur für mich.

Ich setzte mich auf und suchte die Wiese nach dem schwarzen Wolf ab. Ihn hatte ich besonders stark vermisst. Erleichtert entdeckte ich ihn zwischen den Bäumen, wie er langsam auf mich zu kam. Dieses Mal wollte ich ihn richtig berühren und sein Fell streicheln. Während er über die Wiese ging, fiel mir auf, dass sich etwas veränderte.

Sein schwarzes Fell schimmerte mehr als sonst. Es wurde mit jedem Schritt heller. Zwischen den schwarzen Haaren erschienen graue, die immer weißer wurden, je näher er mir kam. Als er vor mir stand, war sein pechschwarzes Fell mit weißen Haaren durchsetzt.

Auch seine Augen hatten sich verändert. Das kräftige Himmelblau aus den letzten Träumen war verschwunden. Als ich genauer hinsah, erkannte ich, dass die Augen am Rand heller waren, fast weiß. Innen, an der Pupille, wechselte das Weiß-Blau vom äußeren Rand in ein leuchtend kräftiges Blau. Es waren die schönsten Augen, die ich je gesehen hatte.

Vorsichtig streckte ich meine Hand aus, um ihn zu berühren. Er kam mir sogar ein Stück entgegen und schloss die Augen, als ich endlich sein warmes, weiches Fell sanft streichelte. Ich spürte seinen Atem, seinen Herzschlag. Wie bei Yaris vergrub ich mein Gesicht in seinem Fell. Er roch überhaupt nicht nach Hund, sondern duftete wie die Wiese.

Als ich ihn wieder freigab, legte er sich neben mich auf die Seite.

Erst zögerte ich, legte dann aber meinen Kopf auf seinen Brustkorb. Ich spürte seinen Herzschlag unter mir und legte die Hand auf mein eigenes Herz. Die Leere war verschwunden. Es schlug ganz ruhig und kräftig. Es war mir, als schlugen unsere Herzen im gleichen Takt.

Kapitel 10

*Wenn du mich anblickst,
bin ich glücklich wie die Blumen,
wenn sie den Tau fühlen.*

»Mia? Willst du heute gar nicht aufstehen?« Lisa saß auf meinem Bett und schüttelte mich leicht an der Schulter.

Ich blinzelte unter der Decke hervor. »Wie spät ist es?«

»Es ist zwölf Uhr mittags. Das sieht dir gar nicht ähnlich. Geht es dir nicht gut?«

Oh doch. Es ging mir so gut wie schon lange nicht mehr. Ich spürte weiterhin das Fell des Wolfs unter meinem Kopf und konnte mich nur schwer aus meinem Traum lösen. Ein Teil von mir lag immer noch auf der Wiese beim schwarzen Wolf und wollte nicht aufwachen.

Mein Herz schlug noch voller Energie, doch ich merkte, wie Luft mehr und mehr meine Adern erfüllte. Ich wurde wach.

»Wir müssen uns fertig machen. Heute Abend ist die Hochzeit. Molly und John wollen sich endlich das Ja-Wort geben.« Lisa versuchte, mich durch weiteres Rütteln zum Aufstehen zu bewegen.

»Sind die nicht schon verheiratet? Die haben doch einen Sohn.«

»Nur weil man ein Kind zusammen hat, muss man ja nicht gleich heiraten.«

»Aber die sind so ... alt.«

Mit einem Ruck zog Lisa mir die Decke weg. Die schützende Wärme war verschwunden und gab mich an die raue Kälte des Tages frei. »Was hat das Alter bitte mit Liebe zu tun?«, fragte Lisa empört. »Manchmal bist du echt komisch.«

»Und kompliziert, hat man mir gesagt.« Ich riss Lisa die Decke aus der Hand und wickelte mich so fest ich konnte in sie hinein. Ich war noch nicht bereit für einen weiteren Tag in dieser fremden Welt, die mir mehr Fragen bereitete, als ich je in meinem Leben gehabt hatte. Und die größte Frage, die sich mir momentan stellte war: Was bedeutete mir Jace wirklich? Nach dem gestrigen Tag traute ich mir selbst nicht mehr über den Weg – und meinen Gefühlen schon gar nicht.

»Wer auch immer das gesagt hat, hatte vollkommen recht. Und jetzt komm, wir müssen dich doch schick machen für heute Abend. Das wird toll. Ich habe dir schon Klamotten besorgt. Von Nathalie.

Sie näht immer wahnsinnig tolle Sachen. Sie mischt das Traditionelle mit etwas Modernem. Es wird dir gefallen. Ich mache dir Locken in die Haare und schminke dich. Du wirst toll aussehen.«

»Dafür brauchst du den ganzen Tag?« Ich lugte unter meiner Decke vor.

Lisa war gar nicht mehr zu halten vor Begeisterung. »Ich habe ja nur noch einen halben Tag, weil du so lange geschlafen hast. Jetzt steh endlich auf. Jan macht unten Rührerei mit Speck für uns.«

»Ihr wollt mich mästen!« Ich schlüpfte zurück unter die Decke und krallte mich darin fest, als Lisa sie wieder wegziehen wollte, aber sie legte ihr gesamtes Gewicht zurück und stieß sich mit den Füßen vom Bett ab. Sie zog mich mitsamt der Decke aus dem Bett, verlor dabei jedoch das Gleichgewicht und wir beide purzelten lachend über den Fußboden. Für einen Moment blieben wir auf dem Rücken liegen und starrten breit grinsend an die Decke. Diese unbeschwerten Augenblicke mit ihr liebte ich.

»Danke, Lisa.«

»Wofür?«

»Dafür, dass du mich hier hergebracht hast.«

Lisa drückte mir einen Kuss auf die Wange. »Ich habe dir nur einen Schubs gegeben. Den Rest musst du allein machen. Aber ich stehe hinter dir.«

Mittlerweile war es mir egal, wer mich im Schlafanzug sah, also setzte ich mich in meiner Schlafmontur an den Küchentisch und frühstückte mit Jan und Lisa. Wir ließen uns Zeit, was mir ganz gelegen kam, denn so blieb ich von Lisas Verschönerungs-Wahn noch etwas verschont. Ich konnte sie sogar davon überzeugen, dass mich das Eishockey-Spiel im Fernsehen brennend interessierte. Schließlich wollte ich Kanada kennenlernen und da gehörte doch Eishockey mit dazu.

Als es dann fünfzehn Uhr war, stellte sich Lisa drohend vor den Fernseher. »In drei Stunden fängt die Zeremonie an. Du bist weder geduscht, noch hast du dir die Zähne geputzt. Wenn du nicht gleich im Bad verschwindest, Fräulein, lernst du mich von einer anderen Seite kennen!«

Jan grinste mich an. »Na los. Geh endlich. Dann kann ich das Spiel weiter gucken.«

Ich gab mich geschlagen, raffte mich vom Sofa auf und schlich ins Bad.

»Und die Beine nicht vergessen!«, rief Lisa mir noch hinterher.

Die Beine? Ich zog meine Schlafanzughose hoch. Ok. Die waren wirklich überfällig. In der Dusche schäumte ich mich von Kopf bis Fuß ein und rasierte dazwischen, was rasiert werden musste. Ich war gerade mit Zähneputzen fertig, da kam Lisa ins Badezimmer geschlüpft.

Erschrocken presste ich das umgeworfene Handtuch fest an meinen Körper. »Ich hätte nackt sein können!«

»Beine? Sind glatt wie ein Babypopo.« Lisa fuhr mit der Hand bis über meinen Oberschenkel. »Sehr gut. Arme hoch!«

»Was?« Mit weit aufgerissenen Augen starrte ich sie an. Hatte sie jetzt völlig den Verstand verloren? Erst kommt sie ohne Anklopfen ins Bad, dann tatscht sie mich ohne Vorwarnung an und jetzt sollte ich die Arme hoch nehmen?

»Ich sagte: Arme hoch!«

Lisas Blick und ihr Ton ließen mir keine andere Wahl, wollte ich lebend aus dem Bad heraus kommen. Mit einer Hand hielt ich weiterhin mein Handtuch fest und hob einen Arm.

»Perfekt. Dann setz dich mal auf die Toilette.« Lisa schob mich vor das Klo und drückte mich hinunter. Ich schaffte es gerade noch, den Deckel herunter zu klappen.

Sie hielt mein Gesicht mit beiden Händen fest und beäugte es kleinlichst. »Das bekomm ich hin. Du hast echt wahnsinnige Augen bekommen.« Lisa griff in ihren Kosmetikbeutel und zog eine Pinzette heraus.

Ich ahnte Schlimmes.

»Diese tollen Augen wollen wir doch nicht zuwachsen lassen.«

Meine Augenbrauen fand ich gar nicht schlimm. Sie waren nicht buschig wie manch andere, aber Lisa war von ihrem Plan nicht abzubringen. »Nur ein bisschen am Rand lang. Viel muss da nicht weg.«

Ich schrie und kreischte. Man hatte mich sicher im gesamten Dorf gehört. Ich versuchte, Lisa mit meinen Armen zu verscheuchen, befürchtete aber, dabei mein Handtuch zu verlieren.

Ihre erste Tat betrachtete Lisa über den Rand ihrer Brille hinweg. »Sehr gut.« Sie wirkte zufrieden. Ich wollte mich im Spiegel betrachten, aber sie ließ mich nicht. »Erst, wenn du fertig bist.«

Dann kramte sie eine Tüte mit riesigen Lockenwicklern hervor. Ich schaute sie misstrauisch an, aber sie war schon dabei, meine Haare durchzukämmen. Strähne für Strähne wickelte sie auf eine Rolle und steckte sie mit einer Plastiknadel fest. Als ob das nicht schon genug Folter gewesen war, setzte sie mir auch noch eine Trockenhaube auf. Die warme Luft brannte in meinen Augen, aber Lisa verteidigte die Haube mit allen Mitteln.

Ich kam mir mehr als dämlich vor. Nur mit einem Handtuch bekleidet saß ich auf der Toilette, hatte Lockenwickler im Haar und eine dämliche Haube auf dem Kopf – ich sah aus wie eine Oma. Zum Glück sah mich niemand. Hätte Jace mich so gesehen, ich wäre im Erdboden versunken und hätte niemals wieder auch nur einen Schritt in dieses Dorf gewagt.

»Wärst du früher aufgestanden, hätten deine Haare an der Luft trocknen können!«, brüllte Lisa mich an. Das Gebläse dröhnte ziemlich laut in meinen Ohren, sodass ich sie kaum verstand.

Ich fragte erst gar nicht, woher sie all die Sachen hatte, denn Lockenwickler brauchte Lisa für ihre Naturlocken ganz sicher nicht.

Dann hielt sie mir meinen MP3-Player hin. »In einer Stunde komme ich wieder!«

»Eine Stunde?! Ich soll eine Stunde mit dem Ding hier sitzen? Was soll ich denn so lange machen?«

»Na Musik hören!« Lisa ging aus dem Bad und schloss die Tür.

Das war der schlechteste Scherz, der jemals mit mir gemacht wurde. Ich überlegte, ob ich mir das gefallen lassen sollte, oder ob ich diese blöde Haube runter nehmen und in mein Zimmer gehen sollte.

Mit Murren entschloss ich mich zu bleiben. Das war ich Lisa schuldig.

Also steckte ich mir die Kopfhörer in die Ohren, stellte meine Füße auf die Duschwanne und lehnte mich mit dem Rücken an die Wand.

Die Stunde verging unerwartet schnell und Lisa kam zurück. Leider erlöste sie mich nicht gleich von meinem Blas-Monster, sondern schminkte mich erstmal.

»Deine Haut hätte ich gern. Da brauche ich ja gar nichts abdecken. Und sie ist schön hell. Du siehst aus wie Schneewittchen.«

Lisa wedelte mit ihrem Puderpinsel in meinem Gesicht herum, als sei ich eine Leinwand. Als sie ihre Farbpalette an Lidschatten betrachtete und sich für ein sehr dunkles Grau entschied, blickte ich sie zweifelnd an.

»Smokey Eyes, meine Liebe. Das Grün deiner Augen wird heute Nacht strahlen.«

Ich schloss die Augen und überließ der Künstlerin die Leinwand. Für die Lippen entschied sie sich für einen ganz normalen Lipgloss.

»Deine Lippen sind schon rot genug. Ich bin wie immer neidisch«, sagte Lisa, als sie mir den Lippenstift auftrug. Heute übertraf sie sich selbst an Komplimenten. Zuhause in Hamburg hörte ich höchstens mal ein »Deine Haare liegen heute echt super«, oder »Deine Bluse passt perfekt zu deiner Augenfarbe«. Heute war sie fast schon euphorisch, was mich anging. Vielleicht lag es am Neumond. Ein Start in einen neuen Abschnitt. Ein Start zu einer neuen Mia.

Endlich erlöste sie mich von der Haube. Ich rubbelte meine Ohren, die taub waren. Lisa hörte ich wie durch eine Wand mit mir reden, aber mit der Zeit verschwand dieses dumpfe Gefühl. Sie wickelte meine Haare von den Lockenwicklern ab und fuhr mit den Händen hindurch. »Jetzt bloß nicht mehr kämmen! Hörst du? Jetzt stell dich mal hin, mit dem Kopf nach unten.«

Meine Knochen waren lahm und die Gelenke knackten, als ich aufstand. Ich schmiss meine Haare über den Kopf nach unten und Lisa besprühte sie mit einer halben Dose Haarspray.

Als ich mit dem Kopf wieder nach oben kam, schaute sie mich halb überrascht, halb freudestrahlend an. »Wow. Mia, du bist … Wahnsinn … ich habe mich selbst übertroffen.«

Zögerlich blickte ich in den Spiegel und erschrak im ersten Moment, als ich diese fremde Person darin sah. Ich griff an meine Wange, um zu überprüfen, ob diese schöne Frau im Spiegel wirklich ich war. Meine Haut sah aus wie matte weiße Seide, meine grünen Augen leuchteten in ihrem dunklen Rahmen und meine Lippen wirkten voller und röter. Die Haare wellten sich in großen Locken bis auf meine Schultern.

»Lisa«, hauchte ich. »Das ist …« Mir fehlten die Worte. Es war ungewohnt, mich so zu sehen und ich konnte mich selbst nicht beschreiben.

»Mia, du bist wunderschön. Fang endlich an, das zu akzeptieren.«

»Warum schminkst du dich nie so?«, fragte ich.

Lisa zuckte mit den Schultern. »Ich weiß nicht. Mir macht es mehr Freude, wenn ich andere verschönern kann. Wobei man bei dir ja nur noch betonen muss.« Lisa zwinkerte mir zu. »Ich hole dein Outfit. Warte hier.«

Ich konnte meinen Blick nicht vom Spiegel lösen. Dieser Anblick war neu, aber er gefiel mir. Er gefiel mir sogar richtig gut.

Nach ein paar Sekunden stand Lisa mit den Klamotten in der Tür.

Das Oberteil und die Hose waren aus dunklem, fliederfarbenen Leinen gefertigt. Die Hose war an den Außenseiten der Beine von unten bis zum Bund offen. Lederbänder in verschiedenen Violetttönen waren über kreuz über den offenen Spalt gebunden und hielten ihn so zusammen. Dennoch würde man meine nackten Beine sehen können.

Ich nahm die Hose hoch und hielt meine Hand hinter einen Spalt an der Seite, um zu schauen, wieviel Haut man sehen würde.

»Man wird nicht viel sehen«, versuchte Lisa mich zu beruhigen. »Der Spalt ist doch nicht groß. Außerdem hast du tolle Beine.«

»Aber klein ist der Schlitz auch nicht gerade. Der ist locker vier Finger breit. Und das bis oben hin.«

»Zieh die Hose doch erst einmal an, bevor du schon wieder alles von vornherein schlecht machst.«

Schmollend nahm ich Lisa das Outfit ab und zog es an. Das Oberteil saß wie angegossen. Es war ärmellos und wurde im Nacken zusammengebunden. Geflochtene violette Lederbänder verzierten den Rand des Ausschnittes, der meiner Meinung nach viel zu gewagt war.

»Ich werde erfrieren.«

»Das wirst du nicht. Die Zeremonie ist draußen am Pfahl, aber die Feier ist im Gemeinschaftshaus, dort ist es warm.«

Die Hose saß etwas lockerer und zu meiner Erleichterung konnte man wirklich nur einen kleinen Streifen nackter Haut sehen – allerdings bis zu meinen Hüften.

Die Schuhe erinnerten mich an Mokassins. Es waren schwarze, flache Wildlederschuhe, sehr schlicht, aber sehr bequem.

Lisa legte mir noch eine Kette um den Hals. An einem schwarzen Lederband hing ein kleiner, silberner Traumfänger mit einer Feder. In der Mitte des Traumfängers war ein schwarzer Stein eingearbeitet.

»Mein Werk ist vollendet«, sagte Lisa und trat einen Schritt zurück, um mich besser betrachten zu können. »Bühne frei für die neue Mia.«

Lisa öffnete die Tür und ging hinaus. »Ich gehe mich schnell umziehen«, rief sie und rannte die Treppe hoch. Sie brauchte für sich anscheinend nicht so lange wie für mich.

Jan hatte sich für die Feier bereits in Schale geworfen. Er trug eine einfache Jeans und ein bordeauxfarbenes Hemd. Er band sich gerade die Schuhe zu, als ich aus dem Badezimmer trat und blickte zu mir auf. Mit offenem Mund stand er vor mir und beäugte mich von oben bis unten.

»Mir fehlen echt die Worte. Wo ist die Mia von heute morgen geblieben? Du siehst toll aus. Ach was, du siehst …«

»Nun übertreib mal nicht.« Es war mir unangenehm, dass mich Lisa und Jan mit Komplimenten überhäuften. Ich sah gut aus. Punkt. Mehr musste man nicht sagen.

Lisas Klamotten fielen wie bei Jan eher schlicht aus. Ein beigefarbener, langer weiter Rock und eine braune Bluse mit kurzen Ärmeln. Ihre Haare ließ sie offen und die Brille hatte sie gegen Kontaktlinsen getauscht.

Heute Abend war ich wohl der Paradiesvogel.

Um die gesamte Dorfmitte herum waren Fackeln aufgestellt. Sie tauchten den Platz in ein warmes, gelbliches Licht. Rechts und links neben dem Pfahl standen große Feuerschalen. Für Papewas war ein kleines Podest aufgestellt, damit die Gäste ihn hinter dem Brautpaar auch sehen konnten. Ein Weg aus bunten Blüten führte vom Pfahl zum Gemeinschaftshaus. Stühle gab es allerdings keine. Die Dorfbewohner standen verstreut auf dem Platz. Den Blumenweg ließen sie jedoch frei.

Es war eine ruhige und romantische Stimmung. Lisa schob mich in Richtung Pfahl. Das gesamte Dorf war versammelt. Bis auf einen. Ich konnte Jace zwischen all den Leuten nicht finden. Aber es wunderte mich auch nicht, da Jace Menschenmassen ja zu vermeiden versuchte. Dennoch war ich etwas traurig darüber.

Papewas schritt aus seiner Hütte, gekleidet wie ein Indianerhäuptling. Sein Federschmuck auf dem Kopf ließ ihn größer wirken und er trug ihn voller Stolz. Um seinen Hals hing eine riesige Kette aus Knochen. Er trat auf das kleine Podest und begrüßte die Dorfbewohner.

Als Erstes kam Lucas aus dem Gemeinschaftshaus. Er trug ein indianisches Gewand, wie man es aus alten Westernfilmen her kannte. Aber es stand ihm. Er sah aus wie ein kleiner Indianer, der über das gesamte Gesicht strahlte.

Seine Eltern waren ebenfalls indianisch und elegant gekleidet. Als sie vor Papewas standen, begann dieser etwas zu sagen – oder zu singen. Ich war mir nicht sicher. Es war eine Art Sprechgesang in einer fremden Sprache, die ich nicht verstand.

Während Papewas dem Paar etwas vorsang, wurde mir immer wärmer. Vermutlich lag es an der Melodie, die ich sehr schön fand.

Anschließend war es Tradition, dass sich das Paar gegenseitig etwas schenkte. Molly reichte John eine selbst geschnitzte Pfeife und dieser legte ihr eine Kette aus bunten Perlen um den Hals. Danach legte Papewas eine große Decke um die Beiden und wickelte sie darin ein. Wieder begann er beschwörend, aber wunderschön zu singen. Dieses Mal begleitete ihn ein Mann auf einer Gitarre dazu.

Die Hochzeit war ein Mix aus Tradition und Moderne, aber gerade das machte sie besonders aufregend.

Kurz dachte ich daran, wie langweilig meine Hochzeit im Standesamt dagegen werden würde, als ich ein Kribbeln in meiner Hand spürte. Meine Haut fühlte sich an, als würde sie knistern, während er langsam, Finger für Finger, meine Hand in seine nahm. Ich drehte mich nicht um, denn mein gesamter Körper spürte, dass er hinter mir stand. Wieder erfüllte mich eine Hitzewelle und mein Herz spielte verrückt. Niemand außer uns wusste, wie nah wir uns waren, wie wir uns spüren konnten und das fühlten, was der andere fühlte.

Viel zu schnell war die Zeremonie vorbei und ich rechnete damit, dass Jace mich loslassen und verschwinden würde, aber das tat er nicht.

Lisa und Jan gingen mit den anderen Gästen in Richtung Gemeinschaftshaus. Ich blieb jedoch auf meinem Platz stehen, unfähig, mich zu rühren.

Lisa drehte sich noch einmal zu uns herum. Ein teuflisches und zufriedenes Grinsen huschte über ihr sonst friedliches Gesicht. Hatte sie das etwa geplant? Hatte sie mich aufgemotzt, damit ich Jace gefiel?

Als wir allein waren, nahm ich allen Mut zusammen und drehte mich um. Jace trug, wie gewohnt, seinen schwarzen Pullover und

Jeans, aber etwas war anders.

»Wie siehst du denn aus?«, fragte ich schmunzelnd.

Jace grinste schief. »Wie ich aussehe? Hinreißend. Gottesgleich. Such dir etwas aus.«

Typisch – aber mittlerweile mochte ich auch diese Art an ihm. Ich deutete auf die Bartstoppeln, die seit dem Tag zuvor mehr geworden waren. »Ich meine das.«

»Ein Gefühl sagte mir gestern, ich sollte mir den mal wachsen lassen«, neckte er mich und drückte meine Hand. »Und ein Gefühl sagt mir heute, dass ich damit gar nicht so schlecht aussehe.«

Verlegen blickte ich auf den Boden. Jace legte seine Hand unter mein Kinn und hob meinen Kopf an, damit er mir tief in die Augen schauen konnte. »Ich hoffe, ein Gefühl sagt dir, wie atemberaubend schön du heute Abend bist.«

Ich nickte. Mein Gefühl verriet mir auch, dass er sich genauso sehr danach sehnte, mich zu berühren, wie ich ihn berühren wollte.

»Komm, ich möchte dir etwas zeigen«, flüsterte Jace mir ins Ohr und zog mich in Richtung Feuerplatz.

»Welche wilden Tieren beobachten wir heute?«, fragte ich mit mulmigem Gefühl.

»Keine Tiere. Lass dich überraschen.«

Wie ich Überraschungen doch hasste.

Auf dem Feuerplatz angekommen, fröstelte es mich ein wenig. Hier ging der Wind etwas stärker als in der umbauten Dorfmitte und die Nacht war frisch. Jace hatte das offenbar gespürt, denn er lief in eines der Zelte und kam mit einem Stapel Decken zurück. Er legte mehrere von ihnen auf den Boden und setzte sich darauf. Ich zögerte. War es richtig, hier allein mit Jace in der Dunkelheit zu sitzen? Ich war schon oft mit ihm allein gewesen, aber seit dem Vorfall bei den Wölfen war es anders. Mein Herz zog mich hinunter auf die Decke zu Jace, mein Kopf zog mich zurück. Zurück zu Thomas. Als Jace sich auf den Rücken legte, schaute ich ihn misstrauisch an. Was hatte er nur vor?

»Im Liegen kann man es besser beobachten«, sagte er und breitete einen Arm aus, damit ich mich hineinlegen konnte.

»Schon klar«, antwortete ich, legte mich aber schließlich zu ihm. Der Sog zu ihm war stärker als das schlechte Gewissen gegenüber Thomas. Jace zog die Decke über uns und hielt mich in seinem Arm. Überall, wo sich unsere Haut berührte, stand ich unter Strom. Es fühlte sich wie ein leichtes Knistern an. Es prickelte und ich spürte die Spannung zwischen uns. Ich wagte es nicht zu atmen. Da lag ich nun. Unter freiem Himmel, in den Armen von Jace Heywood, dem größten, geheimnisvollsten und attraktivsten Arschloch, das mir je begegnet war.

»Und was wollen wir jetzt hier?«, fragte ich nervös. »Wir haben Neumond. Es ist stockfinster.«

»Genau deshalb sind wir hier: weil es dunkel ist.« Er grinste. »Dann können wir es besser beobachten. Schau, es fängt schon an.« Jace zeigte zum Himmel. Ich konnte hier viel mehr Sterne sehen, als in Hamburg. Der gesamte Himmel war mit leuchtenden kleinen weißen Punkten übersät.

In diesem Augenblick fiel eine Sternschnuppe hinunter. Kurz darauf folgten weitere. Es musste ein ganzer Meteoritenteppich sein, der auf uns herabregnete. Immer wieder glühten dünne Striche am Himmel auf und verschwanden wieder.

»Du musst dir was wünschen«, flüsterte Jace.

»Ich weiß nicht, was ich mir wünschen soll.«

»Hast du keinen einzigen Wunsch?« Er wirkte überrascht.

»Die Wünsche, die ich früher hatte, scheinen mir nicht mehr die richtigen zu sein.« In diesem Moment wurde mir klar, dass ich in eine andere Richtung ging, als ich geplant hatte. Ich dachte an mein Hochzeitskleid, an das Haus, das ich einrichten wollte, an die Kinder, die ich mir wünschte und an Thomas. Ich dachte an die Zukunft, die ich sorgfältig in meinem Kopf zurecht gelegt hatte und die in den vergangenen Wochen immer mehr ins Schleudern geraten war. Hier, in diesem Dorf, in Jace' Nähe war diese Zukunft zerbrochen. Ich konnte mich mit aller Kraft dagegen wehren es mir einzugestehen, aber diesen Kampf hatte ich letztendlich verloren.

Ich spürte, wie die Sehnsucht in mir wuchs. Die Sehnsucht, nach etwas, das mein Herz erfüllte. Die Sehnsucht nach diesem geborgenen Gefühl, das ich hatte, wenn ich vom Wolf träumte. Während ich über mein Leben nachdachte, drehte ich meinen Verlobungsring hin und her. Wie immer, wenn ich in Gedanken war. Ich merkte es schon gar nicht mehr.

Jace nahm meine Hand und betrachtete den Ring. »Vielleicht solltest du deine Wünsche nicht so weit in die Zukunft setzen.«

»Was wünschst du dir denn?« Ich musste ihn ablenken. Ich wollte jetzt nicht mit ihm über meine Verlobung reden, denn ich war mir nicht sicher, wie dieses Gespräch verlaufen würde. Streit war jetzt das Allerletzte, das ich wollte.

»Ich wünsche mir jemanden, der mich vervollständigt«, antwortete Jace leise.

Ich schluckte. Hatte er die Leere in mir gespürt und sagte es deshalb, oder trug er auch diese Leere in sich? Immerhin hatte er auch noch keinen Seelenpartner. Vielleicht war es für ihn an der Zeit, diesen zu finden, damit er sich vollkommen fühlte.

»Das ist ein guter Wunsch.« Ich schaute zurück in den Himmel, während Jace meine Hand festhielt und überlegte mir, was ich mir wünschen könnte. Es sollte ein Wunsch sein, der nicht für die Zukunft gedacht war. Ein Wunsch für hier und jetzt.

Ich wünschte mir jemanden, der mich so liebte, wie ich war. Mit all meinen Fehlern und Macken. Ob Jace dieser jemand sein könnte?

»Wo würdest du lieber wohnen: in einer Wohnung, in der alles weiß ist, oder in einer Wohnung mit vielen Farben?«, fragte ich.

»Richtest du gerade dein Haus ein, in das du mit Thomas einziehen wirst?« Jace klang gereizt und sein Körper spannte sich sofort an.

»Nein, das ist eine ganz allgemeine Frage.«

»Dann mit vielen Farben. Auch wenn ich nicht danach aussehe.«

»Wie findest du es, wenn jemand Spaghetti einschlürft?«

Jace schaute mich skeptisch an. »Wird das jetzt ein Ratespiel?«

»Antworte doch einfach.«

»Wie soll ich das schon finden? Ich lecke nach dem Essen den Teller ab, wie findest du das?«

Ich lachte. Dieses Bild, das gerade in meinem Kopf aufblitzte, hatte nichts mit dem Jace zu tun, den ich bis dahin kennengelernt hatte. Das zeigte mir wieder, dass dieser Mensch neben mir viele Gesichter hatte. Und ich wollte sie alle kennenlernen.

»Natürlich mach' ich das nicht in aller Öffentlichkeit«, fügte Jace hinzu, »aber zu Hause sieht es ja keiner und Yaris stört es nicht. Also von mir aus kannst du gerne deine Spaghetti schlürfen.«

»Wo ist Yaris eigentlich?« Erst jetzt fiel mir auf, dass er gar nicht dabei war.

»Den habe ich zu Hause gelassen. Ein paar Stunden kann er das aushalten.« Jace strich mit seiner Hand über meinen Oberarm. Ich bekam eine Gänsehaut und konzentrierte mich wieder auf meine Fragen.

»Wie findest du den Snoopy-Schlafanzug?«, fragte ich schließlich weiter, auch wenn es mir nicht leicht fiel, diese Fragen zu stellen. Ich gab damit schließlich einen Teil meines Privatlebens frei.

»Sexy, aber das habe ich dir ja schon gesagt.«

»Snoopy-Unterwäsche?«

»An dir lieber als an mir.«

Ich knuffte Jace in die Seite und überlegte mir weitere Fragen. »Was bedeutet ein Kuss auf die Stirn für dich?«

Er dachte kurz nach, dann antwortete er: »Mh, gute Frage. Hab' von meiner Mutter als Kind immer einen bekommen. Ich allerdings würde die Frau, die ich liebe, vorzugsweise an anderer Stelle küssen.«

Zum Glück war es dunkel und er konnte nicht sehen, wie ich bei dieser Antwort rot wurde.

»Vorm Fernseher sitzen oder etwas unternehmen?«

»Auf jeden Fall raus gehen.«

»Marmeladenbrot am Abend?«

»Sicher. Aber nur mit Kakao dazu. Mia, warum fragst du das

alles?«

Diese Frage musste ich mir selbst erst beantworten. Was bedeutete es schon, wenn Jace all das an mir nicht störte, was Thomas kindisch fand oder nicht mochte? Es gab dafür sicher andere Dinge an mir, für die er nichts übrig hatte. Würde er mich trotzdem mögen?

»Du denkst schon wieder zu viel nach«, flüsterte Jace und drehte meinen Ring am Finger, während er ihn lange mit Argusaugen anstarrte. Seine Stirn legte sich in Falten und er wurde ganz still. Ich spürte, wie seine Gedanken ihn aufwühlten.

»Nicht denken, Jace Heywood, du musst fühlen, auf dein Herz hören«, tadelte ich ihn scherzhaft. Jace ließ meine Hand los und beugte sich über mich, während mein Kopf weiterhin auf seinem Arm lag. Auch wenn es dunkel war, konnte ich seine Augen erkennen, wie sie in meine blickten – schwarze Löcher im wundervollen Sternenhimmel, die mich einsogen.

»*Ich* weiß, was mein Herz mir sagt. Aber weißt du, was dir deines sagt?« Sein Blick war ernst, aber seine Stimme umso weicher.

Ich hielt die Luft an. Das kräftige Schlagen meines Herzens ließ das Blut in meinen Adern pulsieren. Ich wollte nicht mehr nur in seinen schwarzen Augen versinken. Mein Körper wollte mit seinem verschmelzen, damit ich ihm so nah wie möglich war. Es zog mich wie ein Magnet zu ihm.

Ja. Ich wusste, was mein Herz sagte und ich konnte es mir endlich eingestehen. Ich legte meine Hand an seine Wange, damit auch er es fühlen konnte. Jace lächelte. Er wirkte erleichtert, als ob eine Last von ihm abfiel.

Langsam beugte er sich zu mir herunter. Sein Blick hielt meinen fest, doch als sich unsere Lippen sanft berührten, schloss ich die Augen. In diesem Moment fühlte ich mich wie eine der Sternschnuppen. Ich fiel, spürte den Boden unter mir nicht mehr. Ich spürte nur noch Jace.

Meine Hand wanderte in seinen Nacken und ich zog ihn weiter zu mir herunter. Er legte seine Lippen fester auf meine und als ich sie etwas öffnete, trafen sich unsere Zungen. Er schmeckte nach mehr.

Dann wanderte er mit seinen Küssen über meine Wange, meinen Hals, bis zu meinem Ohr.

»Meine Sitara«, flüsterte Jace. »Mein Morgenstern. Du strahlst heller als alle anderen.«

Plötzlich hörten wir Stimmen, die vom Dorfplatz zu uns herüber kamen. Anscheinend vertraten sich einige Gäste nach dem Essen die Beine im Wald. Jace schaute mir tief in die Augen. »Du musst mir etwas versprechen«, sagte er.

»Alles, was du willst«, hauchte ich noch außer Atem.

»Hör in Zukunft nur noch auf das hier«, er zeigte auf mein Herz, »denn die Entscheidungen gefallen mir besser als die hier«, nun tippte er mit dem Finger auf meine Stirn.

»Versprochen.«

Ich begann zu zittern. Mir war nicht kalt. Es war eher die Aufregung, die Anspannung, die Flut an Gefühlen, die mich übermannte. Ich musste mich zusammen reißen, damit ich nicht anfing zu weinen. Es waren dermaßen viele verschiedene Gefühle, dass ich mit ihnen überfordert war. Es prallten Liebe, Glück, Wut, Trauer, Angst, Unsicherheit und noch vieles mehr in mir aufeinander. Ich versuchte mich auf das Einzige zu konzentrieren, das mir Halt zu geben schien: Jace.

Dieser stand auf und hob mich auf meine Füße. Allerdings waren meine Beine noch nicht in der Lage zu stehen. Sie waren weich wie Wackelpudding, aber Jace fing mich auf, bevor ich mich auf die Nase legte.

»Siehst du, ich bin doch ein umwerfender Typ«, sagte er mit seinem schiefen Grinsen.

Vor ein paar Tagen hatte ich mich noch über seine Sprüche aufgeregt. Jetzt zauberten sie mir auch ein Lächeln und munterten mich sogar auf. Verrückt, wie schnell sich die Welt verändern konnte. Wie schnell sich ein Mensch ändern konnte.

Jace sammelte die Decken ein, nahm meine Hand und ging mit mir zu einem der Zelte, die am Rand des Feuerplatzes standen. Ich

blieb vor dem Zelt stehen, um abzuwarten, was er vorhatte. Kurz darauf schlug er die Decke, die vor dem Eingang hing, zurück.
»Madame braucht wieder eine Einladung?«
»Da rein?«
Jace lachte. »Du scheinst wirklich irgendetwas dagegen zu haben, mit mir in einem kleinen Raum zu sein.« Er spielte auf den Hochsitz an, doch seitdem war einiges anders zwischen uns.

Es war stockfinster im Zelt und ich konnte nichts erkennen. »Eine Taschenlampe hast du nicht zufällig dabei?«

»Ich habe etwas Besseres.« Jace zündete ein Feuerzeug an und grinste mich breit an.

»Das ist ja super«, bemerkte ich schnippisch. »Wird mit der Zeit nur etwas heiß am Finger.«

Jace ignorierte meine Bemerkung, stapelte Holz auf die Feuerstelle und zündete diese an. Als das Feuer brannte, kam er auf mich zu und legte seine Arme um mich. »Jetzt bin ich sogar ein umwerfend heißer Kerl«, scherzte er und küsste mich.

Ich schob meine Hände unter Jace' Pullover und glitt über seinen Rücken, bis hin zu seinen Schultern, immer begleitet von dem Knistern zwischen unserer Haut. Ich hielt mich an seinen Schulterblättern fest, um ihn ganz nah an mich heranzuziehen, doch meine Knie wurden wieder weicher und ich kämpfte mit dem Gleichgewicht.

Jace lächelte, setzte sich und reichte mir die Hand. Ich setzte mich vor ihn und lehnte mich mit dem Rücken gegen seine Brust. Er schlang seine Arme fest um meinen Bauch. Jeden seiner Atemzüge spürte ich, sodass sich meine Atmung seiner anpasste. Eine Weile saßen wir einfach nur da und schauten ins Feuer.

Meine Gedanken blieben ungewöhnlich ruhig. Das Chaos in meinem Kopf hatte sich noch nicht aufgelöst, aber zurück gezogen. Selbst wenn ich an Thomas hätte denken wollen, gelang es mir nicht. Mein Geist war völlig auf Jace fixiert.

Ich dachte an unsere erste Berührung bei den Wölfen und wollte endlich wissen, warum er seine Vereinigung noch nicht vollzogen hatte. Schließlich sagte er vorhin, dass er sich jemanden wünschte, der ihn vervollständigt.

»Jace, kann ich dich etwas fragen?«

»Alles, was du willst.« Er strich meine Haare zur Seite und küsste meinen Nacken.

Ich nahm all meinen Mut zusammen. Als ich ihn das letzte Mal darauf ansprach, wurde er regelrecht wütend. Es bestand also die Möglichkeit, dass diese Frage den Abend schlagartig beendete. »Warum bist du noch nicht bereit?«

Jace spannte sich an und holte tief Luft. Aber er blieb ruhig, legte sein Kinn auf meine Schulter und streichelte meine Hand. »Weil ich Angst habe«, sagte er leise nachdem er einige Zeit gezögert hatte.

»Aber wovor denn? Du bist den Wölfen jetzt schon so nahe. Warum hast du Angst, sie als Seelenpartner zu bekommen?«

»Ich habe Angst einen bestimmten von ihnen als Partner zu bekommen. Auch wenn es nicht oft vorkommt, dass man sich ein einzelnes Tier aussucht, aber die Möglichkeit besteht.«

Ein kalter Schauer lief mir den Rücken hinunter. »Du meinst den schwarzen Wolf.«

»Ich will nicht so werden wie er. So bösartig. Wenn ich ihn als Seelenpartner hätte, dann wäre kein Mensch in meiner Nähe mehr sicher. Ich wäre völlig unberechenbar.«

Jace und bösartig? Ich schüttelte den Kopf. »Ich kann mir nicht vorstellen, dass er dich dermaßen verändern würde. Du wärst doch immer noch Jace.«

»Wenn deine Seele sich solch einen Dämon als Partner aussucht, wird sie sich verändern.«

»Aber wer sagt denn, dass der schwarze Wolf schlecht sein muss?« Ich dachte an den Wolf aus meinen Träumen. Er war zwar schwarz, aber alles andere als böse. In seiner Nähe fühlte ich mich sicher und geborgen. Er war mir vertraut und würde mir nie etwas antun. Nur weil er schwarz war, musste ein Wolf doch nicht gleich bösartig sein. Allerdings hatte er im ersten Traum Thomas angegriffen. Vielleicht steckte doch etwas Boshaftes in ihm. Oder er hatte damals schon gemerkt, dass Thomas anscheinend nicht der Richtige für mich war. Aber mir würde er niemals ein Haar krümmen. Das hoffte ich jedenfalls.

Ich drehte mich zu Jace um, umklammerte ihn mit meinen Beinen und schaute ihm eindringlich in die Augen. »Du wirst nie so sein wie er. Da bin ich mir sicher. Ich bin mir vollkommen sicher, weil mein Herz es mir sagt.«

Jace nahm mein Gesicht in seine Hände und lächelte mich an. Er streichelte sanft meine Wange, während er jeden Zentimeter meines Gesichtes studierte. Als sein Blick auf meinen Lippen ruhte, fuhr er mit dem Daumen zärtlich über sie hinweg. Ich versuchte mich zurück zu halten, aber meine Sehnsucht nach seinen Küssen war zu stark. Ich beugte mich vor und küsste ihn. Auch Jace konnte sich anscheinend nicht mehr zurückhalten, denn seine Küsse wurden immer intensiver, bis er schließlich mit seinen Lippen an meinem Schlüsselbein entlang glitt und meine Schulter küsste. Jede Berührung seiner Lippen auf meiner Haut schickte einen kleinen Stromschlag durch meinen Körper.

Meine Finger durchfuhren seine Haare und hielten sich daran fest, während seine Zunge meinen Hals erkundete. Jace wanderte mit seinen Händen unter mein Oberteil, streichelte meinen Bauch, meinen Rücken und zog mir schließlich das Top aus, woraufhin er meinen gesamten Oberkörper mit seinen Küssen bedeckte. Die Wellen der Stromschläge wurden zu einem einzigen Vibrieren.

Ich merkte, wie ich mich immer mehr nach ihm sehnte, ihn nicht nur mit meinen Händen und meinen Lippen spüren wollte. Mein Körper verlangte nach seinem und so befreite ich Jace von seinem Pullover.

Jeden einzelnen seiner starken Muskeln konnte ich unter seiner weichen Haut spüren. Sie war genauso blass wie meine, aber sie fühlte sich warm an, als würde sie glühen.

Jace zog mich an sich, seine Arme hielten mich fest bei ihm. Zum ersten Mal berührte sich so viel nackte Haut unserer Körper. Das Knistern zwischen uns und das Vibrieren in mir machten mich fast wahnsinnig. Ich wollte bei ihm sein, ich wollte in ihm sein, mit ihm verschmelzen und eins werden. In diesem Augenblick gab es nur ihn und mich. Die Welt und meine Sorgen waren verschwunden, eingesogen in ein schwarzes Loch. Ich konnte sein rasendes Herz an meiner Brust fühlen, als würde es bei meinem anklopfen und bitten, dass ich ihn herein lasse. Dabei hatte ich das schon längst getan.

Ich küsste seinen Hals und atmete seinen Duft tief ein. Er roch so verdammt gut, dass ich nichts anderes mehr riechen wollte als ihn. Diese Mischung aus Parfüm, Wald und Mann würde ich eh nicht mehr vergessen können. Vorsichtig sog und knabberte ich an seiner Schulter, während meine Hände mit Druck über seinen Rücken glitten.

Jace' Atem wurde schneller und seine Küsse leidenschaftlicher. Ich spürte, dass er mir ebenfalls nahe sein wollte, dass er sich auch nach mir sehnte. Durch unsere Berührungen waren wir miteinander verbunden. Seine Gefühle flossen in mich und meine Gefühle in ihn. Etwas Vergleichbares war mir bis dahin noch nicht passiert. Noch nie hatte ich solch ein intensives Verlangen nach einer Person gehabt. Noch nie konnte ich fühlen, dass eine Person sich dermaßen nach mir verzehrte. Ich genoss diese neue Erfahrung und die Nähe zu Jace.

In dieser Nacht waren sich nicht nur unsere Körper nahe, unsere Seelen waren es ebenfalls.

Kapitel 11

*Sei du selbst.
Lerne, durch dein Handeln Gefühle,
Empfindungen und Farben zu erschaffen wie der Maler,
wie der Schöpfer des Universums.
In dir selbst liegt der Platz der größten Liebe.
Es gibt keinen anderen Ort, um zu lieben.*

Ich war allein, als ich aufwachte. Der Tag war bereits angebrochen, die Sonnenstrahlen erhellten das Zelt. Das Feuer loderte nur noch leicht vor sich hin und ich hörte, wie die Menschen im Dorf ihrer täglichen Arbeit nachgingen. Ein flaues Gefühl machte sich in mir breit. Ich versuchte zu realisieren, was letzte Nacht passiert war, doch ich konnte keinen klaren Gedanken fassen. Noch immer flackerte dieses Prickeln in mir auf, wenn ich an Jace dachte, gefolgt von der Enttäuschung, dass er nicht bei mir geblieben war. War das seine Art? Die Frauen zu umgarnen, bis sie nicht mehr anders konnten, als mit ihm zu schlafen? Und sich dann heimlich aus dem Staub zu machen, wenn er bekommen hatte, was er wollte? Nein. Nach all dem, was letzte Nacht zwischen uns passiert war, konnte ich mir das nicht vorstellen. Vor ein paar Tagen hätte ich noch anders darüber gedacht, aber jetzt … jetzt sah ich ihn mit ganz anderen Augen. Genauso wie mich. Ich erkannte mich selbst nicht mehr. Ein bitterer Geschmack verdrängte die Süße der Küsse, die Jace mir letzte Nacht gegeben hatte. Ich war verlobt. Ich hatte Thomas betrogen. Ich habe mit einem Mann geschlafen, den ich erst seit ein paar Tagen kannte. Was hatte ich nur getan? Wer war ich?

Mir wurde übel. Ein unsichtbares Band legte sich um meinen Bauch und zog sich zu. Schnell zerrte ich mir die Klamotten über und ging hinaus, damit ich mich nicht im Zelt übergab. Ich beugte mich vor und atmete ein paar Mal tief ein und aus. An der frischen Luft beruhigte sich mein Magen langsam und ich ging zu unserer Hütte, bevor sich Lisa und Jan noch Sorgen machten, wo ich geblieben war.

Als ich eintrat, saß Lisa am Küchentisch vor einem Glas, gefüllt mit einer trüben sprudelnden Flüssigkeit und massierte ihre Stirn.

Jan saß neben ihr und trank seinen Kaffee. »Aspirin. Lisa konnte mal wieder nicht genug vom Obstlikör bekommen.«

Lisa bemerkte mich und wie vom Blitz getroffen schienen ihre Kopfschmerzen verflogen zu sein. Sie sprang auf, zog einen der Stühle vom Tisch weg und zeigte darauf. »Hinsetzen!«

Sie klang, als erwartete mich jetzt eine Standpauke, dass ich über Nacht weggeblieben war, ohne ihr Bescheid zu geben. Ich überlegte, welche Ausrede ich mir einfallen lassen könnte, um mich herauszureden, aber ihr Blick duldete keine Widersprüche. Also setzte ich mich mit gesenktem Kopf auf den Stuhl und erwartete meine Schimpftirade.

In einem Zug trank Lisa ihr Glas aus und setzte sich wieder auf ihren Stuhl. Mit einem hämischen Grinsen schaute sie mich erwartungsvoll an. »Ich will alles wissen.«

»Ok, an dieser Stelle bin ich raus«, lachte Jan. »Frauengespräche sind nicht so meins.« Er stellte seine Tasse weg und war auch schon durch die Haustür verschwunden.

Ich ließ meine Stirn auf den Tisch sinken und suchte in meinem Gedankenwirrwarr den Anfang. Eigentlich wollte ich ihr nichts erzählen. Eigentlich schämte ich mich für mein Verhalten und wollte alleine damit klar kommen. Aber sie war meine Freundin. Wir erzählten uns fast alles. Ihr konnte ich vertrauen.

»Lisa, so bin ich doch eigentlich gar nicht. Ich wäre Thomas doch nie in den Rücken gefallen. Aber ich konnte wirklich nichts dagegen tun, es hat mich zu ihm gezogen, verstehst du das?« Verzweifelt schaute ich zu Lisa hoch. Hoffentlich konnte sie mir erklären, was mit mir los war, warum ich mich plötzlich anders verhielt.

Lisa griff nach meiner Hand. »Was ich dir jetzt sage, meine ich völlig ernst, Mia. Ich mag Thomas. Ich habe ihn zwar nur ein paar Mal gesehen, aber er scheint mir ein netter Mann zu sein. Hier geht es aber nicht um ihn. Es geht allein um *dich* und niemand anderen. Wenn dein Gefühl dir gestern gesagt hat, dass du das Richtige für dich tust, dann ist es in Ordnung. Du sollst glücklich sein und dich nicht für andere zurücknehmen, damit sie es sind. Oder hast du gestern Nacht an Thomas gedacht?«

Ich schüttelte den Kopf. »Ich habe gar nichts mehr gedacht.«

»Na endlich!«, rief Lisa und griff sich gleich darauf an die Stirn. Das war für ihren Kater wohl zu laut gewesen. »Endlich hast du auf dein Herz gehört. Ich freu' mich für dich. Und wie war es?«

»Boah Lisa!« Ich knallte meinen Kopf zurück auf den Tisch und legte meine Arme über ihn, in der Hoffnung, dass mich das vor ihren Fragen beschützen könnte.

»Was ist? Mir kannst du es doch sagen.«

»Du bist zu neugierig«, nuschelte ich.

»Hat er das Auto nötig oder nicht?«

»Lisa! Gott … das geht dich nun wirklich nichts an!« Ich sprang auf und schmiss den Stuhl dabei um.

Als ich ihn wieder aufstellte, entschuldigte sich Lisa. »Ich möchte doch nur wissen, ob es schön war.«

Ich seufzte. Sie würde keine Ruhe geben, ehe ich nicht irgendetwas dazu gesagt hätte. »Es war die schönste Nacht meines Lebens. Und mehr sage ich dazu nicht.«

Lisa nickte zufrieden und ich verschwand im Bad, um mich fertig zu machen und um weiteren Fragen aus dem Weg zu gehen.

Frisch geduscht und umgezogen ging ich nach draußen. In der Hütte fühlte ich mich eingeengt und das schnürte mir den Magen zu. Ich war hin und her gerissen. Sollte ich zu Jace gehen oder lieber nicht? Wie ein Tiger im Käfig lief ich vor unserer Hütte auf und ab, unschlüssig, wo ich hingehen sollte. Vielleicht wartete er ja wieder am Bach auf mich. Aber ich wollte mich auch nicht aufdrängen.

»Mein Kind, warum bist du so nervös?« Papewas kam aus dem Gemeinschaftshaus und rauchte eine Pfeife.

»Ich … ich weiß nicht, was ich machen soll.«

»Aber ich weiß es.«

Verdutzt blieb ich stehen. »Und was soll ich tun?«

»Du wirst mich in meine Hütte begleiten und mit mir essen.« Papewas lächelte mich an und ging zu seinem Haus. Das war nun wirklich nicht die Antwort, die ich erwartet hatte, aber ich folgte ihm.

Auf dem Herd stand ein großer Topf. Es duftete nach Gulasch, Eintopf oder etwas Ähnlichem.

»Setz dich.« Papewas wies zu seinem Küchentisch, während er zwei Teller aus dem Schrank holte und das Essen auftat. Es sah aus wie das Gulasch meiner Oma, hatte aber einen anderen Geruch, den ich nicht kannte. Jedoch schmeckte es hervorragend.

»Was ist das?«, fragte ich.

»Das ist das Wapiti, das ihr geschossen habt.«

Mir blieb der letzte Bissen im Hals stecken und ich verschluckte mich. Ich versuchte das Husten aus Höflichkeit zu unterdrücken, was mir nur schlecht gelang.

»So ist der Kreislauf, Mia. Iss weiter, es wäre schade darum.«

Da es mir wirklich gut schmeckte, schob ich das Bild der toten Hirschkuh aus meinem Kopf und aß den Teller leer. Papewas stellte mir noch eine Dose Coke auf den Tisch und beäugte mich nachdenklich. »Jemand beschäftigt dich«, sagte er und kaute auf seiner Pfeife herum.

Ich hätte es ahnen können. Das Essen war anscheinend nur ein Vorwand gewesen, um mich in seine Hütte zu bekommen und mit mir über Jace zu reden. Offensichtlich stand es mir auf der Stirn geschrieben: Mia hatte Sex mit Jace. Ich nickte stumm.

Papewas zündete seine Pfeife an. »Ich freue mich, dass du angefangen hast, mit dem Auge deines Herzens zu sehen. Jace ist ein guter Junge.«

»Ja. Er ist ein guter Mensch.« Ich konnte das sagen, ohne auch nur den geringsten Zweifel daran zu haben, trotz seiner Eigenarten, die er hatte. »Aber warum hat er Angst, dass der schwarze Wolf sein Seelenpartner wird? Er denkt, er würde dadurch ein schlechterer Mensch werden.«

Papewas atmete tief ein. »Diese Angst hat er schon, seit er vor sieben Jahren von den Seelenpartnern und der Geschichte der Wölfe gehört hatte. Er ist völlig besessen davon. Als der schwarze Wolf einen anderen Wolf angegriffen und getötet hatte, wurde es noch schlimmer.«

»Woher weiß man, dass es ausgerechnet der schwarze Wolf gewesen war?« Der schwarze Wolf aus meinen Träumen war ein liebevolles Tier und einen anderen Wolf zu töten hätte nicht zu ihm gepasst. Vielleicht träumte ich ja von ihm, um den Irrglauben über ihn zu korrigieren.

Papewas stopfte seinen Tabak nach. »Ich habe es durch die Augen des Falken selbst gesehen.«

»Und dann erzählst du es Jace, obwohl du um seine Angst wusstest?« Das fand ich nicht gerade rücksichtsvoll. Damit fachte er seine Angst ja nur noch mehr an.

»Jace hat eine Art von Seele, die mir seit Langem nicht mehr begegnet ist. Ich setze große Hoffnungen in ihn, lehre ihn mein gesamtes Wissen. Auch auf einer spirituellen Ebene. Er weiß alles, was ich weiß. Sein Geist war damals anfällig für mein Wissen über die Wölfe. Jace hat es durch mich gesehen.« Papewas' Blick wurde traurig. »Und dann entschied er sich gegen die Vereinigung. Er wird sich nie vollkommen glücklich fühlen können.«

Ich musste an die letzte Nacht denken. Selbst wenn sein Herz glücklich gewesen war, seine Seele konnte es nicht sein. Er würde niemals richtig glücklich sein, auch wenn wir zusammen waren. Und ich konnte nichts daran ändern. Das konnte nur Jace selbst.

»Was ist das für eine Geschichte über die Wölfe?«, fragte ich.

Papewas richtete sich auf, nahm die Pfeife aus dem Mund und legte sie auf den Tisch. »Ein alter Cherokee-Indianer erzählte seinen Enkelkindern etwas über Prinzipien des Lebens. Er sagte, dass jeder Mensch in seinem Inneren zwei Wölfe hat, die gegeneinander kämpfen. Ein Wolf ist böse: Er ist wütend, gierig, bösartig und hochmütig. Der andere Wolf ist gut: Er ist friedfertig, hoffnungsvoll, demütig, barmherzig und wahrhaftig. Diese beiden Wölfe kämpfen in jedem Menschen gegeneinander.

Als ein Enkel ihn fragte, welcher Wolf den Kampf gewinnen würde, antwortete der alte Indianer, dass der Wolf, der mit Essen ernährt wird, als Sieger hervorgeht.«

Papewas machte eine lange Pause, um mir Zeit zu geben, darüber nachzudenken, aber wirklich verstanden hatte ich diese Geschichte nicht. »Wir alle haben negative und positive Gefühle. Jeder von uns hat jedoch Einfluss auf sie. Worauf man sich konzentriert, das wächst. Geben wir einem negativen Gefühl nach und steigern uns hinein, dann wächst es, wird mächtiger und stärker.«

»Wenn Jace sich auf die positiven Gefühle konzentrieren würde, dann würden diese also wachsen«, entgegnete ich.

Papewas nickte. »Jace trägt aber nicht nur die metaphorischen Wölfe in sich, Mia. Seine Seele wird sich die Wölfe als Seelenpartner aussuchen, aber er denkt seit Jahren nur an diesen einen schwarzen Wolf. Er füttert ihn.«

»Jace ist kein schlechter Mensch. Sein Vater war es. Vielleicht hat er Angst, so zu werden, wie er. Wenn er den bösen Wolf füttern würde, dann wäre er jetzt schon schlecht. Ich habe den schwarzen Wolf in meinen Träumen gesehen. Er ist alles andere als bösartig.«

»Du hast von einem schwarzen Wolf geträumt?«, fragte Papewas überrascht.

»Ja. Und er ist ein guter Wolf, genau wie Jace ein guter Mensch ist.«

Ich wollte das alles nicht wahr haben. Weder, dass Jace ein schlechter Mensch werden könnte, noch, dass der Wolf ein bösartiges Tier war. Papewas musste sich irren.

»Träume sind etwas Starkes. Sie können Vergangenes verarbeiten und Zukünftiges andeuten, Wünsche offenbaren und uns in die Welt der Geister entführen. Sie sind nicht zu unterschätzen. Welche Bedeutung der Wolf in deinen Träumen hat, das kannst nur du allein mit der Zeit herausfinden.« Papewas nahm seine Pfeife und feuerte erneut den Tabak an. »Ich wünsche mir für dich und für Jace, dass du richtig liegst. Es steckt so viel in ihm, solch eine besondere Seele.«

Hinter der Rauchwolke sah ich, wie er mich beobachtete. Er studierte jede Bewegung, jeden Gedanken von mir und bemerkte, wie ich mal wieder gedankenverloren mit meinem Verlobungsring spielte, ihn hin und her drehte, vor und zurück schob.

»Du hängst noch an ihm«, sagte er und tippte mit dem Mundstück der Pfeife auf den Ring.

»Es ist nicht leicht, sein gewohntes Leben hinter sich zu lassen«, antwortete ich.

»Man kann nicht in die Zukunft schauen, wenn die Augen noch voller Tränen der Vergangenheit sind.«

»Aber habe ich mit Jace eine Zukunft?«

»Ich bin zwar schon sehr alt und weise, doch ich kann leider nicht in die Zukunft sehen, meine kleine Mia.« Papewas legte seine Hand auf meine. »Aber ich bin mir sicher, dass du die richtige Entscheidung treffen wirst, egal wie sie ausfällt. Du hast ein sehr starkes Herz, ein großes Herz, das mit viel Liebe gefüllt werden kann. Und nun lass einen alten Mann seinen Mittagsschlaf machen.« Papewas lächelte und brachte mich zur Tür. Kaum hatte er sie geöffnet, stürzte sich Yaris auf mich, um mich stürmisch zu begrüßen. Mit einem Satz landete ich auf dem Hosenboden und überließ mein Gesicht der feuchten Hundezunge.

»Da bist du ja! Ich habe dich schon überall gesucht! Ich muss dir etwas zeigen!« Jace schnappte sich meine Hand, zog mich hoch und bevor ich etwas sagen konnte, schob er mich über den Dorfplatz. Ich winkte Papewas noch schnell zum Abschied zu, bevor wir zwischen den Häusern verschwanden.

»Wo warst du heute morgen?«, fragte ich ganz außer Atem, als Jace mich im Eiltempo durch den Wald schleifte.

»Ich war mit Yaris laufen. Der musste schließlich mal raus, nachdem ich die ganze Nacht weg war.«

»Du hättest mich wecken können«, warf ich ihm vor.

Jace blieb abrupt stehen und zog mich zu sich. Er strich mir eine Haarsträhne aus dem Gesicht und lächelte mich an. »Du hast tief und fest geschlafen. Am liebsten wäre ich geblieben, aber dann hätte Yaris mir ins Haus gepinkelt.«

Er beugte sich zu mir herunter und küsste mich. Ich stellte mich auf die Zehenspitzen, um meine Arme besser um seinen Hals legen zu können. Jace drückte mich noch fester an sich, richtete sich auf und hob mich hoch. Meine Füße baumelten in der Luft, aber ich ließ meine Lippen auf seinen.

»Wie kann man nur so klein sein?«, neckte er mich zwischen seinen Küssen. Ich biss ihm leicht auf die Lippe, um ihn zurück zu ärgern, aber es störte ihn nicht. Im Gegenteil.

»Wo gehen wir dieses Mal hin?«, fragte ich, nachdem ich wieder festen Boden unter den Füßen hatte.

»Wieder zu den Wölfen. Die Welpen sind heute das erste Mal aus der Höhle gekommen.«

»Oh, Welpen?«, quietschte ich. Angst, zu den Wölfen zu gehen, hatte ich nicht, solange Jace an meiner Seite blieb. Ich freute mich sogar darauf, wieder zur Wolfshöhle zu gehen.

Yaris legte sich vor das Loch im Zaun, um auf uns zu warten, während wir auf die andere Seite schlüpften und zu den Wölfen gingen. An der Höhle angekommen, legten wir uns auf den Felsen, spähten darüber und warteten. Jace legte seinen Arm um mich. Ständig wanderte seine Hand unter meinen Pulli und strich über meinen Rücken. Er knabberte an meinem Ohr, meinem Hals und spielte mit meinen Haaren.

»Ich glaube du bist nicht ganz bei der Sache«, flüsterte ich.

»Ich bin ganz und gar bei der richtigen Sache.« Jace drehte sich auf den Rücken und zog mich dabei auf seinen Bauch. Seine Arme hielten mich fest, während ich auf ihm lag und ihn küsste. Eine Zeit lang vergaß auch ich, weshalb wir hier waren, bis ich ein Geräusch hörte. Ich drückte mich vorsichtig nach oben, um über den Felsen schauen zu können. »Sie sind da.«

Die Mutter kam gerade mit ihren zwei Welpen aus der Höhle. Sie waren wirklich niedlich, hatten überhaupt nichts Wölfisches an sich, sondern sahen plüschig und weich aus. Die Kleinen spielten miteinander und versuchten, auch ihre Mutter zum Spielen zu animieren.

»Du guckst ja gar nicht hin.«

Jace beobachtete mich und wickelte meine Haare um seine Finger.

»Ich gucke lieber das an, was mich glücklich macht.«

Mit einem Seufzen rollte ich mich von ihm herunter. »Ich mache dich nicht glücklich – nicht ganz.«

Jace legte sich auf die Seite und schaute mich skeptisch an.

»Woher willst du das wissen?«

»Weil ich nur dein Herz glücklich machen kann. Deine Seele wird es nie sein, wenn sie keinen Seelenpartner bekommt.«

»Das Thema hatten wir doch gestern schon«, sagte er genervt und legte sich auf den Rücken.

Ich strich mit meinen Fingern über seine Wange. Seine kleinen Bartstoppeln waren weicher als gestern. »Ich will mich nicht mit dir streiten. Aber ich weiß, wie es sich anfühlt. Es fehlt etwas. Ich kann es bei dir spüren. Und bei dir ist diese Sehnsucht noch viel stärker als bei mir und so glücklich ich auch in deiner Nähe bin, oder du es in meiner bist, unsere Seelen sehnen sich nach etwas. Es wird weniger, wenn wir zusammen sind, aber es bleibt. Und du weißt, dass ich recht habe.«

»Ich will mich nicht verändern. Nicht zum Schlechteren.«

»Das wirst du nicht. Ich bin mir sicher. Ich möchte doch nur, dass du vollkommen glücklich bist. Irgendwann werde ich meine Vereinigung haben, und wenn ich dann immer noch die Sehnsucht in dir spüre, dass dir etwas fehlt, das würde mir wehtun.«

»Merkst du denn schon, in welche Richtung deine Seele sucht?« Jace wollte anscheinend von sich ablenken.

»Nein. Ich war in letzter Zeit eher mit meinem Herzen beschäftigt, wie du bemerkt haben solltest. Außerdem bin ich erst kurz hier, du dagegen schon sieben Jahre.« Ich zeigte auf die Wölfe. »Ich bin mir sicher, dass deine Seele sich solche Wölfe aussuchen wird und nicht den schwarzen.«

»Weil dein Herz es dir sagt?«, fragte er.

»Richtig. Und mir haben schon einige Leute gesagt, ich solle darauf hören.«

»Das ist doch nur kitschiger Kram, mit dem wir die Frauen rumkriegen wollen«, Jace zog mich zurück auf seinen Bauch, »und es scheint ja zu funktionieren.«

Ich lachte. »Ich glaube kaum, dass Lisa oder Papewas mich rumkriegen wollten.«

»Und wenn schon«, Jace knabberte an meiner Lippe. »Gegen

mich haben sie eh keine Chance.«

»Versprich nur eins. Denk noch einmal darüber nach. Hör auf deine Seele.«

»Versprochen«, murmelte er, obwohl das Wort durch seinen Kuss fast nicht zu verstehen war.

•••

Am Abend saßen wir zusammen mit Lisa und Jan im Gemeinschaftshaus und aßen etwas. Die Dorfbewohner an den anderen Tischen tuschelten über uns. Sicher fragten sie sich, warum Jace plötzlich unter Menschen ging – und das auch noch mit der Neuen. Aber wir kümmerten uns nicht um sie.

Später stieß noch Lucas zu uns, der etwas Abstand von seinen frisch vermählten Eltern brauchte. »Dieses Rumgeknutsche. Das ist so was von nervig. Ständig sind die am Rumknutschen, als ob sie sich gerade erst kennengelernt hätten. Ätzend!«

Wir vier mussten lachen und Jace gab mir einen Kuss auf die Wange, während er seinen Arm um mich legte.

Lucas riss die Augen auf. »Och nee. Ihr nicht auch noch«, er schüttelte den Kopf als verstünde er die Welt nicht mehr. »Aber Mia ist doch verlobt. Oder bist du es jetzt nicht mehr?« Damit schnitt er ein Thema an, dem ich gerne aus dem Weg gegangen wäre. Die Gedanken an Thomas hatte ich in die hinterste Ecke meines Kopfes geschoben und hinter einer dicken Tür fest verschlossen, die Lucas gerade zum Zerbersten gebracht hatte. Ich wollte nicht über die Zukunft nachdenken. Ich wollte im Hier und Jetzt sein, bei Jace. Mit zitternder Hand drehte ich meinen Verlobungsring.

»Mia, irgendwann musst du es ihm sagen«, Lisa versuchte beruhigend auf mich einzureden. »Das ist auch nur fair gegenüber Jace.«

»Ich weiß.« Dieses Auf und Ab meiner Gefühle machte mich mittlerweile mürbe. Ich wollte endlich Klarheit haben, aber die konnte ich mir nur selbst beschaffen. Ich wollte Jace, also musste ich unter Thomas einen Schlussstrich ziehen. »Ich ruf' ihn jetzt an«, sagte ich entschlossen und stand auf. Die anderen schauten mir überrascht hinterher, als ich das Gemeinschaftshaus verließ. Ich wollte es lieber jetzt sofort hinter mich bringen, bevor ich es mir anders überlegen konnte. An der Tür blieb ich stehen und winkte Jace zu mir. Ich wollte ihn gern dabei haben, damit er mir den Rücken stärkte. Allein hätte ich nicht die Kraft dazu gehabt. Er folgte mir und wir stellten uns mit dem Satellitentelefon vor Jans Haus.

»Bist du dir sicher?«, fragte Jace vorsichtig.

»Ganz sicher.« Ich wählte rasch die Nummer und griff nach seiner Hand. Schon nach dem zweiten Freisignal ging Thomas an das Telefon.

»Lehmann.«

Ich schwieg. Jace beobachtete mich besorgt und streichelte mir über den Handrücken.

»Hallo? Wer ist denn da?«

»Ich bin es«, hauchte ich in den Hörer.

»Sternchen? Bist du das?«

Ich nickte, auch wenn er es nicht sehen konnte.

»Bist du noch dran?«, fragte Thomas.

»Ich bin noch da.« Meine Stimme war dünn und sie zitterte. Jace holte mich näher zu sich heran und hielt mich fest in seinen Armen.

»Sternchen, wie geht es dir? Gefällt es dir schon besser? Hast dich ja lange nicht gemeldet.«

»Alles gut. Ich ... ich werde wohl noch länger hier bliehen.«

»Wirklich? Es freut mich, dass es dir so gut gefällt. Was meinst du denn, wann du wieder zurück bist? Oder soll ich schon etwas organisieren für August? Du musst mir nur sagen, was du dir wünschst, Sternchen.«

Der Kloß in meinem Hals wurde immer dicker und meine Beine immer weicher. Hätte Jace mich nicht gehalten, wäre ich zu Boden gegangen. »August ... also, da ... da hab ich mir jetzt noch nicht so die Gedanken gemacht«, stammelte ich.

»Du sollst dich ja auch erholen. Wenn du willst, dann reserviere ich einen Termin im Standesamt. Hast du schon einen Wunschtag,

Sternchen?«

Sternchen, Sternchen. So langsam sah ich Sternchen vor meinen Augen und ich fing an, am ganzen Körper zu zittern. Mir fielen Papewas' Worte von heute Mittag wieder ein: »Man kann nicht in die Zukunft schauen, wenn die Augen noch voller Tränen der Vergangenheit sind.«

Aber der Schritt, die Vergangenheit hinter sich zu lassen, fiel mir schwerer, als erwartet. Immerhin musste ich mich auch entscheiden, ob ich für immer hier bleiben würde, ob ich kündigen sollte und meine Sachen von Thomas hier her fliegen lassen müsste.

»Sternchen? Hörst du mich noch?«

Jace strich mir über die Arme, versuchte mich zu beruhigen. Seine Nähe gab mir Kraft, aber nicht genug.

»Ich … ich … ich ruf' dich wieder an, ok?« Mittlerweile liefen mir die Tränen über das Gesicht und ich konnte das Schluchzen nicht unterdrücken.

»Sternchen, was ist denn mit dir los?«

Ich hielt meine Hand vor die Augen, um meine Tränen zu verdecken, aber es war zwecklos. »Nichts. Ich melde mich wieder«, wimmerte ich mit letzter Kraft.

»Also gut. Ich liebe dich, mein Sternchen. Sei bitte bald wieder bei mir.«

»Mach's gut.« Ich legte mit zitternder Hand auf.

Jace drehte mich zu sich um und nahm mich in seine Arme. Er hielt mich fest, sagte kein Wort, aber ich spürte, dass er nicht sauer auf mich war. Es schmerzte ihn, mich weinen zu sehen.

»Es tut mir so leid«, heulte ich in seine Arme.

»Das muss es nicht.«

»Doch, das muss es. Ich will ihn hinter mir lassen. Ich will mit dir zusammen sein.«

»Genau das wirst du ihm sagen, wenn du so weit bist.«

Ich schüttelte den Kopf. »Ich will das nicht ewig vor mir herschieben.«

Jace nahm mein Gesicht in seine Hände. Mit den Daumen

wischte er meine Tränen von den Wangen. »Ich mache dir einen Vorschlag. Du hast mich gebeten, über meine Vereinigung nachzudenken. Das werde ich tun. Nimm du dir Zeit und schreib Thomas einen Brief, in dem du ihm alles erklärst. So kannst du nach den passenden Worten suchen und musst es ihm nicht sagen. Und wenn ich meine Entscheidung getroffen habe und du deinen Brief geschrieben hast, schauen wir beide zusammen nach vorn.«

Ich nickte. Dieser Vorschlag erleichterte mich etwas. Persönlich hätte ich es Thomas wahrscheinlich nie sagen können, auch wenn es nur am Telefon gewesen wäre.

•••

Die nächsten Tage vergingen wie in einem Traum. Ich traf mich jeden Morgen mit Jace am Bach. Wir gingen mit Yaris durch die Wälder oder besuchten die Wölfe. Solange ich mit dem Brief noch nicht fertig war, wollte ich nicht bei Jace übernachten. Das gefiel ihm ganz und gar nicht und jeden Abend versuchte er, mich zum Bleiben zu überreden.

Seine Hütte war mittlerweile mein zweites Zuhause im Dorf geworden. Ich fühlte mich dort sehr wohl. Sie war ebenfalls modern eingerichtet, natürlich mit großem Fernseher. Die Stereoanlage drehten wir laut auf, nur um die alte Rufina von nebenan zu ärgern. Mit seiner Playstation konnte ich mich nicht anfreunden. Für Videospiele hatte ich wirklich kein Talent.

Mit Lucas versorgte ich die Tiere, bevor ich zum Bach ging. Wir verstanden uns trotz des Altersunterschiedes sehr gut und hatten viel Spaß zusammen. Ich durfte sogar bei der Geburt eines Kalbes dabei sein.

Wenn ich zu Hause war, führte ich mit Lisa und Jan lange Gespräche. Jan erzählte mir, welche Pläne er noch für das Dorf hatte. Ich schlug ihm einen Sendemast für Mobilfunk vor. Dann könnte man wenigstens über einen USB-Stick ins Internet gehen und bräuchte auch das Satellitentelefon nicht mehr. Er war sichtlich angetan von der Idee und wollte sich mit jemandem von einer Telefongesellschaft treffen.

Lisa fand ihre Berufung darin, mir jeden Tag eine neue Frisur zu verpassen. Sie flocht die kompliziertesten Zöpfe und war jedes Mal tierisch sauer, wenn Jace die Frisur durcheinander gebracht hatte.

Jace und ich waren in dieser Zeit sehr glücklich. Wir lachten viel, die Welt gehörte uns und nichts konnte uns auseinander bringen. Doch auch wenn er versuchte, es sich nicht anmerken zu lassen, konnte ich fühlen, dass er sich Gedanken machte. Seine Seele war aufgewühlt und ich hatte ein schlechtes Gewissen, weil ich der Auslöser dafür war, weil ich ihn gebeten hatte, sich wegen der Vereinigung zu entscheiden.

Die Tage wurden wärmer und länger. Einige Blumen blühten bereits in ihrer vollen Pracht und man konnte den Tag schon im T-Shirt verbringen. Papewas sagte, es wäre der wärmste Mai, den er je erlebt hätte.

Jeden Abend setzte ich mich an den Schreibtisch und versuchte mich an dem Brief an Thomas. Ich suchte die passenden Worte, aber gab es die, wenn man jemanden verletzen musste? Mein Papierkorb lief schon über und so verteilten sich die Papierknäuel auf meinem Fußboden.

Nach gefühlten hundert unvollendeten Briefen schob ich den fertigen Brief in einen Umschlag und klebte ihn zu. Durch das Fenster entdeckte ich Jace beim Pfahl. Er hockte davor und kraulte Yaris die Ohren. Dieser blinzelte in die untergehende Sonne, um die letzten Strahlen einzufangen.

Ich steckte den Brief in meine hintere Hosentasche und ging hinunter zu ihm. Jace stand auf, nahm mich in den Arm und küsste mich sanft. Ich zog den Brief aus der Hosentasche. »Fertig.«

Erleichtert lächelte ich Jace an. Ich hatte es endlich hinter mich gebracht. Der Schlussstrich war gezogen und ich konnte mich von nun an auf meine neue Beziehung konzentrieren. Die Last meiner Vergangenheit fiel von uns beiden ab.

»Du vertraust deinem Herzen?«, fragte Jace. »Du vertraust ihm, dass es dir sagt, was richtig ist?«

»Das tue ich.«

Er schaute mich mit seinen nachtschwarzen Augen an. »Dann werde ich *dir* vertrauen. Ich werde die Vereinigung durchführen.«

Kapitel 12

*Kein Mensch beginnt er selbst zu sein,
bevor er nicht seine Vision gehabt hat.*

Das gesamte Dorf war schon am frühen Morgen in heller Aufregung gewesen. In jeder Hütte trafen die Bewohner ihre Vorbereitungen. Sie kochten, bereiteten ihre Speisen für das Buffet vor und erzählten von vergangenen Vereinigungen. Sie erzählten, wie sie ihren eigenen Seelenpartner gefunden hatten oder überlegten zusammen, welchen Partner die anderen Familienmitglieder bekommen könnten. Jeder freute sich auf das große Fest, schließlich war es etwas ganz Besonderes.

Lisa plünderte bereits während des Frühstücks den Kühlschrank. Sie überlegte, was sie für das Buffet vorbereiten könnte und stellte alle möglichen Lebensmittel auf den Tisch.

»Mia, was meinst du? Einen Käseigel finde ich jetzt nicht so passend. Würstchen im Schlafrock?«

»Ich dachte, das wird eine Vereinigung und keine 70er-Jahre-Party«, lachte Jan.

»Meine letzte Vereinigungsfeier ist schon etwas her«, Lisa schob schmollend ihre Unterlippe vor. »Was gab es denn bei den letzten Feiern?«

»Burger, jede Menge verschiedene Salate, Tapas, Wraps, Enchiladas, Fladenbrot, Garnelen, Chili con Carne …«, Jan holte Luft, um noch weiter aufzuzählen, aber Lisa fiel ihm ins Wort.

»Chili con Carne! Oh, das ist super!«, sie tanzte vor Freude in der Küche herum, bis ihr Blick an mir hängen blieb. »Mia, du bist so still. Alles in Ordnung?«

»Alles bestens. Ich bin nur ziemlich aufgeregt. Was ist, wenn doch etwas schief geht?«

»Da ist noch nie etwas schief gegangen. Es sei denn, das Essen hat nicht geschmeckt. Also sag mir: Was soll ich machen?«

»Käsesalat«, sagte ich nach kurzem Überlegen und packte den Käse, die Paprika, Mais, Kidneybohnen und die Zwiebel vor Lisas Nase.

»Den hat meine Oma immer gemacht. Der ist auf jeden Fall lecker.«

»Mia, du bist ein Schatz!« Lisa stürzte sich auf die Zutaten und begann die Paprika zu waschen.

Diese Euphorie, die sie an den Tag legte, konnte mich sonst immer in ihren Bann ziehen. Doch heute machte ich mir zu viele Sorgen. Die Angst, dass etwas bei der Vereinigung schief gehen könnte, fraß mich innerlich auf. Immerhin ging es um Jace und wenn ihm etwas zustoßen würde, wäre es meine Schuld. Ihm gegenüber durfte ich meine Angst nicht zeigen. Mit aller Kraft hielt ich an dem Gefühl fest, das mein Herz mir gab: Jace war kein schlechter Mensch. Das konnte mich beruhigen und bestärkte mich darin, dass es der richtige Weg war.

Als ich zu Jace ging, um mit ihm die Zeit vor der Vereinigung zu verbringen, kam mir Lucas entgegen. »Hey! Seid ihr auch am Kochen? Mama will ihre Tomatensuppe machen. Sie sagt, die kann man auch kalt essen. Ist für mich dann zwar nur ein großer Topf Ketchup, aber ich muss es ja nicht essen. Ich freue mich total. Die erste Vereinigung nach meiner. Das wird böse – so viel Essen.« Lucas hielt sich den Bauch, als wäre ihm jetzt schon schlecht. »Grüß Jace von mir! Der soll sich nicht ins Hemd machen. Das wird super!«

Eine Vereinigung war wie ein Volksfest. Mir begegneten nur lachende Gesichter. Im Gegensatz zu meinem war deren Lächeln nicht aufgesetzt.

Jace und ich verbrachten den Tag in seiner Hütte und schauten uns Filme auf DVD an. Erst wollten wir uns alte Westernfilme anschauen, aber wir entschieden uns dann für »Men in Black« Teil 1 bis 3. In diesen Filmen gab es keine Indianer. Jace betonte ständig, dass Schwarz einfach die beste Farbe für Bekleidung sei, wie man anhand der Filme sehr gut sehen konnte.

Wir redeten sonst kaum ein Wort miteinander und je später es wurde, desto nervöser wurde er. Auch Yaris spürte seine Nervosität und lief unruhig zwischen seiner Decke vor dem Kamin und dem Sofa hin und her.

Nachdem der dritte Film zu Ende war, sah Jace sich sogar den kompletten Abspann an. Ich befürchtete, dass er es sich anders überlegen würde, aber schließlich stand er auf und schaltete den

Fernseher aus.

Er holte tief Luft. »Wir sollten langsam gehen.«

Ich nickte und nahm seine Hand. Gemeinsam mit Yaris gingen wir zum Feuerplatz. Das Feuer brannte meterhoch und seine Wärme erfüllte beinahe den gesamten Festplatz. Die Dorfbewohner tanzten, sangen, spielten Musik und aßen sich am Buffet satt. Auch Lisas ersehntes Chili con Carne war dabei. Es war eine heitere und ausgelassene Stimmung.

Am frühen Abend war Papewas in das Zelt für die Zeremonie gegangen, um sich vorzubereiten. Er trug wieder seine indianische Kleidung und den Federschmuck. Ich fragte mich, was er dort stundenlang machte. Ob er seltsame Kräuter anzündete, um sich zu berauschen? Vielleicht begab er sich auch in eine Art Trance, sodass er die Zeit gar nicht mehr wahrnahm.

Jace wollte sich nicht umziehen. Die traditionelle Kleidung, die man zu den Vereinigungen trug, mochte er nicht. Sie war ihm nicht dunkel genug und passte nicht zu seinem Style.

Die feiernden Dorfbewohner bemerkten uns erst gar nicht. Sie waren zu sehr mit sich selbst und dem Essen beschäftigt. Nur Lisa warf uns einen kurzen Blick zu, als wir uns etwas abseits auf einen Stamm setzten.

Jace war sehr aufgeregt. Er wippte mit den Beinen auf und ab, während er seine zitternden Hände in Yaris' Fell verbarg. Dieser Anblick war mir neu. Normalerweise war er der Starke. Jetzt musste ich es sein.

»Wenn du es nicht machen willst …«, begann ich.

»Ich werde es machen«, schnitt er mir entschlossen das Wort ab.

»Denk einfach an die Wölfe vom Felsen.«

Jace reagierte nicht weiter darauf, sondern drückte Yaris noch einmal fest an sich, bevor er aufstand. »Ich denke … ich werde dann mal …«

Als ich ihn umarmte, drückte er mich fest an sich, vergrub sein Gesicht in meiner Schulter und hob mich ein Stück vom Boden hoch. Mittlerweile mochte ich es. Ich schaute in seine schwarzen

Augen, die genauso dunkel waren wie diese Nacht. Sie blickten mich ängstlich an, obwohl er versuchte, zu lächeln.

»Ich warte hier auf dich«, versuchte ich ihn zu beruhigen.

»Du bist für mich wichtiger als jeder Seelenpartner.« Jace sagte es so leise, dass ich es kaum verstand. Dann küsste er mich und hielt mich noch mal fest in seinen Armen, bevor er zum Zelt ging.

»Pass mir gut auf Yaris auf!«, rief er mir noch zu.

Die Dorfbewohner bemerkten Jace, als er über den Feuerplatz ging, und hörten auf zu tanzen. Sie setzten sich auf die Baumstämme rund um das Feuer und die Musiker trommelten einen beschwörenden Rhythmus. Vor dem Zelt blieb Jace kurz stehen. Er schaute lange auf die Decke vor dem Eingang, bevor er sie mit einer energischen Bewegung zur Seite schob und schnell hineinging.

Nun wurde ich richtig nervös. Ich setzte mich zurück auf den Stamm und kraulte Yaris die Ohren. Er winselte und ließ das Zelt nicht aus den Augen – auch er war nervös.

Wenn Jace aus dem Zelt kam, würde er der Glücklichere von uns beiden sein. Ich versuchte in mich zu gehen, um vielleicht spüren zu können, was meine Seele mir sagte. Vielleicht sagte sie mir, was mein Seelenpartner sein könnte, aber so sehr ich es auch versuchte, ich konnte nur an Jace denken.

Die Minuten verstrichen. Sie fühlten sich wie Stunden an. Ich begann, vor dem Stamm auf und ab zu gehen, was die Dorfbewohner misstrauisch beobachteten. Sie saßen weiterhin ruhig auf ihren Plätzen und lauschten den Trommeln. Auch wenn sie vorhin noch alle gelacht und gesungen hatten, nun war der Moment gekommen, an dem sich alle besannen und an das dachten, was gerade im Zelt passierte.

Aber sitzen bleiben konnte ich nicht mehr. Gerne wäre ich zu Jace ins Zelt gegangen, um bei ihm zu sein. Auch Yaris konnte nicht mehr ruhig warten und lief hinter mir her, auf und ab und um den Stamm herum. Vielleicht machte mein Rumgerenne ihn nervöser, aber das war mir egal. Ich musste mich bewegen.

Lisa stand auf, um zu mir zu kommen, doch ich wies sie zurück.

Ich wollte und konnte jetzt mit niemandem reden. Was sollte ich auch sagen? Die einzige Person, die ich jetzt bei mir haben wollte, saß in diesem Zelt, wurde beräuchert und trat vielleicht gerade in diesem Augenblick im Geiste seinem Seelenpartner gegenüber.

Gerade, als ich mich wieder hinsetzen wollte, schlug jemand die Decke vom Zelt zurück.

Jace trat heraus und flüchtete sofort über den Feuerplatz. Mit großen, schnellen Schritten rannte er fast. Die Trommeln verstummten und die Dorfbewohner schauten Jace irritiert hinterher. Sie fingen an, miteinander zu tuscheln. Einige schüttelten den Kopf. Irgendetwas stimmte nicht. Hatte es nicht funktioniert?

Ich rannte Jace hinterher, gefolgt von Yaris. »Jace!«, rief ich, doch er lief weiter. »Jace, warte!«

Im Wald hatte ich ihn eingeholt und hielt ihn am Arm fest. Er blieb mit dem Rücken zu mir stehen. Er sah aus wie ein riesiger schwarzer Schatten, der mir fremd war.

Ich legte meine Hand auf seine Schulter. »Was ist passiert? Hat es nicht funktioniert?«, fragte ich besorgt. Hinter mir fing Yaris an zu winseln.

»Doch, das hat es.« Seine Stimme klang tiefer, ein leichtes Grollen war unterschwellig zu hören. Er ballte seine Hände zu Fäusten. Sein gesamter Körper spannte sich an.

»Jace, ich …«, in diesem Moment drehte er sich um und sah mich an. »Oh mein Gott!« Ich schlug erschrocken meine Hände vor den Mund und wich verängstigt einen Schritt zurück. Mein Hals schnürte sich zu, erschwerte mir das Atmen, während meine Beine versagten und ich mich an einem Baum abstützen musste. Ich wollte nicht glauben, was ich sah.

Ich blickte in zwei funkelnde blaue Augen. Trotz der Dunkelheit wirkten sie, als würden sie leuchten. Sie waren genauso himmelblau wie die Augen des schwarzen Wolfes aus meinen ersten Träumen. Sie blickten mich mit dermaßen viel Hass an, wie sie es bei Thomas getan hatten. Hass, den der Wolf mir gegenüber nie gehabt hatte.

»Jace«, flüsterte ich und nahm allen Mut zusammen, um auf ihn zuzugehen. Ich streckte meine Hand nach ihm aus, aber er packte mich an den Schultern und drückte mich rücklings gegen den Baum. Mein Kopf knallte hart gegen das Holz, doch ich spürte den Schmerz nicht.

»Sieh es dir an, Mia!«, brüllte er. »Sieh dir an, was du aus mir gemacht hast!« Er presste mich immer fester gegen den Baum, sodass ich mich nicht mehr bewegen konnte. Seine Augen starrten hasserfüllt in meine, die sich mit Tränen füllten.

»Das habe ich nicht gewollt«, sagte ich leise. »Mein Herz war sich sicher, dass …«

»Ach, du und dein verficktes Herz!«, knurrte Jace mich an. »Ich hätte dir niemals vertrauen dürfen. Scheiße Mann, ich war so dumm und habe mich von einer Tussi belabern lassen, die keine Ahnung hat!«

Er ließ mich los und wollte gehen, aber ich hielt ihn fest. »Jace bitte, das bist doch nicht du!«

»Doch, Mia«, er drehte sich zu mir um. Diese große schwarze Gestalt vor mir, mit den leuchtenden blauen Augen, machte mir höllische Angst. »Dank dir bin ich das jetzt!«

»Nein«, ich ging wieder auf ihn zu, aber er griff nach mir und schmiss mich im hohem Bogen auf den Waldweg. Ein Stich durchfuhr meinen Arm, als ich auf ihm landete. Geschockt schaute ich Jace an und hielt meinen pochenden Arm mit der anderen Hand fest.

»Verschwinde hier! Geh zurück zu deinem tollen Thomas und lass mich in Ruhe. Ich will dich nie wieder sehen. Ich bin fertig mit dir!«

Jedes einzelne Wort versetzte mir einen Hieb. Ich blieb regungslos auf dem Boden liegen und starrte ihm nach, als er wegging.

»Yaris!«, rief Jace und drehte sich noch einmal um. Die Augen glichen kleinen blauen Sternen in der Dunkelheit. Yaris stand mit eingekniffenem Schwanz und angelegten Ohren hinter mir und winselte.

»Yaris!«, schrie Jace noch lauter. Es klang wie ein Donnern. Doch sein Freund legte sich hin und versteckte sich hinter mir. Jace stieß einen markerschütternden Schrei aus. »Das wirst du mir büßen, Mia! Das schwöre ich dir!«

Jace verschwand in der Dunkelheit. Ich blieb mit seinem Hund zurück.

»Oh Gott, Yaris. Was habe ich nur getan?« Weinend brach ich am Waldboden zusammen. Yaris blieb an meiner Seite und winselte leise vor sich hin. Die Welt um mich herum begann sich zu drehen. Sie wurde immer unschärfer, bis ich nichts mehr erkennen konnte. Schließlich nahm ich die Umgebung gar nicht mehr wahr. Das heftige Stechen in meiner Brust machte mir das Atmen schwer und ließ mich den Schmerz in meinem Arm vergessen. Ich umklammerte meinen Brustkorb, aber dadurch wurde es auch nicht besser. Dieser Schmerz war nicht körperlich.

Als wenn ich träumen würde, merkte ich, dass Papewas sich über mich beugte. Er sagte irgendetwas zu mir, aber ich war zu weit weg, verstand es nicht und antwortete auch nicht. Irgendjemand hob mich vom Boden auf. War es Jan? Ich hielt meinen Arm, während er mich in mein Zimmer trug und mich auf das Bett legte. Mein Ärmel wurde am verletzten Arm aufgeschnitten, aber es war mir völlig egal. Papewas murmelte wieder etwas vor sich hin. Was wollte er hier?

Die Stimmen um mich herum waren undeutlich. Ich konnte sie nicht mehr voneinander unterscheiden, nahm nicht mehr wahr, wer bei mir war. Ich weinte immer noch, während sich Yaris zu mir ins Bett legte.

Plötzlich spürte ich einen leichten Stich in meinem Arm, drehte meinen Kopf zur Seite und sah in Jans besorgte Augen.

Dann wurde es dunkel um mich herum.

•••

Ich spürte einen Druck auf meiner Brust, als ich erwachte und versuchte meine Augen zu öffnen, um zu sehen, was es war. Sie brannten wie Feuer und ich musste sie zusammenkneifen, weil das Licht blendete. Vorsichtig blinzelte ich. Alles war verschwommen. Ich griff nach meinem Arm. Er war verbunden und roch nach Salbe, aber ich konnte ihn bewegen. Meine Hand strich über das, was auf meiner Brust lag. Es war weich.

Yaris hob seinen Kopf und schnaufte mich an. Als ich ihn erkannte, wurde mir mit einem Schlag wieder bewusst, was passiert war. Das Stechen in meiner Brust kam zurück und Tränen verschleierten meinen Blick noch mehr.

»Sieh dir an, was du aus mir gemacht hast!«

Ich sah Jace vor mir, wie er mich anbrüllte und mich mit diesen leuchtenden Augen anstarrte: Voller Wut und Hass auf mich.

Hatte ich mich dermaßen getäuscht? Hatte mein Herz mich getäuscht? Ich war mir hundertprozentig sicher gewesen, dass Jace nicht den schwarzen Wolf wählen würde, dass er nicht schlecht war.

»Warum habe ich nur auf mein verdammtes Herz gehört?«, schrie ich mich selbst an.

Langsam öffnete Lisa die Tür. »Wie geht es dir?«

»Kann man sich das nicht denken?«, antwortete ich bissig.

Lisa setzte sich zu mir auf das Bett. Es dauerte eine Weile, bis sie zu reden begann. »Was ist passiert, Mia? Ich meine, was mit Jace passiert ist, weiß ich und es tut mir schrecklich leid, aber was hat er mit dir gemacht, als ihr vom Feuerplatz weggerannt seid? Wir haben dich völlig aufgelöst auf dem Boden gefunden.«

Ich wollte mich nicht an das erinnern, was passiert war, wollte die Bilder nicht in meinen Gedanken haben, weil es unheimlich weh tat. Ich drehte meinen Kopf zur Wand, weg von Lisa, weg von den Bildern, die sie mir in den Kopf zurückgesetzt hatte.

»Mia«, sie legte ihre Hand auf meine. »Was hat er dir angetan?«

»*Er* mir?«, ich schüttelte den Kopf. »*Ich* bin diejenige, die ihm etwas angetan hat. *Ich* habe ihn zu der Vereinigung überredet, wegen *mir* ist er mit dem schwarzen Wolf verbunden und wegen *mir* hat er Yaris verloren.« Ich fing an zu weinen. Mir wurde bewusst, dass ich an allem Schuld war. Ich hatte Jace zu dem gemacht, was er jetzt war. Ich wollte die Zeit zurück drehen. Zurück zu dem Tag, an dem ich ihn darum bat, über die Vereinigung nachzudenken. Oder am besten zu dem Tag, an dem Lisa mir das Flugticket geschenkt hatte. Es wäre besser gewesen, wäre ich erst gar nicht nach Kanada geflogen.

Lisa strich vorsichtig über den Verband an meinem Arm. »Aber du hast dir *das* nicht selbst angetan. Das war er, oder?«

»Er war sauer auf mich, da hat er mich in die Luft gehoben und auf den Boden geworfen.«

Lisa sprang entsetzt auf. »Er hat was?«

»Ich kann es ihm nicht übel nehmen. Schließlich hatte er gute Gründe, um auf mich wütend zu sein.«

»Deshalb muss er dir keine Gewalt antun.«

»Lisa, mach mal halblang. Wie würdest du dich fühlen, wenn dein Freund dich zu etwas überredet, das deinen schlimmsten Albtraum wahr werden lässt? Es war der Wolf in ihm, nicht Jace. Außerdem scheint er nicht gebrochen zu sein.« Ich bewegte meinen Arm, um Lisa zu zeigen, dass es nicht schlimm war.

»Dein Arm ist nur geprellt«, sagte sie ruhig und setzte sich zurück auf das Bett. Sie kaute auf ihren Lippen herum, was sie immer machte, wenn sie gerne etwas sagen wollte, es aber besser nicht tat. Ich konnte verstehen, wenn sie sich Sorgen um mich machte. Aber was hatte sie auf einmal gegen Jace? Natürlich war er wütend. Es lag aber am Wolf, dass er so reagiert hatte. Mittlerweile wurde ich ebenfalls wütend auf mich, dass ich so dumm gewesen war und ihn zu der Vereinigung überredete hatte.

»Jan hat dir eine Beruhigungsspritze gegeben«, fuhr Lisa fort. »Du hast drei Tage lang geschlafen.«

»Drei Tage?«, ich richtete mich auf, sodass Yaris seinen Kopf auf meine Beine verlagerte. Er nahm den meisten Platz im Bett ein, aber das war mir ganz recht. Schließlich war er das Einzige, was mir von Jace geblieben war – sein bester Freund.

Lisa streichelte Yaris über den Kopf. »Er ist dir nie von der Seite gewichen. Wir haben ihn ab und zu raus gelassen, aber er ist nie zu Jace gegangen.«

»Er ist noch hier?« Damit hatte ich nicht gerechnet. Ich hatte vermutet, dass er das Dorf bereits verlassen hatte und ich ihn nie wieder sehen würde.

Lisa nickte. »Er hat uns Futter für Yaris vor die Tür gestellt, aber er frisst nicht.«

Mein Herz machte einen kleinen Freudensprung. »Dann sorgt er sich also noch um ihn. Er ist nicht vollkommen bösartig.«

»Er geht jedem aus dem Weg. Papewas hat versucht mit ihm zu reden, aber er öffnet nicht die Tür, wenn er zu Hause ist. Er verlässt früh morgens die Hütte und kommt erst spät abends zurück.«

»Aber was will er noch hier?«, fragte ich.

»Wo soll er denn hin?«, Lisa lachte, als würde sie ihn lieber heute als morgen aus dem Dorf wissen. »Das hier ist sein zu Hause. Ich denke irgendetwas hält ihn hier.« Ihr Blick wurde ernster, aber ihre Worte machten mir Mut.

»Etwas hält ihn hier«, wiederholte ich leise. Ich schloss die Augen und versuchte, mich auf meine Gefühle zu konzentrieren. Ich sah den schwarzen Wolf, die Wölfe vom Felsen, Jace, seine schwarzen Augen und wie sie mich in jener Nacht mit diesem kräftigen Blau angefunkelt hatten – wie die Augen eines Raubtieres.

Aber so sehr mein Verstand mir sagte, dass Jace nun ein anderer Mensch war, mein Herz wollte es nicht wahr haben. Nicht, weil es sich wünschte, dass Jace immer noch ein guter Mensch war, sondern weil es das wusste. Es hatte sich zu keinem Zeitpunkt in ihm geirrt.

»Lisa, ich muss mit ihm reden«, sagte ich entschlossen.

»Was soll das bringen? Außerdem glaube ich nicht, dass du an ihn heran kommen wirst. Du müsstest ihn mal sehen. Sein Blick, der ist wirklich Furcht einflößend. Das sagt selbst Jan. Und ich will nicht, dass er dir wieder wehtut.«

»Was sagt denn Papewas zu der ganzen Sache?«

»Der bedauert das alles zutiefst und macht sich Vorwürfe. Er sagte, er spüre, dass Jace eine besondere Seele habe. Papewas war sich ebenfalls sicher, dass seine Seele die Wölfe wählt, aber Jace war einfach zu sehr auf den schwarzen Wolf fixiert.«

Ich konnte nicht sauer auf Papewas sein. Er konnte genauso wenig ahnen wie wir alle, dass es passieren würde. »Ich bin mir sicher, dass Jace nicht boshaft oder gefährlich geworden ist. Ich bin mir so sicher wie vor der Vereinigung. Ich muss unbedingt mit ihm reden.«

Lisa schüttelte den Kopf. »Das halte ich für zu gefährlich. Du weißt doch gar nicht, wie er auf dich reagiert und wie er auf das, was du sagst, reagiert.«

»Lisa bitte! Irgendetwas müssen wir doch tun können. Ich kann ihn nicht einfach abhaken. Das kann es noch nicht gewesen sein. Das kann und will ich nicht glauben. Lisa!« Ich legte meine Hand auf ihre Schulter und schaute sie flehend an. Sie musste einfach merken, wie viel er mir bedeutete. Sie kannte mich so gut, wie niemand anderes. Wenn sie in Hamburg gespürt hatte, dass meine Seele für einen Seelenpartner bereit war, dann musste sie doch auch jetzt meine Gefühle wenigstens erahnen können.

Sie nahm mein Gesicht in ihre Hände und redete leise und beruhigend auf mich ein. »Erst musst du wieder auf die Beine kommen, Mia. Geh duschen, zieh dir etwas an, iss etwas und dann versuch bitte, Yaris zum Fressen zu bewegen. Danach werde ich dir helfen, weil du meine Freundin bist und mir etwas an dir liegt. Ich möchte schließlich auch, dass du glücklich bist. Und ich hoffe sehr, dass dein Herz dir das Richtige sagt, denn mir ist bei dem Gedanken, dass du dich in seine Nähe begeben willst, immer noch flau im Magen. Also, geh unter die Dusche! Ich überlege mir währenddessen, wie du an Jace herankommst, um mit ihm zu sprechen.«

Ich gab Lisa zum Dank einen Kuss auf die Wange und drückte sie fest an mich. Es tat gut, eine Freundin zu haben, die hinter mir stand, egal wie schlecht es mir ging. Ich wusste, dass sie es für falsch hielt, dass ich mit Jace redete. Dass sie mir dennoch half, würde ich ihr nie vergessen.

Mein Kreislauf war noch im Keller, aber ich schaffte es, mich zu duschen, ohne in Ohnmacht zu fallen und zog wahllos irgendein T-Shirt und eine Jeans an. Lisa machte mir ein Sandwich mit Putenbrust, Salat und viel Mayonnaise. Der Kaffee brachte meinen Kreislauf endlich in Schwung. Nachdem ich gegessen hatte, stellte ich Yaris einen Napf mit Futter vor die Nase. Vorsichtig beschnupperte er den Inhalt, bevor er ihn mit lautem Schmatzen verschlang.

»Ich habe meinen Teil der Abmachung eingehalten«, sagte ich zu Lisa. »Wie lautet nun dein Plan?«

Sie zog einen Schlüssel aus der Hosentasche. »Jan hat für alle Häuser einen Generalschlüssel. Ich schließe dich in sein Haus ein und verstecke mich im Wald. Wenn Jace kommt und im Haus ist, schließe ich die Tür von außen ab. So kann er nicht abhauen und muss dir zuhören.«

»Und wenn er die Tür wieder aufschließt?«

»Das kann er nicht, wenn ich den Schlüssel von außen stecken lasse. Das haben Jan und ich schon bei unserer Tür getestet.«

Der Plan war gut, auch wenn es für mich ein wenig nach Einbruch klang. Aber der Zweck heiligte die Mittel.

Lisa sah mich beschwörend an. »Ich bleibe mit Jan in der Nähe. Wenn etwas ist, wenn er dir etwas antut, dann ruf nach uns ... schrei von mir aus. Ich will nicht, dass dir noch mal etwas passiert.«

»Ich werde nicht schreien müssen, da er mir nichts antun wird«, antwortete ich sicher und zog meine Schuhe an. Yaris gefiel es nicht, dass ich ihn allein in unserem Haus zurückließ. Er lag jammernd auf dem Sofa, aber ich konnte ihn nicht mitnehmen. Ich wusste nicht, wie Jace reagieren würde, wenn man ihn gegen seinen Willen einsperrte.

»Du bist dir sicher, dass er nicht da ist?«, flüsterte ich, als wir durch das kleine Fenster neben Jace' Haustür spähten.

»Er ist tagsüber nie zu Hause«, antwortete Lisa und schloss langsam die Tür auf.

Leise schlüpfte ich in die Hütte und Lisa verschloss hinter mir die Tür. »Oh Mann«, stöhnte ich. Jace hatte die gesamte Einrichtung zerstört. In der Küche waren die Türen aus den Angeln gerissen, der Tisch und die Stühle waren zertrümmert. Am Sofa fehlte eine Lehne, der Inhalt der Schränke lag im Raum verteilt. Den Fernseher hatte er zerschlagen, genau wie die Stereoanlage. Nur das Bett hatte er ganz gelassen.

Ich bekam ein ungutes Gefühl, hier alleine zwischen all den Trümmern zu sitzen und auf Jace zu warten, aber mir blieb nichts anderes übrig. Ich wollte ihn nicht aufgeben. Kurz überlegte ich, ob ich aufräumen sollte, aber der Gedanke kam mir dann lächerlich vor, also setzte ich mich auf das Sofa und wartete. Mein Blick wanderte über die Dinge, die auf dem Boden lagen. CDs, DVDs, Bücher und sogar ein Fotoalbum. Ich hob es auf und blätterte es durch. Es waren alte Fotos, die dort hinein geklebt waren. Sie zeigten einen Mann und eine Frau zusammen mit einem Baby. Auf den nächsten Seiten wurde das Kind älter und der kleine Junge lachte auf jedem einzelnen Foto. Das musste Jace als Kind sein. Er war wirklich ein niedlicher kleiner Junge gewesen. Seine Haare und seine Augen waren damals schon dunkel. Auf den Fotos saß er in einem Sandkasten, spielte mit einem Football oder schaukelte. Immer mit seinem typischen Grinsen. In der Mitte des Albums klebte das letzte Foto. Jace trug einen Schulranzen und seine Eltern standen stolz hinter ihm. Es musste seine Einschulung gewesen sein. Kurz bevor sein Vater anfing, seine Mutter zu schlagen. Deshalb war es wohl auch das letzte Foto, denn im Album wäre noch eine Menge Platz gewesen. Jace hatte schon so viel durchmachen müssen. Und jetzt war ich diejenige, die ihm sein Leben wieder erschwert hatte.

Draußen wurde es dunkel. Ich konnte kein Licht anmachen, denn das hätte mich verraten, also saß ich im dunklen Haus und wartete. Als es schon fast Mitternacht war, hörte ich einen Schlüssel in der Tür und stand langsam auf. Jace kam herein, konnte mich in der Dunkelheit aber nicht sehen, und schloss die Tür hinter sich. In derselben Sekunde sperrte Lisa sie von außen ab.

Ruckartig schaltete Jace das Licht an. »Was willst du hier?« Sein

Tonfall und sein Blick verrieten mir, dass er vor Wut raste. Er stand nur in Jeans vor mir, sein Oberkörper war frei und schimmerte leicht, als hätte er geschwitzt. Seine Haare waren zerzaust und er hatte sich den Bart abrasiert.

Ich versuchte, ruhig zu bleiben, obwohl mein Inneres am toben war. »Ich möchte mit dir reden.«

»Hast du nicht schon genug angerichtet? Ich wüsste nicht, was wir beide noch zu besprechen hätten.«

Er steckte den Schlüssel ins Schloss, um die Tür zu öffnen, aber er ließ sich nicht drehen. »Ihr seid cleverer, als ich dachte.«

»Bitte Jace, du musst mir glauben, dass ich das nicht gewollt habe. Ich war ... und bin mir immer noch sicher, dass du kein schlechter Mensch bist.«

Jace verschränkte die Arme. »Hatte ich dir nicht gesagt, dass ich dich nie wieder sehen will?«

»So schnell wirst du mich nicht los«, antwortete ich.

»Was fällt dir eigentlich ein?«, keifte Jace mich an und ging auf mich zu. »Erst weißt du selbst nicht, was du willst. Dann hörst du urplötzlich auf dein Herz, entscheidest dich für *mich*, hast aber nicht genug Arsch in der Hose, um vor deinem Verlobten zu mir zu stehen.«

Sein drohender Blick machte mir ungeheure Angst und ich wich Schritt für Schritt zurück, aber er kam immer weiter auf mich zu. »Dann sagt dir dein beschissenes Herz, auf das du ja schon so lange hörst, dass es doch super wäre, wenn ich diese scheiß Vereinigung machen würde, damit ich so richtig glücklich sein kann. Scheißegal, dass die Möglichkeit besteht, dass sich meine Seele den schwarzen Wolf aussucht, der mich seit sieben Jahren verfolgt!«

Ich stieß an das Bett und konnte nicht weiter zurückgehen. Ebenso wenig konnte ich etwas sagen, denn Jace stand direkt vor mir, jeden Muskel angespannt, während er mich mit seinen leuchtenden Augen giftig ansah.

Er sprach nun ganz leise. »Und siehe da. Der gute Jace hat sich den bösen Wolf ausgesucht. So eine Überraschung. Und als ob das nicht schon genug wäre, nimmst du mir noch meinen besten Freund.«

Seine Augen funkelten vor Wut und seine Lippen zitterten. Er packte mich an den Schultern, schmiss mich auf das Bett, und während er sich über mich beugte, drückte er seine Hand an meinen Hals. Röchelnd schnappte ich nach Luft.

»Und jetzt sag mir, Mia!«, er brüllte mich mit tiefem Grollen an. »Bin ich ein guter Mensch?!« Jace drückte meine Kehle immer fester zusammen, bis ich keine Luft mehr bekam. Ich hatte Panik, strampelte, versuchte mich zu befreien, aber er setzte sich auf mich und meine Kraft wurde von Sekunde zu Sekunde weniger.

Mit beiden Händen griff ich nach seiner Hand, die meine Kehle zerquetschte, und versuchte, sie wegzuziehen. Japsend und voller Panik schaute ich Jace an. In seinen glühenden blauen Augen erkannte ich nur Verbitterung und Mitleidlosigkeit.

Langsam wurde mir schwarz vor Augen. Würde ich so sterben? Ermordet von dem Mann, für den mein Herz sich entschieden hatte? Trotzdem war es immer noch voller Liebe zu Jace und ich hatte Angst um *ihn*, obwohl ich gerade dabei war, durch ihn zu sterben.

Ich dachte nur noch daran, wie viel er mir bedeutete und löste meine Hand langsam von seiner. Mit letzter Kraft legte ich sie auf sein Herz.

»Fühle mich«, dachte ich, bevor ich nichts mehr erkennen konnte.

Als hätte meine Hand ihm einen Stromschlag verpasst, ließ Jace mich plötzlich los.

Ich griff nach meinem Hals und schnappte nach Luft. Es dauerte etwas, bis ich wieder klar sehen konnte. Als ich mich aufrichtete, stand Jace vor dem Bett und schaute mich fassungslos an. Ich wusste nicht, wie ich reagieren sollte.

Sekunden verstrichen, während wir uns anstarrten.

Auf einmal lehnte sich Jace zu mir herunter und küsste mich. Er küsste mich härter als sonst und drückte mich auf das Bett. Völlig überrumpelt, aber doch froh über diesen Kuss, ließ ich ihn gewähren und legte meine Arme um ihn.

Sein Kuss wurde wilder, so wild, wie ich es von ihm nicht kannte. Jace blickte mich mit seinen animalisch blauen Augen gierig an, griff nach meinem T-Shirt und zerriss es. Mit seinen energischen Küssen raubte er mir beinahe den Atem. Er nahm meine Hände in seine Hand und drückte sie mit voller Kraft über meinem Kopf auf das Bett. Ich war ihm völlig ausgeliefert.

Auch wenn mein Verstand dagegen protestierte, mein Körper wehrte sich nicht. Er sehnte sich immer noch nach Jace, nach seiner Nähe, nach seinen Küssen und waren sie noch so brutal.

Er biss mir in den Hals, in meine Schulter und hielt meine Arme weiterhin in seinem harten Griff fest. Seinen anderen Arm schob er unter meinen Rücken und presste mich gegen seinen heißen Körper. Ich spürte, wie dieser bebte und sich nach mir verzehrte. Mein Körper reagierte auf die Hitze, auf die Sehnsucht und die Lust von ihm und verlangte nach mehr.

Ich schloss meine Augen und gab mich ihm hin.

•••

Als ich aufwachte, war ich wieder allein.

Mein Hals schmerzte und auch andere Stellen meines Körpers meldeten sich mit einem Stechen oder Pochen. Ich blickte an meinen Armen entlang. Meine Handgelenke waren mit Blutergüssen überzogen. Auch an meinen Rippen und Oberschenkeln konnte ich blaue Flecken finden. Schnell wickelte ich mich in eine Decke und ging ins Bad, um in den Spiegel zu schauen. Mein Hals und meine Schulter waren blau und grün unterlaufen. Ich sah aus, als hätte man mich brutal zusammengeschlagen.

Warum hatte ich das nicht mitbekommen? Die Flecken am Hals verstand ich noch, aber die anderen hätte ich doch bemerken müssen. Hatte ich mich so sehr nach Jace gesehnt, dass ich nicht merkte, was er mir antat?

Ich ging zurück, um meine Sachen zu holen, da bemerkte ich

einen Brief auf dem Bett. Sofort bekam ich keine Luft mehr. Ein Brief bedeutete nichts Gutes.

Mit zitternden Fingern nahm ich ihn und faltete das Papier auseinander.

Meine Mia,

falls du dich wunderst, wie ich aus dem Haus gekommen bin: Die Fenster lassen sich nicht verschließen.

Falls du dich fragst, wann ich zurückkommen werde, muss ich dir leider sagen, dass ich es nicht tun werde. Gestern ist das Schlimmste passiert, was hätte passieren können:

Ich habe dir etwas angetan.

Auch wenn meine Seele sich den schwarzen Wolf ausgesucht hat, mein Herz gehört immer noch dir. Diesen Kampf werde ich bis an mein Ende in mir austragen müssen.

Du hast mir gezeigt, dass dein Herz immer noch an das Gute in mir glaubt. Aber ich tue es nicht mehr.

Sieh dich an Mia. Schau, was ich dir angetan habe. Ich habe dich verletzt. Dieses Mal sind es nur blaue Flecken. Was ist, wenn ich mich das nächste Mal nicht zurückhalten kann? Wenn ich das beende, was ich gestern angefangen habe?

Ich will dich nicht mehr verletzen, Mia.

Die einzige Möglichkeit, dich vor mir zu beschützen, ist, dich zu verlassen. Such nicht nach mir.

Gib Thomas noch eine Chance, er liebt dich, und behalte mich in guter Erinnerung.

Ich wünsche dir ein wundervolles Leben und einen noch wundervolleren Seelenpartner.

Mein Herz wird immer dein sein.

Jace

PS: Bitte pass gut auf Yaris auf. Er wird dir ein ebenso guter Freund sein, wie er es mir war.

Eine dunkle Leere breitete sich in mir aus. Sie erfüllte meinen Körper, mein Herz und verschluckte mich schließlich.
Ich fiel in ein unendlich tiefes, schwarzes Loch.

Kapitel 13

*Die Seele hätte keinen Regenbogen,
wenn die Augen nicht weinen könnten.*

Es heißt, ein gebrochenes Herz kann heilen, auch wenn kleine Narben zurückbleiben. Doch was passiert, wenn man nichts mehr fühlen kann außer Schmerz? Wenn man sich den Tod ersehnt, weil die Leere im Körper unerträglich ist?

Ein dunkler Tag nach dem anderen zog an mir vorbei, nachdem ich meine Sachen bei Lisa und Jan gepackt hatte und in die Hütte von Jace gezogen war. Morgens ging ich mit Yaris zum Bach, setzte mich auf den Baumstamm und wartete. Tag ein, Tag aus. Während draußen der Sommer näher rückte und die Natur zu leben begann, starb ich jeden Tag ein Stück mehr.

Nachts lag ich wach und atmete den Duft seiner Bettdecke ein. Sie roch noch immer nach ihm. Die Hütte räumte ich nicht auf. Alles sollte so bleiben, als wäre er eben erst gegangen – und würde jeden Moment zurückkommen.

Bei jedem kleinen Geräusch an der Tür hoffte ich, dass er es war. Meistens war es jedoch Lisa, die mir und Yaris etwas zu essen brachte. Sie erzählte mir, was im Dorf passierte, aber ich wollte das alles nicht wissen. Lisas Worte waren wie ein rauschender Wasserfall in meinen Ohren. Während Yaris freiwillig fraß, bekam ich keinen Bissen hinunter. Seit Tagen hatte ich nichts mehr gegessen. Es war sinnlos und überflüssig. Warum sollte ich meinen Körper am Leben erhalten, wenn mein Herz sterben wollte?

Ich versuchte herauszufinden, was meine Seele empfand. Jedes Mal bekam ich dieselbe Antwort: Jace. Ich brauchte ihn, um dieses Loch in meiner Brust zu füllen, auch wenn ich nicht verstand, warum sich nicht nur mein Herz nach ihm sehnte. Vielleicht konnte ich meinen Seelenpartner nur mit ihm an meiner Seite finden, wenn mein Herz glücklich war.

Vollkommenes Glück war dann möglich, wenn das Herz und die Seele ihren Partner gefunden hatten. Was passierte mit jemandem, dem sich keine dieser beiden Sehnsüchte erfüllte? Lebte er seinen lebendigen Tod auf Erden?

Mit der Zeit brach mein Kreislauf immer häufiger zusammen. Ich verlor meine Kraft, auch nur einen Schritt zu gehen. Aber wo sollte ich auch hingehen? Ich blieb im Bett liegen und wartete. Ich wartete auf Jace' Rückkehr oder die Erlösung. Keines von beiden trat ein.

Meine Träume blieben dunkel. Ich träumte nicht einmal mehr vom Wolf. Er hatte mich auch verlassen. Mir blieb nur noch Yaris. Der beste Freund von Jace sollte nun mein Wegbegleiter sein, aber ich merkte, dass ich nur die zweite Wahl war. Yaris vermisste ihn genauso sehr wie ich. Er fraß nur, um seinen Körper am Leben zu erhalten, es war sein Instinkt, aber sein Herz blutete ebenso wie meins. Ich wünschte, er würde mit mir zusammen den letzten Weg gehen.

Ich vergaß auch Thomas. Er war so fern, wie aus einem anderen Leben. An sein Gesicht konnte ich mich nicht einmal mehr erinnern. Lisa rief ihn an, um ihm zu sagen, dass ich krank sei und mich deshalb nicht meldete. Thomas war wohl nicht sehr begeistert, dass ich noch länger in Kanada bleiben würde. Ich sollte nach Hause kommen und dort gesund werden. Mit welchen Überredungskünsten Lisa ihn beruhigen konnte, weiß ich nicht. Mir war es egal.

Ich konnte sie hören, wie sie mit Jan hin und wieder vor meinem Haus sprach. Sie machte sich Vorwürfe, dass sie mich mit Jace allein eingesperrt hatte. Sie hätte es besser wissen müssen, schließlich sei er seit der Vereinigung unberechenbar geworden, ein wildes Tier, das nur an sich dachte und alle anderen um sich herum in Gefahr brachte. Sie wollte sich nicht vorstellen, was er mir angetan hatte, doch sie ahnte, dass er mich gewürgt haben musste, da mein Hals mit blauen Flecken übersät war, die nur sehr langsam verblassten. Lisa sagte, sie hätte sich das niemals verzeihen können, hätte er mich umgebracht. Würde Jace ihr noch ein Mal begegnen, wüsste sie nicht, was sie tun würde, aber jetzt konnte sie nichts anderes tun, als sich um mich zu kümmern, mich wieder auf die Beine zu bekommen.

Auch Papewas machte sich Sorgen um mich. Als ich immer weiter an Gewicht verlor und nicht mehr aufstand, gab er mir etwas Dickflüssiges zu trinken. Es schmeckte nach Kräutern und Erde. Er ging erst wieder, wenn ich den Becher komplett geleert hatte. Drei Mal am Tag kam er, gab mir den Trunk und setzte sich zu mir. Er versuchte mich zu überzeugen, dass es nicht meine Schuld war, dass niemand ahnen konnte, dass Jace sich so sehr dem schwarzen Wolf hingab. Es war schon lange nicht mehr vorgekommen, dass sich ein Mensch ein bestimmtes Tier als Seelenpartner ausgesucht hatte. Und noch nie hatte das Tier im Menschen dermaßen die Überhand genommen. Er versicherte mir immer wieder, dass er weiterhin an die gute Seite in Jace glaubte. Seine Seele war schließlich besonders, auch wenn Papewas nicht erklären konnte, was genau an ihr anders war. Er war neben Yaris der einzige, den ich gern in meiner Nähe hatte, weil er sich nicht gegen Jace entschieden hatte. Im Gegensatz zu Lisa und Jan. Lisa versuchte zwar alles Mögliche, dass ich mich wieder erholte, aber ich nahm es ihr übel, dass sie in Jace nur das Schlechte sah. So etwas sollte eine Freundin nicht tun.

Während Papewas bei mir saß und mit mir redete, schwieg ich, nahm jedes einzelne Wort von ihm wahr, aber konnte nicht sprechen. Wie meine Stimme klang, hatte ich bereits vergessen.

Dank des Drinks konnte ich bald wieder zum Bach gehen. Allerdings reichte er nicht aus, dass ich zunahm. Um meine Hosen trug ich mittlerweile einen Gürtel. Ich fand ihn im Schrank zwischen ein paar Klamotten, die Jace nicht mitgenommen hatte. Fast zwei Mal konnte ich ihn um meine Hüften wickeln. Meine Knochen stachen spitz hervor und die Rippen konnte ich im Spiegel zählen. Im Gesicht warfen die Wangenknochen dunkle Schatten auf meine schneeweiße Haut und meine Augen wurden immer trüber. Das strahlende Grün war verschwunden. Sie wirkten fast braun. Meine Haare fielen in dunklen glanzlosen Strähnen über meine Schultern.

Ich war nur noch ein Schatten meiner selbst. Ich hatte mich aufgegeben und wartete nur noch auf eines: den Tod.

•••

»Mia, ich habe die Schnauze gestrichen voll. Ich sehe mir nicht mehr länger an, wie du vor die Hunde gehst!« Lisa stürmte in die Hütte und stellte sich mit verschränkten Armen vor das Bett.

Ich reagierte nicht.

»Ich packe jetzt deine Sachen und du wirst übermorgen zurück nach Deutschland fliegen.« Sie griff nach einem T-Shirt von Jace, um es aufzuheben, doch ich riss es ihr aus der Hand.

»Wage es ja nicht!«, zischte ich sie an. Die ersten Worte seit einer gefühlten Ewigkeit.

»Mensch Mia, so kannst du doch nicht weitermachen. Du kannst dein Leben nicht wegwerfen.«

»Du hast absolut keine Ahnung.« Ich sprach leise und ganz langsam, weil meine Stimme kaum Kraft hatte. »Du kannst dir nicht im Geringsten vorstellen, wie es sich anfühlt.«

»Nein, das kann ich nicht. Aber mir tut es weh, dich so zu sehen.«

»Dann geh.«

Lisa wirkte traurig, aber ich konnte kein Mitleid für sie empfinden. In mir brannte nur der Schmerz, den Jace zurückgelassen hatte.

»Mia, wenn ich dir helfen könnte, dann würde ich es tun. Ich würde Jace für dich finden und ihn wieder zurück bringen, aber meinst du, das würde etwas ändern? Meinst du, dass er sich ändern könnte?«

»Jace braucht sich nicht zu ändern! Er schaut nur auf die falsche Seite!« Ich brüllte Lisa an. Mein Hals kratzte, weil ich es nicht mehr gewohnt war, zu sprechen. Die blauen Flecken an ihm waren immer noch leicht zu sehen, auch wenn es schon einige Zeit her war, dass Jace sie mir zugefügt hatte. Sie erinnerten mich jeden Tag daran, dass es ihn wirklich gegeben haben musste und ich fürchtete mich vor dem Tag, an dem sie verschwinden würden. Ich wollte so gern wieder allein sein, doch Lisa hielt an ihrem Plan fest, mich nach Deutschland zurück zu schicken. Sie versuchte mich zu überreden, zu Thomas zurück zu gehen, er sei ja kein schlechter Mann und Jace hätte das auch gewollt. Auch wenn dieser bedauerte, mir etwas angetan zu haben, Lisa nahm es ihm übel und sah in ihm immer noch ein unberechenbares Tier. Sie konnte ihm nicht verzeihen, im Gegensatz zu mir.

»Mia, ich habe dich hier hergebracht, weil ich wollte, dass du glücklich bist, dass du zu dir selbst findest. Und jetzt schau dich an, was er aus dir gemacht hat. Ich erkenne dich gar nicht wieder. Du machst mir richtig Angst. Vielleicht ist es das Beste, wenn du von allem hier Abstand nimmst, wenn du zurück nach Deutschland gehst. Wenn du dich erholt hast und erneut bereit bist, können wir zu einem anderen Ort wie diesem hier gehen. Es gibt viele Dörfer. Aber erst einmal möchte ich dich hier wegbringen.«

»Du bekommst mich hier nicht weg! Ich bleibe! Wenn Jace zurückkommt, will ich hier sein.«

»Du glaubst doch nicht ernsthaft, dass er zu dir zurückkommt?«

»Wenn er nicht zu mir zurückkommt, dann kommt er wenigstens ins Dorf zurück.«

»Und auch dann wird er immer noch dasselbe Monster sein!«, schrie Lisa mich an.

»Monster?«, fragte ich ungläubig mit zitternder Stimme. »Du hältst ihn für ein Monster? Er ist mit einem Wolf verbunden. Ich denke ihr achtet jedes Lebewesen auf der Erde.«

»Dieser Wolf ist anders«, versuchte Lisa sich zu erklären.

»Und das ist Jace auch. Er ist anders, aber kein bösartiges Monster.«

Bevor Lisa antworten konnte, trat Jan in die Tür. Er war außer Atem und schaute Lisa besorgt an. Sie tauschten wieder einen ihrer Blicke aus, die nur sie verstanden. Irgendetwas stimmte nicht. Ich konnte eine gewisse Angst in ihren Augen erkennen.

»Was ist passiert? Ist etwas mit Jace?« Ich richtete mich auf und sah abwechselnd zu Lisa und Jan.

Lisa atmete schwer, als sie meine Hand nahm. »Mia, es passieren schreckliche Dinge.«

Ich bekam Panik. »Nun sag schon! Was ist los?«

»Es ist wegen der Wölfe.« Sie machte eine kurze Pause. »Wir

dachten erst, es sei wegen Jace. Dass sie uns verlassen, weil er weg ist, aber Papewas fühlte Unruhe in den Wäldern. Das gesamte Dorf hielt durch die Tiere Ausschau nach den Wölfen, aber einige waren spurlos verschwunden.« Ein schreckliches Gefühl machte sich in meiner Magengegend breit. Ich merkte, wie Lisa nach den richtigen Worten suchte. Das war ein schlechtes Zeichen. »Wir dachten erst, Jace würde sie angreifen … wie der schwarze Wolf es getan hatte. Es tut mir so leid Mia. Wir sahen die Wölfe sterben.«

»Das würde er niemals tun«, flüsterte ich und entzog Lisa meine Hand. Ich war wütend und enttäuscht. Erst wollten sie mich hier wegbringen, von dem Ort, an dem ich so glücklich wie noch nie gewesen war, und dann verdächtigten sie Jace, Wölfe umgebracht zu haben. »Wie könnt ihr nur so etwas von ihm denken?«

»Mia, es tut mir leid. Es war unser erster Gedanke. Es wurden jedoch Wilderer gesehen. Leider wissen wir nicht genau, wo sie jagen. Es sind schon zwei Rudel komplett ausgemerzt. Sie lebten am weitesten von uns entfernt. Nun kommen sie immer näher.«

Jan kam ein paar Schritte auf uns zu. »Es fehlt der erste Wolf aus dem Rudel, das neben unserem Dorf lebt. Papewas hat es mir eben gesagt.«

»Aber das …«, mein Herz hämmerte gegen die Brust und mir wurde schwindelig. Ich hatte das Gefühl, als würde mir der Boden unter den Füßen weggezogen. »Das ist … das ist Jace' Rudel«, stammelte ich und starrte entsetzt Lisa und Jan an. »Warum bin ich nicht zu ihnen gegangen? Ich hätte es merken müssen, dass sie in Gefahr sind, hätte sie beschützen können. Ich … bin Schuld … ich bin an allem Schuld.« Ich konnte nicht weinen, auch wenn ich es gern getan hätte, aber die Wut mir selbst gegenüber war größer. Am liebsten hätte ich dort weiter gemacht, wo Jace aufgehört hatte. Ich hätte mich ohrfeigen und schlagen können, solch eine Wut brodelte in mir. Hätte ich Jace doch nie zu dieser Vereinigung überredet. Hätte ich seine Entscheidung akzeptiert, dass er sie nicht wollte, dann wäre er noch bei mir und die Wölfe wären vielleicht noch am Leben. Ich habe alles kaputt gemacht. Ich habe das neue

Leben, das sich mir geboten hatte, selbst zerstört, daran konnte ich nichts mehr ändern. Aber ich konnte versuchen, zu retten, was noch zu retten war. Mit einem Ruck stand ich vom Bett auf und griff nach meinen Schuhen.

»Wo willst du hin?«, fragte Lisa.

»Ich denke, ich weiß, von wo aus sie die Wölfe erschießen«, antwortete ich. »Vom Hochsitz, in dem Jace und ich bei der Jagd waren. Damals ist das Rudel über die Lichtung gelaufen. Freie Schussbahn.«

»Du kannst doch nicht dahin gehen! Was willst du machen, wenn die Typen da aufkreuzen? Sei nicht albern.« Jan wollte mir den Weg aus der Tür versperren und stellte sich vor mich.

»Ich werde auf sie warten und verhindern, dass sie den nächsten Wolf erschießen«, ich legte so viel Kraft und Entschlossenheit in meine Stimme, wie ich nur konnte. »Ich will herausfinden, wo sie die Wölfe hinbringen und was sie mit ihnen machen. Das bin ich Jace schuldig.«

»Jace hat dich verlassen«, sagte Jan kalt.

Ich schaute ihn zornig an. »Ich wäre lieber tot, als dass dieser Schmerz in mir mich jeden Tag aufs Neue daran erinnert. Wenn ich nicht gewesen wäre, hätte Jace das Dorf nie verlassen. Er hätte verhindern können, dass die Wölfe erschossen werden. Ich werde gehen. Wegen mir wird kein einziger Wolf mehr sterben.«

Ich quetschte mich an Jan vorbei und ging zu den Jeeps.

»Du wirst noch selbst erschossen«, rief er mir hinterher. Es war mir jedoch egal, was mit mir passieren könnte. Dieses Risiko musste ich eingehen.

»Passt bitte auf Yaris auf!«, rief ich zurück, kletterte in Lisas Jeep und startete den Motor. Zum Glück ließ sie den Schlüssel immer stecken. Ich fuhr über den Waldweg zum Tor, das ich nur mit Mühe und Not öffnen konnte, da ich immer noch ziemlich schwach war. Auch meine Beine gaben beim Gehen immer wieder nach und ich stolperte. Vielleicht hätte ich erst zu Kräften kommen sollen, aber das hätte zu viel Zeit gekostet. Es ging schließlich nicht um mich.

Ich konnte mich noch einigermaßen daran erinnern, in welchen Waldweg Jace damals eingebogen war. Zwar sah hier jeder Weg gleich aus, aber ich versuchte meinem Gefühl zu folgen. Ich parkte den Jeep zwischen ein paar Sträuchern und bedeckte ihn noch zusätzlich mit Zweigen. Die Wilderer sollten nicht durch das Auto gewarnt werden. Langsam stapfte ich den kleinen Trampelpfad entlang. Jeder Schritt erinnerte mich daran, wie Jace vor mir gegangen war, als ich das erste Mal auf diesem Pfad herum stolperte.

Es war bereits Nachmittag und ich hoffte, dass sie noch keinen Wolf erschossen hatten, falls sie überhaupt von dort aus auf die Jagd gingen. Als ich mich an den Hochsitz heranschlich, merkte ich, dass ich allein war. Niemand saß dort oben und wartete auf seine Beute, aber an der Leiter fand ich Zigarettenstummel.

»Solche Idioten. Sie hätten den Wald in Brand stecken können.« Niemand aus dem Dorf wäre so fahrlässig gewesen und hätte brennende Zigaretten hier liegen gelassen. Ich suchte die Lichtung ab, aber konnte keinen Wolf und keinen Menschen finden. Ich überlegte gerade, was ich machen sollte, als mir Fußspuren auffielen. Als die Wilderer das letzte Mal hier gewesen waren, musste der Boden feucht gewesen sein, denn die Fußabdrücke waren ziemlich tief. Die Sonne hatte die Abdrücke getrocknet und dadurch waren sie deutlich zu erkennen.

Ich folgte den Spuren. Sie führten mich zu dem breiten Waldweg, der auf die Lichtung führte. Über ihn hatte Jace seinen Wagen auf die Lichtung gefahren, um das Wapiti zu transportieren. Dort fand ich Wagenspuren und folgte ihnen, bis ich zu einer Kreuzung kam. Kleine Reifenabdrücke, die nicht so tief lagen, führten nach rechts – in Richtung Dorf. Die größeren und tieferen Abdrücke führten nach links. Ich überlegte, ob ich den Abdrücken mit dem Jeep nachfahren sollte und entschied mich dafür, zu Fuß zu gehen. Auch wenn ich nicht wusste, wie weit ich laufen musste, aber mit dem Wagen wäre es zu auffällig gewesen. Zu Fuß konnte ich mich notfalls schnell verstecken, wenn ich jemandem begegnete.

Die Sonne brannte über mir und ich ärgerte mich, nicht wenigstens etwas zu Trinken mitgenommen zu haben. An diesem Sommertag war es drückend heiß und windstill. Meine Füße brannten. Es fiel mir immer schwerer, einen Schritt nach dem nächsten zu machen. Als ich endlich an einer kleinen Quelle vorbeikam, kühlte ich meine Füße und trank etwas. Mein Kreislauf blieb allerdings im Keller.

»Hätte ich jetzt einen Seelenpartner, könnte er mir Kraft schenken«, dachte ich, aber mir blieb nur der Entschluss, etwas gut zu machen, was ohne mich nie passiert wäre. Dieser Antrieb musste für den Augenblick reichen. Also raffte ich mich auf und folgte weiter den Spuren.

Gegen Abend tauchte zwischen den Bäumen ein Holzhaus auf. Ich verließ den Waldweg und schlich zwischen Sträuchern und Büschen auf das Haus zu. Es war ein kleines Haus, umgeben von hohen Bäumen und es gab gerade so viel Platz, dass jemand parken konnte. Neben dem Haus gab es eine winzige Hütte, vielleicht ein Geräteschuppen oder Ähnliches. Neben diesem Schuppen war unter einem kleinen Unterstand Holz für den Kamin gestapelt. So leise wie möglich näherte ich mich. Niemand war zu sehen. Aus dem Schornstein stieg Rauch auf, also würden sie zurückkommen. Einen brennenden Holzofen ließ man nicht über Tage allein. Ich versteckte mich hinter dem Kaminholz. Die Wilderer konnten mich nicht sehen, wenn sie auf das Haus zufuhren, also versuchte ich, mich ein wenig auszuruhen, während ich auf sie wartete. Als die Sonne unterging, wurde ich immer müder. Schließlich schlief ich am Holzstapel gelehnt ein.

Es war stockfinster, als mich die Motorengeräusche des herannahenden Autos weckten. Vorsichtig lugte ich hinter dem Holzstapel hervor. Zwei Männer stiegen aus und gingen zum Haus. Beide waren groß und kräftig gebaut. Ich schätzte sie auf Mitte vierzig. Sie trugen khakifarbene T-Shirts und Hosen mit Camouflage-Muster. Selbst bei dieser Wärme trugen sie schwarze Stiefel. Ihre Haare waren kurz geschnitten. Die Beiden sahen aus wie Soldaten. Die Gesichter konnte ich nicht erkennen, dafür war es zu dunkel.

Der Blonde ärgerte sich, dass ihnen ein Bär entwischt war. »Der hätte ein hübsches Sümmchen eingebracht.«

»Nächstes Mal wartest du nicht so lange. Ich habe dir ja gesagt, dass in der Schlucht der bessere Platz gewesen wäre, aber nein, du wusstest es ja besser.«

Mürrisch betraten sie das Haus und schalteten das Licht ein. Ich wartete noch kurz, um dann vorsichtig durch ein Fenster zu schauen. Das Haus war sehr übersichtlich eingerichtet. Lediglich drei Betten, ein großer Schrank, ein Tisch mit Stühlen und ein Holzofen standen darin. Auf einem weiteren Tisch lagen Felle gestapelt. Mir wurde schlecht. Ich konnte nur Wolfsfelle erkennen. Deshalb machten die Kerle Jagd auf sie: Wegen des Felles.

Der Dunkelhaarige öffnete eine Dose mit Bohnen in Tomatensoße und aß sie kalt, während der Blonde sich auf ein Bett legte und die Arme hinter dem Kopf verschränkte. »Ich werde dem Boss sagen, dass ich mehr Anteile will«, sagte er. Durch das gekippte Fenster konnte ich ihn gut verstehen. »Es wird immer schwieriger, hier Wölfe zu schießen. Langsam haben wir sie alle erwischt. Ich will endlich mal was anderes vor das Visier bekommen, als immer nur Wölfe.«

»Hank, du weißt, was der Boss gesagt hat. Wenn der Kunde bei ihm Wölfe bestellt, bekommt er auch Wölfe. Bestellt er Waschbär, bekommt er Waschbär. Sei froh, dass wir nicht wieder Robben jagen müssen. Diese Scheißkälte da oben.«

»Wölfe bringen aber nicht so viel ein wie Robben«, entgegnete Hank.

Genervt schlug sein Partner die Dose auf den Tisch. »Momentan wollen sich die Herrschaften aber lieber mit Wolf bekleiden. Mir ist es egal, was ich erlege. Hauptsache die Kasse klingelt und wenn der Boss in ein paar Tagen wiederkommt, sollten wir noch ein paar Hündchen mehr auf dem Tisch liegen haben. Mit so wenigen wird er nicht nach Norden mit uns ziehen.« Er zeigte mit dem Kinn auf den mit Fellen bepackten Tisch.

Hank lag auf seinem Bett und starrte an die Zimmerdecke. »Josef, was hältst du davon, wenn wir dem Boss etwas Besonderes bieten?« Der Dunkelhaarige sah ihn skeptisch an, als Hank weiter erzählte. »Als ich letzte Woche mit Moe einen trinken war, saß ein alter Mann in der Bar. Meine Fresse, der war tierisch breit, faselte ständig von Ureinwohnern. Der war bestimmt ein alter Indianer, so wie der aussah, die trinken ja eh immer viel. Jedenfalls erzählte der uns alte Geschichten von früher. Und dass seit Jahren in den Wäldern ein schwarzer Wolf rumrennt.«

Josef schüttelte wortlos den Kopf und aß seine Bohnen weiter.

»Mensch, überlege doch mal. Ein schwarzes Fell bringt doch viel mehr ein als diese Nullachtfünfzehn-Teile.«

»Du glaubst diesen Scheiß doch nicht etwa?!«

»An den alten Geschichten ist immer ein wenig Wahrheit.«

»Hat dir das deine Oma gesagt?« Josef zerdrückte die leere Dose mit einer Hand und warf sie in den Mülleimer. »Ich werde sicher nicht die gesamten Rocky Mountains nach einem beschissenen schwarzen Wolf absuchen.«

»Das brauchen wir nicht. Ich weiß, wo der sich rumtreibt.«

Ich schnappte nach Luft, doch der Kloß in meinem Hals war zu groß, um atmen zu können. Mein Herz setzte aus, hörte für ein paar Sekunden auf zu schlagen. Hätte ich mich nicht am Fenstersims festgehalten, wäre ich umgekippt. Ich fühlte mich allein. Allein und hilflos. Was sollte ich nur tun? Ich musste an mein erstes Gespräch mit Papewas denken:

»Es gab bereits Menschen, deren Seelen sich ein einzelnes Tier ausgesucht haben. Sie waren auch durch den Tod miteinander verbunden.«

Bei diesem Gedanken wuchs die Panik in mir. Ich würde Jace unwiderruflich verlieren, wenn sie den schwarzen Wolf töteten. Dann bestünde kein Funken Hoffnung mehr, dass ich ihn noch ein Mal sehen würde. Ich umklammerte meine Brust und versuchte, das Stechen und die Leere in mir zu bändigen. Ich musste Jace finden, so schnell wie möglich, und ihm von den Wilderern erzählen. Er musste sich und den schwarzen Wolf in Sicherheit bringen. Meine Füße überschlugen sich, als ich vom Fenster wegtrat. Dabei stieß ich gegen einen Stapel Holzkisten, der scheppernd zu Boden fiel. Mein Herz blieb komplett stehen und ich bewegte mich keinen Millimeter.

»Was war das?«, hörte ich von drinnen.

Hektisch blickte ich mich um, auf der Suche nach einem Versteck. Schließlich schlüpfte ich durch eine Tür in die kleine Hütte, die neben dem Haus stand. Was war das für ein komischer Geruch?

Ich hockte mich unter das Fenster und rührte mich nicht. Mein Herz holte die Aussetzer nach und schlug so laut, dass ich befürchtete, dass die Wilderer es hören könnten.

»Gib mal die Taschenlampe!« Hank stand vor der Haustür und leuchtete in die Dunkelheit hinein. Ab und zu fiel der Lichtkegel in die kleine Hütte, in der ich mich versteckte. Vor mir stand ein großer grüner Müllcontainer.

»Wahrscheinlich ein Tier, lass uns wieder rein gehen«, sagte Josef.

»Meinst du?« Hank ging auf die kleine Hütte zu und leuchtete durch das Fenster, unter dem ich saß.

Ich presste mich ganz nah an die Wand, sodass das Licht der Taschenlampe mich nicht treffen konnte.

Als der Müllcontainer beleuchtet wurde und ich erkannte, was sich darin befand, schlug ich meine Hände vor den Mund, damit ich nicht losschrie.

Rote Körper lagen übereinander geworfen darin. Die Leichen fletschten ihre Zähne, während sie mich mit ihren offenen, toten Augen anstarrten. Die leeren, leblosen Pupillen reflektierten das Licht. Ich blickte auf nacktes, pures Fleisch, erkannte rote Muskeln, Sehnen, weiße Knochen. Man hatte ihnen das Fell abgezogen und ihre kahlen Körper einfach im Müll entsorgt. Der Geruch von gammeligem, verwesendem Fleisch lag in der Luft. Ich zitterte überall, Tränen liefen mir über das Gesicht und ich musste würgen. Ich kämpfte mit mir, damit ich mich nicht übergab. Sie durften mich nicht entdecken.

Ich stellte mir vor, wie Jace zwischen den toten Körpern lag, wie auch ihm die Haut abgezogen worden war und er mich mit blanken Augen anstarrte. Mit seinen wundervollen blauen Augen. Mit aller Kraft presste ich meine Hände vor den Mund. Ich wollte so gerne schreien – und mich übergeben.

»Alter, jetzt komm endlich. Wie soll ein Tier da reinkommen?«, drängelte Josef.

Endlich gab Hank nach. »Na schön. War wohl nur ein Reh oder so.«

Als sie zurück ins Haus gingen, erlosch die Taschenlampe und ich saß im Dunkeln. Ich konnte die toten Wölfe nicht mehr erkennen. Nur der widerliche Geruch hatte sich in meiner Nase festgesetzt. Einen Augenblick wartete ich noch, dann schlich ich langsam aus der Hütte heraus, konzentrierte mich auf jeden einzelnen Schritt – und dann lief ich. Ich rannte so schnell, wie meine Beine es zuließen. Der Mond hatte gerade etwas über die Hälfte seiner vollen Größe erreicht, sodass sein Licht mir den Weg nur wenig erhellte.

Ich bekam Seitenstechen und konnte nicht so schnell atmen, wie meine Lungen nach Sauerstoff verlangten. Als ich stehen blieb, wurde mir schwindelig und meine Übelkeit wurde schlimmer. Schließlich übergab ich mich mitten auf den Waldweg. Da ich seit dem Drink von Papewas heute morgen nichts mehr zu mir genommen hatte, würgte ich Magensäure hoch. Mein Hals brannte wie Feuer und der bittere Geschmack verbreitete sich im Mund. Mein Körper kämpfte gegen mein Inneres. Ich wollte schnellstmöglich zurück ins Dorf, während mein Körper sich ausruhen und schlafen wollte. Meine Kraft verließ mich, aber ich konnte mich nicht ausruhen. Nicht jetzt.

Ich rannte und stolperte den Waldweg mitten in der Nacht entlang, hörte Tiere, sah ihre Augen im Mondlicht schimmern, aber ich hatte keine Angst. Die Menschen im Wald waren wesentlich gefährlicher als die Tiere.

In meinem Kopf herrschte völlige Leere. Nur der Gedanke an

einen toten Jace verfolgte mich. Es gab unzählige Dinge, die ich ihm noch sagen wollte. Doch um dies tun zu können, musste ich ihm erst das Leben retten. Ich durfte nicht schlapp machen. Ich musste weiter laufen.

Als ich den Jeep endlich erreicht und mich hinein gesetzt hatte, überkam es mich. Ich weinte bitterlich und schrie aus vollen Leibeskräften. Unter Tränen fuhr ich zurück ins Dorf. Ich raste durch den Wald, auch wenn der Wagen immer wieder vom Weg abkam und weg rutschte.

Im Dorf angekommen, bremste ich mit quietschenden Reifen. Es war mir egal, ob ich jemanden weckte. Ich lief in meine Hütte, um ein paar Sachen zusammenzusuchen, wollte sofort wieder losfahren und nach Jace suchen. Als ich das Licht anknipste, schauten mich Lisa und Yaris verschlafen vom Sofa aus an.

»Mein Gott, Mia. Was ist passiert?«

Ich ignorierte die Frage und begann, meine Sachen in einen Rucksack zu stopfen. »Wo willst du denn hin?«

»Ich muss zu Jace«, antwortete ich knapp.

»Mia, sei doch vernünftig. Wo willst du anfangen zu suchen? Was soll das bringen?«

»Was das bringen soll?!«, schrie ich sie aufgelöst an. »Das bringt verdammt noch mal eine ganze Menge! Die schlachten Wölfe ab! Ich habe sie gesehen!«, meine Stimme überschlug sich fast. »Da liegen Berge von qualvoll verendeten Wölfen! Diese Augen, Lisa! Diese leeren Augen!« Ich brach zusammen. Die Bilder der toten Wölfe in meinem Kopf, die Vorstellung, wie Jace leblos zwischen ihnen lag, war zu viel für mich. Von ihm verlassen zu werden, war eine Sache, zu wissen, dass er in Lebensgefahr war, eine andere. Auch wenn es für mich immer noch wie ein böses Märchen klang, dass er durch den Tod des schwarzen Wolfes auch sterben würde, aber ich hatte miterlebt, wie er sich durch die Vereinigung verändert hatte. Ich hielt alles für möglich. Ich schlug die Hände vor das Gesicht und ließ meinen Gefühlen freien Lauf. Ich weinte, ich schrie, ich versuchte mich in den Fußboden zu krallen, um Halt zu finden. Ich war so verzweifelt. Die Zeit rannte mir davon und ich wusste nicht, wie ich Jace retten konnte.

Lisa kam zu mir und legte ihren Arm um mich. »Aber Jace wird auch nichts daran ändern können, dass sie Wölfe jagen. Wir werden die Ranger und die Polizei benachrichtigen, dann kommen sie ins Gefängnis. Mir tut das mit den Wölfen auch weh, Mia.«

Ich hob meinen Kopf und schaute sie durch den Tränenschleier an. »Jace wird sterben, wenn ich ihn nicht finde. Sie wollen den schwarzen Wolf töten.«

Lisas Gesicht versteinerte sich schlagartig. Hatte sie endlich begriffen, dass es hier um Leben und Tod ging? Dass es um das Leben des Mannes ging, ohne den ich nicht mehr leben wollte? »So schrecklich das alles ist, Mia, ich bitte dich von ganzem Herzen: Misch dich da nicht ein.«

»Ich soll mich nicht einmischen?« Sie musste den Verstand verloren haben. »Ich soll Jace einfach diesen Typen überlassen? Ich soll ihn sterben lassen?« Entsetzt wich ich von ihr zurück. Wer war diese Frau neben mir?

»Jace hat dich geschlagen und verlassen. Hast du das vergessen? Ich will nicht, dass du dich seinetwegen in Gefahr bringst. Mia, ich habe Angst um dich! So schreckliche Angst. Erst ziehst du dich zurück, willst gar nicht mehr am Leben teilnehmen und jetzt bringst du dich freiwillig in Gefahr! Und wofür? Dafür, dass er dich wieder sitzen lässt, nachdem du ihn gefunden hast?«

»Dann soll er mich halt wieder verlassen. Er ist dann aber am Leben! Nur das ist mir wichtig. Ich muss wissen, dass es ihm gut geht.« Ich stand auf, nahm meinen Rucksack und drückte Yaris fest an mein Herz. Er verstand mich sicher.

»Bitte, Mia! Bitte triff keine falsche Entscheidung«, flehte Lisa mich an.

In meinem Leben hatte ich schon oft eine Entscheidung getroffen, die sich im Nachhinein als falsch herausgestellt hatte. Die Entscheidung, dass Thomas mein Freund sein sollte, die Entscheidung mit Thomas zusammenzuziehen, die Entscheidung Thomas zu heiraten.

Ich war mir aber sicher, dass die Entscheidungen, die ich bezüglich Jace getroffen hatte, immer die richtigen gewesen waren. Mein Herz war sich sicher.

»Ich habe meine Entscheidung getroffen«, sagte ich und legte meinen Verlobungsring auf die Fensterbank, als ich hinausging.

Kapitel 14

*Wenn du zwei Wege zu gehen hast im Leben
und du weißt nicht, ob du
den Rechten oder den Linken gehen sollst:
Geh immer den Weg,
vor dem du am meisten Angst hast.
Das ist der richtige.*

Ich war unfassbar müde. Die Straße vor mir verschwand immer häufiger hinter einem dunklen Vorhang, wenn ich für ein paar Sekunden die Augen schloss. Ich drehte das Radio voll auf, auch wenn Country nicht gerade meinen Geschmack traf, aber die laute Musik hielt mich wenigstens wach.

In meinem Kopf blitzten die Bilder der toten Wölfe auf ... und des toten Jace. Aber ich durfte nicht weinen, das kostete zu viel Kraft und ich würde die Straße noch weniger erkennen können. Also konzentrierte ich mich auf das, was ich vorhatte: Jace finden. Aber wo sollte ich anfangen?

Mein Gefühl lenkte mich in Richtung Clearwater. Auch wenn diese Stadt alles andere als groß war, ich war mir sicher, dass Jace wusste, wie er sich am Besten versteckte. Das würde es mir nicht leicht machen, ihn zu finden.

Es dämmerte, als ich in Clearwater ankam. Ich fuhr rechts ran, um meine Gedanken in die richtige Reihenfolge zu bringen.

Jace brauchte eine Unterkunft. Ich könnte also die wenigen Motels absuchen. Ob er einen anderen Namen benutzte?

Er würde auch irgendwann Geld brauchen. Ich wusste ja nicht, wie viel er zurückgelegt hatte, aber wenn er jedes Jahr im Resort arbeiten musste, konnte es nicht gerade viel sein.

»Na klar! Das Resort!« Ich fasste mir an die Stirn. Dass ich da nicht schon eher drauf gekommen war. Dort konnte er übernachten und arbeiten.

Ich hangelte mich mit dem Jeep an den Straßenschildern entlang, die zum Resort führten. Nach einer kurzen Fahrt hatte ich es bereits erreicht. Es lag nicht so tief im Wald, wie ich vermutet hatte. Nicht zu vergleichen mit unserem Dorf. Vor einem großen weißen Gebäude, in dem ich die Anmeldung vermutete, hielt ich an. Erst zögerte ich, auszusteigen. Immerhin war es noch verdammt früh, aber ich sah jemanden, der im Haus umher lief, also band ich meine strähnigen Haare zu einem Zopf zusammen und ging auf das Gebäude zu. Meine Beine fühlten sich an, als besäßen sie keine Knochen mehr, wackelten hin und her und mir wurde schwarz vor

Augen. Ich musste dringend etwas essen.

»Kann ich Ihnen helfen?«, fragte eine junge Frau. Sie war nicht viel älter als ich und trug ein grünes T-Shirt mit dem Logo des Resorts.

Als ich mich an die Hauswand lehnte, um nicht umzukippen, kam sie auf mich zu und betrachtete mich sorgenvoll. »Geht es Ihnen nicht gut?« Sie legte eine Hand auf meine Schulter und hielt mich fest.

»Es geht schon«, stammelte ich. Ich musste mich zusammenreißen. »Ich suche Jace Heywood.«

»Jace Heywood? Der Name sagt mir nichts. Ist er Gast bei uns?«

Verwirrt schaute ich auf. »Aber Sie müssen ihn kennen. Er arbeitet doch jedes Jahr hier.«

»Er arbeitet hier?« Die Frau überlegte kurz und schüttelte dann den Kopf. »Den Namen habe ich noch nie gehört.«

Wieder packte mich die Angst im Nacken. Angst, Panik, Verzweiflung waren die einzigen Gefühle, zu denen ich im Moment noch fähig war. Hatte er mich angelogen? Arbeitete er gar nicht hier? Was von seiner Vergangenheit war überhaupt wahr?

Meine Beine gaben nach und ich ließ mich auf den Boden sinken, starrte ins Leere.

»Miss, soll ich einen Arzt holen? Sie sehen nicht gut aus.«

Ich schüttelte den Kopf.

Die Frau schaute mich weiterhin besorgt an und hielt mich fest. »Wenn ich Sie kurz alleine lassen kann, schau ich mal in unseren Unterlagen nach. Ich arbeite erst seit diesem Sommer hier.«

»Bitte«, flüsterte ich und klammerte mich an jeden Funken Hoffnung.

Die Dame ging ins Haus und ich sah, wie sie in einem der Räume verschwand, nachdem sie sich noch einmal zu mir umgedreht hatte.

Die Zeit zog sich wie Gummi, während ich auf ihre Rückkehr wartete. Verzweifelt überlegte ich, was ich machen sollte. Wo sollte ich noch nach ihm suchen, wenn die Frau keine Adresse oder einen Anhaltspunkt für mich finden konnte? Hatte Jace mich am Bach angelogen, als er mir von sich erzählte? Ich fing an, an meiner Menschenkenntnis zu zweifeln. Sollte alles eine Lüge gewesen sein, war er ein verdammt guter Schauspieler. Traute ich ihm zu, dass er mich und meine Gefühle dermaßen manipulieren konnte? Konnte er mir auch etwas vorspielen, wenn wir uns nahe waren und ich ihn fühlte? Ich versuchte gegen meine Tränen anzukämpfen, doch ich hatte keine Energie mehr.

»Miss, ich habe ein Glas Wasser für Sie«, sagte die Frau, als sie wieder zurückkam, und reichte mir das Glas. Als sie meine Tränen sah, zog sie ein Taschentuch aus ihrer Hosentasche. Ich nahm es dankend entgegen.

»So schlimm? Eine Urlaubsliebe? Wo kommen Sie her?«

»Deutschland«, antwortete ich und trank in einem Zug das Glas Wasser aus. »Und es ist mehr als eine Urlaubsliebe.«

»Wann waren Sie denn hier im Valley Resort?«

»Ich habe ihn nicht hier kennengelernt. Warum fragen Sie?«

»Er steht tatsächlich in den Unterlagen«, antwortete sie, »aber letztes Jahr war er nur für kurze Zeit da. Er scheint immer wieder für ein paar Wochen hier zu arbeiten. Vor ein paar Jahren hauptsächlich in den Ferien, aber dann über das ganze Jahr verstreut.«

Erleichtert seufzte ich. Er hatte mich nicht angelogen. Aber wirklich weitergebracht hatte mich diese Information auch nicht. »Haben Sie eine Adresse gefunden?«

»Nein, er hat nur ein Postfach angegeben«, sie reichte mir einen Zettel, auf dem eine Nummer und die Adresse des Post Office stand. »Mehr kann ich leider nicht für Sie tun. Ich hoffe Sie finden ihn.«

Die Frau nahm das leere Glas und ging wieder in das Gebäude.

»Das hoffe ich auch«, flüsterte ich und schlich zurück zum Wagen.

Meine Hände zitterten, als ich mir die Nummer auf dem Zettel anschaute. Es war ein Hinweis, der mich näher zu Jace brachte. Näher an die Chance, sein Leben zu retten. Ob er mir glauben würde, wenn ich ihm von den Wilderern erzählte? Und warum hatte dieser blöde Jeep nur kein Navi?

Ich fuhr bis zur ersten Kreuzung und fragte einen alten Mann mit Hund nach dem Weg zur Post. Er sprach ein fürchterliches Englisch und ich verstand nur die Hälfte.

Als Erstes rechts abbiegen. Das hatte ich verstanden. An der nächsten Kreuzung ging es rechts zu einem See. Dass ich geradeaus fahren sollte, hatte der alte Mann nicht gesagt, glaubte ich, und so bog ich links ab. Ich fuhr so lange, bis ich wieder jemanden sah, den ich fragen konnte. Ein Mal noch rechts abbiegen und dann auf der linken Seite. Es gab kaum Häuser, außer ein paar Motels und einer Tankstelle. Hätte ich nicht gewusst, dass ich mich in einer Stadt befinde, ich wäre glatt durchgefahren auf der Suche nach ihr.

Die Post hatte natürlich noch geschlossen. Erst in drei Stunden würde sie öffnen. Hier tickten die Uhren anscheinend etwas langsamer. Ich beschloss, mir ein Diner zu suchen. Wenn ich Jace finden wollte, musste ich langsam etwas essen, um zu Kräften zu kommen. Ich fuhr die Strecke zurück, die ich gerade gefahren war und entdeckte hinter ein paar parkenden Trucks ein kleines Diner. Mein Jeep wirkte winzig und verloren, als ich ihn zwischen den riesigen Lkws parkte. Ich schleppte mich zum Eingang und war froh, dass ich mich dieses Mal nicht festhalten musste.

Das Diner hatte ich mir so vorgestellt, wie ich es aus alten amerikanischen Filmen kannte: Eine lange Theke in der Mitte des Raumes, schwarz weiße Fliesen im Schachbrettmuster und rote Sitzbänke an der Fensterfront. Auch hier gab es eine Theke und Sitzbänke, allerdings war alles eine Nummer kleiner und vor allem auch älter. Hier hätte dringend renoviert werden müssen.

Ich setzte mich auf eine Bank, deren braunes Leder sich schon langsam vom Sitz löste. Auf dem Tisch standen ein paar leere Kaffeebecher, Milch und Zucker sowie die typischen Senf- und Ketchupflaschen.

Eine Kellnerin kam mit einer Kanne Kaffee zu mir, zog fragend die Augenbrauen hoch und deutete auf die Tassen, die auf dem Tisch standen. Ich nickte und hielt ihr einen Becher entgegen. Sie goss mir Kaffee ein und legte mir eine Speisekarte hin. Sie blieb so lange an meiner Seite stehen, bis ich bestellte.

Pancakes. Sie waren mittlerweile zu meinem Lieblingsfrühstück geworden.

Während ich mir Zucker in den Kaffee gab, musste ich an Jace und seinen Spruch denken: »Zucker ist ein weißer Stoff, der dem Kaffee einen scheußlichen Geschmack gibt, wenn man vergisst, ihn rein zu tun.« Ich lächelte, als ich mich daran erinnerte, wie viel er von diesem weißen Stoff in den Kaffee schüttete. Eine von vielen Eigenarten an ihm, die ich vermisste. Ich vermisste sein breites Grinsen, wenn er mich anschaute – frech, als habe er gerade etwas ausgefressen, und doch liebevoll. Ich vermisste seinen einzigartigen Blick – egal ob tiefschwarz oder strahlend blau. Ich verlor mich in beiden. Ich vermisste seine weichen Lippen auf meinen und seine starken Arme, die mir Sicherheit geschenkt hatten.

Ich vermisste es, ihn beim Essen zu beobachten. Er hielt Messer und Gabel vertauscht, was er damit begründete, Linkshänder zu sein. Er band seine Schnürsenkel nie zusammen, sondern stopfte sie in die Schuhe. Er bog so lange an der Öffnungslasche einer Getränkedose herum, bis er diese abreißen konnte und warf sie in die leere Dose. Wenn er vor dem Fernseher einschlief, tat er das immer mit verschränkten Armen. Solche Dinge machten Jace aus und nicht sein Handeln nach der Vereinigung. Er musste wieder auf sich schauen und nicht auf den schwarzen Wolf.

Als die Bedienung mir die Pancakes brachte, stöhnte ich auf. Das war viel zu viel. Hunger hatte ich immer noch keinen, also stocherte ich eine Zeit lang in meinem Frühstück herum und zwang mich schließlich dazu, zwei kleine Pancakes zu essen. Dafür trank ich eine Menge Kaffee. Das Koffein musste mich wach halten und meinen Kreislauf ankurbeln.

Eine Stunde schlug ich im Diner tot, dann fuhr ich wieder zur Post, um dort zu warten, bis sie öffnete. Ich fühlte mich trotz der sechs Tassen Kaffee schlapp und schlief bereits nach kurzer Zeit im Jeep ein.

Erst als die Post schon über eine Stunde geöffnet hatte und ich ziemlich dringend auf die Toilette musste, wachte ich auf. Schnell ging ich hinein und fragte nach einer Toilette, aber der alte Mann hinter dem Schalter sagte, dass sie nur für Angestellte eine Toilette hätten. Zum Glück konnte ich ihn von meiner Dringlichkeit überzeugen und so begleitete er mich bis zur Tür, auf der ein kleines blaues Männchen klebte. Der Mann stand sicher kurz vor seiner Rente. Er hatte weiße Haare und war ansonsten wie mein alter Geschichtslehrer gekleidet. Cordhose und kariertes Hemd mit Ellenbogenflicken. Er verließ seinen Posten nicht und wartete, bis ich wieder herauskam. Wahrscheinlich dachte er, ich würde Briefe oder Pakete stehlen.

»Ich bin eigentlich hier, weil ich jemanden suche«, begann ich, als wir zurückgingen.

Der Mann blieb stehen und schaute mich mürrisch an. »Und wie kann *ich* Ihnen dabei helfen?«

»Ich habe die Nummer eines Postfaches und brauche die Adresse, die dort hinterlegt ist.«

»Darüber darf ich leider keine Auskünfte geben, Miss.« Er schob mich weiter zum Schalter, um mich hinauszubegleiten.

»Aber es geht um Leben und Tod!«, flehte ich ihn an. »Wenn ich meinen Freund nicht finde, dann …«, ich wusste nicht, wie ich es erklären sollte. Wussten die Leute in Clearwater etwas von Seelenpartnern?

»Es tut mir wirklich leid, aber ich kann Ihnen nicht helfen. Ich muss jetzt weiter arbeiten.« Er drängte mich vor den Schalter, an dem sich ein paar Leute angestellt hatten. Trotzig stellte ich mich hinten an und wartete, bis ich an der Reihe war.

»Schauen Sie doch bitte mal nach. Das Postfach muss auf einen Jace Heywood angemeldet sein. Ich brauche eine Adresse, wo ich ihn finden kann, oder einen Hinweis. Es ist wirklich sehr, sehr dringend.«

»Bitte Miss, solche Auskünfte darf ich nicht geben. Nicht umsonst hat derjenige ein Postfach gemietet. Vielleicht möchte er nicht gefunden werden.«

»Das hat er gemietet, weil dort, wo er wohnt, keine Post ausgeliefert wird!«, sagte ich patzig.

»Der Nächste bitte!« Der Mann ignorierte mich und hielt der Frau hinter mir die Hand hin, um ihre Briefe entgegen zu nehmen. Doch ich drängelte mich dazwischen. So schnell gab ich nicht auf.

»Er arbeitet ab und zu im Valley Resort, wenn er hier ist. Bitte, ich muss ihn finden. Ich würde Ihnen ja erklären, warum, aber das kann ich nicht. Ich kann Ihnen nur sagen, dass es verdammt wichtig ist. Bitte helfen Sie mir doch!« Meine Verzweiflung war nicht mehr zu überhören und ich schob ihm zitternd den Zettel mit der Nummer entgegen.

»Komm schon Bill, du warst sicher auch mal jung und verliebt. Auch wenn das schon Jahrhunderte her ist«, sagte ein Mann, der am Ende der Reihe stand. Die Leute vor ihm mussten lachen.

»Das bleibt auch unter uns«, fügte die Frau hinter mir hinzu und nickte beschwichtigend.

Der alte Mann, Bill, schlug wütend mit der Hand auf den Schalter. Ich zuckte vor Schreck zusammen. Gleich würde er mich packen und im hohen Bogen aus dem Gebäude werfen. Dann half mir die Unterstützung der anderen Kunden auch nicht mehr.

Aber Bill lockerte seinen Blick und griff unter den Tresen, um einen Ordner hervor zu holen. Ohne jegliche Emotion blätterte er ihn durch, bis er schließlich eine Seite eingehender studierte und immer wieder auf meinen Zettel blickte.

»Hier steht kein Jace Heywood«, sagte er trocken und schlug den Ordner zu.

Ungläubig starrte ich den alten Mann an. Das war unmöglich. »Aber auf wen ist das Postfach dann angemeldet?«, fragte ich.

Der Mann schnaufte, stellte den Ordner zurück an seinen Platz und schaute in die Menschenreihe hinter mir. Die Leute warteten ebenso neugierig auf seine Antwort, wie ich. »Dan Coleman. Der Nächste bitte!«

Dan? Der Taekwondo-Trainer? Er hatte für Jace das Postfach gemietet? Vielleicht war er ja zu ihm gefahren. Außer dem Dorf hatte Jace ja nur noch ihn. »Und wo finde ich diesen Dan Coleman? Es muss doch eine Adresse dabeistehen!«

»Dan findest du im Fitness Center«, antwortete der Mann von hinten.

Schnell notierte ich mir seine Wegbeschreibung und bedankte mich vielmals bei den Leuten in der Post. Ganz besonders bei Bill, der immer noch mürrisch guckte. Anscheinend war das einfach seine Natur.

Zum Fitness Center musste ich einige Kilometer über Land fahren. Rechts und links neben der Straße gab es nichts außer Bäume. Nur wenige Fahrzeuge kamen mir entgegen und ich befürchtete schon, dass ich mich verfahren hatte und bereits außerhalb der Stadt war, als ich das Fitness Center entdeckte. Als ich dort ankam, bemerkte ich, dass es sich auf derselben Straße befand wie der Supermarkt, bei dem wir unsere Vorräte geholt hatten. Ich erinnerte mich an den Streit mit Jace, den wir hier gehabt hatten und daran, wie eifersüchtig ich gewesen war, als ich ihn mit der Frau in den goldenen Klamotten gesehen hatte. Damals wollte ich mir nicht eingestehen, wie viel er mir bedeutete. Anscheinend wusste mein Herz es damals schon, sonst hätte ich nicht so reagiert.

Seitdem war verdammt viel passiert. Vielleicht auch zu viel, aber ich bereute nicht, dass Jace und ich uns getroffen hatten, auch wenn es mein Leben komplett verändert hatte. Ich schaute auf meinen Finger, an dem ich den Verlobungsring bis letzte Nacht getragen hatte. Auch diese Entscheidung bereute ich nicht.

Im Fitness Center war es angenehm kühl. Während draußen die Sonne brannte, leistete die Klimaanlage drinnen gute Arbeit. Ich ging zur Anmeldung und eine durchtrainierte Frau mittleren Alters beugte sich mir mit ihren riesigen Brüsten entgegen. Sie lächelte mich an. Durch ihre unnatürlich solargebräunte Haut wirkten ihre Zähne noch weißer.

»Ich suche Dan Coleman«, sagte ich freundlich.

»Der ist hinten im Trainingsraum. Aber da kannst du jetzt nicht rein, die Männer haben Training.« Sie zeigte auf eine Tür, die ich zwischen den Fitnessgeräten erkennen konnte.

»Danke.« Ich ignorierte ihren Hinweis und ging auf die Tür zu. Das Studio war fast menschenleer. Nur ein paar Frauen standen auf den Crosstrainern und strampelten sich die Lunge aus dem Hals, während sie sich in den Fernsehern an der Wand eine Talkshow anschauten.

»Warte! Du darfst da nicht stören!«, rief mir die Frau von der Anmeldung hinterher. Aber mir lief die Zeit davon, da konnte ich keine Rücksicht nehmen. Ich öffnete die Tür und schlüpfte in den Trainingsraum. Er war nicht besonders groß. An der Längsseite standen Spinningräder und gegenüber befand sich ein Regal mit Gummibällen, Aerobic-Bänken und Isomatten. In der Mitte des Raums lag eine riesige Matte ausgerollt, auf der gerade zwei Männer miteinander kämpften. Sie trugen einen gepolsterten Helm und Boxhandschuhe. Die anderen schauten dem Kampf gespannt zu. Ich suchte nach Jace, aber ich konnte ihn nicht finden.

Mit der Zeit zog ich die Aufmerksamkeit der Männer, die an der Seite saßen, auf mich. Sie starrten mich an, anstatt sich auf das Training zu konzentrieren. Ich dagegen war gefesselt davon. Es erinnerte mich an eine Mischung aus Karate und Boxen. Die Männer gingen aufeinander los und schlugen auf den Gegner ein.

Darin war Jace also gut? Damit gewann er hohe Preisgelder?

Ich verhielt mich ruhig, bis die Männer ihren Kampf beendet hatten, danach nahm ich all meinen Mut zusammen, räusperte mich und fragte laut in den Raum hinein: »Dan Coleman?«

Ein großer, breit gebauter Mann mit Glatze, der etwas abseits von den anderen saß, schaute mich an. Ich schätzte ihn auf dreiundvierzig Jahre ... mehr oder weniger. Sein Blick verdunkelte sich. »Bitte warte draußen! Ich komme nach dem Training zu dir«, sagte er überraschend freundlich, stand auf und ging zu den anderen.

»Es tut mir leid, Mr. Coleman, aber so lange kann ich nicht warten. Es geht um Jace.«

Dan drehte sich um und betrachtete mich von oben bis unten. Ich sah aus wie das letzte Elend und zupfte mein Shirt zurecht, aber das machte meinen Anblick auch nicht besser. Nachdem Dan mich ausgiebig untersucht hatte, nickte er und ging mit mir aus dem Trainingsraum.

»Normalerweise darf ein Training weder gestört, noch unterbrochen werden«, erklärte er, während er mich in ein winziges Büro führte. Darin fanden gerade ein Schreibtisch, ein Schrank und zwei Stühle Platz.

»Wäre es nicht so dringend, hätte ich auch gewartet.«

»Und ginge es nicht um Jace, hätte ich das Training nicht unterbrochen«, entgegnete Dan und bot mir einen Stuhl an. Jace war ihm offenbar wirklich wichtig.

»Ist er bei Ihnen?«, fiel ich gleich mit der Tür ins Haus.

»Sollte er es sein?«

»Ich hatte es gehofft.«

»Nein, bei mir ist er nicht. Steckt er in Schwierigkeiten?«

Ich fing an zu weinen und versteckte mein Gesicht in meinen Händen. Dan war meine letzte Hoffnung gewesen. Ich wusste nicht mehr weiter. Ich war am Ende. Am Ende meiner Kraft und am Ende jeglicher Hoffnung, Jace zu finden. Die Suche nach ihm hatte in einer Sackgasse geendet. Wie konnte ich ihn jetzt noch retten?

»Mensch Mädchen, was ist denn los?« Dan reichte mir aus einem kleinen Handtuchspender ein Tuch.

»Haben Sie eine Idee, wo er sein könnte?«, schluchzte ich.

Dan zog noch mehr Tücher aus dem Spender und legte sie vor mir auf den Schreibtisch. »Er lebt oben in den Bergen, in einem kleinen Dorf.«

Ich nickte. »Von da komme ich. Ich war auch schon im Clearwater Valley Resort, aber dort ist er auch nicht.«

Ich heulte ein Tuch nach dem anderen voll. Dan fragte mich, was für Probleme Jace hatte und wie er helfen könnte, aber ich konnte ihm nicht die Wahrheit sagen. Nachher hielt er mich noch für eine Irre, so wie ich aussah und wie ich mich benahm, und schmiss mich raus. Ich überlegte mir Ausreden, warum ich dringend nach ihm suchte und warum er überhaupt verschwunden war, doch keine meiner Ideen war auch nur ansatzweise brauchbar. Ich flehte ihn an, mir zu vertrauen, dass ich ihm zum jetzigen Zeitpunkt und ohne Jace' Einverständnis nichts sagen konnte. Dan erzählte mir, dass Jace früher häufig in der Klemme gesessen hatte, er sich aber von allein daraus befreien konnte.

Ich glaubte ihm, aber dieses Mal war es etwas anderes. Dieses Mal wusste Jace nicht einmal, dass er in Schwierigkeiten steckte, dass sein Leben in Gefahr war.

Mit dem letzten Tuch kam ich endlich etwas zur Ruhe und konnte meine Gedanken ordnen. »Jace hat mir erzählt, dass er manchmal an Kämpfen teilnimmt. Wettkämpfe, bei denen reiche Leute Wetten abschließen.«

Dan lachte. »Ja, Jace und diese verdammten Wettkämpfe. Seit Jahren rede ich auf ihn ein, dass er damit seine Karriere aufs Spiel setzt. Nicht immer geht dort alles mit rechten Dingen zu, wenn es um einen hohen Wetteinsatz geht. Aber ich glaube, er liebt den Nervenkitzel.«

»Wo finden diese Kämpfe statt?« Ein Fünkchen Hoffnung flackerte auf. Diese Wettkämpfe waren vielleicht eine kleine Spur, die mich zu Jace führen könnte.

»Irgendwo in Vancouver.«

»Vancouver?« Ich starrte Dan entsetzt an. »*Irgendwo?*«

»Je nachdem, wer den Kampf organisiert, findet er an einem anderen Ort statt«, erklärte Dan.

In mir brodelte Eifersucht auf. Wenn es eines war, das ich in Kanada und im Dorf gelernt hatte, dann war es, auf meine Gefühle zu hören. Ich wollte mir nicht vorstellen, dass Jace ausgerechnet bei dieser Frau sein könnte, denn das machte mir Angst. Angst, dass er zu einer anderen gehen könnte und mich durch sie ersetzte. Dennoch musste ich dem Hinweis nachgehen. »Kennen Sie eine Frau, ungefähr vierzig Jahre alt, blondierte Haare, Tonnen von Make-up im Gesicht, trägt auffällige Klamotten und sieht recht billig aus?«

»Cherry.« Dan lehnte sich zurück und verschränkte die Arme.

»Ja, die kenne ich. Egal, wo Jace einen Kampf hat, sei es innerhalb des Verbandes oder illegal, sie ist dabei. Durch ihn hat ihr Mann verdammt viel Kohle verdient.«

»Wissen Sie auch, wo die Kämpfe stattfinden, die ihr Mann organisiert?«

Dan rieb sich die Glatze. »Mädchen, ich will dich da überhaupt nicht hinschicken. Schlimm genug, dass Jace da mitmacht.«

»Mia, mein Name ist Mia Stern.«

»Gut, dann Mia. Dort hast du nichts verloren. Jace kann auf sich selbst aufpassen.«

»Und wenn er das gerade nicht kann? Hören Sie, mir liegt verdammt viel an Jace und wenn ich ihn nicht finde, dann ist er erst recht in Gefahr. Ich *muss* ihn finden. Koste es, was es wolle und egal, was mit mir passiert.«

Dan stützte seine Ellenbogen auf den Tisch und legte sein Kinn in die Hände. Mit faltiger Stirn und zusammengekniffenen Augen sah er mich an. Schweigend saßen wir uns gegenüber. Zu gern hätte ich jetzt in seinen Kopf geschaut, um zu wissen, was er denkt.

»Du hast Mut, das muss man dir lassen«, brach Dan das Schweigen. Er holte einen Stift und einen Zettel aus der Schreibtischschublade und schrieb mir eine Adresse und eine Telefonnummer auf. »Ich hoffe sehr, dass er nicht wieder auf der Straße gelandet ist. Sollte das der Fall sein und du brauchst Hilfe, dann ruf mich an.«

Erleichtert nahm ich den Zettel entgegen. Endlich konnte ich wieder hoffen. »Wie lange fährt man nach Vancouver?«, fragte ich.

»Ungefähr fünf Stunden.«

Ich schluckte. Das war viel länger, als ich gedacht hatte. »Dann muss ich mich beeilen. Vielen Dank für Ihre Hilfe.«

Wir standen auf und ich reichte Dan meine Hand zum Abschied. Dieser hielt mich kurz fest, als ich gehen wollte. »Freunde von Jace sind auch meine Freunde. Wenn irgendetwas sein sollte, kannst du jeder Zeit zu mir kommen.«

Ich nickte und schenkte ihm ein dankbares Lächeln.

Schnell rannte ich an den Fitnessgeräten und der vollbusigen Frau am Empfang vorbei, hinaus zum Jeep. Ich raste zu der Tankstelle, an der ich am Morgen vorbei gefahren war und tankte den Wagen voll. Zum Glück gab es dort nicht nur eine Straßenkarte, sondern auch einen Stadtplan von Vancouver. Umständlich faltete ich den Stadtplan auf der Motorhaube aus, um nach der Adresse zu suchen. Diese Stadt war riesig. Wie sollte ich ihn da nur finden?

•••

Als ich in Vancouver eintraf, fing es an zu donnern. Der Himmel hatte sich seit einigen Kilometern verdunkelt und mehrmals hatte es leicht geregnet. Das erste Sommergewitter war auf dem Weg.

Ständig musste ich am Straßenrand anhalten, um mich auf dem Stadtplan zu orientieren. Es war mühselig und ich kam nur langsam voran, weil ich mir vor Aufregung keine langen Strecken merken konnte. Zum Glück musste ich nicht durch die Innenstadt fahren. Ich wäre ein ziemliches Verkehrshindernis gewesen.

Gegen Abend hatte ich endlich die Adresse erreicht, die Dan mir aufgeschrieben hatte. Es war eine alte Turnhalle, die anscheinend lange nicht mehr in Benutzung war. Die Fassade war heruntergekommen, einige Fenster waren zertrümmert und auf dem Parkplatz platzte der Asphalt auf. Dennoch brannte Licht im Inneren. Ich stieg aus und ging langsam auf den Eingang zu. Der Wind frischte auf, was mich frösteln ließ. Ein paar kalte Regentropfen trafen mich, aber mich erschauderte eher die Angst, was mich in dieser Turnhalle erwarten könnte, als die kühle Nässe. Was für Menschen würden bei einem illegalen Wettkampf anwesend sein? Würde mir davon auch nur einer helfen, oder würden sie mir gleich eine Pistole an den Kopf halten, wenn ich nach Jace fragte? Hätte ich bei »Fight Club« doch nur besser aufgepasst, dann wüsste ich jetzt, wie ich mich zwischen schlagwütigen Kriminellen verhalten müsste.

Mit zitternder Hand öffnete ich die Tür einen Spalt weit und lugte hinein. Der typische Geruch einer Turnhalle stieg mir in die Nase, aber es roch auch sehr muffig, als ob hier schon lange nicht mehr geputzt worden war. Quietschend schob ich die Tür weiter auf und ging in den dunklen Flur. Das Linoleum löste sich an einigen Stellen und ich musste aufpassen, nicht zu stolpern. Meine unkoordinierten Schritte hallten im leeren Raum wider. Vom Ende des Ganges schien mir kaltes, flackerndes Licht entgegen. Ich presste mich an der Wand entlang und schaute vorsichtig um die Ecke. Es war eine sehr alte, kleine Turnhalle. Die Markierungen blätterten vom Bodenbelag ab, die Basketballkörbe waren aus den Verankerungen gerissen und die Wände, sowie die Anzeigetafel waren mit Graffitis übersät. Mitten im Raum war eine erhöhte Plattform aufgebaut, die wohl als Kampfbühne dienen sollte. Um sie herum befanden sich einige Reihen von Klappstühlen.

Ich schaute mich um, aber ich konnte nirgends jemanden sehen. Die obligatorische Ruhe vor dem Sturm.

Wie gerne hätte ich mich still und leise aus dem Staub gemacht, aber das hätte mich nicht weiter gebracht. »Hallo?«, rief ich. »Ist da jemand?«

»Was willst du?«

Ich blickte nach oben. Die Stimme kam aus einem kleinen Raum, aus dem früher wahrscheinlich die Anzeigetafel bedient worden war, doch ich konnte niemanden sehen. »Ich suche Jace Heywood!«, antwortete ich.

»Den suchen alle.« Es war eine junge männliche Stimme. Ich hörte, wie jemand eine Treppe hinunterging und sich dann der Halle näherte. Ein Kerl kam auf mich zu. Er schien jünger als ich zu sein, war sehr sportlich und trug ein weißes T-Shirt und eine kurze Hose. Seine braunen Haare hatte er mit Gel aufgestellt.

»Was willst du von ihm?«, fragte er.

Ich war erleichtert, dass er Jace kannte, aber dennoch durfte ich mir meine Nervosität nicht anmerken lassen. Ich schluckte den Kloß in meinem Hals hinunter und stellte mich gerade hin, um selbstbewusst zu wirken. »Was ich von ihm will, ist meine Sache.

Wo finde ich ihn?«

»Das hier sollte eigentlich sein Kampf sein«, der Junge zeigte auf die Bühne, »aber er ist nicht gekommen. Cherry tobt vor Wut.«

»Hast du eine Ahnung, wo ich ihn finden kann?«, fragte ich noch mal mit Nachdruck.

»Wenn ich wüsste, wo er steckt, müssten wir ihn nicht suchen, oder? Aber von mir aus kann er verschwunden bleiben. Jetzt komme *ich* endlich mal an die Reihe und kann zeigen, was ich drauf habe.« Er stemmte die Fäuste in die Seiten und spannte seine Arme an, um vor mir zu posieren.

»Du kämpfst an seiner Stelle?«

»Ja, heute Abend. Wenn du willst, kannst du gerne zuschauen.« Er machte einen Schritt auf mich zu und legte seine Hand um meine Hüften. Ich schaute ihn entgeistert an, aber vielleicht würde ich auf diese Weise etwas aus ihm herausbekommen. Flirten. Eine von vielen Sachen, die ich schon als Teenager nicht drauf hatte. Ich kam mir mehr als albern dabei vor, aber ich war eine Frau. Ich hatte gewisse Reize – wurde mir zumindest gesagt, also sollte ich sie auch einsetzen. Ich trat noch näher an ihn heran und spielte mit seinem T-Shirt. »Weißt du, ich würde so schrecklich gern kommen, aber ich habe noch eine offene Rechnung zu begleichen. Und dafür muss ich Jace finden«, ich drückte mich ganz nah an ihn, sodass sich unsere Körper berührten. Er grinste und hielt mich fest in seinem Arm. Es schien zu funktionieren.

Ich merkte, wie mein Magen sich umdrehte und die Pancakes vom Frühstück die Speiseröhre langsam hinauf wanderten. Dieser Kerl war mir zuwider, aber ich musste mein Spiel weiter spielen. Für Jace. Ich beugte mich vor, meine Lippen berührten das Ohr des schmierigen Typen. »Sag mir, wo ich ihn finden kann«, flüsterte ich, »und ich werde heute Nacht an deiner Seite sein.« Auch wenn ich wusste, dass kein einziges Wort der Wahrheit entsprach, fiel es mir schwer, das zu sagen. Es fühlte sich absolut falsch an. Angeekelt würgte ich mein Frühstück wieder hinunter.

Mit gierigem Blick glotzte er mir auf den Busen. »Na schön«, sagte er schließlich und zog einen Stift aus seiner hinteren Hosentasche. Er nahm meine Hand und schrieb mir etwas auf die Handfläche. Wieder eine Adresse. So langsam fühlte ich mich wie bei einer Schnitzeljagd. Hinweise. Nichts als Hinweise und Adressen. Als er fertig war, drehte er meine Hand um und küsste sie. Mein Magen rebellierte, aber ich setzte ein gespieltes Lächeln auf, als er meinen Arm streichelte.

»Heute Abend findet dort ein Kampf statt. Angeblich soll er dabei sein. Ich habe es niemandem gesagt, weil ich nicht will, dass Cherry ihn zurückholt. Ich hoffe, es ist sein letzter Kampf.«

»Sein letzter Kampf? Wie meinst du das?«

»Das sind spezielle Straßenkämpfe. Die werden bis zum Schluss ausgetragen. Die Leute, die da mitmachen, haben nichts, worum sie kämpfen könnten, außer ihrem Leben.«

Ich starrte ihn an, wollte nicht glauben, was er mir gerade erzählt hatte. Warum setzte Jace freiwillig sein Leben aufs Spiel? Wollte er es wegen des schwarzen Wolfes beenden? Oder suchte gerade dieser die Gefahr?

Der Kerl kam auf mich zu und legte seine Hände um mich. »Ich hoffe, du bist schnell mit der Pfeife fertig und kommst zu mir zurück. Dann zeige ich dir, wie ein richtiger Mann kämpft.« Er küsste meinen Hals und strich mit seinen Fingern über die hellgrünen Flecken. »War er das?«

Ich presste meine Lippen zusammen, um ihm nicht über die Schulter zu kotzen. Ich wollte zurückweichen und wegrennen, aber ich musste mich zusammenreißen. Hoffentlich bemerkte er die Tränen nicht, die meinen Blick bereits verschleierten. »Das war ein Unfall«, sagte ich so überzeugend, wie ich konnte. »Ich werde mich beeilen. Erwarte mich zum Kampf.« Ihm zuzwinkernd löste ich mich aus seinem Griff.

Auf dem Weg nach draußen hielt ich mich zurück, um nicht los zu rennen. Die Übelkeit nahm mit jedem Schritt, der mich näher zur Tür brachte, ab. Es war bereits dunkel und es regnete in Strömen. Ich sprintete zum Jeep, aber ich war trotzdem völlig durchnässt, als ich einstieg. Schnell suchte ich auf der Karte die Adresse, die der Typ mir auf die Hand geschrieben hatte. Es war ganz in der Nähe. Ein paar Kilometer weiter außerhalb der Stadt. Ich fuhr an alten Fabriken entlang, die teilweise verlassen und stillgelegt waren. Durch den starken Regen konnte ich kaum etwas erkennen, deshalb fuhr ich nur Schrittgeschwindigkeit. So etwas wie Hausnummern gab es nicht. Auf meiner Hand stand der Name einer Fabrik, aber viele Gebäude trugen keine Schilder oder Beschriftungen mehr.

Als mich ein Wagen überholte, weil ich zu langsam gefahren war, entschloss ich mich, ihm zu folgen. Wohin sollte man hier schon wollen, wenn nicht zum Kampf?

Mein Gefühl sollte mich nicht enttäuschen. Wir fuhren auf einen Hinterhof, auf dem bereits mehrere Autos parkten. Weiter hinten im Hof befand sich zwischen den Häusern ein riesiges Wellblechdach. Darunter standen auf einer Seite Autos, deren Scheinwerfer das Geschehen erhellten. Anscheinend fand dort der Kampf statt. Eine große Menschenmenge tobte im Scheinwerferlicht. Sie feuerten die Kämpfer mit Pfiffen und Geschrei an.

Ich parkte etwas abseits, um kein Aufsehen zu erregen. Als ich an den anderen Fahrzeugen vorbei ging, erkannte ich ein mir vertrautes Auto. Es war der Geländewagen von Jace. Auch wenn es immer noch in Strömen regnete und ich bis auf die Haut durchnässt war, strich ich mit meiner Hand über den glänzenden schwarzen Lack, damit ich mir sicher sein konnte, dass es wirklich vor mir stand. Ich schaute hinein, aber es saß niemand darin.

Ich konnte es nicht fassen. Jace war hier. Ich hatte ihn endlich gefunden. Auch mein Herz spürte, dass er in der Nähe war. Es meldete sich mit dem Hämmern zurück, welches ich immer hatte, wenn ich bei ihm war. Die Luft in meinen Adern wurde weniger und ich spürte das Blut durch meinen Körper fließen. Die Leere in mir wurde kleiner.

Voller Hoffnung ging ich auf die Menschenmasse zu und versuchte ihn zwischen all den Leuten zu finden. Die Kämpfer konnte ich nur als schwarze Schatten vor den blendenden Scheinwerfern erkennen. Beide hatten nackte Oberkörper und trugen lediglich eine Hose und Schuhe. Einer von ihnen wirkte eher plump und unbeholfen, seine Schläge trafen häufig ins Nichts. Um so mehr musste er einstecken. Der andere wusste genau, was er tat. Jeder einzelne Schlag saß. Wie ein schwarzer Panther bewegte er sich, elegant und Furcht einflößend. Geschickt wich er den Schlägen des Gegners aus, um daraufhin gleich zum Angriff vorzupreschen.

Ähnliche Bewegungen hatte ich im Training bei Dan gesehen, aber hier lag verdammt viel Aggressivität in ihnen. Ich quetschte mich durch die Menge, bis ich fast vorne stand. Nun konnte ich die Kämpfer besser sehen.

Ich zog scharf die Luft ein. Das Schlagen meines Herzens stockte und dennoch fiel eine unendlich große Last von mir ab. Ich erkannte seinen Körper, seine Muskeln. In mir erwachte das Verlangen, ihn zu berühren, ihm ganz nah zu sein. Es zog mich zu ihm, auch wenn er vor meinen Augen jemanden heftig verprügelte. Er schlug so kräftig zu, dass der andere bereits mehrere blutende Wunden im Gesicht und geschwollene Prellungen am Körper hatte. Seinen linken Arm ließ er schlapp herunterhängen, aber er gab nicht auf. Jace hatte nur einen kleinen Kratzer an der rechten Augenbraue. Sein Blick brannte vor Zorn und war auf sein Opfer fixiert. Seine Augen leuchteten wieder, wie die eines Raubtieres. Sah denn niemand außer mir dieses Glühen? Jedem anderen musste das doch unnatürlich vorkommen.

Jace drehte sich um die eigene Achse und trat seinem Gegner mit voller Wucht gegen das Knie. Ich hörte, wie Knochen brachen und der Mann fiel schreiend zu Boden. Er krümmte sich vor Schmerzen und hielt sein Bein mit dem intakten Arm fest. Jace beugte sich drohend über ihn und griff nach seinem Hals. Ich musste mir auch an meinen fassen. Ich wusste, wie sich dieser Griff anfühlte.

Jace holte langsam mit der anderen Hand aus und ballte die Faust. Er war bereit zuzuschlagen. Die Leute um mich herum waren außer sich. Sie feuerten Jace an, er solle ihm den letzten Schlag verpassen, es zu Ende bringen. Doch Jace zögerte. Er begann zu zittern und kämpfte gegen sich selbst.

Ich konnte mir das nicht länger mit ansehen, trat unter dem Dach hervor und stellte mich in den Regen. Nie im Leben hätte ich mir vorstellen können, dass Jace dazu fähig war, einen Menschen zu töten. Bei diesem Kampf war er die wilde Bestie, die Lisa in ihm sah. Das Animalische in ihm hatte die Menschlichkeit, an die ich noch immer geglaubt hatte, unterworfen. Der schwarze Wolf hatte gewonnen. Und dennoch loderte etwas in mir, das mir Kraft gab, um ihn zu kämpfen. Ich konnte und wollte Jace nicht aufgeben. Egal ob mit, oder ohne schwarzem Wolf. Ich brauchte ihn.

Die Zuschauer wurden wütender und brüllten. Ich beobachtete, wie sie wie wild durcheinander schrien und pfiffen, als Jace den Kampf abbrach und durch sie hindurchging. Er kam hinaus in den Regen und stand einige Meter vor mir. Sein Blick war nach unten auf seine Hände gerichtet. Er betrachtete sie von beiden Seiten und rieb sich die Fingerknöchel. Als er weiter gehen wollte, zögerte er kurz und schaute nach oben. Seine leuchtenden Augen blickten direkt in meine.

Die Welt um mich herum verschwand schlagartig. Ich war vollkommen im Bann seines Blickes gefesselt und konnte mich nicht bewegen. Seine Haut schimmerte unter den Regentropfen, die sich zwischen seinen Muskeln einen Weg nach unten suchten.

»Mia?«, flüsterte er ungläubig.

Seine Stimme klang vertraut. Ich hatte sie schrecklich vermisst und jetzt, da ich sie wieder hörte und ihn sah, wurde mir bewusst, dass ich nie wieder ohne ihn sein konnte.

Jace kam auf mich zu und betrachtete mich. Sein Blick wanderte von meinen Augen über meine schmalen Wangen, mein knöchernes Schlüsselbein, hinunter zu meinen Hüften, deren Knochen hervorstanden. Durch den Regen klebten die Klamotten auf meiner Haut und es war deutlich zu sehen, wie mager ich geworden war. Seine Augen verloren allmählich jegliche Wut und schauten mich immer trauriger an. Wenige Zentimeter vor mir blieb er stehen. Ich zitterte, weil mir trotz der Wärme, die durch meinen Körper strömte, kalt wurde. Er strich ganz vorsichtig über die hellen grünen Flecken an meinem Hals. Meine Haut fing unter seinen Berührungen wieder zu knistern an. Ich fühlte Jace. Nicht so stark, wie ich es früher konnte, aber ich spürte, dass er Mitleid mit mir hatte und sich Vorwürfe machte.

»Was ist passiert?«, fragte er leise.

»Ich wurde verlassen.«

»Du hättest nicht herkommen dürfen.«

»Du hättest mich erst gar nicht allein lassen dürfen.«

»Es ist besser für dich, wenn ich nicht in deiner Nähe bin.«

»Besser?« Ich trat einen Schritt zurück und breitete die Arme aus, damit er mich betrachten konnte. »Jace, du ahnst gar nicht, was ich durchgemacht habe.«

»Es ist zu gefährlich, wenn wir zusammenbleiben! Versteh das doch endlich!«

Ich griff nach seiner Hand und legte sie an meinen Hals. »Wenn du mich verlassen willst, musst du mich vorher umbringen. Ohne dich will und kann ich nicht leben.«

Jace nahm mein Gesicht in seine Hände und schaute mir tief in die Augen. »Ein Leben ohne mich ist besser für dich.«

»Ein Leben ohne dich wäre nur ein langsamer Tod.«

Jace schüttelte den Kopf. »Du bist wirklich dickköpfig.«

»Und kompliziert.«

Er lächelte kurz, wurde aber schnell wieder ernst. »Ich kann nicht. Ich will dich nicht in Gefahr bringen.«

Ich lachte verzweifelt auf. Er wollte über mein Leben bestimmen und ich versuchte, seines zu retten. Das Schicksal machte es mir nicht gerade einfach mit ihm. »Momentan bist du derjenige, der in Gefahr ist. Es sind Wilderer im Wald. Sie haben zwei komplette Rudel getötet und einen Wolf aus unserem Rudel beim Dorf.«

Er sah mich zugleich ungläubig und entsetzt an. Ich nahm seine Hand und hielt sie fest. »Ich bin den Wilderern bis zu ihrem Haus gefolgt. Ich konnte sie belauschen. Jace, sie wollen den schwarzen

Wolf töten.«

Jace zog seine Hand aus meiner und ging einen Schritt zurück. Er atmete schwer und schaute auf den regenüberfluteten Boden. »Vielleicht ist es besser so.«

»Was?!« Ich musste mich verhört haben.

»Wenn der schwarze Wolf tot ist, kann auch ich anderen nichts mehr antun. Ich kann *dir* nichts mehr antun.«

»Richtig, weil du auch tot bist!«, schrie ich ihn an.

»Dann ist dir wenigstens ein Leben ohne mich möglich«, sagte er leise und ging noch einen weiteren Schritt zurück.

Seine Worte brannten wie Feuer in mir. Er wollte sich töten lassen, damit ich nicht mehr in Gefahr war? Das konnte ich nicht zulassen. Ich glaubte noch immer an das Gute in ihm. Ich wusste, dass es da war. Warum nur wusste er das nicht?

»Mia, du verstehst das alles nicht. Ich führe nicht nur hier draußen einen Kampf. Ich hätte den Wettkampf eben beenden müssen, so wie es jeder andere tut, der hier teilnimmt. Ich wollte es auch, aber plötzlich stiegen in mir Zweifel auf. Ich kämpfe mit mir selbst, und wenn jemand anderes *diesen* Kampf beenden kann, dann soll er das bitte tun, bevor ich etwas Schlimmeres anrichte.«

Ich ahnte, wie verzweifelt Jace sein musste. Das Gute in ihm führte Krieg mit dem Bösen. Aber musste nicht das Gute überwiegen, wenn er Angst hatte, jemandem etwas anzutun? Immerhin hatte er den Kampf abgebrochen. Doch anstatt auf das Gute in sich zu bauen, gab er sich auf. Meine Tränen mischten sich mit dem Regen.

»Das kann nicht dein Ernst sein, Jace. Soll ich dir verraten, was passieren wird, wenn du dich töten lässt? Ich werde dir auf dem schnellsten Weg folgen. Ich habe mich für dich entschieden und bei dieser Entscheidung bleibe ich auch. Egal, wo du hingehst, ich werde dir folgen, auch über den Tod hinaus.«

All der Schmerz, den ich in letzter Zeit in mir gespürt hatte, kam wie ein Blitzschlag um das Vielfache verstärkt zurück, als mir klar wurde, dass Jace nicht gerettet werden wollte, dass ich ihn verloren hatte. Mein Körper und meine Seele verkrafteten die Belastung nicht mehr und gaben auf. Ich sank zu Boden und weinte bittere Tränen. Meine Gefühle kollabierten zusammen mit meinem Körper.

Jace kniete sich zu mir und hielt mich fest in seinen Armen. Ich fühlte, dass es ihn schmerzte, mich so zu sehen und meine Verzweiflung zu spüren. Er hatte Schuldgefühle, mir all das angetan zu haben.

»Ich habe sie gesehen, Jace. Sie ziehen ihnen das Fell ab. Ihre leeren Augen verfolgen mich. Ich sehe ständig ihre roten, nackten Körper vor mir. Ich sehe dich, wie du tot zwischen ihnen liegst.«

»Es tut mir so leid.« Jace hielt mich noch fester. Ich hatte den Eindruck, als würde er die schlechten Gefühle und Erinnerungen von mir übernehmen wollen, damit es mir besser ging. Weit und breit war keine Spur mehr vom schwarzen Wolf. Ich wurde von dem Mann umarmt, der mich auch in der Nacht im Zelt festgehalten hatte.

Ich schaute ihn an. Wie ein wolkenloser Himmel schimmerten seine Augen in der Dunkelheit. »Ich werde dich nicht aufgeben. Ich werde um dich und das Gute in dir kämpfen. Und wenn es meinen eigenen Tod bedeuten sollte.«

Jace nahm meine Hand und betrachtete den Finger, an dem der Verlobungsring fehlte. »Ich weiß«, sagte er leise.

Eine Weile lag ich noch in seinen Armen. Ich vergaß den Regen und die Kälte. Seine Nähe spendete mir den Trost, den ich in all der Zeit ohne ihn gebraucht hätte.

»Komm, du zitterst. Ich bringe dich ins Motel«, sagte Jace und trug mich zu seinem Wagen.

»Ich will bei dir bleiben«, flüsterte ich müde.

»Das wirst du.«

Von der Fahrt zum Motel bekam ich nichts mehr mit. Ich schlief schon im Wagen ein, bevor wir die Fabriken hinter uns gelassen hatten. Unsere Ankunft bekam ich nur im Halbschlaf mit. Jace trug mich durch einen langen Flur bis ins Zimmer. Dort setzte er mich vorsichtig auf das Bett. Ich schaute mich um. Überall lagen Klamotten verstreut.

»Entschuldige die Unordnung, aber mit Besuch hatte ich nicht gerechnet«, sagte er mit einem kleinen Lächeln und reichte mir eines seiner T-Shirts. »Du solltest aus den nassen Klamotten raus.«

Ich versuchte mich von meinem Oberteil zu befreien, aber es klebte fest an meiner Haut und mir fehlte die Kraft, es auszuziehen. Jace half mir und streifte mir das Shirt ab. Sein Blick fiel auf meine hervorstechenden Rippen und seinen Gürtel, den ich um mich herum gewickelt hatte. Wortlos, aber mit sorgenvollem Gesichtsausdruck zog er mir die nasse Hose aus, während ich mir sein T-Shirt überwarf.

Ich legte mich auf die Seite und kuschelte mich in die warme Decke. »Versprich mir, dass du hier bleibst«, flehte ich Jace an. Noch einen Morgen, an dem ich von ihm verlassen aufwachte, würde ich nicht verkraften können.

Jace schmiss seine nasse Hose in eine Ecke und legte sich hinter mich. Er zog mich ganz nah an sich heran. Ich lag in seinen starken Armen, die mich festhielten und fühlte seinen Herzschlag.

»Versprochen.«

Kapitel 15

*Es gibt mehr als eine Straße,
die zum Leben nach dem Leben führt.
Es gibt mehr als eine Art zu lieben.
Es gibt mehr als einen Weg,
die andere Hälfte seines Selbst
in einem anderen Menschen zu finden.
Es gibt mehr als eine Art,
den Feind zu bekämpfen.*

Als warme Sonnenstrahlen auf meine Haut fielen, wusste ich sofort, wo ich war. Ich streckte meine Arme weit aus, strich mit meinen Händen über das saftige Grün und atmete den blumigen Duft des Flieders ein. Aber das Gras fühlte sich anders an und auch der Duft des Flieders hatte sich verändert. Vorsichtig öffnete ich meine Augen. Ich konnte erst nicht glauben, was ich sah. Die Wiese hatte sich in ein Meer aus blauen Blüten verwandelt. Dieser Anblick war ungewohnt und wunderschön zugleich.

Ich war überglücklich, als ich den Wolf an meiner Seite bemerkte. Sein schwarzes Fell war noch immer mit weißen Haaren durchströmt. Die eisblauen Augen strahlten mich freundlich an. Ich zögerte nicht und umarmte ihn erleichtert. Wie sehr hatte ich ihn doch vermisst. Lange hielt ich ihn in meinen Armen, während er seinen Kopf auf meine Schulter legte. Sein Herz schlug im selben Takt wie meines. Er war ein Teil von mir.

»Ich wünschte, du könntest mir helfen. Ich wünschte, du könntest zeigen, dass du nicht schlecht bist«, flüsterte ich. »Was soll ich nur tun?«

Der Wolf löste sich aus meinem Griff und schaute zum Himmel. Plötzlich fing es an zu dämmern. Die Sonne verschwand hinter den Fliederbäumen und es wurde schnell dunkler, bis schließlich Nacht war und die Vögel verstummten. Die Augen des Wolfes strahlten mit den Sternen am Nachthimmel um die Wette. Sie waren so wunderschön, dass ich nie genug von ihnen bekommen könnte. Der Wolf blickte zum Himmel, bis der Mond am Horizont erschien. Es war Vollmond. Er zog seine Bahn durch die Nacht, bis er direkt über uns stand. Dort wurde er schmaler. Ein dunkler Schatten schob sich vor den Mond, wobei sich dieser verfärbte. Anfangs wirkte er gelblich, doch je weiter sich der Schatten über ihn legte, desto röter wurde er. Es war nicht nur eine Mondfinsternis. Es war ein Blutmond.

Nach kurzer Zeit wanderte der Schatten weiter und der Mond strahlte gewohnt silbern in seiner vollen Größe.

Der Wolf wandte seinen Blick vom Himmel ab und schaute mich

an. Die eisblauen Sterne in seinen Augen begannen ihre Farbe zu verändern. Das kräftige Himmelblau in der Mitte wechselte in ein helles Türkis – die Farbe des Meeres.

Der Wolf sah mich so eindringlich an, wie er es noch nie getan hatte. Was wollte er mir sagen? Was hatte der Mond zu bedeuten? Warum veränderten sich seine Augen erneut?

Nachdem der Mond untergegangen war, wurde es wieder taghell und wir legten uns wie gewohnt auf die Wiese, umgeben von blauen Blüten. Ich legte meinen Arm um ihn, damit ich sein Herz fühlen konnte. In diesem Moment erfüllte mich vollkommenes Glück. Ich wollte für immer hier liegen bleiben und in den Tiefen des Meeres seiner Augen versinken.

»Mia?«

»Mh?«

»Komm, du musst aufstehen. Wir müssen los, und du musst etwas essen.«

Ich schnappte mir die Decke und zog sie über meine Ohren. »Ich esse im Büro.« Aufzustehen war unmöglich. Ein paar Minuten musste ich noch liegen bleiben, um dieses wunderbare Gefühl meines Traumes nicht gleich zu verlieren.

»*Wo* willst du was essen?«

Moment. Irgendetwas stimmte nicht. Das Bett und die Decke fühlten sich nicht wie mein Bett und meine Decke an – und die Stimme klang überhaupt nicht nach Thomas.

Erschrocken riss ich die Augen auf und schaute die Person mir gegenüber verschlafen an. Es dauerte ein paar Sekunden, bis ich mich orientiert und gesammelt hatte. Diese wunderschönen blauen Augen, die mich beobachteten, kannte ich. »Jace?«

»Wen hast du sonst erwartet?« Jace hockte vor meiner Bettseite und strich mit seiner Hand über meine Wange. Er war geblieben. Er hatte sein Versprechen eingehalten.

Seine Sachen waren bereits gepackt und meine lagen trocken auf einem Stuhl. Langsam richtete ich mich auf. Mir wurde schwarz vor Augen und alles um mich herum drehte sich. Mein körperlicher Zustand hatte sich im Gegensatz zu meinem seelischen nicht verbessert.

Ich lehnte mich mit dem Rücken an die Wand und schloss die Augen, damit ich nicht aus dem Bett kippte.

»Hier, trink das.« Jace reichte mir einen Pappbecher mit Kaffee. Vorsichtig nippte ich daran, um den Zuckergehalt zu überprüfen. Zum Glück hatte er nicht seine gewohnte Menge hineingetan.

Allmählich pendelte sich die Welt wieder ein. Nachdem ich den Kaffee ausgetrunken hatte, versuchte ich aufzustehen. Als ich halbwegs auf den Beinen stand, gaben sie nach und ich kippte zurück auf das Bett. Es war ein schreckliches Gefühl, wenn der Körper nicht mitspielen wollte.

Jace beobachtete mich besorgt. »Was mache ich nur mit dir?«, fragte er, mehr zu sich selbst.

»Tut mir leid.« Ich wollte ihm auf gar keinen Fall Umstände bereiten. Er hatte seit seiner Vereinigung schon genug Probleme mit sich selbst.

»Nein, *mir* tut es leid«, sagte Jace, während er mich hochzog und festhielt.

»Siehst du«, ich versuchte, vor ihm stehen zu bleiben. »Einem schlechten Menschen könnte nichts leid tun. Glaubst du mir endlich, dass du ein guter Mensch bist?«

Jace zog mir das T-Shirt über den Kopf und streifte mir mein trockenes Oberteil über. »Ich weiß es nicht. Du stellst meine Weltanschauung ziemlich auf den Kopf.«

»Vielleicht habe ich nur gelernt, mehr auf mein Herz zu hören, als du es bei deinem tust.«

»Deshalb möchte ich versuchen zu hoffen, dass dein Herz dir das Richtige sagt.« Er zog mich weiter an und band mir sogar die Schuhe zu. Ich kam mir wie ein kleines Kind vor, obwohl es ein gutes Gefühl war, dass er sich um mich bemühte und für mich da war. Dennoch konnte ich zwischen uns eine Barriere fühlen. Es war nicht mehr wie vor seiner Vereinigung.

Jace musste mich festhalten, während wir zu seinem Wagen

gingen.

»Der Jeep!«, rief ich, als er losfahren wollte. Den hatte ich völlig vergessen.

»Den habe ich heute morgen zu einer Filiale der Autovermietung gebracht. Lisa wird sich über die Rechnung freuen. Der muss nämlich zurück nach Calgary überführt werden.« Jace amüsierte dieser Gedanke anscheinend, denn er grinste breit vor sich hin. Ein vertrauter Anblick, den ich hoffentlich nie wieder verlieren werde.

»Aber ich hätte ihn doch zurückfahren können«, schmollte ich. Auch wenn Jace darüber schadenfreudig war, tat Lisa mir leid.

»Du kannst dich nicht mal auf den Beinen halten und willst fünf Stunden Auto fahren?«

»Ich bin schließlich auch hier hergefahren.«

»Ich weiß«, grummelte Jace, »und dir hätte sonst was passieren können.«

»Schlimmer als die letzten Wochen hätte es nicht sein können.«

Darauf antwortete Jace nicht, aber sein Gesichtsausdruck verriet, dass es ihm wirklich leid tat, wie schlecht es mir in letzter Zeit gegangen war. Immerhin hatte er gestern den Schmerz fühlen können, den er mir verursacht hatte. Genauso konnte ich allerdings auch seine Gefühle wahrnehmen, dass er mit dem schwarzen Wolf sterben wollte, wenn ich dadurch sicher wäre. Aber das würde ich mit allen Mitteln zu verhindern wissen. Und wenn es mich mein eigenes Leben kostete.

Jace hielt unterwegs an einem kleinen gemütlichen Restaurant an, obwohl ich keinen Hunger hatte. Auf unseren Platzmatten stand die Speisekarte. Ich studierte sie rauf und runter und hoffte, mich vor dem Essen drücken zu können.

»Ich fahre keinen Meter weiter, bis du nicht was gegessen hast«, sagte Jace ernst.

»Aber wir haben doch keine Zeit.«

»Je länger du mit dem Essen wartest, desto größer wird die Gefahr, dass ich tot vom Stuhl kippe.« Er lehnte sich grinsend zurück und faltete die Hände hinter dem Kopf.

»Das ist nicht witzig.« Sein Leben stand auf dem Spiel und er machte Späße darüber. Vielleicht war das seine Art, die Gefahr zu verdrängen.

Als die Kellnerin unsere Bestellung aufnehmen wollte, bestellte ich eine Coke. Jace sah mich bissig an, was seine Augen zum leuchten brachte. Er erinnerte mich an den schwarzen Panther vom Kampf am Abend zuvor. Auch wenn ich wusste, dass er mir nichts tun würde, lief mir ein kalter Schauer über den Rücken.

»French Fries«, nuschelte ich noch hinterher.

Mit einem zufriedenen Lächeln bestellte er das Gleiche.

Während Jace seine Portion bereits aufgegessen hatte, sah man meiner nicht einmal an, dass davon etwas fehlte. Ich kämpfte mit jedem einzelnen Bissen. Nach einer Handvoll Pommes schob ich demonstrativ den Teller beiseite.

Jace schüttelte den Kopf. »Soll das jetzt so weiter gehen?«

Ich zuckte mit den Schultern. Was sollte ich darauf auch antworten? Hatte er ernsthaft gedacht, ich kehre ohne Weiteres in mein altes Leben zurück, als er mich verließ? Dass ich zurück zu Thomas ging und mit ihm glücklich wäre? Nun saß ich hier, abgemagert, ein Schatten meiner selbst und er konnte einfach nicht verstehen, warum es mir schlecht ging.

Ohne ein weiteres Wort bezahlte er und wir gingen hinaus auf den Parkplatz.

»Bist du jetzt sauer?«, fragte ich, als wir beim Wagen angekommen waren. Auf eine fünf Stunden lange Fahrt, auf der wir uns anschwiegen, hatte ich keine Lust, deshalb klärte ich es lieber gleich.

»Sauer? Ja, ich bin sauer auf dich!« Jace packte mich an den Schultern und drückte mich gegen die Ladefläche seines Wagens. »Du tust nie, was ich dir sage! Ich sage, dass ich weggehe, du kommst mir hinterher gefahren. Ich sage, dass du gehen sollst, aber du tust es nicht. Ich sage dir, dass du etwas essen musst und du weigerst dich! Es kotzt mich an, dass du ständig denkst, alles besser wissen und alles besser machen zu müssen!«

Seine Augen funkelten mich an und sein Griff verstärkte sich. Er war dermaßen wütend, dass der Wolf in ihm tobte. Aber ich lächelte, stellte mich auf die Zehenspitzen und küsste ihn.

»Was soll das?«, zischte Jace und wich zurück.

So hatte ich mir den ersten Kuss nach unserer Trennung nicht vorgestellt, aber ich grinste weiterhin über das gesamte Gesicht. »Du bist sauer, weil du dir Sorgen um mich machst und mich vor dir beschützen willst. Aber da kann der Wolf in dir noch so stark durchkommen wie er will, mich anschreien und festhalten. Der Grund dafür liegt in deiner guten Seite.«

»Du …«, Jace zeigte drohend auf mich und kam einen Schritt näher. Sein Körper war angespannt und er ballte die Hand, die eben noch auf mich gezeigt hatte, zur Faust, während er mich weiter anzischte: »Du …«

Ich nahm seine Faust und hielt sie in meiner Hand, während meine andere über seine Wange strich. Die Wut in seinen Augen ließ nach und er entspannte sich langsam. Schließlich legte Jace seine Stirn an meine und atmete tief ein. »Du bist zu gut für mich«, flüsterte er.

»Das bin ich nicht.«

»Doch. Du bist etwas ganz Besonderes. Du weißt es nur noch nicht.«

Ich lächelte. »Genau wie du.«

Die Fahrt verlief sehr ruhig. Jace hatte keinen Wutanfall mehr und ich war bedacht, ihn nicht herauszufordern. Auch wenn wir nicht viel miteinander redeten, war ich froh, wieder in seiner Nähe zu sein. Dadurch wusste ich, dass es ihm gut ging, dass er am Leben war.

Als wir vor dem Dorf hielten, wirkte Jace unsicher, fast ängstlich. Zögerlich stieg er aus dem Wagen, während ich bereits auf dem Weg zu seinem Haus war.

Lisa öffnete die Tür, als sie mich sah. »Mia! Gott sei Dank, du bist wieder da. Hast du ihn … hast du.« Sie kam auf mich zu und beantwortete ihre Frage selbst, als sie Jace sah. Sie schaute ihn verachtend an und begrüßte ihn nicht einmal.

Yaris stürmte sofort auf mich zu, um mich zu begrüßen. Wieder landete ich auf meinem Hintern und versuchte zwischen den Ableck-Attacken zu atmen. Als er Jace entdeckte, ging er ganz vorsichtig auf ihn zu. Er legte die Ohren an, duckte sich und klemmte seinen Schwanz ein. Er schnupperte aus der Ferne, aber als Jace in die Hocke ging und die Hand nach ihm ausstreckte, zuckte er zusammen und rannte hinter mich.

»Gib ihm Zeit«, versuchte ich Jace zu trösten.

Lisa zeigte mit dem Finger auf ihn. »Heißt das, der bleibt hier?«

»Natürlich bleibt er hier«, antwortete Papewas, der über den Dorfplatz zu uns kam. »Er ist genauso willkommen, wie jeder andere auch. Ich freue mich, dich zu sehen.« Er legte seine Hand auf Jace' Arm, doch dieser starrte verbissen auf den Boden. Vermutlich hatte er dem Ältesten gegenüber ein schlechtes Gewissen, dass er mich geschlagen und das Dorf verlassen hatte, ohne sich zu verabschieden.

Papewas drehte sich zu mir um. »Du siehst viel besser aus!«

Verwundert hob Jace den Kopf. Er konnte es anscheinend nicht fassen, dass mein aktueller Zustand nicht mein schlimmster war.

»Ja!«, schrie Lisa ihn an, als sie seinen Blick bemerkte. »Du hättest sie mal sehen sollen! Du hast sie fast umgebracht!«

»Jetzt ist nicht die Zeit für Vorwürfe. Kommt. Ich habe gekocht und möchte mit euch essen. Lisa, holst du Jan dazu?« Papewas ging voran zu seiner Hütte. Wir folgten ihm, wobei Jace nicht aufblickte. Die Dorfbewohner beobachteten uns missmutig. Ich hätte sie am liebsten angeschrien, dass sie damit aufhören sollten, dass er nichts für sein Verhalten konnte, aber wahrscheinlich hielten sie mich bereits für verrückt, weil ich ihn zurück geholt hatte.

Jan nahm mich in den Arm, als er zu uns kam. Auch er begrüßte Jace nicht. Die beiden mussten ihn wirklich sehr verabscheuen.

Wir saßen alle an Papewas' Küchentisch, während er die Kartoffelsuppe in Teller füllte. »Mia? Möchtest du auch einen Teller Suppe oder lieber den Trunk?«

Ich verzog das Gesicht. »Suppe, auf jeden Fall Suppe.«
Papewas lachte und reichte mir einen Teller.
»Was für ein Trunk?«, fragte Jace.
»Das Rezept habe ich von meinem Großvater bekommen. Es ist zwar kein Heilmittel, versorgt aber den Körper mit allen wichtigen Nährstoffen, damit er nicht …«, Papewas stockte. »Aber jetzt isst Mia ja wieder. Oder?«
Ich nickte stumm.
Als Jace aufgegessen hatte, tauschte ich meinen halb vollen Teller mit seinem leeren und lächelte ihn schüchtern an. Ich hoffte, dass er jetzt nicht wieder ausrastete, denn das würde die ablehnende Haltung meiner Freunde ihm gegenüber nur bekräftigen. Aber er lächelte, zeigte mir jedoch mit einem Kopfschütteln, dass er es nicht guthieß.
Lisa beobachtete uns misstrauisch. »Wollt ihr jetzt so tun, als ob nie etwas gewesen sei?«
Wir schauten uns schweigend an. Bis jetzt hatten wir noch nicht über die Geschehnisse an jenem Abend gesprochen. Von meiner Seite aus mussten wir das auch nicht tun. Ich hatte gespürt, dass es ihm wahnsinnig leid tat und er sich Vorwürfe machte, sich dafür sogar hasste. Das genügte mir als Entschuldigung. Lisa schmiss ihren Löffel auf den Tisch. »Also tut mir leid, aber ich kann das nicht. Wölfe hin oder her, aber ich sehe sicher nicht dabei zu, wie dieser Mistkerl in Mias Nähe bleibt.«
»Lisa!«, schrie ich sie an, doch bevor ich Jace in Schutz nehmen konnte, fiel sie mir ins Wort. Sie wirkte völlig aufgebracht.
»Er hat dich verletzt, dich misshandelt! Er hat dich fast umgebracht, Mia! Bist du wirklich so blind vor Liebe?«
Plötzlich sprang Jace auf und schlug mit beiden Fäusten heftig auf den Tisch. Er bäumte sich bedrohend vor Lisa auf. Seine blauen Augen funkelten sie zornig an. »Glaubst du etwa, mir täte das nicht leid? Es zerreißt mich jeden Tag, zu wissen, was ich ihr angetan habe. Was denkst du, warum ich sie verlassen habe? Weil ich sie vor mir beschützen wollte! Von mir aus können sie den schwarzen Wolf

töten und mich damit auch, wenn Mia dadurch in Sicherheit ist!«

»Interessant«, murmelte Papewas, der das Schauspiel an seinem Küchentisch neugierig betrachtete.

Lisa schreckte zurück. »Seht ihr! Er ist unberechenbar! Jetzt geht er schon auf mich los!«

»Er hat dich nicht einmal berührt, sondern sich nur verteidigt.« Jan legte seine Hand auf Lisas Arm. »Wenn auch etwas forsch. Beruhige dich jetzt mal.« Wenigstens er blieb ruhig und prügelte nicht verbal auf Jace ein.

»Sollen sie den Wolf erschießen. Dann sind wir ihn wenigstens los«, zischte Lisa.

In diesem Moment konnte ich mich nicht mehr zurückhalten und stellte mich demonstrativ neben Jace. »Du glaubst doch nicht etwa, dass ich das zulassen werde? Ich werde die Wilderer verfolgen und davon abhalten, den Wolf zu töten.«

»Du willst dich selbst in Gefahr bringen? Für ihn? Du kannst dabei drauf gehen.«

»Lisa, mir ist es völlig egal, in welcher Gefahr ich sein werde und ob ich dabei drauf gehe. Fang endlich an, zu akzeptieren, dass ich ohne Jace nicht leben will.«

Lisa starrte mich entsetzt an. »Du willst dein Leben für jemanden geben, der es dir nehmen wollte?«

»Wenn es sein muss und er dadurch am Leben bleibt: Ja!«

Jace drehte mich zu sich um. Seine Augen schimmerten immer noch, aber sein Blick war weicher geworden. »Das werde ich nicht zulassen.«

Jan bat uns, wieder Platz zu nehmen. »Bevor hier irgendwer stirbt, würde ich gerne hören, wie Mia die Wilderer aufhalten möchte.« Er war der Einzige, der nicht durch seine Gefühle aufgewühlt wurde und die Situation mit dem nötigen Abstand betrachten konnte. Ich war ihm dankbar, dass er mir – und hoffentlich auch Jace – eine Chance gab.

»Der eine Wilderer sagte, dass deren Boss in ein paar Tagen zurückkommen wird und sie dann weiter nach Norden reisen. Bis dahin wollen sie den schwarzen Wolf erlegt haben. Wir müssen nur verhindern, dass sie ihn erwischen.«

»Aber du kannst nicht rund um die Uhr in der Nähe der Wilderer bleiben«, entgegnete Jan.

»Ich nicht. Eure Seelenpartner schon. Wenn ihr die Kerle durch sie beobachtet, werden wir wissen, wann und wohin sie auf die Jagd gehen.«

Jan strich sich über seine Locken und legte die Hand in den Nacken. »Kann Jace dem Wolf nicht mitteilen, dass er verschwinden soll?« Er machte sich wenigstens Gedanken, wie wir den Wolf retten konnten. Lisa hingegen saß schmollend auf ihrem Stuhl. Wahrscheinlich fühlte sie sich von ihrem Bruder hintergangen, weil er Jace helfen wollte.

»Das wird nicht funktionieren«, sagte Papewas. »Oder kannst du deinen Schmetterlingen befehlen, wohin sie fliegen sollen? Wir können teilhaben an ihnen, aber über sie bestimmen können wir nicht.«

»Aber um die Wilderer zu beobachten, muss das ganze Dorf mitmachen. Und ich glaube nicht, dass sie Jace so wohlgesonnen sind, dass sie zustimmen werden«, warf Lisa schnippisch ein.

Papewas legte seine Hand auf ihre. »Hier geht es nicht um das, was Jace getan hat. Ich verstehe deine Wut, aber wenn wir verhindern können, dass Lebewesen aus sinnlosen Gründen umgebracht werden, dann müssen wir das tun. Ich werde die Dorfbewohner darum bitten, uns zu helfen.«

Ich merkte, wie Lisa mit sich kämpfte. Auf der einen Seite hasste sie Jace und hatte Angst um mich. Auf der anderen Seite wusste sie, dass die Wilderer eine noch größere Gefahr waren. Nicht nur für die Wölfe, sondern auch für Jace und somit auch für mich. »Und wie verhindern wir, dass sie den Wolf erschießen? Laufen wir hinterher und bedrohen sie?«

»Ihr macht gar nichts«, sagte ich. »Ihr beobachtet sie, das ist schon eine große Hilfe. Wenn ihr merkt, dass sie auf die Jagd gehen, werde ich sie verfolgen und davon abbringen. Jace versucht währenddessen den Wolf zu verjagen. Eins von beidem muss funktionieren.«

»Und wenn nur Jace zurückkommt, weil sie dich abgeknallt haben?« Lisa gefiel der Plan ganz und gar nicht. Ihre Augen wurden feucht und sie drehte sich von uns weg, um ihre Tränen wegzuwischen. Ihre Angst um mich war anscheinend größer als ihre Wut.

Jace legte seinen Arm um meine Schultern. »Ich werde nicht ohne Mia zurückkommen.«

»Und ich nicht ohne Jace«, fügte ich hinzu und legte meine Hand in seine.

»Hätte ich dich bloß nie hier hergebracht«, warf sich Lisa vor. »Dann müsste ich jetzt keine Angst um dein Leben haben.«

Ich stand auf und umarmte sie. Ich drückte sie fest an mich, während ihre Umarmung zurückhaltend war. »In Hamburg hatte ich doch gar kein richtiges Leben. Ich habe nur funktioniert. Lisa, seitdem ich hier bin, lebe ich endlich, ich fühle endlich etwas. Sei es Glück, Liebe oder Schmerz. Durch dich habe ich etwas gefunden, für das es sich zu leben lohnt ... oder eben zu sterben.«

Lisa seufzte und schaute zu Jace. »Versprich mir, dass du sie wieder zurückbringen wirst.«

Jace nickte. »Das werde ich.«

»So meine Lieben, es ist spät. Ich muss über alles nachdenken. Heute Abend habe ich viel über euch erfahren, das muss ich ordnen. Geht schlafen, ich werde mich um die Seelenpartner kümmern.« Papewas brachte uns zur Tür. Jace verabschiedete er mit einer langen Umarmung. »In dir ruht etwas Großes, mein Junge. Da bin ich mir sicher. Nutze das.«

Ich war gerade mit Jace auf dem Weg zu seiner Hütte, da hielt Lisa mich am Arm fest. »Nein. Du kommst mit uns. Ich will dich nicht mit ihm alleine lassen.«

»Sei nicht albern. Ich bin seit gestern mit ihm allein.«

»Und ich bin tausend Tode vor Sorge gestorben. Du schläfst bei uns. Deine Sachen und Yaris sind schon drüben.«

Ich schaute zu Jace, in der Hoffnung, er würde mir helfen. Er kam auf mich zu und umarmte mich. »Wenn es sie beruhigt, solltest du mit ihr gehen.«

»Ich will aber bei dir bleiben.«

»Wir sehen uns morgen früh wieder. Ich werde bei dir sein, wenn du aufwachst.« Jace beugte sich zu mir herunter und gab mir einen langen Abschiedskuss. Der erste richtige Kuss seit Langem. Ich hielt ihn fest bei mir, während mein Verlangen nach ihm immer größer wurde. Mein Körper wurde von seinem angezogen und ich konnte nichts dagegen tun – ich wollte nichts dagegen tun.

Lisa zerrte mich mit aller Kraft von ihm weg. Sehnsüchtig sah ich ihm hinterher, als er über den Dorfplatz ging und in seiner Hütte verschwand. Zu wissen, dass er in meiner Nähe war, war nicht dasselbe, als ihn direkt neben mir zu haben. Ich wäre ihm gerne nachgelaufen, doch Lisa zog mich ins Haus.

Yaris lag auf dem Sofa und hob den Kopf, als er uns hörte. Ich setzte mich zu ihm, er legte seinen Kopf auf meinen Schoß und ich kraulte ihm die Ohren.

»Mia, ich hoffe du weißt, was du tust«, sagte Lisa und lehnte sich mit verschränkten Armen an den Schrank.

»Können wir das Thema jetzt nicht mal lassen? Ich weiß, dass du Jace nicht traust und dir Sorgen um mich machst. Aber das wird an meinem Entschluss nichts ändern.«

Lisa öffnete den Schrank, zog einen Briefumschlag heraus und hielt ihn mir hin. Es war mein Brief an Thomas. Ich hatte ganz vergessen, ihn Jan zu geben, damit er ihn in Clearwater zur Post bringen konnte. Es ärgerte mich, dass ich ihn nicht selbst mitgenommen hatte.

»Noch ist es nicht zu spät, Mia. Du kannst noch zurück.«

»Rede ich hier eigentlich gegen eine Wand?«, wütend riss ich Lisa den Brief aus der Hand. »Ich *kann* und ich *will* nicht zurück! Ich habe mich für Jace entschieden, hörst du? Für Jace! Egal, welche Folgen das für mich haben wird!«

»Und für *mich*?«, brüllte Lisa. »Bin ich dir so egal, dass es dich nicht interessiert, was für Folgen es für *mich* haben könnte? Ich könnte meine Freundin verlieren. Meine beste Freundin.« Weinend setzte sie sich auf das andere Sofa und vergrub ihr Gesicht in den Händen.

In mir wuchs das schlechte Gewissen. Ich war so sehr auf Jace fixiert gewesen, dass ich ihre Gefühle außen vor gelassen hatte. Aber warum sollte ich auf ihre Rücksicht nehmen, wenn sie meine nicht akzeptieren konnte? Eine Freundin sollte hinter der anderen stehen und sie unterstützen. Lisa tat das nicht. Sie verurteilte nur. Dennoch war sie mir wichtig. Jeder machte Fehler.

Ich nahm sie in den Arm, um sie zu trösten. »Natürlich bist du mir nicht egal. Ich habe dir so viel zu verdanken. Aber ich kann nicht anders. Ich spüre ihn, Lisa. Ich spüre ihn in meinem Herzen und ich glaube auch in meiner Seele. Ich liebe ihn mehr als alles andere.«

»Liebt er dich auch?«, fragte sie.

»Natürlich.«

»Hat er dir das schon gesagt?«

Ich schüttelte den Kopf. »Nein, aber das muss er mir nicht sagen. Ich fühle das. Außerdem … ich habe es ihm auch noch nicht gesagt.«

Lisa schmunzelte leicht und wischte sich mit ihrem Ärmel über die tränenbenetzte Brille. »Ihr seid wirklich ein komisches Paar. Würdet füreinander sterben, habt euch aber noch nicht gesagt, dass ihr euch liebt.«

»Wir sind halt etwas Besonderes. Und du auch.« Ich drückte Lisa einen Kuss auf die Wange. »Bitte gib ihm eine Chance, wenn das alles vorbei ist. Sieh ihn einfach als jemanden mit … viel Temperament.«

Lisa lachte. »Das hast du wirklich nett umschrieben. Aber ich werde es versuchen. Dir zuliebe.«

»Danke.« Ich drückte sie noch einmal, bevor ich mit Yaris die Wendeltreppe hinauf ging.

»Aber krümmt er dir auch nur ein einziges Haar, bekommt er es mit mir zu tun!«, rief Lisa mir hinterher.

Eine Zeit lang saß ich am Fenster. Ich beobachtete das Licht in der Hütte von Jace. So lange, bis es erlosch. Es war ruhig. Ich hörte meinem Herzschlag zu, während ich versuchte, die Geschehnisse der letzten Wochen zu verarbeiten. Ich fühlte mich wie in einem Thriller, der sich langsam in einen Horrorfilm verwandelte. Und ich hatte die Hauptrolle erwischt. In meinen Händen hielt ich den Brief an Thomas. Lisa hatte recht. Ich könnte immer noch zurück gehen. Den Film an dieser Stelle beenden und in meinem alten Leben weiter spielen. Funktionieren, wie ich es schon immer getan hatte. Ich war keine Heldin, die sich tapfer mit erhobener Flagge gegen ihre Gegner stellte. Ich war einfach nur Mia, die da in etwas hinein gerutscht war und nun versuchte … was versuchte ich eigentlich? Jace das Leben zu retten? Mein Leben wieder in den Griff zu bekommen? Oder beides?

Mir wurde klar, dass ich schon lange nicht mehr im weichen, beschützenden Kokon saß, in dem alles verdammt bequem war. Ich war frei und lernte zu fliegen. Manchmal knallte ich dabei hart auf den Boden, aber ich stand auf. Mit Jace an meiner Seite würde ich immer wieder aufstehen. Er gab mir die Kraft, das zu tun, was ich vor hatte. Er machte mich zu der Mia, die ich in diesem Dorf geworden war. Ich konnte diesen Film nicht beenden. Ich wollte wissen, ob es ein Happy End gab und zu welcher Person ich mich noch entwickeln würde.

Der Himmel war sternenklar. Nur ab und zu schob sich eine kleine Wolke vor den Mond, der fast seine vollständige Größe erreicht hatte. Als sich eine Sternschnuppe ihren Weg durch den Himmel suchte, überlegte ich schnell, was ich mir wünschen könnte. Es gab nur einen Wunsch für mich.

Ich wünschte mir, für immer mit Jace zusammen zu sein. Sei es in dieser Welt oder jenseits davon.

In dieser Nacht blieben meine Träume dunkel. Ich hatte gehofft, den schwarzen Wolf zu sehen, damit ich ihn genauer nach der Mondfinsternis fragen konnte, aber er kam nicht.

Ich merkte, dass Yaris nervös wurde und anfing zu winseln. Er rutschte im Bett hin und her, wodurch ich schließlich wach wurde.

Jace saß auf meinem Schreibtischstuhl und hatte seine Arme auf die Lehne gelegt.

»Guten Morgen«, sagte er und lächelte mich an. »Ich würde ja gerne zu dir kommen, aber da hat wohl jemand was dagegen.«

»Er wird dir sicher wieder vertrauen.« Ich streichelte Yaris über seinen Rücken, um ihn zu beruhigen.

Jace griff hinter sich auf den Schreibtisch und hielt den Brief in der Hand. »Ich dachte, den hättest du schon längst abgeschickt«, sagte er ein wenig vorwurfsvoll.

»Das wollte ich auch. Aber irgendwie hatte ich ihn vergessen.«

»Vergessen? Als ich die Vereinigung gemacht habe, bin ich davon ausgegangen, dass du ihn bereits abgeschickt hättest. Das war unsere Abmachung.«

Mir war klar, dass es ihm sehr viel bedeutete, wenn ich auch vor Thomas zu ihm stand. Immerhin dachte dieser immer noch, dass wir verlobt seien. »Ich gebe ihn gleich Jan, damit er ihn für mich in Clearwater einwirft, wenn er wieder hinfährt.«

»Du hattest genug Zeit, das zu tun! Du warst selbst in Clearwater!«, sagte Jace wütender.

Yaris fing an zu knurren und fletschte die Zähne.

»Jace, was ist los?« Vor ein paar Sekunden wünschte er mir noch einen guten Morgen und jetzt keifte er mich an.

»Du sagst, du hättest dich entschieden, aber das hier sieht für mich nicht danach aus«, er deutete auf den Brief.

Langsam verstand ich, was in ihm vorging. »Du hast Angst. Du hast Angst, dass ich dich verlassen und doch zurück zu Thomas gehen könnte.«

Jace schwieg einen Moment. »Wenn du diese Möglichkeit nicht in Betracht ziehen würdest, wäre der Brief längst unterwegs zu ihm.«

»Das redet dir der Wolf ein.«

»Und du willst mich hier für dumm verkaufen!«, schrie Jace mich an.

»Also gut.« Ich sprang aus dem Bett, zog mich schnell an und steckte den Brief ein. »Mitkommen!«

Lisa und Jan waren nicht zu Hause. Ich schrieb ihnen einen Zettel, dass sie sich keine Sorgen machen sollten und ich bald zurück sein würde.

Ich zog Jace quer durch das Dorf zu seinem Wagen. »Schlüssel!« Ich hielt ihm meine Hand entgegen.

»Was hast du vor?«

Ich stöhnte auf. »Ich will zum nächsten Briefkasten nach Clearwater fahren! Ich lasse mir nicht unterstellen, ich sei mir nicht sicher, was dich angeht.«

»Und was ist mit dem Wolf? Was ist, wenn er erschossen wird, während wir nach Clearwater fahren und ich sterbe?«

»Dann nehme ich das hier«, ich zog ein Taschenmesser, das ich aus Jans Schrank genommen hatte, aus meiner Hosentasche, »und werde dir folgen. Den Schritt mit dem Brief werde ich *jetzt* machen, bevor das alles passiert. Sollte ich dabei drauf gehen, dann weißt du wenigstens, dass Thomas für mich Vergangenheit ist.«

»Mia ...« Jace stellte sich vor mich und wollte mir den Weg zur Fahrertür versperren, aber ich ließ nicht locker.

»Möchtest du mich begleiten, oder nicht? Ich werde nach Clearwater fahren – ob mit dir oder ohne dich, aber den Wolf in dir lasse ich nicht die Oberhand über dich gewinnen.«

In den drei Stunden, in denen wir schweigend nebeneinander saßen, hatte ich panische Angst, dass Jace tot zusammenbrechen würde. Aber er hatte darauf bestanden zu fahren, weil er Angst um seinen Wagen gehabt hätte, wenn ich gefahren wäre.

Es ärgerte mich, dass ich diesen blöden Brief nicht schon längst weggeschickt hatte und wir mit der Fahrt nach Clearwater wertvolle Zeit verloren. Das Messer hielt ich fest in meiner Hand, bereit es einzusetzen, würde Jace unterwegs sterben.

Als ich in das Post Office trat, sah mich Bill mit entgeistertem Blick an. Freundlich wünschte ich ihm einen guten Morgen und bat ihn um eine Briefmarke nach Deutschland. Nachdem ich bezahlt hatte, fragte er mich, ob ich die Person gefunden hätte, nach der ich gesucht hatte. Ich bildete mir ein, ein kleines Lächeln in seinem Gesicht zu erkennen, als ich ihm sagte, dass ich Jace nur durch seine Hilfe gefunden hätte.

Draußen leckte ich die Briefmarke an, klebte sie auf den Briefumschlag und stellte mich demonstrativ vor den Briefkasten.

Jace lehnte an der Motorhaube seines Wagens und beobachtete mich.

»Hiermit bekenne ich mich ganz offiziell zu Jace Heywood und verabschiede mich endgültig von meinem bisherigen Leben und Thomas Lehmann.« Ich öffnete die kleine Klappe und ließ den Brief hineinfallen.

Von diesem Augenblick an gab es kein Zurück mehr. Es gab nur noch zwei Wege, auf denen ich nach vorne gehen konnte: ein langes glückliches Leben mit Jace, oder ein paar schöne Stunden mit ihm, vielleicht Tage, bis ich ihm in eine andere Welt folgen würde, damit wir dort für immer zusammen bleiben konnten.

Ich ging zu Jace und legte meinen Kopf gegen seine Brust. »Ich hoffe, dass deine Zweifel mir gegenüber beseitigt sind.«

»Es tut mir leid«, flüsterte er. »Ich glaube du hattest recht. Es war der Wolf in mir. Ich weiß immer noch nicht, wie ich mit ihm umgehen soll.«

»Akzeptiere ihn als Teil von dir. Ich denke, das ist der erste Schritt, den du tun solltest.«

»Aber kannst du ihn akzeptieren?«

»Das tue ich bereits.«

Kapitel 16

Was ist das Leben?
Es leuchtet auf wie ein Glühwürmchen in der Nacht.
Es vergeht wie der Hauch des Büffels im Winter.
Es ist wie der kurze Schatten, der über das Gras
huscht und sich im Sonnenuntergang verliert.

Nachdem wir aus Clearwater zurückgekommen waren, herrschte im Dorf eine angespannte Stimmung. Papewas hatte die Dorfbewohner gebeten, durch ihre Seelenpartner ein Auge auf die Wilderer zu werfen. Einige weigerten sich und die, die halfen, taten es wegen Jace nicht gerne. Aber wenn Papewas um etwas bat, wurde der Bitte nachgekommen.

In mir wuchs die Angst, vielleicht auch die Ungeduld. Ich wollte die Sache hinter mich bringen und Jace endlich in Sicherheit wissen. Noch einmal wollte ich ihn nicht verlieren, denn dieses Mal würde der Verlust seinen und auch meinen Tod bedeuten.

Diese starken Gefühle, die ich gegenüber Jace hatte, waren mir bisher fremd gewesen, doch ich stellte sie keine Sekunde mehr infrage. Ich hatte keinen Zweifel daran, das Richtige zu tun, auch wenn das Leben mit ihm alles andere als einfach werden würde.

Ich lehnte mich an den Pfahl und wartete auf Jace, der zu Papewas gegangen war. Er wollte sich bei ihm für die Dinge, die er getan hatte, offiziell entschuldigen. Anscheinend suchte er nach etwas, womit er seine Untaten wieder gut machen konnte, aber wegen mir müsste er das nicht tun. Ich hatte ihm längst verziehen und ich war mir sicher, dass auch Papewas das getan hatte.

Die Dorfbewohner beäugten mich skeptisch, wenn sie an mir vorbei gingen. Bestimmt fragten sie sich, wie ich noch mit jemandem zusammen sein konnte, der mich fast getötet hatte. Aber Schwierigkeiten gab es in jeder Beziehung. Bei uns waren sie nur ein wenig extremer.

»Ihr seid ja wieder da!« Lucas rannte auf mich zu und setzte sich zu mir. »Ich dachte schon, ihr habt das Dorf verlassen.«

»Wenigstens einer aus dem Dorf redet noch mit mir.« Ich stupste ihn gegen die Schulter. Wir hatten lange nicht mehr miteinander gesprochen und wegen der Distanz zu den Dorfbewohnern freute ich mich um so mehr, dass er auf mich zukam.

»Ich wollte ja immer zu dir, als du so doll krank warst, aber Lisa hat mich nicht gelassen. Sie hat mir erzählt, dass Jace sich verändert und dir wehgetan hat und deshalb weggelaufen ist. Aber jetzt seid ihr ja zum Glück wieder da.«

»Du darfst nicht schlecht von ihm denken. Es war nicht seine Schuld, dass er das getan hat.«

»Jace ist mein Freund. Natürlich denke ich nicht schlecht von ihm. Mama hat mir die Sache mit dem schwarzen Wolf erzählt. Ganz schön krass. Aber ich glaube nicht, dass Jace deshalb ein schlechter Mensch ist. Ich mag ihn immer noch.«

Ich legte meinen Arm um Lucas. »Es tut gut zu wissen, hier noch einen Freund zu haben.«

»Ach, Papewas mag euch und Lisa und Jan auch. Mama und Papa haben bis jetzt auch nichts Schlechtes über euch gesagt. Sie finden Jace zwar ... merkwürdig, aber dich haben sie gleich gemocht.«

»Bei Lisa und Jan bin ich mir nicht sicher, ob sie Jace noch mögen oder ihn mir zuliebe dulden.«

Lucas fragte mich, was genau passiert war, aber mit ihm wollte ich nicht darüber reden. Er war zu jung für diese Dinge. »Sag mal, schaust du durch deine Seelenpartner zu den Wilderern?«

»Ich gucke ab und zu mal, aber die Biber sind unten am Fluss. Das ist 'ne ganze Ecke weg vom Haus der Wilderer. Dafür konnte ich den Wolf sehen.« Lucas richtete sich stolz neben mir auf. »Der kommt nachts gern an den Fluss, um zu trinken. Das ist echt ein Wahnsinns-Wolf. Entweder ist er wirklich riesig, oder er schaut einfach nur groß aus, weil ich durch die Biber gucke. Ich kann das noch nicht richtig abschätzen. Aber die Biber haben Angst, wenn er da ist. Sie verkriechen sich gleich in ihren Bau und dann kann ich ihn nicht mehr sehen.«

»Sieht er furchterregend aus?«, fragte ich.

Lukas schüttelte sich. »Also begegnen möchte ich dem nicht. Der hat einen Blick drauf, da läuft es einem kalt den Rücken runter.«

Diesen Blick kannte ich bei Jace nur zu gut. Auch mir machte er Angst.

»Aber wenn der Wolf am Fluss ist, dann ist er doch in Sicherheit, oder?« Der Junge klang ängstlich.

»Ganz bestimmt. Und solange es ihm gut geht, ist alles in Ordnung. Schau nur weiter nach ihm.« Ich versuchte Lucas zu beruhigen, aber in mir blieb die Verzweiflung. Jetzt wusste ich wenigstens, wo ich den Wolf finden konnte, allerdings wussten die Wilderer es sicherlich auch. Ich fragte mich, warum sie nicht schon längst auf der Jagd nach ihm waren. Oder waren sie es, aber fanden ihn nicht? Vielleicht hatten sie ihn längst erschossen und es war alles nur ein Märchen, dass Jace mit ihm sterben würde.

»Mama sagte mir, du willst die Wilderer verfolgen. Nimmst du denn irgendwas mit? Irgendeine Waffe?«

»Eine Waffe?« Daran hatte ich gar nicht gedacht. Ich trug immer noch das Taschenmesser bei mir, aber das war wirklich nicht geeignet, um sich gegen Gewehre zu verteidigen. »Ich habe keine Waffe. Außerdem kenne ich mich mit Pistolen auch nicht aus. Ich würde mir eher selbst in den Fuß schießen.«

Lucas lachte. »Warte mal, ich habe da was für dich.«

Er sprang auf und lief nach Hause. Nach kurzer Zeit kam er wieder heraus gestürmt und hielt etwas Langes, Ledernes in den Händen.

»Hier«, sagte er und drückte mir das Teil in die Hand, »dann hast du wenigstens etwas bei dir. Aber sei bloß vorsichtig! Das ist scharf wie ein Samuraischwert.«

Ich zog das Messer aus seiner ledernen Scheide. Es war riesig. In Deutschland hätte ich dafür einen Waffenschein gebraucht.

»Eine Machete?«, fragte ich und schob das Messer zurück in das Leder. Es war kunstvoll bestickt und an den Enden waren breite Lederbänder mit Schnallen eingearbeitet.

»Machete? Quatsch! Das ist doch keine Machete. Eine Machete ist nicht sonderlich scharf, damit schlägt man eher zu. Das Messer hier ist so scharf, damit kannst du bestimmt jemandem den Kopf abschneiden.« Lucas nahm mir das Messer aus der Hand, während ich ziemlich erschrocken war. Was machte ein Junge mit solch einem Messer?

»Steh mal auf.« Lucas zog mich hoch, legte mir das Messer an die Außenseite meines Oberschenkels und band es mit den Lederriemen fest. »Fertig. Du siehst echt gefährlich damit aus. Wie Lara Croft. Nur eben mit Messer anstatt Schusswaffen.«

»Du kennst Lara Croft? Bist du nicht viel zu jung dafür?« Dieser Junge verwunderte mich ständig aufs Neue.

»Quatsch. Ich habe das manchmal auf der Playstation von Jace gezockt.«

»Hatte ich dir nicht gesagt, dass das unter uns bleiben soll?« Jace kam über den Dorfplatz auf uns zu. Wir hatten ihn gar nicht bemerkt, so sehr waren wir mit dem Messer beschäftigt gewesen.

»Was macht ihr da?« Jace grinste Lucas breit an und klopfte ihm freundschaftlich auf den Rücken, doch das Grinsen verschwand, als er das Messer an meinem Bein bemerkte. »Das ist nicht euer Ernst! Du könntest dich verletzen!«

»Du willst sie doch nicht unbewaffnet gegen die Wilderer ziehen lassen!« Lucas verteidigte das Messer und stellte sich zwischen mich und Jace.

»Am liebsten würde ich sie erst gar nicht gehen lassen.«

Ich schob Lukas zur Seite. »Und was soll ich stattdessen tun? Hier rumsitzen und warten, bis du tot umkippst?« Warum stellte er plötzlich meinen Plan infrage? Wenn er Zweifel daran hat, hätte er es gestern beim Essen mit Papewas ansprechen können.

»Ja! Du kannst hier sitzen und warten, bis ich das geregelt habe. Alleine. Hier bist du in Sicherheit.«

»Du weißt, dass ich mich nicht darauf einlassen werde.« Ich stemmte meine Hände in die Seiten und schaute ihn bissig an. So leicht konnte er mich nicht von meinem Plan abbringen.

Jace rieb sich die Stirn. »Ich hatte es befürchtet. Aber versprich mir, dass du abhaust, sobald es gefährlich für dich wird. Ich will nicht, dass du das Messer benutzen musst. Du verletzt dich nur selbst damit.« Jace lächelte schief und gab mir einen Kuss, damit ich nicht widersprechen konnte.

»Och, nicht schon wieder rumknutschen! Nehmt euch 'n Zimmer!« Lucas drehte sich kopfschüttelnd um und machte sich auf den Weg nach Hause.

»Lucas!«, rief Jace ihm hinterher. »Danke.« Der Junge drehte sich noch einmal um und winkte uns zum Abschied.

Mit schiefem Blick schaute Jace auf mich herab. »Du siehst wirklich scharf damit aus. Aber bitte benutz es nicht.«

»Wahrscheinlich werde ich eh erschossen, bevor ich es rausziehen kann.« Auch wenn ich mich ein klein wenig sicherer mit dem Messer fühlte, in einer gefährlichen Situation würde es mir gegen Schusswaffen nicht viel bringen.

»Und genau deshalb will ich, dass du hier bleibst.«

»Vergiss es«, murmelte ich. »Da musst du mich schon in Ketten an den Pfahl binden.«

»Mh«, Jace begutachtete schmunzelnd den Pfahl hinter mir und schob mich in dessen Richtung.

Ich legte meine Hand an das Messer und schaute ihn frech an. »Zwing mich nicht dazu, jetzt schon Gebrauch davon zu machen.« In selbstsicherer Pose stellte ich mich vor ihn, doch er schnappte mich und warf mich mit Leichtigkeit über die Schulter. Ich zappelte und strampelte mit den Beinen, um mich zu befreien, doch er hielt mich fest auf seiner Schulter. Ich schrie ihn an, drohte ihm, ich würde ihn in kleine Stücke schneiden und Sushi aus ihm machen, doch Jace lachte nur und trug mich zu seiner Hütte.

»Du hast aufgeräumt«, stellte ich fest, als Jace mich absetzte. Die Türen in der Küche waren eingehängt und die Dinge, die über den Boden verstreut gewesen waren, lagen wieder im Schrank. Auch die Couch und den Tisch hatte er notdürftig repariert. Nur der kaputte Fernseher, die zerschlagene Stereoanlage und die zerstörten Stühle erinnerten noch daran, was hier passiert war.

Auf dem Tisch lag das Fotoalbum, das ich mir vor einiger Zeit angeschaut hatte. Ich strich mit den Fingern über den Einband. »Da ist noch so viel Platz drin«, flüsterte ich. »Warum hast du keine Fotos eingeklebt?«

»Bis jetzt hatte ich keine Fotos, die es mir Wert gewesen wären, da hinein geklebt zu werden.« Jace stellte sich hinter mich, schlang seine Arme um meinen Bauch und schaute über meine Schulter. Ich schlug das Fotoalbum auf der Seite des letzten Fotos auf. »Wenn dir etwas passiert, ist das alles, was von dir bleibt. Und wenn mir etwas passieren sollte …«, ich stockte. »Dann bleibt dir von mir nur die Erinnerung.«

»Moment.« Jace ließ mich los und tauchte in die Tiefen seines Wohnzimmerschrankes ab. Er durchwühlte Berge von Sachen, die er anscheinend einfach nur hinein geschmissen hatte. »Ah, hab sie!« Er hielt eine Polaroidkamera hoch. »Sie ist ziemlich alt. Ich hatte sie mir für Fotos vom Reservat geholt. Aber vielleicht funktioniert sie ja noch.«

Jace hielt mir die Kamera vor das Gesicht und drückte ab. Der Blitz blendete mich und mir wurde für einige Sekunden schwarz vor Augen. Er schüttelte das Foto bis das Bild sichtbar wurde.

Ich riss ihm das Polaroid aus der Hand. »Na super. Ich sehe total dämlich darauf aus.«

Er nahm das Foto protestierend zurück und steckte es in das Album.

»Ich habe eine bessere Idee«, sagte ich und griff mir die Kamera. Ich stellte mich vor Jace, zog ihn zu mir herunter und machte ein gemeinsames Foto von uns beiden. Mein Foto nahm ich aus dem Album wieder heraus und steckte das neue hinein. Langsam entwickelte sich das Bild.

»Deine Augen sind heller geworden«, sagte Jace und deutete auf das Foto. Es war mir gar nicht aufgefallen, aber sie hatten tatsächlich ihr leuchtendes Grün zurückerhalten. Jedoch waren sie nicht mit seinen Augen zu vergleichen. Diese strahlten mich mit ihrem tollen kräftigen Blau an, dagegen waren meine eher eine Energiesparlampe.

Es war wirklich ein wunderschönes Foto, das es Wert war, in Erinnerung zu bleiben.

»A new life begins« schrieb ich mit Bleistift über das Foto.

»Wenn alles vorbei ist, kleben wir noch weitere Fotos von uns und Yaris rein. Dann wird das unser Familienalbum.«

»Familienalbum?« Jace schluckte.

Ich schaute ihn verwundert an. »Willst du keine eigene Familie haben?«

Er überlegte lange, bevor er antwortete. »Bis jetzt war das nie eine Option für mich gewesen. Deshalb habe ich auch nicht darüber nachgedacht. Und ich denke in meiner Situation … also … ich denke, ich wäre kein guter Mann, geschweige denn ein guter Vater. Ich weiß doch gar nicht, wie eine Familie funktioniert.«

Jace wirkte plötzlich ziemlich durcheinander. Mit dieser Reaktion hatte ich nicht gerechnet, konnte sie aber dennoch verstehen. Seine Familie war auseinander gebrochen, nachdem sein Vater ihn und seine Mutter geschlagen hatte.

Ich umarmte ihn. Er sollte spüren, dass ich für ihn da war, dass seine schlimme Vergangenheit ein Ende hatte. »Ich kann mir niemand anderen an meiner Seite vorstellen, als dich. Egal, was die Zukunft bringt. Wir werden es auf uns zukommen lassen. Hauptsache, wir sind zusammen.«

»Ich habe dich überhaupt nicht verdient«, sagte Jace leise und hielt mich fest. »Ich habe dich verletzt und du bist immer noch bei mir.«

»Und das werde ich auch in Zukunft bleiben.«

Mir fiel auf, dass Jace sich veränderte, seitdem wir im Dorf waren. Er wurde ruhiger. »Fühlst du dich irgendwie anders?«

Jace schüttelte den Kopf. »Zumindest fühle ich mich nicht tot.«

»Das ist nicht witzig.« Ich boxte ihm in die Seite. »Du bist anders, seit wir aus Clearwater zurück sind. Du scheinst wieder zum alten Jace zu werden. Du rastest nicht mehr aus und wenn du wütend wirst, kannst du dich zurückhalten. Spürst du den Wolf gar nicht mehr?«

Jace zuckte mit den Schultern. »Klar, der ist immer noch da. Aber ich versuche mich auf etwas anderes zu konzentrieren, das ich immer mehr in mir fühle.«

Ich zog die Augenbrauen hoch und schaute ihn fragend an. Was könnte er noch in sich fühlen?

»Ich konzentriere mich auf *dich*.«

War ich wirklich der Grund dafür, dass Jace lernte, mit dem Wolf in sich umzugehen? War es dem Herzen möglich, auf die Seele Einfluss zu nehmen?

»Wenn das so ist, dürfte dir ja klar sein, dass ich für immer bei dir bleiben muss«, sagte ich.

»Ich bitte darum.« Jace hielt mich fest in seinen Armen, als würde er mich nie wieder loslassen wollen. In diesem Moment fühlte ich mich unglaublich glücklich. Er wollte mich für immer bei sich haben.

Am Abend holten wir Yaris ab, um mit ihm an den Bach zu gehen. Auch wenn er weiterhin an meiner Seite ging, war er entspannter als bei den letzten Begegnungen mit Jace.

Wir setzten uns auf unseren Baumstamm und beobachteten das Wasser. Ich lehnte mich an Jace' Schulter, während er seinen Arm um mich legte. Wir sagten nichts. Allein die Nähe zueinander zählte. Ich streichelte Yaris über den Rücken und kraulte ihm die Ohren. Jace sah mir traurig dabei zu. Ich spürte, wie sehr er Yaris vermisste. Schließlich nahm ich seine Hand und legte sie auf meine. Langsam näherte ich mich Yaris, Jace' Hand immer noch auf meiner. Ich berührte vorsichtig das Fell und strich sanft darüber. Als ich meine Hand unter der von Jace behutsam wegzog, zuckte Yaris kurz zusammen, aber Jace konnte ihn berühren. Zurückhaltend strich er über das weiße Fell seines Freundes, während Yaris ihn dabei ansah. Er war sich bewusst, wer ihn berührte. Als Jace ihm die Ohren kraulte, genoss er es, wie immer.

Ich fühlte, wie glücklich Jace in diesem Augenblick war. Er vergaß sogar, in welcher Gefahr er sich eigentlich befand.

»Es ist Zeit. Ich bringe dich jetzt nach Hause«, sagte Jace, als es anfing zu dämmern.

»Bist du morgen früh wieder da, wenn ich aufwache?« Ich wäre gerne für alle Ewigkeit mit ihm dort sitzen geblieben.

»Das werde ich sein, sollte Lisa mir nicht den Kopf abreißen, weil ich den ganzen Tag mit dir alleine war.«

»Dann hast du von mir die Erlaubnis, ihr vorher den Kopf

abzureißen.«

Jace schaute mich mit gespielt wildem Blick an. »Wecke nicht den Wolf in mir«, knurrte er und biss mir vorsichtig in den Hals.

Ich bekam am gesamten Körper eine Gänsehaut. Wie gerne hätte ich ihm sofort die Kleider vom Leib gerissen und seine Haut auf meiner gespürt. Ich wollte ihn und er wollte mich, aber es war der falsche Zeitpunkt. Ich schob ihn von mir weg, weil ich befürchtete, dass ich mich sonst nicht mehr von ihm hätte trennen können in dieser Nacht.

Vor unserer Hütte gab er mir einen langen Kuss. Ich wollte bei ihm bleiben, aber Lisa öffnete schon die Tür und drängelte.

»Bis morgen früh«, flüsterte Jace mir ins Ohr, bevor er sich umdrehte und ging. Yaris blickte ihm hinterher, unschlüssig, ob er mitgehen sollte, oder nicht. Letztendlich entschied er sich dafür, bei mir zu bleiben.

»Ich bin keine sechzehn mehr und du nicht meine Mutter«, keifte ich Lisa an. Sie hätte uns wenigstens Zeit geben können, uns richtig zu verabschieden.

»Aber ich bin deine Freundin, die um dein Wohl besorgt ist.«

»Solange du mich nicht weiter verfolgst, wenn alles vorbei ist.« Ich ging die Wendeltreppe hinauf, um mich ins Bett zu legen.

»Aber nur, wenn du mir dann alles erzählst!«, rief mir Lisa mit einem Lächeln hinterher.

»Träum weiter! Das habe ich bis jetzt nicht getan und deine Chancen stehen sehr schlecht, dass ich es in Zukunft tun werde.« Auch ich musste lachen. Lisa war einfach zu neugierig. Würde ich Tagebuch schreiben, müsste ich es wahrscheinlich in einem Safe verschließen, sonst würde Lisa versuchen, es zu lesen, wenn ich ihr nicht alles erzählte. Ich fand, ein paar Geheimnisse konnte man auch vor der besten Freundin haben.

Der Mond war heute spät dran. Der Nachthimmel lag wie ein schwarzer, glitzernder Samt über unserer Welt. Ich setzte mich ans Fenster, um die Sterne zu beobachten. Ihr Funkeln wirkte beruhigend auf mich und machte mich gleichzeitig neugierig. Was gab es noch da draußen? Was gab es jenseits unserer Galaxie? Vielleicht saß in diesem Augenblick jemand auf einem fremden Planeten am Fenster, schaute zu den Sternen und stellte sich dieselbe Frage. Ich sollte mir ein Teleskop kaufen. Vom Feuerplatz aus hatte man einen fantastischen Blick zum Himmel. Dort könnte ich es aufstellen.

Mir wurde klar, dass ich begann, immer mehr Pläne für eine Zukunft hier im Dorf zu schmieden. Ich hatte zwar den Entschluss gefasst, bei Jace zu bleiben, aber würde das auch ein Leben im Dorf bedeuten? Könnte ich die Großstadt gegen einen Ort mit gerade mal zwanzig Hütten tauschen? Wie sollte ich hier Geld verdienen? In Vancouver hätte ich eventuell die Chance, wieder in der Werbebranche zu arbeiten. Aber was sollte Jace in einer Großstadt machen? Nein, er gehörte in die Wälder, ins Dorf zu seinen Wölfen. Und ich gehörte zu ihm. Kein Großstadtlärm mehr, keine Hektik, keine Nachtschichten. Aber auch kein Internet, kein Kino, kein Bäcker um die Ecke. Dafür etwas viel Kostbareres: Frieden. Zumindest wenn die Wilderer endlich verschwunden waren.

Ich wollte solange wach bleiben, bis ich eine Sternschnuppe gesehen hatte, aber irgendwann schlief ich auf dem Fensterbrett ein. Mitten in der Nacht fing es an zu regnen. Die Wassertropfen prasselten laut gegen mein Fenster und weckten mich. Mein Rücken war ganz steif von der gebückten Haltung. Das Stechen erinnerte mich daran, dass ich immer noch das Messer um mein Bein gebunden hatte. Während ich versuchte, die Lederbänder auseinander zu knoten, fiel mir auf, dass sich der Regen seltsam anhörte und warf einen Blick nach draußen. Vor unserer Hütte stand Lucas, der kleine Steinchen gegen die Scheibe schmiss.

Ich öffnete mein Fenster. »Was machst du hier? Weißt du, wie spät es ist? Geh zurück in dein Bett!« Ich versuchte so leise wie möglich zu sprechen, um Lisa oder Jan nicht zu wecken.

»Mia, komm mal runter. Irgendwas stimmt nicht.«

Sofort schaute ich zu Jace' Hütte. Dort brannte kein Licht. Aber es war auch nachts. Wahrscheinlich schlief er.

»Jetzt komm doch runter!«, drängelte Lucas. Das Zittern in seiner

Stimme ließ nichts Gutes vermuten.

So schnell ich konnte rannte ich mit Yaris hinunter. Jan hatte zum Glück einen tiefen Schlaf. Er bekam nicht mit, wie wir durch das Haus polterten.

Draußen angekommen bemerkte ich, dass Lucas wirklich Angst hatte. »Jetzt sag schon, was los ist.« Ich ließ Jace' Haus nicht aus dem Auge. Hoffentlich war ihm nichts passiert. Ich befürchtete, dass er tot im Bett liegen könnte, weil der Wolf erschossen worden war. Aber diesen Gedanken versuchte ich gleich wieder zu verdrängen.

Lucas war vor Aufregung ganz außer Atem. »Ich war bei den Bibern … also jetzt nicht richtig … du weißt schon … sie sind anders als sonst. Der Wolf war noch nicht da, aber sie fühlen sich anders an.«

»Du weckst mich, weil deine Biber sich anders anfühlen?« Erleichtert setzte ich mich auf die Türschwelle. Lucas nahm die Beobachtung durch die Seelenpartner wohl etwas zu ernst.

»Ja, genau deswegen! Ich weiß nicht, ob es wegen der Wilderer ist, wegen des Wolfes oder dieser blöden Mondfinsternis. Ich dachte, ich sage dir besser Bescheid.«

Ich zuckte zusammen. »Mondfinsternis?«

»Na guck doch! Es fängt schon an.« Lucas zeigte nach oben.

Als ich seinem Blick zum Himmel folgte und den Mond sah, wurde mir augenblicklich schlecht. Genau wie in meinem Traum schob sich ein dunkler Schatten vor den Mond. Er bedeckte einen kleinen Teil am Rand, als hätte jemand ein Stückchen heraus gebissen.

»Oh mein Gott.« Ich ahnte, was der schwarze Wolf mir mit der Mondfinsternis sagen wollte. Er wollte mir den Zeitpunkt zeigen, in dem Jace in Gefahr war. Und dieser Zeitpunkt war genau jetzt. Wieso war ich nicht schon eher darauf gekommen? Immerhin bedeutete Jace' Name »Mond«. Ich hätte sehen müssen, dass es einen Zusammenhang gab. In dieser Welt war schließlich nichts ohne Bedeutung. Dann hätten wir mehr Zeit gehabt.

»Wir müssen Jace wecken!« Ich wollte gerade über den Dorfplatz zu ihm rennen, als Papewas aus seiner Hütte trat und auf uns zukam. Er sah überhaupt nicht verschlafen aus, als habe er noch gar nicht im Bett gelegen.

»Er ist nicht da«, sagte er ruhig. »Jace ist schon vor einiger Zeit losgezogen, um den Wolf zu beobachten. Er wollte nicht, dass du dich für ihn in Gefahr begibst. Deswegen war er heute Nachmittag bei mir. Ich soll dafür sorgen, dass du ihm nicht folgst.«

»Du wirst mich nicht aufhalten können.« Ich griff zum Messer, auch wenn ich nicht vorhatte, es gegen ihn zu erheben.

»Nein. Das werde ich auch nicht.« Papewas blieb stehen. »Hier geht es um viel mehr, als du und Jace ahnen könnt. Und wenn mein Gefühl mich nicht täuscht, und das hat es seit fast einhundert Jahren nicht getan, dann braucht Jace dich genauso, wie du ihn brauchst.«

Ich verstand nicht, worauf er hinaus wollte, aber das war mir auch egal. Für mich zählte nur eins: Jace unverzüglich finden und deshalb war ich froh, dass sich der alte Mann mir nicht in den Weg stellen wollte.

»Danke«, sagte ich zu Papewas und drehte mich zu Lucas. »Kannst du mich zum Fluss bringen? Zu der Stelle, an die der Wolf immer geht?«

Er zögerte. Ihm war anscheinend mulmig bei dem Gedanken, in die Nähe des Wolfes und wahrscheinlich auch in die der Wilderer zu kommen. Immer wieder schaute er zu Papewas, als erhoffte er sich einen Rat von ihm. Schließlich nickte er.

Ich legte ihm meine Hand auf die Schulter. »Dir wird nichts passieren. Du bringst mich nur dorthin und dann gehst du mit Yaris wieder zurück. Ok?«

»Ok.«

Lucas führte mich als erstes zum Bach und dann hinüber zum Loch im Zaun. Er kannte die Lücke also auch. Wahrscheinlich hatte Jace ihn ebenfalls mit zu den Wölfen genommen. Aber er folgte nicht dem Pfad, der zu den Felsen führte. Er nahm gar keine Wege, sondern lief quer durch den Wald. Es war stockfinster und wir rannten so schnell wir konnten, immer den Mond im Blick. Dennoch hatte ich das Gefühl, als würden wir nur im Schneckentempo vorankommen. Etliche Male ließen wir uns an kleinen Abhängen hinunter gleiten, oder kletterten über riesige Findlinge. Ich musste aufpassen, dass ich nicht über die Wurzeln stolperte, was uns noch zusätzlich ausbremste. Yaris lief tapfer hinter uns her, als würde er merken, dass wir gegen die Zeit kämpften.

Als wir über einen umgefallenen Baum klettern mussten, wollte ich mich beeilen und von oben hinunter springen. Doch im Dunkeln sah ich nicht, wie uneben der Grund war, auf dem ich landen sollte, und knickte mit dem Fuß um. Ein schmerzhaftes Ziehen durchfuhr mein Bein.

»Scheiße«, zischte ich und hielt meinen Fuß.

Lucas kam zu mir zurück gelaufen. »Was ist? Oh nein. Kannst du gehen?«

Ich versuchte aufzutreten, aber jedes Mal zuckte ich vor Schmerz zusammen. »Nein, nein, nein! Das kann doch jetzt nicht wahr sein! Das *darf* nicht sein!« Ich war den Tränen nahe. Sollte jetzt alles daran scheitern, dass ich nicht mehr laufen konnte? Hatte Papewas vielleicht doch seine Finger im Spiel und verhinderte auf diese Weise, dass ich auf die Wilderer traf?

Verzweifelt sah ich zum Mond. Der Schatten wurde bereits langsam größer. Lucas war zu schmächtig, um mich huckepack zu nehmen. Genauso wenig konnte ich ihn zu den Wilderern schicken, um zu verhindern, dass sie den Wolf erschossen. Yaris stupste mich an und schleckte mir über die Wange. Auch er konnte mir nicht helfen. Ich hatte versagt. Ich hatte geschworen, Jace das Leben zu retten und jetzt saß ich hier. Der Versuch, die Heldin zu spielen, war komplett danebengegangen. Ich war eher das Opfer einer Tragik-Komödie. Erst gab ich mein komplettes Leben für jemanden auf und dann wurde dieser, nur wenige Wochen später, umgebracht.

Vorsichtig massierte ich meinen Fuß. Bewegen konnte ich ihn noch, es schien also nichts gebrochen zu sein. Lucas brachte mir einen dicken langen Stock und schlug vor, diesen als Stütze zu benutzen. Er hatte recht. Ich durfte nicht aufgeben. Egal, wie sehr mein Fuß schmerzte, es war nichts gegen den Schmerz, den ich fühlen würde, wenn Jace in dieser Nacht starb. Ich zog mich am Stock hoch, wobei Lukas mir half, und versuchte, mich humpelnd fortzubewegen. Ich stützte mich auf den Stock und konzentrierte mich auf Jace. Wenn er den Wolf ausblenden konnte, indem er an mich dachte, dann konnte ich womöglich den Schmerz ausblenden, indem ich an ihn dachte. Es funktionierte einigermaßen gut, dennoch kamen wir nur noch sehr langsam voran.

Nach einer gefühlten Ewigkeit erreichten wir den Fluss. Ich konnte ihn schon von Weitem hören. Er war um einiges größer, als unser kleiner Bach beim Dorf. Das Wasser rauschte schnell zwischen den Felsen hindurch. Ohne eine Brücke wäre es nicht möglich, an das andere Ufer zu gelangen. Die Stromschnellen würden jeden mitreißen.

»Wir müssen noch ein Stück in diese Richtung, dann macht der Fluss eine Kurve. In einem kleinen Nebenarm sind die Biber und der Wolf kommt auf der anderen Seite ans Ufer.« Lucas zeigte den Fluss entlang. In ungefähr dreihundert Metern Entfernung konnte ich die Kurve erkennen, von der er sprach.

Ich war fast an meinem Ziel angekommen. Und noch nicht zu spät. Der Mond wurde fast zu einem Drittel verdeckt. Sollte der Wolf zum Zeitpunkt des Blutmondes erschossen werden, blieb mir noch genug Zeit, die Wilderer zu finden.

»Nimm Yaris und geh nach Hause«, sagte ich zu Lucas. »Von hier aus schaffe ich es allein.«

»Aber ich kann dir doch helfen.«

»Nein. Ich will nicht, dass dir etwas passiert. Außerdem ...« Ich nahm Lucas in meine Arme und drückte ihn. »Sollten wir nicht zurückkommen ... kümmere dich gut um Yaris. Versprich mir das.«

»Ihr werdet doch aber zurückkommen.«

»Ich hoffe es.« Ich gab Lucas einen Kuss auf die Stirn. Jenen Kuss, den ich selbst verabscheute. Aber diejenige zu sein, die ihn gab, war ein viel besseres Gefühl.

Humpelnd schlich ich am Fluss entlang zu der Stelle, auf die Lucas gezeigt hatte. Je weiter ich ging, desto ruhiger wurden die Stromschnellen, bis der Fluss gemächlich dahinfloss. In der Kurve flachte das Ufer so weit ab, dass es dem Wolf möglich war, zum Wasser zu gelangen. Ansonsten war das Flussufer ziemlich steil und ich musste aufpassen, dass ich nicht abrutschte.

Der Wald wurde dichter. Ich musste mich durch Dornensträucher kämpfen, die mein T-Shirt zerrissen. Die spitzen Dornen hinterließen dünne, blutige Striemen auf meiner Haut, doch ich nahm das nur beiläufig wahr. Ich dachte an Jace und daran, den schwarzen Wolf vor den Wilderern zu schützen.

Nachdem ich mich durch die Dornbüsche gequält hatte, hielt ich kurz inne, schloss die Augen und atmete tief durch. Es war ruhig. Ich hörte kein einziges Tier. Die Laute der nachtaktiven Tiere waren verstummt und auch der Wind schwieg. Kein Rauschen in den Bäumen erfüllte die Luft. Nur das Plätschern des Flusses war zu hören – und ein Flüstern.

Erschrocken riss ich die Augen auf und versuchte in der Dunkelheit etwas zu erkennen. Sie waren noch weit genug entfernt und hatten mich nicht bemerkt. Vorsichtig legte ich meinen Stock auf den Boden. Ich musste ohne ihn weiter gehen, um möglichst leise in die Nähe der Wilderer zu kommen. Sie hielten sich an der Böschung zum Fluss auf, also schlich ich ein Stück weiter in den Wald hinein, um zwischen den Bäumen und Sträuchern Schutz zu suchen. Ich hatte wahnsinnige Angst, dass die Wilderer mein Humpeln hören könnten. Mein Herz schlug so verdammt laut, es übertönte fast das Flüstern der beiden Männer.

Schließlich hatte ich sie unbemerkt erreicht. Ich versteckte mich hinter einem riesigen Baum, etwa zehn Meter hinter den Wilderern. Sie lagen im hohen Gras auf dem Bauch direkt am Abhang zum Fluss. Von dort aus hatten sie freie Sicht zum anderen Ufer, wo der Wolf zum Wasser ging. Beide hatten ihre Gewehre in Position gebracht und spähten durch das Visier. Sie stritten sich, aber ich konnte nicht verstehen, worum es ging. Die Männer waren so sehr mit sich selbst beschäftigt, dass sie mich nicht einmal bemerkt hätten, wäre ich trampelnd durch den Wald gelaufen.

Ich legte meine zitternde Hand auf das Messer. Ich war Lucas dankbar für die Waffe, aber mir wurde klar, dass sie mir nichts nützte. Entdeckten die Wilderer mich, bräuchten sie nur auf mich zu schießen. Würden sie mich gefangen nehmen, würden sie mir das Messer abnehmen. Es sei denn ... sie wüssten nicht, dass ich es bei mir trug.

Mein Blick wanderte an mir herunter. Wo könnte ich das Messer verstecken? Ich öffnete meinen Gürtel, zupfte an meinem Hosenbund und griff zum Test hinein. Die Hose war mir immer noch zu weit, sodass ich problemlos mit meinem Arm hinein greifen konnte. Kurzerhand löste ich die Lederbänder und zog mir die Hose runter. Ich band das Messer oben an meinem Bein fest und zog mich wieder an. Den Gürtel schnallte ich lockerer, damit mein Arm noch in die Hose passte. Nun war das Messer gut versteckt und ich konnte dennoch jederzeit danach greifen.

Als ich mich den Wilderern zuwandte, war es ruhig geworden. Sie hatten ihren Streit beendet und beobachteten durch ihre Visiere das gegenüberliegende Ufer. Ich hielt die Luft an, damit sie mich nicht atmen hören konnten. Der Mond war bereits zur Hälfte verdeckt und färbte sich allmählich orange. Es wurde immer dunkler und gruseliger im Wald. Es hätte ein schönes Naturschauspiel sein können, würde es nicht eventuell den Tod bedeuten.

Ich versuchte am anderen Flussufer etwas zu erkennen, aber der Mond wurde immer dunkler. Im Wasser spiegelte sich das letzte Licht, während das Ufer in der Nacht verschwand. Ich sehnte mich nach Jace, auch wenn es mich ärgerte, dass er unseren Plan über den Haufen geschmissen hatte und alleine losgezogen war. Wenn er es nicht schaffte, den Wolf von dieser Stelle fern zu halten und in Sicherheit zu bringen, dann wäre ich nicht da gewesen, um die Wilderer aufzuhalten. Das war einfach nur fahrlässig von ihm. Zum

Glück hatte Lucas mich geweckt. Und zum Glück verstand wenigstens Papewas mich und ließ mich gehen.

Während sich die Erde weiter zwischen Sonne und Mond schob, wurde nicht nur ich ungeduldiger und nervöser, sondern auch die Wilderer.

Der Kleinere von ihnen konnte mittlerweile nicht mehr ruhig liegen bleiben und zappelte mit den Beinen. Der andere boxte ihm mit dem Ellenbogen in die Rippen, damit er still hielt. Plötzlich hielten sie in ihren Bewegungen inne und starrten durch die Visiere, ihre Hände am Abzug. Sie waren genauso angespannt, wie Jace es auf der Jagd gewesen war.

Ich trat hinter dem Baum hervor, um besser auf das andere Ufer spähen zu können. Dort bewegte sich wirklich etwas. Konnte das der Wolf sein? Es war riesig. Größer, als die Wölfe vom Felsen. Aber es hatte keine leuchtend blauen Augen wie Jace oder der Wolf in meinen Träumen. Als es aus der Dunkelheit heraus ans Wasser trat, konnte ich es besser sehen. Es war zwar ein großer, aber gewöhnlicher schwarzer Wolf. Warum hatten die Menschen so viel Angst vor ihm? Waren es die Geschichten, die man ihm nachsagte? Aber Papewas hatte den Angriff auf einen anderen Wolf selbst gesehen und ich konnte mir nicht denken, dass Papewas Lügenmärchen erfand. Dennoch hatte ich ihn mir wesentlich furchteinflößender vorgestellt, wie eine Bestie, die mit leuchtenden Augen und gefletschten Zähnen auf einen zugerannt kam. Wahrscheinlich wollte ich nicht das Schlechte an ihm sehen, sondern das Gute, wie ich es bei Jace tat.

Ich beobachtete den Wolf, wie er am Wasser stand und seelenruhig trank, bis ich endlich realisierte, dass gerade mit Gewehren auf ihn gezielt wurde. Hektisch überlegte ich, wie ich die Wilderer davon abbringen konnte, auf ihn zu schießen oder wie ich den Wolf vertreiben konnte. Warum hatte Jace es nicht geschafft, ihn in Sicherheit zu bringen? War es vielleicht ein anderer schwarzer Wolf und Jace war nicht in Gefahr, wenn die Wilderer diesen erschossen? Die Antwort auf diese Frage wollte ich allerdings nicht abwarten.

»Scheiße Mann, was soll ich tun?« Ich ärgerte mich, dass ich mir dieses Detail nicht schon vorher überlegt hatte. Normalerweise war ich bei meinen Plänen sehr kleinlich, dachte über jede Eventualität nach und legte mir mehrere Ausweichpläne zurecht. Das hatte ich davon, dass mir im Dorf beigebracht worden war, nicht mehr so viel über etwas nachzudenken. Ich hatte schlichtweg vergessen, mir darüber Gedanken zu machen, wie ich die Wilderer vom Schießen abhalten könnte.

Ich könnte sie mit dem Messer bedrohen, aber angesichts der Gewehre war das eher lächerlich. Ich wollte schließlich nicht nur den Wolf retten, sondern auch mich nicht in Gefahr bringen. Was konnte ich tun, damit der Wolf einfach wegrannte? Hilflos schaute ich mich um, bis mein Blick auf einen Stein fiel. Ich hob ihn auf und schätzte die Entfernung zum anderen Ufer. Es waren vielleicht 25 oder 30 Meter. Der Stein war schwer genug, dass ich es schaffen könnte, ihn hinüber zu werfen und damit den Wolf zu verjagen. Wenn ich leise genug wäre, würden die Wilderer mich nicht hören und in der Dunkelheit hätten sie keine Chance zu sehen, woher der Stein geflogen kam.

Ganz vorsichtig ging ich noch einen Schritt auf die Wilderer zu, um eine bessere Wurfbahn zu haben. Ich zitterte am ganzen Körper. Mir wurde eiskalt, obwohl ich kleine Schweißtropfen in meinem Nacken fühlen konnte. Ich drehte mich zur Seite, holte so viel Schwung, wie ich konnte und … rutschte auf einer feuchten Wurzel, die ich übersehen hatte, aus. Ich fiel mit einem lauten *Rumms* zu Boden und der Stein flog gegen den Kopf eines Wilderers. Zwar hatte der Schwung durch meinen Sturz einiges an Kraft verloren, dennoch durchflutete der Schrei des Mannes den gesamten Wald.

Der Wolf zuckte zusammen, drehte sich auf der Stelle um und rannte in den Wald – in Sicherheit.

Erleichtert schaute ich ihm nach, bis mein Blick auf die Männer fiel, die sich zu mir umgedreht hatten. Eine Sekunde lang starrten wir uns gegenseitig an.

»Scheiße!« Ich versuchte aufzustehen, doch mein verletzter Fuß machte es mir unmöglich. Er knickte mir weg, wenn ich versuchte, mich auf ihn zu stellen. Ein paar Meter kroch ich auf allen Vieren davon, aber einer der Wilderer hatte mich zügig eingeholt, zog mich auf die Beine und hielt mich an den Armen fest. Ich wollte mich aus seinem Griff befreien, aber er war zu stark. »Was haben wir denn hier? Hast du dich verlaufen? Das ist keine Gegend für Mädchen.«

Ich wollte nach ihm treten, denn solange er mich an den Armen festhielt, kam ich nicht an das Messer dran, aber ich konnte mich weder auf meinen verletzten Fuß stellen, noch kräftig damit zutreten.

»Josef, wer ist das?« Es war Hank, den ich am Kopf getroffen hatte. Er rieb sich die Stelle, hatte aber kein Blut an der Hand. Dennoch würde es eine riesige Beule und höllische Kopfschmerzen geben. Er stellte sich mit den Gewehren neben seinen Kollegen und schaute mich grimmig an.

»Das werden wir noch herausfinden. Wir nehmen sie mit.« Er hob mich über seine Schulter und trug mich durch den Wald.

»Ihr werdet mich nicht mitnehmen! Lass mich runter! Man wird mich suchen und dann seid ihr dran!« Voller Angst strampelte ich und schlug auf seinen Rücken ein.

»Oh, da bekomme ich aber Angst. Du hast uns um einen fetten Lohn gebracht, somit bist du diejenige, die den Ärger an der Backe hat!« Josef verstärkte seinen Griff, während Hank ein Gewehr auf mich richtete. »Hör endlich auf rumzuschlagen, sonst blase ich dir die Birne weg.«

»Das wirst du nicht!«, schrie ich.

Hank entsicherte das Gewehr und setzte es mir an die Stirn. »Wetten?«

Das kalte Metall brannte auf meiner Haut. Ich hörte auf, um mich zu schlagen und verhielt mich ruhig. Nie im Leben hätte ich gedacht, jemals mit einem Gewehr bedroht zu werden. In Hamburg hatte ich um gefährliche Ecken einen großen Bogen gemacht und in Kanada legte ich mich mit Wilderern an. Das hatte ich nun davon. Mittlerweile wuchs die Panik in mir und verdrängte die Erleichterung, Jace das Leben gerettet zu haben. Ich verfluchte mich, dass ich auf diese bescheuerte Idee mit dem Stein gekommen war.

Hank nahm das Gewehr wieder runter. »Braves Mädchen.«

Josef trug mich weiter durch den Wald, während Hank mich nicht aus den Augen ließ und weiterhin aus der Entfernung mit dem Gewehr auf mich zielte. Warum hatte ich nur keine Schusswaffe mitgenommen? Das Messer saß sicher in meiner Hose, aber wie schon erwartet, war es mir keine Hilfe. Ich hätte schreien können, aber wer sollte mich hören? Lucas war nach Hause gegangen, zusammen mit Yaris. Und Jace … wo war nur Jace?

Nach ein paar Minuten gelangten wir auf einen breiten Waldweg, auf dem ihr Wagen stand. Josef drückte mich mit dem Bauch gegen die Wagentür. Er drehte mir die Arme auf den Rücken und Hank verband mir die Hände mit einem Kabelbinder, den er aus dem Wagen hervor gekramt hatte. Wie ein geschnürtes Paket schmiss Josef mich auf die Rückbank und wir fuhren durch den Wald.

So hatte mein Plan wirklich nicht ausgesehen.

Kapitel 17

*Der einzige Wert eines Menschen ist seine Seele.
Deshalb wurde ihr ewiges Leben gegeben,
entweder im Land des Himmels oder in der Unterwelt.
Die Seele ist die mächtigste Kraft des Menschen.
Es ist die Seele, die uns zu Menschen macht,
doch wie ihr das gelingt, wissen wir nicht.
Unser Fleisch und Blut, unser Körper, ist nichts
als eine Hülle unserer Lebenskraft.*

Wir fuhren nicht lange, da stoppte Josef plötzlich an einer Kreuzung.

»Scheiße! Der Boss! Woher weiß der, wo wir sind?«

»Ich habe einen Zettel an die Tür gehängt«, antwortete Hank. »Damit er Bescheid weiß, wo wir sind, wenn er ankommt«

»Du hast *was*?!«, schrie Josef ihn an. »Du ... bist doch echt ... wie blöd kann man sein?!« Während er auf Hank einschlug, der sich zu wehren versuchte, schaute ich nach vorne auf die Kreuzung. Der Boss stand vor den leuchtenden Scheinwerfern, die mich blendeten. Ich konnte nichts weiter als seine schwammigen Umrisse erkennen.

Nachdem sich beide Männer abreagiert hatten, stiegen sie aus.

»Mr. Heywood, Sir, so schnell hatten wir Sie gar nicht erwartet«, stammelte Josef.

»Mr. Heywood?«, flüsterte ich fassungslos. Ein eiskalter Schauder durchfuhr mich. Das konnte nicht sein. Jace würde so etwas niemals tun. Niemals würde er Wilderer beauftragen, Wölfe zu töten, um mit deren Fell Geld zu verdienen. Das hätten Papewas oder ich doch gespürt. Oder hatte Jace uns alle an der Nase herumgeführt? Hatte er sich durch die Vereinigung wirklich dermaßen verändert, dass er Wölfe tötete, weil der schwarze Wolf es auch getan hatte?

Plötzlich machte alles einen Sinn: Die Wilderer waren aufgetaucht, nachdem Jace verschwunden war. Er hatte ihnen den Auftrag gegeben, Wölfe zu töten. Erst zuletzt erschossen sie Wölfe aus dem Rudel, das in der Nähe des Dorfes lebte, damit wir nichts mitbekamen. Dass Jace mit dem schwarzen Wolf verbunden war, hatte er ihnen bestimmt nicht gesagt, sonst hätten sie nicht Jagd auf ihn gemacht. Deshalb war er in dieser Nacht auch alleine aufgebrochen und hatte sich nicht an unseren Plan gehalten. Er wollte nicht, das ich dahinter komme, dass er für die Ermordung der Wölfe verantwortlich war.

Die Fragen in meinem Kopf überschlugen sich und es gab nur einen, der sie mir beantworten konnte. Ich musste zu ihm. Mit verbundenen Händen tastete ich nach der Türklinke, drückte sie hinunter und lehnte mich gegen die Wagentür. Als diese aufsprang, konnte ich mich nicht mehr abfangen und knallte mit dem Rücken auf den harten Boden. Mir blieb die Luft weg. Ich rollte mich zur Seite und japste.

»Und *das* ist euer schwarzer Wolf? Wollt ihr mich verarschen?« Der Boss schlug beiden Wilderern in den Nacken und kam auf mich zu. Seine Stimme klang sehr tief – und zum Glück nicht nach Jace. Aber wer war er dann?

»Die Göre hat den Wolf verscheucht, als wir ihn erledigen wollten. Keine Ahnung, woher sie das wusste. Vielleicht ist sie Tierschützerin oder so was«, versuchte Josef zu erklären, während die dunkle Gestalt selbstbewusst auf mich zu kam. Er war groß und wirkte stark. Seine Klamotten ähnelten denen des Militärs.

»Vielleicht hat sie auch euren schlauen Zettel an der Tür gelesen«, warf der Boss zornig zurück. Als er sich vor mich hockte, konnte ich sein Gesicht im Scheinwerferlicht erkennen. Durch die vielen Falten, die er hatte, sah er wahrscheinlich älter aus, als er war. Die Haare waren pechschwarz, ohne jeglichen grauen Ansatz.

Erschüttert starrte ich ihm ins Gesicht, als ich es genauer betrachtete.

Als der Boss mich hochzog, konnte ich meinen Blick nicht von ihm abwenden. Das musste alles ein übler Albtraum sein.

»Was willst du hier?«, fragte er mich nicht besonders freundlich.

Ich konnte nichts sagen, starrte nur auf die Narbe, die quer über sein Gesicht lief. Angefangen auf der rechten Wange zog sie sich über die Nase, die linke Augenbraue und die Stirn. Das Auge verfehlte sie nur knapp.

Er packte mich wieder an den Schultern und schüttelte mich grob. »Antworte mir! Wer bist du und was willst du hier?«

»Sie ... Sie ... sind der Vater von Jace«, stotterte ich leise.

Schlagartig ließ er mich los und ging einen Schritt zurück. Er schaute mich gefasst an, verzog keine Miene. Sein Blick war völlig leer.

Hinter einem Baum im Wald musste das Schicksal stehen und sich schlapp lachen. Ausgerechnet Jace' Vater war für die Wilderei verantwortlich. Jahrelang hatte er keinen Kontakt zu seinem Sohn und jetzt brachte er ihn fast um. Wäre ich nur Zuschauer gewesen, ich hätte selbst darüber gelacht.

Während Mr. Heywood mich nicht aus dem Auge ließ, befahl er seinen Männern, sofort zum Haus zu fahren. Ohne Widerworte stiegen die beiden in ihren Wagen und fuhren davon. Es war finster. Nur die Scheinwerfer des zurückgebliebenen Wagens erhellten den Wald. Ich blickte hinauf zum Himmel. Der Mond war vollständig in ein rotes Tuch gehüllt. Er sah aus wie ein Blutfleck am Nachthimmel. Ich musste an Jace denken und fragte mich, ob ich ihn jemals wiedersehen würde. Möglicherweise bedeutete der Blutmond gar nicht seinen Tod, sondern meinen. Aber war ich nicht bereit gewesen, für ihn zu sterben?

»Jace«, dachte ich, »solltest du mich hören oder fühlen können: ich möchte, dass du weißt, dass ich dich liebe.«

Mr. Heywood griff an seinen Gürtel und zog ein Jagdmesser hervor. Ich bekam eine Höllenangst. Ich dachte mit aller Kraft nur noch an Jace. Mein Herz schlug bis zum Hals. Das Atmen fiel mir schwer. Der Boden unter meinen Füßen wurde weicher. Mir wurde schwarz vor Augen. Gleich würde ich in Ohnmacht fallen. Dann würde ich nicht mehr mitbekommen, wie er mir die Kehle durchschnitt. Der Boss ging um mich herum. Mit einem Ruck schnitt er den Kabelbinder durch, mit dem ich gefesselt war. Ich massierte meine Handgelenke, die wegen der Fessel schmerzten, und schaute ihn verwundert an.

»Wer ich bin, haben wir geklärt. Ich weiß aber immer noch nicht, wer du bist«, sagte er mit ausdrucksloser Stimme.

»Ich heiße Mia. Ich bin mit ihrem Sohn zusammen.« Meine Stimme war nur noch ein bibberndes Flüstern. Ich hatte wahnsinnige Angst. Dieser Mann strahlte pure Gewalt aus. Zu wissen, was er Jace und seiner Mutter angetan hatte, machte es noch schlimmer.

»Und das gibt dir den Grund, meine Geschäfte zu behindern?«

Ich schüttelte den Kopf. »Ich wusste nicht, dass Sie hinter all dem stecken. Ich wollte doch nur ...«

Sollte ich ihm von den Seelenpartnern erzählen? Würde er mir überhaupt glauben? Aber was hatte ich schon zu verlieren? Entweder er glaubte mir und ließ den Wolf und somit Jace am Leben, oder ich hatte es wenigstens versucht und wir standen wieder am Anfang. »Wenn Sie den schwarzen Wolf töten, wird auch Ihr Sohn sterben.«

Er sah mich erst verblüfft, dann amüsiert an und verfiel in ein schallendes Lachen. »Was willst du mir denn für Märchen erzählen?«

»Es stimmt. Seine Seele hat sich den schwarzen Wolf als Partner ausgesucht. Sie sind miteinander verbunden. Stirbt der Wolf, dann stirbt auch Jace. Das können Sie doch nicht wollen. Er ist Ihr Sohn! Wollen Sie Ihr eigenes Kind umbringen?«

»Mir ist das alles so was von scheißegal. Jace ist mir scheißegal, deine Geschichten sind mir scheißegal und *du* bist es auch. Du bist für mich ein ärgerliches Hindernis, mehr nicht.« Er griff hinter seinen Rücken, zog eine Pistole hervor und zielte damit auf meinen Kopf. »Und Hindernisse pflege ich für gewöhnlich aus dem Weg zu räumen.«

Wider Erwarten schlug mein Herz ganz ruhig. Ich hatte keine Angst wie bei dem Jagdmesser. Dieses Mal fühlte sich alles anders an. Ich hatte gelesen, dass sich der Körper darauf einstellt zu sterben, wenn es soweit ist, dass der Mensch keine Schmerzen und keine Angst mehr hat. So sollte es also passieren. So sollte ich sterben. Allein im Wald, getötet von dem Vater des Mannes, den ich liebte und dessen Leben ich retten wollte. Welche Ironie.

Ich schloss die Augen, als er die Pistole entsicherte und wartete auf den Schuss. Ob ich den überhaupt hören würde? Würde ich aus dem Jenseits zu Jace hinunter blicken können? Und warum drückte er nicht ab? Warum zögerte er? Ich blinzelte. Jace' Vater richtete immer noch die Waffe auf mich, aber starrte erschüttert an mir vorbei.

Verwundert drehte ich mich vorsichtig um. Hinter mir leuchteten blaue Augen in der Dunkelheit – voller Zorn und Hass.

»Jace«, wisperte ich erleichtert. Es ging ihm gut, er war am Leben. Mit dieser Gewissheit konnte ich leichter sterben.

Er trat aus der Dunkelheit hervor und stellte sich zwischen mich und die geladene Pistole. »Das werde ich nicht zulassen, William.«

William. Es nannte seinen eigenen Vater beim Vornamen.

Mr. Heywood ging einen Schritt auf seinen Sohn zu. »Du bist erwachsen geworden, Junge. Ein richtiger Mann. Aber was ist mit deinen Augen passiert?«, er grinste. »Jetzt sag nicht, das Märchen von deiner kleinen Freundin ist wahr! Würde ich es nicht selbst sehen, hätte ich sie wirklich für eine Verrückte gehalten.« Sein Lachen steigerte sich, bis er aus vollem Halse wie ein Irrer losprustete. »Aber das ist ja grandios. So einfach hätte ich mir die Sache nicht vorgestellt. Warum sollte ich den schwarzen Wolf noch lange jagen lassen, wenn ich ihn durch dich einfach töten kann?«

William richtete die Waffe auf Jace.

»Das ist doch Wahnsinn!« Ich trat hinter Jace hervor. »Er ist Ihr Sohn! Wie kann ein Vater seinen eigenen Sohn erschießen?«

Doch er beachtete mich gar nicht, sondern starrte mit eiskaltem Blick auf Jace. So kam ich nicht weiter. »Wenn Sie Jace hier und jetzt töten, müssen Sie die gesamten Rocky Mountains nach dem toten Wolf absuchen.«

William überlegte kurz und ließ langsam die Waffe sinken. »Das stimmt«, sagte er leise, »aber wenn er mit dem Wolf verbunden ist, dann ist es ihm bestimmt möglich, ihn hierher zu holen. Dann muss ich nicht suchen. Der gute Jäger wartet, bis der Wolf zu ihm kommt.«

Jace verschränkte die Arme vor der Brust. »Warum sollte ich das tun?«

»Weil du sonst deiner kleinen Freundin Lebewohl sagen kannst.« Sein Vater erhob die Pistole erneut gegen mich. Dieses Hin und Her machte mich ganz nervös. Wie krank war diese Welt, wenn jemand bereit war, jeden zu erschießen, der ihm gerade nicht passte? Dieser Mensch gehörte für alle Ewigkeit in eine psychiatrische Klinik eingesperrt.

Jace wollte auf William losgehen, aber dieser ermahnte ihn mit erhobener Hand. »Keinen Schritt weiter, oder sie stirbt.«

»Jace, tu es nicht!«, flehte ich ihn an. »Soll er mich doch erschießen. Dir wird er nichts tun, solange er den Wolf nicht hat.«

»Nein, wie süß. Sie würde für dich sterben«, heuchelte William und kam auf mich zu. »Schade, dass wir uns erst so spät kennengelernt haben, du scheinst ein beeindruckendes Mädchen zu sein.« Er fuhr mit der Pistole an meinem Hals entlang, über meine Brust bis zu meinem Bauch. Danach griff er mir unter das T-Shirt, während er mir über den Hals leckte. Ich musste würgen, weil ich mich vor seinen Berührungen ekelte und fing an zu zittern. Er war noch widerlicher als der Typ in der Turnhalle. Sein Atem stank nach Zigaretten und seine Hände fühlten sich alt an. Langsam tastete ich mich Richtung Messer vor. Ich wollte es ihm in sein kaltes Herz rammen.

»Nein«, raunte er. »Du bist kein Mädchen mehr. Lange musste ich auf Frauen verzichten – hat dir Jace das erzählt? Wie er mich in den Knast gebracht hat? So verdammt lange konnte ich keine Frau anfassen. Doch jetzt, jetzt bin ich frei und kann mir nehmen, was ich will.«

Williams Hand begrapschte meinen Oberkörper und wanderte schließlich nach unten zum Hosenbund.

Kalter Schweiß tropfte mir von der Stirn. Ich musste vor ihm an das Messer gelangen. Aus den Augenwinkeln heraus sah ich, dass Jace gleich explodierte. Er bebte vor Zorn. Seine Angriffslust war ihm ins Gesicht geschrieben. Vor mir stand voll und ganz der schwarze Wolf in ihm. Ich versuchte ihm mit meinem Blick zu verdeutlichen, dass er sich zurückhalten sollte, damit ich an das Messer kam, aber als William sich an meinem Gürtel zu schaffen machte, ging plötzlich alles verdammt schnell.

Jace rastete aus und schlug auf seinen Vater ein, noch bevor ich das Messer ziehen konnte. Obwohl Jace der erfahrenere Kämpfer war, schaffte es William einem Schlag ins Gesicht geschickt auszuweichen. Er ging in Deckung und richtete unter Jace' Arm die

Waffe auf ihn. Dieser war zu sehr damit beschäftigt, auf den Rücken seines Vaters einzuschlagen, dass er es nicht bemerkte. Schlagartig überwand ich meine Angst. Ich blendete den Schmerz in meinem Fuß aus und sprang mit aller Kraft, die noch in mir steckte, gegen Jace, um ihn weg zu stoßen. Dann fiel der Schuss.

Nachdem das Echo des Schusses verstummt war, war es für den Bruchteil einer Sekunde ganz still. Das schrille Aufheulen eines Wolfes durchbrach diese Ruhe.

Ich hatte einen dumpfen Schlag gespürt und presste die Hände auf meinen Bauch, wo ich getroffen wurde. So gut es ging versuchte ich die Blutung zu stillen. Mein Herz stolperte, schlug unregelmäßig und setzte kurz aus, bevor es holprig weiter arbeitete. Ich hustete, schnappte nach Luft. Meine Beine wackelten, aber ich riss mich zusammen, um nicht ohnmächtig zu werden. Vorsichtig lugte ich auf meine Hände. Da war kein Blut. Ich war unverletzt. Wie konnte das sein? Wie konnte ich die pochende Wunde fühlen, obwohl sie gar nicht da war?

Irritiert schaute ich zu Jace. Er hielt ebenfalls seine Hände vor den Bauch. Langsam sickerte das Blut zwischen seinen Fingern hindurch. Voller Panik sah er mich an. Seine Augen verloren allmählich ihr Leuchten. Der strahlend blaue Stern in ihnen erlosch. Es war *sein* Schmerz, den ich fühlte. Ich konnte Jace spüren, ohne ihn zu berühren.

»Was haben Sie getan?!«, schrie ich William an, nachdem ich begriffen hatte, was passiert war. In mir brodelte eine feurige Mischung aus Wut, Hass, Rachsucht und Verzweiflung. Obwohl ich sofort zu Jace wollte, trieb mich der Gedanke an Vergeltung zu William. Als ich auf ihn zuging, richtete er die Pistole auf mich, um mich auf Abstand zu halten. Sein irrer Blick galt nun mir. »Ich habe das getan, was nötig war. Geschäfte erfordern nun mal Opfer.«

»Auch wenn das Opfer ihr eigener Sohn ist?« Ich ignorierte die Waffe, die auf meinen Kopf zielte und ging weiter auf ihn zu, bis ich direkt vor ihm stand. In mir breitete sich die Leere aus, die ich in den letzten Wochen beinahe vergessen hatte. In Jace' Nähe war sie fast verschwunden. Eine qualvolle Dunkelheit breitete sich in mir aus. Nicht nur die Stelle, an der Jace getroffen wurde, schmerzte. In mir brannte mein Herz, meine Seele, mein gesamter Körper fühlte sich an, als würde er in Flammen stehen.

»Er lebt doch noch! Der übertreibt nur. Sieh ihn dir an. Er war schon immer ein guter Schauspieler. Hat mich angelogen und betrogen.«

William deutete mit einem falschen Lächeln auf seinen Sohn. In diesem Moment ging Jace auf die Knie.

»Mia«, flüsterte er, »ich ...«, Seine Kräfte hatten ihn verlassen. Die blauen Augen schauten mich noch ein letztes Mal an, bevor sie sich schlossen und Jace zu Boden sank.

Fassungslos stand ich da. Das durfte nicht passieren. Er durfte mich nicht verlassen. Wenn er jetzt ging, war es für immer. Das konnte ich nicht zulassen. Ich musste zu ihm, aber ich war unfähig, in seine Nähe zu gehen. Ein unsichtbares Band hielt mich zurück. Die Finsternis in mir begrub all meine Gefühle. Bis auf die giftige Suppe aus Hass und Rachsucht, die in mir aufbrodelte und Feuer fing. Die Flammen züngelten sich in jede Zelle meines Körpers. Sie lenkten meine Beine, die in Richtung William gingen und meine Hand, die nach dem Messer griff.

»Was willst du denn damit? Du wirst dir selbst noch wehtun«, sagte er abfällig.

»Nein«, zischte ich und hielt das Messer fester in meiner Hand. »Nein, das werde ich nicht. Ich werde *dir* damit wehtun!«

William nahm mich nicht ernst. Breitbeinig und grinsend stand er vor mir und zielte weiterhin mit der Waffe auf meinen Kopf. Er unterschätzte mich. Ich hatte es so satt, unterschätzt zu werden. Von meinen Eltern, die mich zu Hause einsperrten, von Thomas, der mich für kindisch hielt, von meinem Chef, der mich trotz meiner Überstunden und harter Arbeit nie beförderte und sogar von Jace, der einfach ohne mich losgegangen war, um den Wolf zu retten. Ich legte meinen gesamten Frust in die brennende Hand, die das Messer hielt, holte weit aus und schlug mit voller Wucht gegen die

Hand, in der William die Pistole hielt. Die Klinge schnitt in seine Finger und den Handrücken, bevor er die Waffe vor Schreck fallen ließ und die Hand zurück zog. Er schrie, hielt die verletzte Hand, von der das Blut tropfte, vor die Brust und taumelte zurück. »Bist du von allen guten Geistern verlassen?!«, brüllte er mich entsetzt an.

Schritt für Schritt ging ich weiter auf ihn zu und holte zum zweiten Schlag aus. Ich war noch lange nicht mit ihm fertig. Bevor ich Jace folgte, würde ich dieses Arschloch ins Jenseits prügeln. In diesem Moment hatte ich eine vage Vorstellung davon, wie Jace sich gefühlt haben musste, wenn der Wolf in ihm tobte. Selbst wenn ich mich dagegen hätte wehren wollen, hätte ich nicht die Willensstärke dazu gehabt. Jace war in vielen Dingen stärker als ich. Aber ich wollte mich auch nicht wehren. Diese animalischen Gefühle kamen mir gerade recht.

Doch William duckte sich unter meinem zweiten Angriff hinweg. Als er wieder hoch kam, schlug er mir mit der unverletzten Hand so heftig ins Gesicht, dass ich das Gleichgewicht verlor und stolperte. Ich landete auf dem Rücken, das Messer direkt neben mir.

William beugte sich über mich, um nach dem Messer zu greifen. »Das wird eine tragische Liebesgeschichte. Erst stirbt Romeo, dann seine Julia.«

Während er das Messer aufhob, rollte ich mich schnell auf die andere Seite und griff nach der Pistole, die ein Stück weiter neben mir lag. Ich zitterte wie Espenlaub, als ich auf William zielte, der sich neben mir erhob. So gut es ging, peilte ich sein Herz an, auch wenn ich daran zweifelte, dass dieser Mann überhaupt eines besaß. Mit seinem falschen Grinsen blickte er auf mich herab. Er erhob das Messer. Gleich würde er auf mich einstechen.

Konnte ich einen Menschen töten? Konnte ich den Mörder des Mannes, der für mich die Welt bedeutete, umbringen?

Ich musste mich schnell entscheiden. Mir blieb keine Zeit mehr, um über Moral nachzudenken. Ich schloss die Augen und hörte auf mein Herz. Ich konnte.

Der Knall schallte in den Wäldern nach, während William vor

mir mit weit aufgerissenen Augen zusammenbrach. Ich hatte direkt in sein verkrüppeltes Herz getroffen. Das Messer glitt aus seiner Hand, die er krampfhaft gegen seine Brust hielt. Er starrte mich mit leeren Augen an, als er den letzten Atemzug nahm und sein Körper in sich zusammen sackte. Er starb mit dem gleichen Blick wie seine abgeschlachteten Wölfe.

Angewidert warf ich die Waffe weit weg.

Es herrschte Totenstille. Nur das dumpfe, sinnlose Schlagen meines Herzens war zu erahnen. Mein tränenverschleierter Blick wanderte nach oben. Eine schmale silberne Sichel hatte den Platz des runden Blutmondes eingenommen. Es war vorbei. Die Mondfinsternis näherte sich ihrem Ende.

Allmählich fiel die Anspannung von mir ab und ich begann zu begreifen, was passiert war. Ich konnte meine Tränen nicht mehr zurückhalten. Ich konnte nicht mehr tapfer und mutig sein. Auch ich war am Ende. Mit letzter Kraft kroch ich über den Boden zu Jace. Er lag auf dem Rücken, sah aus, als würde er schlafen.

Ich beugte mich über ihn und rüttelte ihn an den Schultern. »Jace!«, schrie ich ihn an. »Jace, du musst aufwachen! Es ist vorbei!«

Doch Jace wachte nicht auf. Sein Körper blieb völlig regungslos. Ich drückte mit einer Hand so fest ich konnte auf seine Wunde, aber es war vergebens. Er hatte bereits zu viel Blut verloren.

Erschöpft brach ich über ihm zusammen. Ich legte meinen Kopf auf seine Brust und klammerte mich an ihm fest, bildete mir ein, seinen Herzschlag in weiter Ferne ganz schwach fühlen zu können.

»Du darfst nicht gehen«, schluchzte ich. »Ich liebe dich. Hörst du? Ich liebe dich!«

Ich bereute es, ihm das nicht früher gesagt zu haben. Er starb in meinen Armen, ohne diese Worte je von mir gehört zu haben. Er verließ mich, ohne sie je zu mir gesagt zu haben. Das zerriss mir das Herz, auch wenn ich wusste, dass wir uns gegenseitig geliebt hatten.

»Wenn ich dir doch nur meine Energie geben könnte. Ich würde sie dir schenken und an deiner Stelle in die andere Welt gehen, damit du weiterleben kannst.« Ich schloss meine Augen, sammelte mich und richtete meine gesamte Aufmerksamkeit ausschließlich auf Jace. Ein letztes Mal wollte ich ihn spüren, das Knistern zwischen uns und seine Haut, die immer noch weich und warm war.

Wie ein Flüstern, das langsam lauter wurde, wanderte eine angenehme Wärme durch meinen Körper. Ein sachtes Kribbeln breitete sich auf meiner Haut aus. Wie in unserer ersten Nacht fühlte ich, dass eine unsichtbare Kraft mich unnachgiebig zu ihm zog. Aber dieses Mal war es kein Verlangen nach ihm. Es war Liebe.

Ich wollte meine Kraft, meine Wärme in seinen Körper leiten, in der Hoffnung, auf diesem Weg seinen Platz einnehmen zu können. Aber es gelang mir nicht. Stattdessen bekam ich von Jace die Energie immer wieder zurück, als weigerte er sich, dieses Geschenk von mir anzunehmen.

Mit der Zeit merkte ich, dass etwas anders war. Es war nicht meine Wärme, die er mir zurück gab. Es war seine. Unsere Energien strömten aus uns heraus und in den anderen hinein, als würden unsere Körper miteinander verschmelzen. Ich war ihm nicht nur so nah, wie ich es noch nie gewesen, war – ich war eins mit ihm. Als hätten wir uns zu einem einzigen Lebewesen verbunden.

Schlagartig wurde es hell um uns herum. Ich hatte jegliches Zeitgefühl verloren. Brach bereits der nächste Tag an? Langsam öffnete ich die Augen. Ein gleißend helles Licht hüllte den Wald um uns ein und blendete mich so stark, dass ich sie wieder schließen musste. Das waren keine Sonnenstrahlen. Das musste der Himmel sein, die Welt auf der anderen Seite.

Deshalb hatten unsere Körper sich vereinigt. Nicht damit ich Jace das Leben schenken konnte, sondern damit es mir möglich war, ihn zu begleiten. Er konnte mich genauso wenig loslassen, wie ich es im Endeffekt konnte. Wir gehörten schließlich zusammen.

Vorsichtig versuchte ich zu blinzeln. Das grelle Licht machte es fast unmöglich, etwas zu erkennen. Plötzlich entdeckte ich eine Gestalt in unserer Nähe. Ich erschrak. War es möglich, dass William uns gefolgt war? Aber für einen Menschen war sie zu klein.

Langsam kam sie auf uns zu. Mit jedem Schritt, den die Gestalt näher kam, erkannte ich mehr.

Sein Fell war weiß wie Schnee. Er strahlte von innen heraus, wie ein riesiger Stern. Majestätisch schritt er auf uns zu, bis er direkt vor uns stand. Ich hatte keinerlei Angst. Ich spürte seine Güte und seine Barmherzigkeit. Sachte ließ sich der weiße Wolf neben Jace nieder. Er legte seinen Kopf direkt neben meinen. Seine Augen waren ebenso strahlend weiß wie sein Fell. Wie ein Geist lag er neben mir und schaute mich eindringlich an.

Ich wollte ihn berühren, mich vergewissern, dass er wirklich existierte und keine Einbildung war. Kaum war meine Hand in seiner Nähe, nahm ich seine enorme Energie wahr. Ich berührte ihn nicht einmal und meine Hand fühlte sich an, als stünde sie unter Strom. Er war kein Geist. Er lag wahrhaftig neben mir.

Als der Wolf seine Augen schloss, machte ich es ihm nach.

Es dauerte nicht lange, da nahm ich nicht nur die Wärme von Jace in mir wahr, sondern auch die des Wolfes. Ein reines, klares Licht vermischte unsere drei Existenzen. In diesem Moment war die Leere in mir völlig verschwunden. Die Leere, die mich mein Leben lang verfolgt hatte, die ich bei Thomas verdrängt und bei Jace fast verloren hatte. Mein Herz schlug voller Liebe, kräftig und stark, denn die Luft in meinen Adern hatte sich aufgelöst. Meine Seele war nicht mehr von Sehnsucht zerrissen. Sie ruhte in sich. Ich war glücklich, dermaßen glücklich, wie ich es mir nicht hätte vorstellen können. So fühlte sich also der Tod an. Ich hatte die Vollkommenheit gefunden.

Ich dachte an den schwarzen Wolf aus meinen Träumen. Das Glück, das ich bei ihm gespürt hatte, war nicht zu vergleichen mit dem Gefühl, das mich in diesem Moment erfüllte. Träumte man im Jenseits? Würde ich den Wolf jemals wieder sehen? Mich auf sein kuscheliges Fell legen und sein Herz gleichzeitig mit meinem schlagen hören? So wie ich es gerade bei Jace tat?

Erschrocken schlug ich die Augen auf. Der weiße Wolf war verschwunden und wir lagen immer noch auf dem Waldweg. Das konnte nicht sein. Das war völlig unmöglich. Verbrachte man die Ewigkeit an dem Ort, an dem man gestorben war?

Um mir sicher zu sein, dass ich mich nicht getäuscht hatte, legte ich meine Hand auf Jace' Brust. Sein Herz schlug. Es schlug im selben Takt wie meines. Wir waren wirklich im Jenseits.

Ich setzte mich auf, um mich umzusehen. Das konnte unmöglich das Jenseits sein. Entsetzt starrte ich auf den leblosen Körper, der vor dem Wagen lag. Die Scheinwerfer ließen mich zum Glück nicht alles erkennen, aber der Anblick des toten, narbengezeichneten Gesichtes, das mich mit leeren Augen anstierte, hatte sich unwiderruflich in mein Gedächtnis gebrannt.

Als mich etwas am Arm berührte, zuckte ich zusammen und drehte mich erschrocken um. Jace saß neben mir und lächelte mich an. Er lebte! Aber wenn das hier nicht das Jenseits war, wie konnte das möglich sein?

Als ich in seine Augen blickte, verwirrten diese mich noch mehr. Ich kannte sie: Türkis wie das Meer im Inneren, strahlend weiß wie ein Stern am Rand. Er hatte die gleichen Augen wie der schwarze Wolf in meinem letzten Traum. Die wundervollsten Augen im gesamten Universum.

Ich schaute auf seine Wunde. Sie blutete nicht mehr. An der Stelle des Einschusses befand sich nur noch eine kleine rote Narbe. Ich verstand die Welt nicht mehr. Aber mir war es egal, was genau passiert war, welche Kräfte ihre Finger im Spiel hatten. Für mich zählte nur eines: Jace lebte. Wir hatten eine zweite Chance bekommen.

Ich weinte vor Glück. Jace berührte meine Wange und wischte die Tränen weg. In diesem Moment fühlte ich, dass ich angekommen war. Ich hatte die Vollkommenheit nicht im Jenseits gefunden, sondern in ihm. Jace war mein Zuhause.

»Ich liebe dich auch«, flüsterte er.

»Du hast es gehört? Wie ist das möglich? Du warst doch …«

Jace lehnte sich zu mir herüber und küsste mich. Ein Kuss voller Liebe, der mir das Gefühl unendlichen Glückes schenkte.

Ich wünschte, dass sich unsere Lippen nie wieder voneinander trennten, dass dieses Glücksgefühl für immer anhielt. Er küsste jeden Millimeter meines Gesichtes, bis keine Freudenträne mehr übrig war, dann legte er seinen Arm um mich. Eine Weile saßen wir stumm beieinander. Wir mussten beide dieses außergewöhnliche Erlebnis verarbeiten, aber wir gaben uns gegenseitig Kraft dafür.

Irgendwann konnte ich meine Fragen nicht mehr zurückhalten und legte meine Hand auf sein Herz. »Wie? Warum? Was?« Zu mehr war das Chaos in meinem Kopf nicht imstande.

»Ich konnte dich in mir spüren. Mehr als je zuvor. Und zwar nicht nur hier«, Jace zeigte auf sein Herz. »Ich spürte dich überall. Genau wie den weißen Wolf. Ihr beide habt mir Kraft gegeben, mir und dem schwarzen Wolf.« Er schüttelte den Kopf. »Ich war so dumm. Ich war dermaßen auf ihn fixiert, dass ich den weißen Wolf gar nicht wahrgenommen habe.«

»Heißt das, du hast beide als Seelenpartner?«

»Nein.« Er schaute mir tief in die Augen. »Was fühlst *du*? Was fühlst du in deinem Herzen?«

»Dich.«

»Und was fühlst du in deiner Seele?«

Ich musste gar nicht lange überlegen, denn dieses Gefühl war so stark in mir, dass ich es überall spürte. »Dich.«

Jace lächelte. »Und ich trage dich ebenfalls in meinem Herzen *und* in meiner Seele. Ich habe euch drei als Seelenpartner. Deshalb schlagen unsere beiden Herzen im selben Rhythmus. Wir sind im Herzen und in der Seele vereint. Wir sind für immer miteinander verbunden.«

»Für immer?«

»Für immer.«

Ich zog Jace an mich heran und umarmte ihn mit aller Kraft. Uns konnte von nun an nichts mehr trennen.

Wir waren vereint für alle Ewigkeit.

Bis über den Tod hinaus.

Kapitel 18

Geh aufrecht wie die Bäume.
Lebe dein Leben so stark wie die Berge.
Sei sanft wie der Frühlingswind.
Bewahre die Wärme der Sonne im Herzen und
der große Geist wird immer mit dir sein.

Mein lieber Thomas,

es ist schwer, die richtigen Worte zu finden, wenn das, was man sagen möchte, jemanden verletzen wird. Dennoch hoffe ich, dass du mir das Verständnis entgegenbringen kannst, das du in den letzten Jahren für mich hattest.

Es hat sich in letzter Zeit vieles verändert. Ich habe mich verändert.

Noch habe ich nicht ganz zu mir gefunden, aber ich denke, ich bin auf dem richtigen Weg dorthin. Doch so sehr es mir wehtut: Du kannst mich auf diesem Weg nicht begleiten.

Ein Stück weit musste ich allein gehen. Es war eine steinige und schwere Zeit. Sie brachte mir viele neue Gedanken und vor allem viele neue Gefühle. Sie waren mir fremd und ich wusste erst nicht, wie ich mit ihnen umgehen sollte, aber sie wurden stärker und werden es immer noch. Etwas vergleichbar Intensives habe ich noch nie gefühlt.

Diese Gefühle erfüllen mein Herz, sie erfüllen mich. Sie tragen mich in die richtige Richtung, aber auch fort von dir.

Bitte urteile nicht schlecht über mich, wenn ich dir sage, dass ich auf meinem neuen Weg jemandem begegnet bin. Er fing mich auf, als ich über die Steine stolperte, die mein Weiterkommen behinderten. Wahrscheinlich stand ich mir auch selbst im Weg. Er half mir, indem er mich über diese Hindernisse hinweg trug.

Jace öffnet mir die Augen, zeigt mir Dinge, die mir neu sind, da ich sie bis vor Kurzem nicht wahrgenommen habe. Er zeigt mir die Welt um mich herum und auch in meinem Inneren.

Er liebt mich so, wie ich bin. Für ihn habe ich keine Fehler. Für ihn bin ich einfach Mia.

Bitte mach dir keine Vorwürfe, dass du mich nicht begleitet hast. Sicher denkst du, dass du auch derjenige hättest sein können, der mich auffängt. Aber das hast du lange genug versucht. Du wolltest mich auffangen, hast meinen Fall jedoch nur gebremst.

Nun ist es Zeit, dich freizugeben, damit auch du deinen richtigen Weg finden kannst, denn ich führte dich in die falsche Richtung. Ich bin mir sicher, dass dir jemand begegnen wird, der dich in deinem neuen Leben begleitet.

Ich habe denjenigen in Jace gefunden.

Schau nicht zurück in die Vergangenheit, behalte mich in guter Erinnerung, so wie ich dich in guter Erinnerung halten werde.

Meine Sachen kannst du behalten. Mach mit ihnen, was du möchtest.

Ich habe mit meinem alten Leben abgeschlossen.

Eine letzte Bitte habe ich noch an dich:

Betrachte die Welt nicht mehr voller Unruhe.
Dann strahlt das Licht des Tages aus deinen Augen.
Sie sind der Spiegel der Welt.

Arbeite nicht so viel, denn Menschen, die bloß arbeiten, finden keine Zeit zum Träumen. Und fang an, auf dein Herz zu hören, es wird dir den richtigen Weg weisen.

Lebe wohl, mein Freund,
Mia

Kapitel 19

Die Liebe kennt weder Vergangenheit noch Zukunft.
Wie eine Flamme verwirklicht sie sich im Augenblick,
mit ihrer unmittelbaren Schönheit.
Auf diese Weise erhält und heilt sie die gesamte Schöpfung.
Lerne, den Augenblick zu leben,
dann wird deine Furcht verschwinden
und der Augenblick wird zur Ewigkeit.
Es gibt keine andere Ewigkeit.

Es war mittlerweile Herbst geworden und die Blätter der wenigen Laubbäume im Dorf verwandelten sich in ein farbenprächtiges Spiel aus Orange- und Brauntönen. Der Sommer ging viel zu schnell vorüber.

In den wenigen Monaten zuvor war mein Innerstes mehrfach auf den Kopf gestellt worden, bis ich letztendlich zu mir gefunden hatte. Meine Augen, mein Fenster zu meiner Seele, zeigten es deutlich. Sie leuchteten nicht so stark wie Jace' Augen, aber sein Türkis fand sich auch in ihnen wieder. Mein Grün hatte sich mit seinem Blau vermischt, als sich meine Seele mit seiner vereinigt hatte. Die Farbe gefiel mir, denn sie zeigte mir jeden Tag aufs Neue, dass ich mit ihm verbunden war.

Der Wolf aus meinen Träumen besuchte mich nicht mehr, aber ich vermisste ihn auch nicht, da ich nun wusste, was er war. Papewas sagte, dass es meine Gabe sei, in meinen Träumen die Seelen der anderen Menschen zu sehen und auch einen Blick in die Zukunft werfen zu können. Der schwarze Wolf war anfangs bösartig gewesen, veränderte sich aber mit der Zeit, genau wie Jace' Seele. Papewas war sich sicher, dass es an mir lag. Während Jace den schwarzen Wolf fütterte, nährte ich den weißen Wolf in ihm. Auf diese Weise fand Jace sein Gleichgewicht, seinen Seelenfrieden. Die Wölfe vereinten sich und waren seit dem ein Teil von ihm – genau wie ich.

»Einen anderen Menschen zu heilen ist nicht schwer. Es genügt, ihn zu lieben, ihn zum wichtigsten Wesen der Welt zu machen, sich ihm ganz hinzugeben und sich selbst dabei zu vergessen.« Das hatte Papewas zu mir gesagt, als wir in der Nacht in das Dorf zurückgekommen waren. Für mich war Jace das Wichtigste, genau wie ich für ihn. Wir wären beide füreinander gestorben, weshalb wir uns gegenseitig geheilt hatten. Ich heilte seine Seele, womit sie ihre Partner annehmen konnte. Im Gegenzug heilte Jace meine und wurde zu meinem Seelenpartner. Die bedingungslose Liebe zwischen uns vereinte schließlich auch unsere Herzen. Verbunden in Herz und Seele, für alle Ewigkeit.

Der schönste Moment bei unserer Rückkehr war für mich, als Yaris auf Jace zugerannt kam und ihn freudig begrüßte. Die Distanz zwischen den beiden war verschwunden und ich fühlte, wie glücklich Jace in diesem Moment war. Er hatte seinen besten Freund zurück an seiner Seite.

Der schwarze Wolf wurde immer öfter in der Nähe von anderen Rudeln gesichtet. Wir vermuteten, dass er Anschluss suchte. Aber unterwerfen würde er sich niemals. Vielleicht suchte er eine Partnerin, um sein eigenes Rudel zu gründen. Wir hofften es jedenfalls.

Lisa und Jan entschuldigten sich bei Jace und mir für ihr Verhalten und auch einige Dorfbewohner kamen zu uns. Sie hatten ein schlechtes Gewissen, dass sie uns verurteilt hatten, ohne die wahren Hintergründe zu kennen, denn normalerweise standen die Bewohner sich gegenseitig bei und halfen einander. Allerdings hatte noch niemand von ihnen eine Vereinigung miterlebt, die auf diese Art geendet hatte. Jace war das unangenehm. Er sagte, jeder habe Dinge getan, auf die er nicht stolz sei. Deshalb sollten wir alles vergessen und nach vorne schauen, denn was vergangen sei, könne man nicht ändern.

Was genau mit den Wilderern passierte, weiß ich nicht. Jace sagte mir, dass sich der schwarze Wolf um seinen Vater gekümmert hätte, mehr bräuchte ich nicht zu wissen. Jan versicherte mir, dass sich die Polizei der beiden Männer angenommen hatte. Aber Jan war ein schlechter Lügner. Dennoch fand ich nicht heraus, was wirklich passiert war. Aber das war mir auch nicht wichtig.

Es kamen neue Bewohner in unser Dorf. Ein Ehepaar mit einer Tochter. Sie war genauso alt wie Lucas und die beiden verbrachten den ganzen Tag miteinander. Ich glaubte, mit der Zeit würde er das Rumknutschen sicher nicht mehr so nervig finden.

Papewas alterte nun schneller. In den folgenden Tagen wurde sein Haar schneeweiß und er verließ die Hütte nicht mehr. Jace wich kaum von seiner Seite. Es war Zeit, Abschied zu nehmen. Das Dorf hatte sein neues Oberhaupt in Jace, der nun drei Seelen als Seelenpartner in sich trug. Ihm war mulmig bei dem Gedanken, aber Papewas und ich redeten ihm gut zu und versuchten ihm Mut zu machen.

Papewas sagte, dass es eine Seele wie die von Jace noch nie gegeben hatte. Seine Seele hatte sich nicht drei Tierarten als Partner ausgesucht, sondern zwei einzelne Tiere und dazu noch den Menschen, für den sein Herz schlug. Mensch und Tier, sowie Herz und Seele in einer Person verbunden. Das machte ihn besonders außergewöhnlich und auch stark.

Die Verbundenheit meiner Seele und meines Herzens zu Jace stärkten mich in der Liebe. Sie wuchs jeden Tag. Auch in meinen Träumen begegnete ich dieser Liebe. Immer wieder sah ich Jace und mich auf der Wiese liegen, auf der ich früher dem Wolf begegnet war. Das blaue Blütenmeer blieb uns in all seiner Pracht erhalten. Irgendwann in meinen Träumen waren Jace und ich nicht mehr allein dort. Unsere Liebe gehörte nicht mehr nur uns beiden. Sie gehörte auch dem kleinen Wesen, das neugierig die Blüten der Blumen betrachtete oder den Schmetterlingen hinterher lief. Ich war mir sicher, irgendwann würde ich ihm persönlich begegnen: unserem Sohn.

Schließlich kam der Tag des Abschieds. Jeder Einzelne aus dem Dorf sagte Papewas Lebewohl. Jace und ich waren die letzten, die ihn lebend sahen. Er bat uns am Abend zu sich.

Zitternd nahm er Jace' Gesicht in seine Hände und legte die Stirn auf seine. Ich konnte Papewas' Stimme durch Jace hören.

»Mein Sohn, deine Zeit ist nun gekommen. Handle weise und voller Liebe, leite die Menschen auf den richtigen Weg. Von nun an bist du das Oberhaupt dieses Dorfes. Von nun an sollst du Mingan heißen: Grauer Wolf.«

Als Jace von Papewas frei gegeben wurde, fühlte ich den Schmerz in ihm. Er verlor einen sehr wichtigen Menschen aus seinem Leben.

Mir reichte der alte Mann eine winzige Holzkiste. Ich öffnete sie vorsichtig. In ihr lag ein Leinentuch, auf dem eine getrocknete blaue Blume gebettet war. Sie war wunderschön, auch wenn das Blau der Blüten etwas verblasst war.

»Das ist ein Blaustern«, flüsterte Papewas schwach. »Eine blaue Blume steht für Sehnsucht und Liebe. Sie verbindet nicht nur Natur, Mensch und Geist miteinander, sie symbolisiert das Streben nach der Erkenntnis der Natur und somit das Streben nach sich selbst. Mein Kind«, er nahm meine Hand und sprach im Geiste mit mir weiter. »Der Weg der Seele ist blau, wie die blauen Blüten.«
In dieser Nacht starb Papewas.
Lisa verließ das Dorf und flog zurück nach Deutschland. Ich bat sie, zu bleiben, aber einen Menschen, der die Vögel als Seelenpartner hatte, konnte ich nicht aufhalten. Sie musste weiterziehen, so schmerzlich das für uns war – besonders für mich. Aber sie versprach mir, möglichst schnell zurück zu kommen.
Die Tage der Trauer vermischten sich mit der Freude auf eine neue Zeit. Ein neuer Pfahl wurde angefertigt. Ich wollte ungern als Portrait auf einem Baumstamm verewigt werden, deshalb schnitzte man zwischen den zwei Wölfen, die übereinander den Stamm zierten, eine Ranke von Blausternen. Jace und ich standen noch lange vor dem Pfahl, nachdem er aufgestellt worden war.
»Wie lange er wohl hier stehen wird«, überlegte ich.
»Von mir aus für immer, solange du an meiner Seite bist«, antwortete Jace und legte den Arm um mich. »Vorausgesetzt du möchtest mich auch an deiner haben.«
Ich schaute ihn liebevoll an. Dieses türkisfarbene Meer seiner Augen faszinierte mich jedes Mal erneut. Ich liebte es, tief darin einzutauchen, als gäbe es dahinter einen fremden Kosmos, der von mir erkundet werden wollte. »Natürlich möchte ich dich an meiner Seite haben. Für jetzt und für die Zukunft. In dieser Welt und in jeder anderen. Du vervollständigst mich.«
Jace lächelte. »Dann sollst du auch einen Namen für die Ewigkeit bekommen.« Er nahm mein Gesicht in seine Hände und legte seine Stirn gegen meine.
Ich spürte, wie sein Geist in meinen trat und meinen Körper durchflutete. Wärme und Licht breiteten sich in mir aus. Ich fühlte sein Herz, das mit meinem gleich schlug. Er war überall. Die Welt

um uns herum verschwand und ich nahm nur noch Jace wahr.

Seine Stimme klang wunderschön in meinen Kopf, sodass ich ihn nie wieder gehen lassen wollte. »Für mich warst du es immer und wirst es immer sein: Sitara, mein Morgenstern.«

Danksagung

Ein besonderes Dankeschön geht an die Menschen, die mich bei diesem Buch unterstützt haben.

An meine Motschis Lea, Mela und Vivi: Danke, dass ihr von Anfang an hinter mir und meiner Geschichte gestanden habt und ich auf eure Hilfe zählen konnte, wenn ich nicht weiter wusste.

Danke an alle, die Korrektur gelesen haben. Eure Arbeit war mir eine unbeschreiblich große Hilfe, für die ich sehr dankbar bin.

Ohne Euch wäre das Buch nicht das, was es schlussendlich geworden ist.

Ebenso möchte ich mich bei all denen bedanken, die mir in jeglicher Hinsicht geholfen haben – sei es, dass sie geduldig mit mir waren oder mir ihre ehrliche Meinung gesagt haben.

Die Autorin

Manu Brandt wurde 1983 in Goslar geboren und entdeckte erst spät ihre Liebe zu geschriebenen Worten. Nachdem sie auf dem Gymnasium mit Literatur konfrontiert wurde, die sie eher langweilte, nahm sie nach dem Abitur und der Ausbildung zur Mediengestalterin für Digital-und Printmedien kein Buch mehr in die Hand.

Stattdessen träumte sie sich ihre eigenen Geschichten zusammen. 2008 startete sie den ersten Versuch, eine dieser Geschichten in Worte zu fassen, aber das Schreiben schlief mit der Zeit ein. In den nächsten Jahren ließ sie die Geschichte jedoch nicht mehr los und entwickelte sich weiter.

2013 begann Manu ihren ersten Roman erneut von vorn und schaffte es, das Buch zu Ende zu bringen. *Seelenblau* ist ihr erster Roman, den sie selbst veröffentlichte.

Auch wenn sie das Schreibhandwerk nicht gelernt hat, so macht es ihr dennoch Spaß, ihre Fantasien auf Papier zu verewigen. Leider spannt sie ihr Vollzeitberuf sehr ein, so dass ihr nicht viel Freizeit bleibt, um ihrem Hobby in dem Maße nachgehen zu können, wie sie es sich wünscht.